시베리아의 역사

The History of Siberia

시베리아의 역사
The History of Siberia

이고르 나우모프 | 러시아어 원저

데이비드 콜린즈 | 영어 편역

정재겸 | 옮김

책미래

감수자 서문

이길주(배재대 러시아학과 명예교수)

우리 한국에서 시베리아의 역사서는 대중적 인기가 없겠지만 의미가 깊다. 《시베리아의 역사(The History of Siberia)》는 이르쿠츠크 주립 기술대학교(Irkutsk State Technical University) 이고르 나우모프(Igor V. Naumov) 교수의 강의록에서 출발한 책으로 학생과 대중에게도 비교적 친절한 책이다.

저자는 시베리아에서 나고 자란 온전한 본토박이이며 이르쿠츠크 주립 기술대학교 역사학 교수로 평생 봉직한 역사학자이다. 이 책은 그 땅의 러시아 지배 이전 시기부터의 시베리아라는 개념, 그 자연과 기후 환경에 대해서 이어서 시베리아 발전의 주 무대들-지역 소개 등 방대한 공간에 대한 애정이 담긴 역사서이다. 그의 표현대로 "혹독하지만 아름다운 땅의 역사에 대해" 쓴 역사서이기 때문이다. 개발과 수탈 대상이 아닌 시베리아를 사랑하는 애향심이 깃든, 구석기 시대부터 20세기까지 실증적인 정보를 두루 섭렵한 방대하지만 충실한 역사서로 그간의 문명주의 외래자 또는 이념적 틀을 벗어난 책이다. 러시아를 초월해 우리 현대 인류에게 시베리아는 어떤 땅인가를 보여 주기도 한다. 포타닌, 야드린체프 등 시베리아 지역주의자들의(제22장, 시베리아 지방분권주의자들 혹은 시베리아 지역주의자들) 주장과 같이 미래 인류와 자연이 공생하는 환경친화적인 문화 공간이 되어야 할 것이기 때문이다.

러시아에서, 특히 표트르 대제 이래 시베리아에 대한 인식과 관점은 제국주의적 성격의 개발논리에 의거한 편향적 자세가 지배적이었다. 식민화의 대상으로 도시 중심의 실용주의와 공리주의에 의거하여 제각각의 변형된 이미지를 바탕으로 전개되었다. 또한 유럽 러시아에서 주류를 이탈한 국외자 그룹에서 시베리아는 운명적으로 러시아 유럽 지대를 떠나 영원히 추방되는 유형의 땅으로, 간혹 지옥을 방불케 하는 고통의 어둠과 참혹한 땅으로까지 인식되었던 것이다. 특히 20세기 들어 개발과 발전이라는 미명 아래 저질러진 인간의 자연에 대한 무자비한 파괴와 그로 인한 인간 자신의 황폐화가 문제되기 시작했다. 소설가 발렌틴 라스푸틴을 필두로 농촌파 시베리아 지역 작가들의 주도에 의한 환경 파괴에 대한 비극적 전망이 대두되고 환경 운동이 전개되었다.

이미 시베리아 지역주의는 식민체제의 개발논리를 거부했다. 그들의 주요 이념은 1882년 출판된 야드린체프의 《식민지로서의 시베리아(Siberia as a Colony. 시비르 카크 콜로니야 Sibir kak koloniia)》에 의해 공식 표명되었다. 저자 야드린체프는 시베리아에서 광범위한 역사 시기에 걸쳐 "하나의 특별한 인간형, 즉 적극적인 사업가적 인간형이 발전돼 왔다"고 주장했다. 유럽 러시아는 지속적으로 시베리아를 모피 공급지로, 식민지 또는 유형지로 생각해 왔으므로 그 발전이 인위적으로 방해받아 왔다는 것이다. 시베리아는 "시베리아 발전을 위한, 그리고 시베리아인의 창조적 활동을 위한 우호적인 조건들을 창조해 낼 수 있는 정치적 자치를" 주장하는 것이다. 야드린체프의 견해에 의하면 무엇보다 젬스트보를 도입하고, 그들은 시베리아의 독립적 문화 발전을 위해 독립국에 준하는 자치체제를 수립하길 희망하는 것이었다(제22장에서 부분 인용).

러시아 또는 시베리아 문학과 인류학 등 인문학적 측면에서는 개발과 보호 또는 천국과 지옥의 이미지에 의한 상반된 입장이 양분되어 러시아 내외에서 상호 작용과 논란이 이루어지기도 하였다. 다년간 시베리아 유형의 고초를 겪은 17세기의 사제 아바쿰이나 19세기의 작가 도스토옙스키에게 있어 시베리아는 혹독한 유형지였지만, 그들이 유럽 러시아로 복귀할 즈음에는 자연의 풍요로움과 아름다움이 조화의 극치를 이루는 유토피아로 미화되고 있다. 결국 시베리아에 대한 러시아 인문학 속의 관점과 이미지는 아바쿰 사제 이래 지옥과 천국을 오가는 이중적 구도로 나타났지만, 정책 측면에서는 오로지 중앙 정부에 의한 개발논리에 의한 미개척 지대 식민화의 대상 지역이었다. 그것은 식민화 시대의 러시아와 서구의 시베리아에 대한 관점에 있어서 공통적 현상이기도 하였다.[1]

19세기 초 시베리아로 유형을 떠난 러시아의 낭만주의 시인들을 포함하는 데카브리스트들에게 시베리아는 철저히 문명에서 소외된 고통과 어둠의 지옥과 같았다. 하지만 그들은 점차 유럽 러시아의 도시의 압제와 농노제의 억압으로부터 벗어난 시베리아의 자유와 환희가 살아 숨쉬는 이 처녀지의 상징성을 통해 유토피아 이미지로 탈바꿈시켜 그려내고 있다. 시베리아 장기유형을 체험한 체르느이솁스키도 시베리아는 농노제의 역사를 경험하지 않고 러시아로부터 가장 진보적이고 발전된 지역민들의 유입에 의하여 유럽 러시아보다 지적 수준이 더 높은 것으로 평하였다. 이미 시베리아에 대한 인식은 러시아 역사 속에서 일방적 서구화에 따른 러시아의 정체성 문제가 부각될 때마다 아시아와의 접점 지역으로 유럽 문화의 대안을 찾는 마당으로 제기되어 왔다. 시베리아는 자연 자원과 함께 광활한

---

1) 러시아에서의 시베리아에 대한 인식의 틀은 바다를 통해 제국의 확장을 꿈꾸며 탐험과 선교를 빙자해 세계 각지를 점령한 영국과 유럽 각국의 선구자들이 남긴 단편적 인상과 보고문과 무관치 않다. 실제로 뾰뜨르 대제시대 시베리아에 대한 학술적 탐사는 밀러를 비롯 독일·유럽인들에 의해 시작되었다.

공간이 주는 심리적 풍요로움에 의해 유형지, 혹한, 미개함 등의 부정적 이미지를 희석시키기도 하였다. 그러나 식민지로 각인된 이 땅에 대한 인식이 아직 러시아 문화 및 정치담론 속에서 그 독자성을 확보하지 못하고 지역 정체성에 대한 연구는 중앙 통제하 체제의 특질에 의하여 거의 제한되었다. 더구나 지역 정체성과 관련된 담론은 분리 독립에 대한 모스크바 정부의 알레르기 반응에 의하여 기피되기도 하였다.

시베리아는 미래 한민족과 인류 전체에게 기회의 땅이며, 최종 안착지로 자리매김될 수도 있을 것이다. 지구 기후위기와 전쟁의 화마로부터 도피처가 될 수도 있다. 한국 고대사 논쟁 속에 고조선, 발해와 고구려 강역의 윤곽이 논의되며, 한국어의 주요 근간은 시베리아 알타이제어 그룹에 속하고, 고고인류학의 문헌에 의해 시베리아와 한반도에는 신석기 시대 이래 빗살무늬 토기 문화가 공유되고, 철기시대 스키타이 등 유목문화와 유라시아 초원문명이 공유되어 신라 금관의 문양을 낳았다는 설이 고증되고 있다.

한민족의 지배적 원형질은 북방 유라시아 대륙에서 시작되었다. 물론 남방식 지석 문화와 쌀농사 등 남쪽 문화의 유입이 한반도 문화의 저변에 깔려 있지만, 단군신화의 곰과 호랑이(곰이 웅녀가 된 이야기)는 솟대와 장승의 상징적 의미와 함께 북방 유라시아 대륙의 신화와 긴밀히 연결되어 있다. 고고유물들 속에 한반도 청동기 유물과 신라 금관은 유럽에서 한반도까지 연결된 단일 문화적 양식이다. 원래 구리도 기원전 6,000년쯤 오늘의 중동 지방에서 채취되어 이후 주석을 합금시켜 청동으로 만들어 여러 용도로 쓰기 시작하여, 그것이 이후 유럽과 중앙아시아, 시베리아를 거쳐 기원전 1,000년 쯤 동아시아, 한반도까지 전래된 것이다. 스키타이 황금 문화에 연결된 신라의 금관문화까지 이 땅에선 화려한 유라시아 문화적 영향권 속에 금속 문화가 발전한 것이다. 그것은 스키타이와 알타이를 잇는 '초원의 길'인 북방 노선으로 스키타이 문화는 고대 동슬라브족에 의해 동양과 서양을 잇는 광대한 문화권이 형성되어 있었음을 반증한다.

지금의 한국, 한국인은 중국의 '일대일로(一帶一路)' 정책에 대응하며, 북을 설득해 다시 개성과 금강산에 이어 백두산 길이 열린다면, 이어 민족의 북방원류가 이어진 시베리아길이 연결되길 희망한다. 그 길이 철로와 육로로 복원되면, 문화와 경제가 오간 그 옛날의 모피로드, 또는 스텝로드로 남북한의 물류와 문명의 길이 연결되어 미래의 땅 시베리아는 중앙아시아와 유럽에 이어져 공생의 유라시아공동체가 다가오는 것이라 본다.

한국에서 시베리아 역사서는 시대적 의미가 깊다. 그러나 한국에서 북방, 시베리아에 대한 독립적 역사서는 희귀하다. 그런데 봉우사상연구소 정재겸 선생의 노력으로 이고르 나우모프(Igor V. Naumov) 저, 데이비드 콜린즈(David N. Collins) 편역의 《The History of Sibera》라는 좋은 책이 번역되어 나오게 되어 기쁘다.

《시베리아의 역사(The History of Siberia)》는 알려지지 않은 '혹독하지만 아름다운 땅의 역사에 대해' 쓴 역사서이다. 이 책은 데이비드 콜린즈의 영어 번역에 문제가 있을 수 있지만, 한국어 번역에서 더 빛을 발할 훌륭한 책이 되었다. 구석기 시대부터 20세기까지 실증적인 정보를 두루 섭렵한 인문사회적 역사 서술과 통계 수치 등 산업과 자원의 문제까지 상세한 사료 기술이 돋보인다. 중국 사마천의 《사기》까지 인용한 역사서로 균형 있는 연구 업적이다. 그곳은 자원 수탈지로서의 시베리아가 아닌 인간과 자연의 공생이 이루어져야 할 대지이다. 기후와 환경에 대한 인식과 경각심이 필요한 이 시대에, 서구적 시각을 개선시킬 단초가 되는 역사서로 평가하고자 한다.

역자 주까지 더한 역자 정재겸 선생의 치밀한 번역으로 이 책이 더욱 빛나고 있다. 역자는 그간 시베리아 관련 책자들(《시베리아 원주민의 역사》, 《시베리아 탐험기》, 《시베리아 탐험일지》 등)의 번역 출간 활동으로 업적을 이룬 진정한 전문 번역가이다. 선생은 그간의 답사와 연구 체험과 업적을 바탕으로 친절한 역주까지 추가하고 완벽에 가까운 번역을 하고 있다. 이로써 이 책은 시베리아 역사 관련 한국에서의 가장 유익한 정보와 역사 지식을 전해주고 있다. 지금의 한국, 한국인은 중국의 '일대일로' 정책에 대응하며 통일을 대비하여 유라시아 초원길을 공생의 공간으로 열어가기 위해 이 책이 적극 활용될 것을 희망한다. 물류와 문명의 길이 연결되어 미래의 땅 시베리아는 중앙아시아와 유럽에 이어져 공생의 유라시아공동체가 다가오는 것이라 본다.

러시아어 원저자 서문

이 책의 목적은 아시아 대륙의 북부 전체를 차지하고 있으면서 현대 러시아의 거대한 부분을 형성하고 있는 시베리아의 역사를 독자들에게 알리는 것이다.

시베리아에서 인류가 출현한 초창기에서부터 오늘날 20세기에 이르기까지의 시베리아의 온전한 역사를 독자들에게 보여주고자 하는 것이 저자의 의도이며, 수천년에 걸쳐 이 지역에서 벌어졌던 중요한 사건들과 무대들에 초점이 맞춰질 것이다. 이 책의 내용은 저자가 이르쿠츠크 주립 기술대학교(Irkutsk State Technical University)에서 학생들에게 강의한 내용에 따른 것이다.

먼저 내용은 연대순으로 정리되었고, 각 연대는 다시 여러 시기로 나누어지면서 각 시기의 다양한 역사내용들이 포함되었다. 첫 부분은 시베리아라는 개념을 소개하면서 동시에 그 자연과 기후 환경에 대해서 소개한다. 이어서 시베리아 발전의 주무대들을 간략히 소개하면서 시베리아에 대한 지식이 축적돼 가는 과정을 알아보고 현대 러시아의 시베리아에 관한 역사관을 살펴보는 것으로 끝을 맺는다.

저자는 서구의 독자들이 시베리아에 관심을 갖는 것에 대해 아주 기쁜 마음으로 환영하고 있다. 그것은 서구의 독자들이 이 혹독하지만 아름다운 땅의 역사에 대해 더 많은 것을 배울 수 있는 기회를 갖게 해주고 있기 때문이다.

저자는 특히 이 책을 쓰는 데 있어서 러시아 지배 이전 시기에 대해 값진

조언을 해주신 이르쿠츠크 주립 기술대학교의 아르투르 하린스키(Dr. Artur Kharinskii) 박사에게 깊은 감사를 드리며, 또한 이 책의 번역을 위해 많은 도움을 주신 이르쿠츠크 주립 언어대학교의 타티아나 베르호투로바(Tatiana Verkhoturova)와 레오니드 긴스부르그(Leonid Ginsburg), 그리고 영어 번역본을 편집해 주신 데이비드 콜린즈(David Collins) 박사에게도 많은 감사를 드린다.

저자는 독자들의 반응, 의견, 소감 등을 소중히 여기고 다음 개정판에 참고하려고 한다. 편지를 보내려는 독자들을 위하여 저자의 주소를 다음과 같이 알린다.

레르몬토프 가 83, 이르쿠츠크, 러시아, 664074

영어 편역자 서문

시베리아 역사에 관해 영어로 번역하다 보니 나로서는 그 다루는 범위가 너무 넓어서 한마디 설명을 덧붙이는 것이 적절해 보인다.

나우모프 교수의 《시베리아의 역사》는 여러 가지 이유 때문에 영어로 번역되었다. 무엇보다도 먼저, 저자인 그 자신이 시베리아에서 나고 자란 온전한 본토박이라는 이유 때문이었다. 나우모프 교수는 시베리아에서 교육을 받았고, 삶의 대부분을 시베리아에서 살아왔으며, 현재도 시베리아에 대해 연구하고 가르치는 일에 헌신하고 있다. 그래서 그의 이 저작물은 진정성이 있는 것으로 여겨지고 있으며, 오늘날에도 그는 이 매력적인 지역에서 그의 제자들에 의해 광범위하게 행해지고 있는 시베리아 연구들을 이끌고 있다.

이런 그의 연구 작업들은 내가 리즈 대학교(University of Leeds)에서 20여 년간 시베리아에 대한 강의를 하는 동안 나에게 아주 많은 도움을 주었으므로, 나는 우랄산맥 너머 시베리아에 있는 친구들의 학문적 헌신에 대한 존경심을 조금이라도 표하기 위해서 이 저작물을 기꺼이 번역하기로 했다. 당시 그들은 헬리콥터를 타거나, 혹은 말을 타고서 멀리 있는 시베리아 고고학 유적지들을 발굴하기도 했고, 또 민족지학적 연구조사에 나서기도 했으며, 극한의 환경 속에서도 진정한 학문적 탐구정신이 어떻게 가능한 것인지를 보여 주기라도 하듯 당시 소련체제의 굴레와도 같은 혹독한 검열제도 속에서도 각 도서관에서 자료를 찾아나서기도 했던 것이다. 그들의 헌신적인 노력에 힘입어 어느 여름 타이가 지대 안에서 구교도들이 쓴 귀중한 사본들이 발견되고 확보되어 노보시비르스크 도서관의 희귀 장서 속에 보관될 수 있었고, 이후 나도 그 희귀 도서들을 맛볼 수 있는 귀중한 기회를 가질 수 있게 되었던 것이다. 이후 나는 또 알타이 지역의 어느 박물관을 방문할 수 있는 좋은 기회를 갖게 되었는데, 그 당시 나는 그곳을 방문한 최초의 외국인 학자였으므로 많은 환영을 받았던 기억이 있다. 당시 그곳 친구들의 진정한 환영에 지금도 감사함을 간직하고 있다.

나우모프 교수와 함께 나는 이 책이 앞으로 서구 영어권 학자들에게 영감을 주어 그들이 시베리아의 역사학, 인류학, 지리학, 사회학 등 전반에 걸친 연구에 매진할 수 있도록 끊임없는 자극을 주리라 믿어 의심치 않는다.

데이비드 콜린즈

목차

약어표

BAM   Baikal Amur railway 바이칼-아무르 철도

CER   Chinese Eastern Railway 중동(中東) 철도, 혹은 동청(東靑) 철도

CPSs   Committees of Public Safety 공공안전 위원회

FER   Far Eastern Republic 극동 공화국

GKChP anti-Gorbachev State Committee on the Extraordinary Situation in the USSR 소련 특별 상황하의 반(反)고르바초프 국가 위원회(국가비상 사태 위원회)

GNTPB State Scientific-Technical Public Library 국가 과학기술 공공도서관

IDG   Interregional Deputies' Group 지역간 대표자 집단

ISTU   Irkutsk State Technical University 이르쿠츠크 주립 기술대학교

MTS   Machine Tractor Station 기계 트랙터 배급소

NEP   New Economic Policy 신경제정책

PRA   People's Revolutionary Army 인민혁명군

RF   Russian Federation 러시아 연방

RSDWP Russian Social Democratic Workers' Party 러시아 사회민주 노동당

SDs   Social Democrats 사회민주당

SRs   Social Revolutionary Party 사회혁명당

TPR   Tuvan People's Republic 투바 인민공화국

VTsIK   Soviet Supreme Central Executive Committee 소비에트 최고 중앙 위원회

VTsIK SSSR and VTsIK RSFSRAll-Union and Russian Republic Soviet Central Executive Committees 러시아 공화국 소비에트 중앙 위원회

VTsSPS All Union Trades Union Congress 전국 상업노조 의회

* 영어 편역자 주

러시아어 발음은 미국 의회도서관 표준을 간략하게 적용시킨 것으로, 구개음화된 모음들에는 'ya', 'ye', 'yu'를 사용하고, 강세 있는 'e'에는 'yo'를 사용하였다. 이것은 러시아어를 모르는 사람들이 발음하기에 도움이 될 것이다. 일반적으로 받아들여지고 있는 경우들, 즉 'Moscow', 'Nicholas I' 등의 경우에는 예외로 한다.

* 한국어 번역자 주

이 책은 러시아어를 영어로 번역한 책을 한국어로 번역하였으므로, 러시아어 표기에 있어서 된소리가 나는 러시아식 표기가 아니라 영어식 표기를 따랐다는 점을 밝힌다. 예를 들면, 오끌라드니꼬프 → 오클라드니코프이다.

제1부
'시베리아'로 알려진 지역

제1장
일반 정보

시베리아란 이름은 타타르족 용어에서 기원한 것이다. 13세기 몽골족이 그 지역을 정복하고 시베리아란 이름을 부여했으며, 그로부터 그 이름이 지금까지 알려져 오고 있다. 이후 이 지역에 도달한 러시아인들 역시 '시비르스카야 제믈리챠(Sibirskaia zemlitsa, 시베리아 땅)', 혹은 짧게 '시베리아'라는 똑같은 이름으로 부르고 있다. 이 시베리아란 이름은 이 책에서 아시아 대륙의 북부 지역 전체를 아우르는 용어로 사용되고 있는데, 넓이가 1,300만km^2로 아시아 대륙의 약 40%를 차지하고 있는 거대한 지역이다.

시베리아는 자연적인 경계를 이루고 있는데,[2] 서쪽으로는 우랄산맥, 북쪽으로는 북극해, 동쪽으로는 태평양, 그리고 남쪽으로는 카자흐 초원 지대와 몽골 초원 지대를 그 경계로 하고 있다. 지리적으로는 3개의 커다란 지역으로 나뉘는데, 서부 시베리아는 우랄산맥으로부터 예니세이 강까지의 지역을, 동부 시베리아는 예니세이 강으로부터 태평양으로 빠져나가는 분수령들이 있는 산맥들까지의 지역을, 그리고 극동 시베리아는 태평양 연안 및 인근 지역을 포함하고 있다. 이런 시베리아의 자연지리적 환경은 현지 주민들의 삶, 문화, 그리고 역사에 커다란 영향을 끼쳐 왔다.

시베리아는 지형학적으로 4개의 지역으로 구분되는데, 서부 시베리아

---

2) 저자 주: 자연적인 경계는 정치적인 구분과는 일치하지 않는다.

저지대, 중부 시베리아 고지대, 남부 시베리아 산악 지대, 그리고 극동 시베리아의 산악 지대가 그것이다. 이 지형학적 구조가 시베리아의 기후와 표층 지질에 영향을 끼쳐 왔다.

시베리아는 대륙성 온대 및 한대 기후대에 걸쳐 있는데, 유럽 대륙과 우랄산맥 때문에 대서양의 따뜻한 해양성 기후가 차단당하고 남부 시베리아와 극동의 산악 지대 때문에 중앙아시아로부터 불어오는 따뜻한 공기가 유입되지 못한다. 열려 있는 곳은 오로지 북부 지역으로 북극해로부터 불어오는 찬바람이 유입됨으로써, 시베리아의 겨울은 아주 추워지게 된다. 그러나 시베리아에도 비록 짧지만 여름에는 덥다. 연간 강수량은 그다지 많지 않은데, 평균 200-300mm이다. 남부 산악 지대와 태평양 연안 지대는 예외로서 연간 강수량이 1,000mm를 상회한다. 겨울에는 특히 강수량이 낮은데, 그로 인해 시베리아에 영구동토층이 널리 확산되어 있다.

토양은 대부분이 한대 습윤 지대의 산성 회백토로 농경에 적합하지 않으며, 오로지 남서부 시베리아의 삼림 초원 지대에만 비옥한 흑토(쵸르노젬 chernozem) 지대가 있을 뿐이다. 남부 시베리아 동쪽 멀리에도 그런 흑토 지대가 작은 섬처럼 여러 개 분포돼 있다.

시베리아는 수많은 강들로 이루어진 땅이다. 주요 수계는 4개의 큰 강으로 이루어져 있다. 오브(Ob) 강, 예니세이(Yenisei) 강, 레나(Lena) 강, 그리고 아무르(Amur) 강이 그것인데, 이 큰 강들은 다시 수많은 크고 작은 지류들을 이루고 있다. 이 밖에도 다른 큰 강들이 있는데, 인디기르카(Indigirka) 강, 콜리마(Kolyma) 강, 올레뇩(Olenek) 강, 하탕가(Khatanga) 강, 그리고 야나(Yana) 강 등이다. 호수 또한 아주 많은데, 그중 가장 커다란 호수는 바이칼(Baikal) 호수다. 이런 수많은 수계 자원들은 척박한 기후와 토양 조건들을 보충해 주면서 인간이 살 수 있는 여건을 마련해 주고 있다. 실제로 시베리아는 자연 자원이 아주 풍부한 땅으로, 러시아에서 유명한 자연 자원의 90% 이상이 모두 시베리아에 위치해 있다.

시베리아의 동식물 식생 지대는 5개로 나뉘는데,[3] 툰드라 지대, 삼림 툰드라 지대, 타이가 지대(시베리아 절반 이상을 차지하고 있는 거대한 침엽수림 지대), 산악 타이가 지대, 그리고 삼림 초원 지대가 그것이다. 이들 식생 지대의 조건들이 역사적으로 시베리아 주민들의 삶을 결정해 왔다.

시베리아의 인구수는 약 3,000만 명을 상회하고 있다. 그들 대다수는 유럽 쪽 러시아, 그리고 과거 러시아 제국과 소련시절의 다른 지역들에서 넘어온 사람들의 후손들이다. 그들은 다양한 민족, 문화, 종교들을 보여 주고 있다. 원주민 인구수는 100만 명을 넘지 않는다. 민족지학적으로 원주민들은 대개 몽골로이드에 속하지만, 언어학적으로는 6개의 언어집단들로 나뉜다.

- 투르크족(Turkic. 가장 인구수가 많다): 타타르족(Tartars), 야쿠트족(Yakuts), 투바족(Tuvinians), 하카스족(Khakass), 알타이족(Altaians), 쇼르족(Shor), 돌간족(Dolgan), 토팔라르족(Tofalar. 카라가스족[4] Karagass) 등.

- 몽골족(Mongolian): 부랴트족(Buriats).

- 만주퉁구스족(Tungus-Manchu): 에벵키족(Evenk. 퉁구스족 Tungus), 에벤족(Even. 라무트족 Lamut), 나나이족(Nanai. 골디족 Goldi), 울치족(Ulchi), 우데게족(Udegei), 오록족(Orok), 오로치족(Oroch), 네기달족

---

3) 저자 주: 하나의 식생지대는 다른 지대와 자연스레 구분되는 하나의 균질한 지대로 그 안에서 자연구성 요소들(바위, 흙, 기후, 식물, 동물 등)이 하나의 통일성을 이루고 있다.
4) 저자 주: 괄호 안에 따로 적혀진 이름들은 소비에트 시기 이전에 불리던 옛날 이름들이다.

(Negidal) 등.

- 사모예드족(Samodii): 네네트족(Nenets), 응가나산족(Nganasan. 타브기족 Tavgii), 에네트족(Enets), 셀쿠프족(Selkups. 오스티약 사모예드족 Ostiak-Samoieds) 등.

- 유그라족(Yugrian): 한티족(Khanti. 오스티약족 Ostiaks), 만시족(Mansi. 보굴족 Voguls) 등.

- 고아시아족(Palaeoasiatic)[5]: 축치족(Chukchi), 코랴크족(Koriak), 케트족(Ket), 알류트족(Aleuts), 유카기르족(Yukaghir), 시베리아 에스키모족(Siberian Eskimos. 이누이트족 Inuit), 니브흐족(Nivkhi. 길략족 Giliak), 이텔멘족(Itelmen. 캄차달족 Kamchadals) 등.

시베리아 원주민들은 각기 문화적, 경제적 조건들이 다르다.

---

5) 저자 주: 이 명칭은 단지 편의상 붙인 이름으로, 다른 어떠한 언어집단에도 속하지 않는 원주민들을 포함하고 있다.

제2장
시베리아 역사 연구

유라시아 대륙의 다른 지역들과는 달리 시베리아는 비교적 최근에 연구가 시작되었다. 그 이유는 시베리아, 특히 중부와 북부 지역에 접근하기가 어려웠기 때문이었다. 그래서 고대 역사가들은 시베리아를 춥고 사람이 살지 않는 거대한 불모지로, 하지만 실제로 존재하지 않는 환상 속의 존재들인 소위 '북극 사람들(hyperborians)'이 살고 있는 곳으로 묘사해 왔다.

그럼에도 불구하고 일부 역사가들은 시베리아와 그곳에 사는 사람들이 '문명화된 세계'에 속해 있다고 주장했다. 특히 고대 그리스 역사가인 스트라보(Strabo)는 서기 1세기 초 저술한《지리학(Geography)》에서 그런 주장을 하고 있다. 7세기 고트족 출신 역사가 요르다네스(Jordanes)[6]는 자신의 책[7]에서 고트족의 기원과 활동에 대해 기술해 놓았는데(《고트족 역사(The Gothic History of Jordanes)》(Cambridge, 1966) 참조), 동쪽으로 우랄산맥 너머 삼림 지대에는 사냥을 하고 살아가는 유그라족의 땅이 있다는 사실과 유그라족 땅에는 모피가 풍부하다는 사실에 대해서도 언급했다. 특히

---

6) 역주: 그는 7세기가 아니고 6세기의 동로마제국의 관리였다. 그는 오늘날 루마니아 남동쪽과 불가리아 북동쪽에 해당하는 당시 동로마제국 국경 지대의 작은 봉토의 서기로 일한 적도 있었고, 이후 콘스탄티노플에서 《게티카(Getica)》를 저술했다.

7) 역주: 그의 저서는 오늘날 유일하게 Vulgar Latin 어로 쓰여지고 남아 있는 《게티카(Getica)》로 알려져 있는 《게티족의 기원과 관습(De Origine Actibusque Getarum)》이다. 이 책은 6세기 작가 카시오도루스(Magnus Cassiodorus)가 쓴 12권의 고트족 역사서를 1권으로 요약한 것이다. 그밖에 《로마나(Romana)》로 불리는 《로마인의 전성기 또는 그들의 기원과 관습(De Summa Temporum Vel Origine Actibusque Gentis Romanorum)》이 있다.

요르다네스는 '은빛 담비' 가죽이 유럽에서 높은 평가를 받았음을 말해 주고 있다.

중국의 유명한 역사가 사마천은 다른 고대 역사가들보다 시베리아에 대한 더 많은 정보를 제공해 주었다. 서기전 2세기 말-1세기 초 쓰여진 유명한 저서 《사기》에서(W. Nienhauser 편집, 《The Grand Scribe's Records》 (Bloomington, 1994), 참조), 그는 남부 시베리아의 일부 지역들을 지배했던 흉노 제국의 역사와 인구 등 자세한 사항들을 기록으로 남겼다.

중세에 들어서자, 세계적으로 유명한 유럽 탐험가들, 즉 플라노 카르피니(Plano Carpini. Pian del Carpine 수사), 빌헬름 폰 루브룩(Wilhelm von Rubruk), 마르코 폴로(Marco Polo) 등과 유명한 아라비아 역사가들, 즉 아사드 가르디지(Asad Gardizi),[8] 라시드 앗-딘(Rashid ad-Din), 이븐 바투타(Ibn Batuta) 등, 그리고 기타 다른 사람들이 시베리아에 사는 사람들에 대해 기록을 남겼다. 그들은 모두 시베리아를 방문한 적이 없었지만, 시베리아를 다녀온 사람들로부터 들은 내용들을 증거로 삼아 시베리아의 자연과 그곳에 사는 사람들에 대한 자세한 기술을 남겨 놓았던 것이다. 그래서 가르디지 같은 경우에는 11세기에 예니세이 키르기즈족과 '푸리(Furi)'로 알려진 신비에 쌓인 시베리아 민족에 대해 기록을 남겨 놓았다. 이런 기록들은 모두 정확한 것이 아니었다. 그것들은 대부분 창작의 산물이었지만, 그럼에도 불구하고 시베리아에 대한 최초의 정보로서 여전히 가치가 있는 것이다. 중세시대의 중국 연대기들에는 남부 시베리아 민족들의 역사에 대

---

8) 역주: 아사드 가르디지가 아니라 아부 사이드 가르디지(Abu Said Gardezi. ?-1061)이다. 후라산(현재의 아프가니스탄) 출신의 가즈나 왕조(아프가니스탄 및 인도 북부지역에 수립된 투르크 왕조. 975-1187) 역사가이자 지리학자이다. 그의 저서 《Zayn al-Akhbar》는 페르시아어로 쓰여졌으며, 중앙아시아, 동부 페르시아, 헝가리 등의 이슬람 역사를 기술하고 있다.

한 많은 정보들이 포함돼 있다. 오늘날 전문가들이 고대 시베리아 국가들과 민족들의 역사에 대해 배울 수 있는 것은 그런 중국 측 자료들로부터 가능한 것이다.

고대 러시아인들(Rus) 역시 시베리아에 대해 알고 있었다. 11세기에 쓰여진《노브고로드 연대기(Novgorod Chronicles)》에서 최초의 언급이 나오고 있으며, 14세기 후반기에 쓰여진《라브렌티에프 연대기(Lavrentiev Chronicles)》와 15세기 초에 쓰여진《이파테프 연대기(Ipatev Chronicles)》에서는 시베리아(유그라족 땅 Land of Yugra)와 그곳 주민들에 대한 일부 정보들이 기록돼 있다. 이런 연대기들은 고대 러시아 연구를 위한 주요 자료들 중 하나인데, 노브고로드 사람들이 '유그라족과 사모예드족의 땅(Land of Yugra and Samoied)'으로 침입해 들어갔다는 사실이 기록돼 있다. 시베리아가 러시아에 통합된 이후에야 비로소 시베리아에 대한 연구가 체계화되기 시작했다.

17세기 초 시베리아가 아직 완전히 정복당하지 않았을 때 시베리아 연대기들이 나타나기 시작했다. 그것들은 주목할 만한 역사 서술의 본보기들이었다. 이 연대기들에는 시베리아 정복에 관련된 탐험가들(제믈리프라호제치 zemleprokhodetsy. 미지의 땅을 답사한 사람)이 자신이 발견하고 정복했던 사람들과 땅에 대해, 그리고 자신의 영웅적인 행동에 대해 이야기하고 싶어하는 이야기들이 실려 있다.

1621년 시베리아 최초의 주교인 키프리안(Kiprian)의 명령에 따라 예르마크 원정대의 생존자들이 토볼스크에 모였으며, 살아남지 못한 자들에 관한 기록인《시베리아 원정 이야기(Napisanie, kako priidosha v Sibir)》가 만들어졌다. 이 책은 후세에 만들어진 연대기들의 표본으로 이용되었다. 1630년《시베리아 왕국의 정복(Seizure of the Kingdom of Siberia)》이란 연대기가 쓰여졌으며, 1636년에는 키프리안 주교의 비서였던 사바 예시포프(Savva Yesipop)가 토볼스크에서《시베리아와 시베리아 정복(Siberia and the Seizure of Siberia)》이란 연대기를 만들었다(이 책은 현재《예시포프 연대기(Yesipop Chronicle)》, 혹은《키프리안 연대기(Kiprian Chronicle)》로 불리고 있다). 17세기 중엽에 이전에 쓰여진 연대기들과 스트로가노프(Stroganov) 가문이 갖고 있던 문서들을 기초로 하여《시베리아 땅의 정복(Conquest of the Siberian Land. 일명 스트로가노프 연대기 Stroganov Chronicle)》이란 책이 만들어졌다. 1680년에는 시베리아로 유배된 유리 크리자니치(Yuri Krizhanich. Krizanic)란 성직자가 쓴《시베리아의 역사(The History of Siberia)》가 출간됐다. 17세기 말엽에는 지도 제작자이자 역사가인 세묜 레메조프(Semion Remezov)가 이전의 연대기들에 기초하여《시베리아의 역사(History of Siberia)》를 편찬했으며, 또한 시베리아 최초의 유명한 지리학적 지도책인《시베리아 필사도감(Book of Drawings of Siberia)》도 출간했다.

이런 시베리아 연대기들은 사실 그 용어 자체의 완전한 의미에서 역사적인 작품들은 아니었다. 그 당시 작가들은 자기들이 듣고 배운 시베리아, 시베리아 원주민들, 그리고 역사적인 사건들에 대한 정보들을 단순히 하나하나 모두 기록해 놓았을 뿐이었다. 그럼에도 불구하고 이들 연대기들은 당시 16-17세기의 시베리아 역사에 대한 커다란 가치를 지닌 귀중한 자료들이다. 따라서 오늘날의 학자들을 포함하여 이 시기에 대한 모든 연구자들은 이 연대기들을 토대로 연구해 왔다.

시베리아에 대한 학문적 연구가 본격적으로 시작된 것은 표트르 대제가 개혁운동을 벌인 후인 18세기부터였다. 18세기 중엽 당시 과학원 회원이었던 뮐러(G.F. Müller)가 그때까지 알려진 시베리아에 대한 모든 정보들을 모으고 총괄하여 아주 귀중한 2권의 책《시베리아의 역사(The History of Siberia)》를 출간했다. 이 뮐러의 책은 러시아뿐만 아니라 국제 역사학계에서도 주목을 받게 되었다. 시베리아에 대한 학문적인 역사편찬이 정식적으로 이루어진 것은 바로 이 책으로부터 시작된 것이었다.

게르하르트 프리드리히 뮐러(Gerhard Friedrich Müller. 1705-1783년): 독일에서 태어난 그는 라이프치히 대학에서 수학했다. 1725년 그는 러시아 과학원에 초빙되었으며, 출판부장으로 재직하다가 1731년 과학원 교수가 되었다. 1733-1743년 그는 대북방 원정대(Great Northern Expedition)에 파견된 과학원팀 팀장으로 원정에 참가했다. 그는 우랄에서 네르친스크 및 야쿠츠크까지의 시베리아 곳곳을 다니면서 시베리아 마을들에 남아 있는 학술 자료들을 수집했으며, 그중 방대한 규모의 귀중한 자료들을 상트페테르부르크에 가져다 놓았고, 그 자료들은 오늘날 〈뮐러 기증품 38점(Müller's 38 Dossiers)〉으로 알려져 있다. 1745-1746년 그는 대북방 원정의 결과물들에 기초해 그려진 〈러시아 제국 개괄도(General Map of the Russian Empire)〉 제작에 참여했으며, 1748-1749년 그의 주요 저작물인《시베리아 왕국 인상기(A Description of the Kingdom of Siberia)》를 출간했다. 1748년 그는 러시아 시민이 되었고, 과학원에서 역사연구에 몰두하면서《러시아 국가 기원에 관한 노르만족 이론(Norman Theory of the Origin of the Russian State)》의 공동 저자들 중 한 명이 되었다. 이후로도 과학원의 역사학부 신설을 주도하면서 2권짜리 저작물《시베리아의 역사(History of Siberia)》를 포함한 많은 역사 저작물들을 저술했으며, 상트페테르부르크에서 죽었다.

시베리아 역사연구는 18세기 후반과 20세기 초반 사이에 활기차게 진행되었다. 그 시기에 소수의 역사적인 저작물들이 출현했다. 그중 가장 뛰어나고 흥미로운 저작물들은 19세기 말에 출간되었다. 그것들은 1886, 1888년 슬로프초프(P. A. Slovtsov)가 쓴 2권짜리《시베리아 역사 개관(A Historical Survey of Siberia)》, 1889년 안드리예비치(V. K. Andrievich)가 쓴 5권짜리《시베리아 역사 소론(A Historical Essay on Siberia)》, 그리고 1884년 셰글로프(I.V. Shcheglov)가 쓴 〈가장 중요한 시베리아 역사 자료들의 연대순 목록(A Chronological List of the Most Important Data on the History of Siberia)〉이다. 이런 개괄적인 책들 이외에 시베리아 역사의 특별한 문제들에 집중한 책들도 많이 출간되었다.

1917년까지는 대체적으로 학자들이 시베리아가 러시아인들에 의해 비교적 잘 탐험되었다는 사실과 시베리아가 러시아에 편입된 역사에 관해 탐구해 왔다. 하지만 러시아인의 정복 시기 이전의 시베리아 역사는 아주 대략적으로만 기술되었다. 학자들은 이제 그와 관련된 역사적 자료들을 찾아서 모으기 시작했을 뿐이었다.

소비에트 시기에도 시베리아 역사 연구는 계속됐다. 1917년 이후 시베리아를 다양한 측면에서 바라보는 많은 책들과 논문들이 쏟아져 나왔고, 그 중에는 이전에 몰랐던 사실들도 많이 포함돼 있었다. 소비에트 역사가들은 특히 시베리아 고대사 부분, 즉 석기 시대부터 러시아인들이 등장할 때까지의 시기에 대한 연구에서 많은 성과를 올렸는데, 그 연구의 중심에는 과학원 회원인 오클라드니코프(A. P. Okladnikov)가 있었다. 그는 새로운 고고학적 발굴 결과물들과 철저한 조사를 기초로 하여 현재까지 살아남은 시베리아 원주민들과 오래전에 유골로 남아 있는 원주민들 양쪽 모두의 역사를 복원해 내는 데 성공했다.

1968-1969년 과학원 시베리아 지부는 5권짜리 저작물《시베리아의 역사(The History of Siberia)》를 출간함으로써 시베리아 역사연구의 수준을 높이 끌어올렸으며, 이후로도 새롭고, 흥미로우며, 또한 무게감 있는 저작물들이 많이 출간되었다.

알렉세이 파블로비치 오클라드니코프(Alexei Pavlovich Okladnikov, 1908-1981): 이르쿠츠크 주 앙가(Anga) 마을에서 태어난 그는 이르쿠츠크 사범대학교를 졸업하고 레닌그라드 국립대학교에서 대학원 과정을 마쳤다. 그는 1920년대 말부터 1930년대 초까지 청년 공산주의자 동맹(콤소몰 Komsomol)에 가입하여 이르쿠츠크에서 일했으며, 1938-1961년에는 소련 과학원 고고학 연구소 레닌그라드 지부에서 일하면서 시베리아의 고고학 조사업무를 담당했다. 1961-1966년에는 소련 과학원 시베리아 지부 경제연구소 인문학부의 책임자가 되었고, 1964년부터 소련 과학원 준회원이, 그리고 1968년에는 정회원이 되었다. 그는 아카뎀고로독(Akademgorodok, 과학도시인 노보시비르스크)에 있는 과학원 시베리아 지부의 역사 언어 철학 연구소의 창립자이면서 1966-1981년까지 초대 소장을 역임했다. 또한 시베리아 고고학 연구원(Siberian School of Archeology)을 설립하여 수많은 두드러진 고고학적 발굴 성과들을 내면서 시베리아 고대문명의 존재를 증명해 냈다. 그는 시베리아 및 그 주변 지역의 역사와 고고학에 관한 많은 저작물들을 저술했다.

그러나 소비에트 시절의 시베리아 역사 편찬은 그 역사적인 연구의 질적 성과에도 불구하고 부정적인 영향을 미친 중대한 약점 때문에 그 빛이 바랬다. 잘 알고 있다시피 역사에 접근하는 마르크스주의자들의 계급이론이 소비에트 전체의 역사적 작업의 토대로 이용되었던 것이다. 계급이론의 기초는 역사에 있어서 계급투쟁이야말로 역사를 이끌어가는 주요 동력이라는 것이다. 다양한 계급들의 활동상은 계급이론에 따라 부정적인 '반동(reactionary)' 아니면 긍정적인 '혁명적 진보(progressive)'라는 이분법으로 구분되고 평가받았다.

역사에 대해 계급투쟁적으로 접근하는 소비에트 학자들의 계급이론은 시베리아 역사에 대해서도 많은 면에서 왜곡을 불러일으켰다. 대부분의 문제는 계급투쟁이론에서 비롯됐다. 그 의미와 결과, 그리고 그 규모가 의도적으로 부풀려졌다. 예를 들면 인구가 희박한 저 북극에서 씨족생활을 영위하고 있는 소수의 시베리아 원주민들에게조차도 그런 계급투쟁이론을 적용시켰다. 또 하나의 분명한 예를 들자면 시베리아 탐험 시기에 있어서 러시아 정교의 역할에 관한 것이다. 기본적으로 마르크스주의자들은 교회가 노동자들을 압제하는 계급조직이라고 간주해 왔기 때문에, 소비에트 학자들은 주로 교회 활동의 부정적 측면들을 과도하게 강조해 왔으며, 반대로 시베리아의 경제, 그리고 특히 문화발전에 있어서 많은 건설적 기능을 해왔던 교회의 역할은 무시되거나 아니면 단순 언급에 그칠 뿐이었다. 따라서 시베리아 역사에 있어서 많은 중요한 역사적 인물들이 정반대의 평가를 받게 되었다.

소비에트 시절의 이런 계급이론적 접근 방법은 특히 시베리아 역사 연구에 있어서 부정적 영향을 미쳤다. 내전 상태였던 러시아 혁명, 산업화, 집단화 등을 차례로 겪으면서 시베리아는 역사기술에 있어서 가장 많은 오류들을 떠안게 되었다.[9]

다시 요약해서 말하자면, 소비에트 역사가들은 많은 역사적 문제들의 연구에 있어서 일정 부분 진전을 이룩했지만, 마르크스주의라는 틀 안에 갇힌 역사해석이라는 한계를 드러냈다.

소비에트 공산주의체제와 이데올로기가 붕괴된 이후, 시베리아 역사가들은 20세기의 마지막 10여 년 동안 지난 세기의 과오들을 바로잡으면서 시베리아 역사연구에 있어서 아직도 연구가 미진한 부분들을 조명하기 위해 많은 일을 해왔다. 하지만 이런 작업은 아직 갈 길이 멀다. 이제 시베리아 역사에 대한 하나의 통일된 견해가 나와야만 할 때이다. 아직까지 과거의 시베리아 연구 업적과 최근의 연구 성과, 양자 모두를 아우른 보편적 견해가 성립돼 있지 않은 것이다.

---

9) 저자 주: 역사 자료들도 계급적으로 분류돼야 한다는 미명 아래 학자들도 자료를 접할 수 없는 상태에 놓이게 되었다.

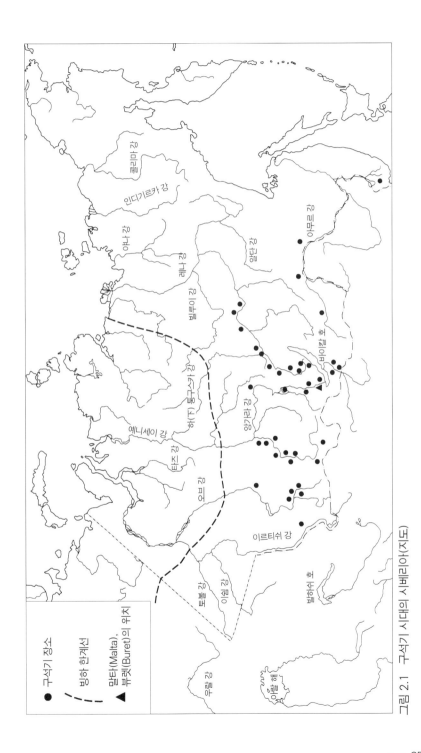

그림 2.1 구석기 시대의 시베리아(지도)

범례:
● 구석기 장소
╌ ╌ 빙하 한계선
▲ 말타(Malta),
부렛(Buret)의 위치

지명:
콜리마 강
인디기르카 강
야나 강
레나 강
빌류이 강
알단 강
아무르 강
바이칼 호
하(下) 퉁구스카 강
앙가라 강
예니세이 강
토즈 강
오브 강
이르티쉬 강
발하쉬 호
토볼 강
이쉼 강
우랄 강
아랄 해

제3장
석기 시대

석기 시대는 인류출현 이후로부터 금속이 사용되기 전까지의 시기를 말한다. 이 시기에 인간은 나무, 뼈, 그리고 돌을 도구로 사용했다. 석기 시대[10]는 다음과 같이 구분된다.

- 구석기 시대(250만 년 전-1만 년 전)
- 중석기 시대(1만 년 전-7·8천 년 전)
- 신석기 시대(7·8천 년 전-5·6천 년 전. 기원전 세 번째 밀레니엄 3-4분기)[11]

시베리아는 인류가 기원한 장소가 아니었다. 왜냐하면 고대인의 삶은 전적으로 자연환경에 의존해 있는데, 시베리아의 기후는 인류 역사 전반에 걸쳐 혹독한 기후대에 속했기 때문이다.

인류의 초기역사는 지구의 자연변화라는 환경에 적응하면서 이어져 갔

---

10) 저자 주: 시대마다 석기 시대의 구분은 완벽하지 않았다. 새로운 고고학 유물들이 발견됨에 따라 그 구분이 변해 왔고, 또 더 상세해졌다. 앞으로 새로운 유물들이 더 발굴됨에 따라 현재 우리가 갖고 있는 견해들이 급격히 변할 가능성도 있다.

11) 저자 주: 이 구분은 오로지 시베리아에만 해당된다. 시베리아에서는 석기 시대 이래로 여러 시베리아 원주민들이 서로 다른 시대를 살아왔다는 견해가 일반적이다. 어떤 부족들은 여전히 오늘날에도 구석기 시대에 살고 있고, 또 어떤 부족들은 중석기, 신석기 시대에 살고 있으며, 또 어떤 부족들은 이미 청동기나 철기시대에 살고 있다.

고, 또 많은 영향을 받았다. 지구의 역사시대는 인간의 출현과 관련되며, 인류 발생 시기는 다음의 세 단계로 이루어진다.

- 에오플라이스토신(Aeopleistocene. 갱신세 초기): 빙하기 이전 시기로, 인류 출현 시기(250만 년 전)로부터 60만 년 전까지 지속됐다.
- 플라이스토신(Pleistocene. 갱신세): 빙하기로, 60만 년 전부터 1만 년 전까지 지속됐다.
- 홀로신(Holocene. 완신세): 현재의 자연지리적 환경 시기로, 약 1만 년 전부터 현재까지 지속되고 있다.

갱신세 시기는 내내 춥기만 했던 시기가 아니었다. 빙하 시기였지만, 빙하가 후퇴하는 따뜻한 시기들도 있어서 빙하기와 후퇴기가 서로 반복되는 시기였다. 이 시기에 지구상의 여러 지역들은 각기 자기만의 다른 방식으로 표출되고 있었는데, 시베리아에서는 유럽이나 북미지역보다 빙하가 훨씬 적게 뒤덮여 있었다.

시베리아에 고대인들이 출현하게 된 상황에는 당시 인간이 살기에 부적합해졌던 다른 지역 사람들이 살기에 적합한 새로운 장소를 찾아 이주해야만 했던 조건에 특히 기인했다고 보여진다. 당시 시베리아 남부지역은 그런 새로운 장소들 중 하나에 속했다. 빙하도 없었고, 동물(매머드, 털코뿔소, 동굴 곰, 사슴 등)들과 식물들이 풍부하여 살아가기에 좋은 환경이었다. 석기 시대 내내 시베리아로의 인류 이동은 계속됐다. 인류는 동부 유럽과 중앙아시아로부터 시베리아로 느리고, 지속적으로 이주해 왔다.

현재까지의 자료에 의하면 시베리아에 초기 인류가 나타난 때는 약 10만 년 전이다.[12] 구석기 시대의 주거지 유적들이 남부 시베리아의 많은 곳에서 발견되었다. 가장 잘 알려지고 연구가 잘 돼 있는 장소는 이르쿠츠크 주의 벨라야(Belaia) 강 유역에 있는 말타(Malta)와 뷰렛(Buret)이다.

시베리아에서 구석기인들은 반(半)유목생활을 영위했다. 그들은 소규모 거주지를 이루며 살았는데, 동물 뼈와 가죽을 집 짓는 재료로 이용했다. 그들은 땅속에 얕은 구덩이를 파고 매머드 갈비뼈들을 단단히 고정시켜 골조를 만든 다음, 사슴뿔들을 엮어서 천장을 만들고 그 위에 가죽을 뒤집어 씌워 집을 완성했는데, 집 한가운데에는 화로를 설치했다.13) 구석기인들은 대개 집단을 이루어 살면서 사냥을 하거나 채집을 하면서 생활했다. 그들은 돌긁개, 칼, 창촉, 나무 몽둥이, 뼈바늘 및 송곳 등을 도구로 사용했다.

그들은 또한 예술 분야도 발전시켰다. 말타와 뷰렛 유적에서는 뼈로 만든 작은 여성 나상들, 즉 비너스상들이 발굴됐다(이것은 전 세계의 약 30%에 해당하는 양이다). 이 비너스상들은 풍요와 다산을 기원하는 여성숭배의식을 구체화한 것이다. 구석기인들에게는 복혼제(polygamy)가 관습이어서 아이의 아버지는 알 수 없었고, 가족의 기원은 모계로 추정되었다. 각 가족의 존속은 여성의 다산에 달려 있었다. 그래서 여성은 높이 숭배되었다. 구석기 유적들에서는 비너스상을 제외하고도 목걸이나 부적 같은 것들을 포함한 뼈로 만든 많은 장신구들이 발굴됐다. 고대인들이 이들 물건들에 어떤 특별한 의미를 부여했음이 분명하다. 그것들은 사냥꾼들을 보호해 주고 행운을 가져다주는 신앙의 대상이었다.

구석기 시대 말과 중석기 시대에 인간은 시베리아 전 지역에 걸쳐 서서히 퍼져 나갔다. 이런 확산은 기후 변화 등 자연 조건의 변화에 따라 일어

---

12) 세간에는 시베리아에 인류가 나타난 때는 약 100만 년 전이라는 이론도 있다.

13) 저자 주: 이누이트족은 20세기 초까지도 츄코트카와 알래스카에서 이런 식으로 집을 지어 살고 있었다.

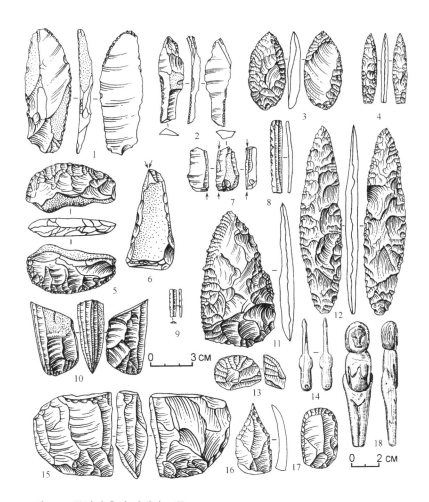

그림 3.1 구석기 후기 시대의 도구

①-⑫ 듁타이 동굴(Diuktai Cave) 유적 출토 도구들, ⑬-⑱ 말타 유적 출토 도구들,
① 재가공 돌날, ② ⑥-⑦ 끌, ③ ④ ⑫ 창촉, ⑤ 긁개, ⑧ ⑨ 세형 돌날, ⑪ 양날 칼,
⑩ ⑮ 쐐기형 도구들, ⑬ ⑰ 긁개, ⑯ 뚜르개, ⑭ ⑱ 뼈로 만든 작은 소조상들. 새와 여
성(비너스상).

났다. 홀로신, 즉 완신세가 진행됨에 따라 시베리아의 남부와 중부 지역들

은 서서히 숲으로 덮여 갔다. 초기 사냥꾼들이 주요 먹잇감으로 삼았던 매

머드와 털코뿔소 등이 초지를 찾아 더 멀리 북쪽으로 이동해 감에 따라 인

그림 3.2   말타 유적의 티피 양식(Tepee-style. 북미 인디언의 천막집 양식) 주거지 복원

간들도 그들을 따라갈 수밖에 없었다. 중석기 시대에 인간들은 도구를 개량해 썼는데, 활, 화살, 작살 등을 발명해 냈고, 석기들은 훨씬 더 정교해졌다.

시베리아에 정착한 초기 인류의 자연 환경은 신석기 시대(기원전 8,000-7,000년 전)가 시작되면서 완전히 바뀌었다. 대형 포유류 동물인 매머드와 털코뿔소 등이 모두 멸종했고, 오늘날의 자연풍경 모습이 만들어졌다. 기존의 생존 방식으로는 더 이상 살아남을 수 없었으므로 인간은 새로운 삶의 방식을 찾아야만 했다.

인류 역사상 신석기 시대에 혁명적인 변화가 일어났다. 즉 고대인들은

- 석기 제작 기술을 상당히 발전시켰다. 돌을 갈고 닦는 기술을 익혀서 새로운 도구들(돌도끼, 돌칼 등)을 만들어 냈다.
- 도기 제작 방법을 발견했다(음식의 조리, 보관을 위한 질그릇이 출현).
- 새로운 사냥 및 낚시 도구들(카누, 낚싯대, 낚시 바늘 등)을 발명하고 활과 작살의 형태를 개선, 발전시켰다.
- 동물들을 가축화시켰다(개, 양 등).
- 경작을 시작하여 음식물을 다양화시켰다.
- 집 짓는 기술을 개선시켰다(집 짓는 데 나무 사용을 더 확대).

결과적으로 고대인들은 더 안정적인 생존 조건을 만들면서 발전해 나갔다. 초기 인류의 단순한 경제활동은 신석기 시대에 이르러 서서히 사라지게 되었고, 대신 인류는 생존에 가장 좋은 수단을 제공해 주는 활동에 종사하기 시작했다. 그러나 시베리아의 신석기인들은 혹독한 기후조건 때문에 본격적으로 땅을 일구거나 가축을 기르지는 못했지만, 각기 다른 주어진 자연환경에 적응하면서 더 세련된 도구들로 사냥이나 낚시 등의 일거리에 종사하게 되었다.

제4장
청동기 시대

시베리아에 청동기 시대[14]가 다가온 때는 기원전 세 번째 밀레니엄 (millennium. 千年期) 후반기(약 4,500년 전)였다. 그때 인류는 금속으로 물건들을 만드는 기술을 익힌 상태였으므로 삶에 있어서 중대한 변화를 겪고 있었다. 시베리아에서 청동기 시대는 기원전 첫 번째 밀레니엄 후반기까지 약 2,000년간 지속됐다.

시베리아에서 청동기 시대는 동일한 방식으로 발전하지 않았다. 신석기 시대부터 청동기 시대까지는 인구가 서서히 늘어났는데, 그 변화의 시작은 시베리아 남부에서부터 왔다. 즉 알타이(Altai) 산맥, 쿠즈네츠크 알라타우 (Kuznetsk Alatau) 산맥, 사얀(Saian) 산맥, 그리고 트랜스바이칼리아 (Transbaikalia. 바이칼 호의 동남쪽 지역) 지역이 그곳들인데, 그곳들에는 비철금속과 귀금속(구리, 아연, 은, 금 등) 매장지들이 많이 있었고, 또 자연 환경도 우호적이었다(비옥한 강 계곡 땅, 알프스 같은 목장 지대 및 삼림 초원 지대). 시베리아 북부와 극동 지역에는 비철금속 매장지가 그리 많지 않았으므로, 인류는 신석기 시대의 상태로 계속 살아가야 했고, 금속 제품들을 수입해서 쓰는 일은 그리 드물지 않은 일이었다.

고고학적 발굴에 따라 시베리아 남부에서는 청동기 시대 동안 문화의 연속성들이 있었던 시기들이 있었다는 사실이 드러났으며, 그 문화 이름들은

---

14) 저자 주: 청동기 시대는 인류역사에 있어서 비철금속의 사용과 관련된 시기이다.

각각의 발굴 장소 이름을 따 만들어졌다.[15]

현재까지 알려져 있는 시베리아의 첫 번째 청동기 시대 문화는 아파나셰보 문화(Afanasevo culture. 기원전 세 번째 밀레니엄 후반기 – 기원전 두 번째 밀레니엄 중반까지)이다. 그 문화는 알타이 산맥과 사얀(Saian) 산맥 사이의 초원 지대에 위치해 있었는데, 그곳은 노천에서 구리 광석을 캐기 쉽고, 또 땅을 일궈 경작하는 장소로 이동하기도 쉬운 곳이었다.

아파나셰보 문화 사람들은 시베리아에서 최초로 광석에서 금속을 추출해 사용했던 사람들이었다. 그들은 원시적인 방법으로 부드러운 금속들(구리, 주석, 은, 금 등)을 획득한 다음, 대장간의 단조 가공을 통해 목걸이, 팔찌 등의 장식품들을 만들었다. 금속 성형 기술이 아직 알려지지 않았기 때문에, 아파나셰보 문화 사람들은 금속 도구들보다는 석기 도구들을 더 광범위하게 만들어 썼다. 그들은 돌로 도끼, 곡괭이, 창촉, 화살촉, 칼 등을 만들어 썼다.

아파나셰보 문화 사람들이 시베리아의 다른 주민들과 구별되는 두 번째 특징은 그들이 땅을 개간하여 경작하고 가축을 기르는 일로 전업했다는 점이다. 그들은 소, 말, 양 등 주요 가축들 모두를 길렀다. 그들은 경작에 관해 많이 알지 못했으므로, 곡괭이 같은 도구들을 사용하는 것에 의지했다. 하지만 경작과 가축 기르기에 전적으로 매달리지 못했고, 고대인의 전통적인 사냥과 채집 행위들이 그들의 삶에서 여전히 중요한 역할을 차지했다.

아파나셰보 문화 사람들은 반(半)유목 형태의 삶을 살았으며, 작은 가족 주거지들을 이루어 살았다. 주요 주거 양식은 땅을 절반 정도 판 오두막집

---

15) 저자 주: 여기서 '고고학적 문화'란 용어는 시공간적으로 제한된 범위 안에서 고대인들이 집단적으로 남겨 놓은, 공통된 성격을 지닌 도구, 장식, 도기, 무기 등의 유물들로 구성되는 공통된 문화를 말한다.

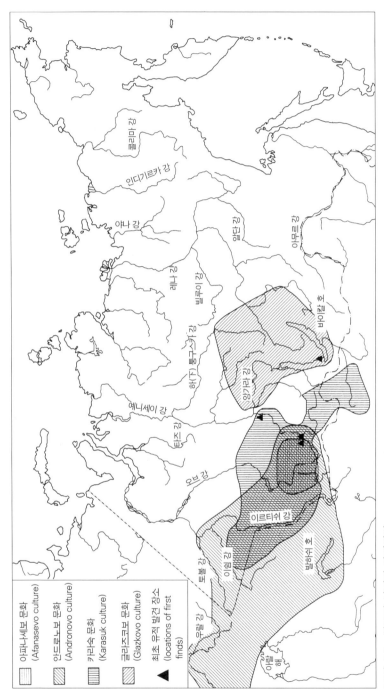

그림 4.1 청동기 시대의 시베리아

범례:

아파나세보 문화
(Afanasevo culture)

안드로노보 문화
(Andronovo culture)

카라숙 문화
(Karasuk culture)

글라즈코보 문화
(Glazkovo culture)

▲ 최초 유적 발견 장소
(locations of first finds)

지명:
콜리마 강, 인디기르카 강, 야나 강, 레나 강, 빌류이 강, 하(下) 퉁구스카 강, 알단 강, 아무르 강, 바이칼 호, 앙가라 강, 예니세이 강, 톰 강, 오브 강, 이르티쉬 강, 이쉼 강, 토볼 강, 발하쉬 호, 우랄 강, 아랄 해

(땅에 구멍을 파고 그 위에 작은 나무뼈대를 설치한)이었으며, 인종적으로는 유럽인종이었다.

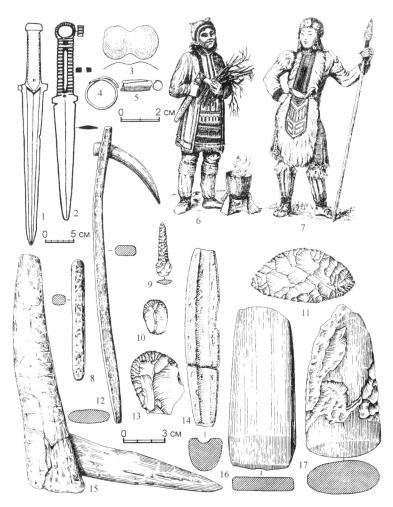

그림 4.2 청동기 시대 유물들
①-⑤ 카라숙 문화 유물들, ⑥-⑰ 글라즈코보 문화 유물들, ①-② 청동 단검, ③-⑤ 청동 장식품(놋쇠 마구장식, 고리, 핀), ⑥-⑦ 당시 옷의 재현, ⑧ 미확인 물품, ⑨ 뚜르개, ⑩ ⑬ 긁개, ⑪ 칼, ⑫ 합체 낚시 바늘, ⑭ 활촉 고정대, ⑮ 합체 칼, ⑯-⑰ 까귀

기원전 두 번째 밀레니엄 중반기에 그들은 남부 시베리아의 안드로노보 문화 사람들에 의해 교체됐으며, 안드로노보 문화(기원전 두 번째 밀레니엄 중반기부터 말기까지)는 사얀 산맥부터 우랄 산맥까지 너른 지역에 걸쳐 확산됐다.

안드로노보 문화 사람들은 금속 제련에 능했다. 그들은 석제 도구들을 이용해 땅을 얕게 파 비철 및 귀금속 원석들을 캐내서, 땅을 파고 만든 특수한 화로에 넣고 녹인 다음, 미리 준비해둔 석제 거푸집에 넣어 성형시켰다. 그런 다음 금속 제품의 표면을 연마하기 위해 추가로 단조 공정을 거치도록 했다. 단조 공정을 거쳐 금속은 단단해지고 날은 날카로워졌다. 안드로노보 문화 사람들은 이렇게 금속으로 다양한 도구들(도끼, 바늘, 칼 등), 무기들(화살촉, 창촉 등), 그리고 장식품들을 만들어 냈다. 야금 기술이 발달함에 따라 석기 사용은 서서히 줄어들다가 마침내 중단됐다.

이 시기에 가축 사육은 더 발달되었다. 안드로노보 사람들은 이전의 아파나셰보 사람들과 마찬가지로 모든 종류의 가축들을 길렀다. 그들의 주요 가축은 소였는데, 소는 고기, 가죽, 유제품 등을 제공해 주었다.[16] 양은 두 번째로 중요한 가축이었다. 가죽은 외투를 만드는 데, 그리고 털은 모직 천을 만드는 데 쓰였다. 안드로노보 사람들은 여름과 겨울 초지를 번갈아가며 이동하는 반(半) 이주식(移住式)으로 가축을 길렀고, 겨울을 대비해 건초를 준비했다. 이런 가축 사육 때문에 초기 인류의 생계 수단인 채집, 사냥, 어로 활동이 이 시기에 들어서 서서히 그 중요성을 잃어갔다.

이 시기에 도기 제작 기술은 더 발전됐다. 원시적인 항아리 대신, 안드로노보 사람들은 모양과 질을 더 완벽하게 하면서 장식까지 하게 되었다.

---

16) 저자 주: 학자들은 그보다 더 이전 주민들이 유제품들을 만들 수 있었는지에 대해 아직까지 모르고 있는 상태이다.

안드로노보 문화 사람들은 정착해서 살았다. 주거 형태는 땅을 절반 파서 만든 커다란 직사각형 오두막집으로, 크기는 최대 150㎡까지였다. 높이가 약 1m 정도의 흙벽에는 석판들이 붙여져 있고, 위에는 작은 나무 뼈대가 설치됐다. 집안 한가운데에 화로가 있었고, 벽 쪽에는 판자 침대들이 있었으며, 같은 씨족의 여러 가족들이 함께 살았던 것으로 보인다.

이 시기에 남성들의 사회적 위치가 상승하기 시작했다. 남성들은 그 시대의 기본적인 직업들, 즉 가축 사육, 야금술, 수공예, 전쟁 등의 모든 것들을 독점했다. 결과적으로 남성들의 사회적 역할이 증대해 가고, 반대로 여성들의 역할은 줄어들어 가사와 아이 양육 등으로 제한됐다. 이렇게 하여 일반적인 생활의 표준이 이루어지게 되었다.

기원전 두 번째 밀레니엄 말기에 카라숙 문화가 안드로노보 문화를 대체했다. 카라숙 문화(기원전 두 번째 밀레니엄 말부터 첫 번째 밀레니엄 초까지)는 시베리아 청동기가 정점에 이른 시기로 생각되는데, 그 당시에 금속 성형 기술이 정점에 이르렀다. 카라숙 문화 사람들은 다양한 금속 제품들(도구, 가재도구, 무기, 장식품 등)을 만들어 썼다.

카라숙 문화 시기에 남부 시베리아에서는 가축 사육이 제일가는 직업으로 올라섰다. 가축 사육은 그 지역 사람들의 삶에 필요한 모든 것들(음식, 가죽 및 모직 천 등)을 제공해 주었다. 가축 사육은 주기적이면서 반(半) 이주식이었다. 즉 겨울에는 가축들을 실내에 가두어 기르고, 여름에는 야외 초지에 풀어놓아 길렀다. 카라숙 사람들은 선주민들과 마찬가지로 정착해서 보다 넓은 반(半) 움막집에 살았다.

카라숙 사람들은 말타기 기술에 능했다. 그들은 간단한 말굴레를 만들어 쓰기 시작했다. 하지만 아직 딱딱한 금속 재갈이나 안장 같은 것은 사용되지 않았다. 말타기 기술로 사람들은 더 멀리 이동할 수 있었고, 또 더 넓게 각종의 인간들과 교류를 할 수 있게 되었다. 그리하여 그들은 이웃 주민들과 폭넓은 교류를 하게 되었다. 카라숙 문화의 금속 제품들은 시베리아의 많은 인접 지역들, 그리고 저 멀리 야쿠티야(Yakutia)에까지 퍼져나갔다.

시베리아 동부 지역에 있는 사람들은 청동기 시대에도 선주민들의 생활양식, 즉 사냥, 어로, 채집 등을 그대로 유지하고 있었다. 그럼에도 불구하고 금속의 사용은 그들의 삶을 상당 부분 변화시켰다. 청동기 시대 시베리아 동부지역 사람들의 문화는 글라즈코보 문화라는 이름을 얻었다. 글라즈코보 문화(기원전 17-13세기)는 예니세이 강과 바이칼 호 사이 지역에서 융성했다. 게다가 같은 시기에 비철 및 귀금속 노천광들이 상당수 있었던 트랜스바이칼리아(Transbaikalia) 지역에는 작은 지역문화들도 존재하고 있었다.

글라즈코보 문화 사람들은 처음에 자연 상태로 발견된 금속을 냉간 단조했다가, 나중에 성형기술을 익혔다. 그들은 칼, 바늘, 낚시 바늘을 위시한 기타 도구들, 그리고 무기 및 장식품 등을 생산해 냈다. 하지만 그들 제품들의 형태는 알타이-예니세이 지역 문화 제품들에 비해 덜 세련되었다.

금속의 사용으로 그들은 낚시 바늘과 같은 어로 도구들에 있어서 상당한 진전을 이룩할 수 있었다. 결과적으로 더 많은 효과를 볼 수 있었던 어로 작업은 글라즈코보 사람들의 주요 직업이 되었다. 사냥, 어로, 채집 활동은 반(半) 유목 생활방식을 하게끔 만들었다. 글라즈코보 사람들은 가벼운 이동식 주거 형태인 춤(chum. 가죽이나 나무껍질로 만든 티피 양식의 집)을 만들었다.

사회적인 면에 있어서 글라즈코보 사람들은 알타이-예니세이 문화 사람들과 유사한 방식으로 발전해 갔다. 사회적으로 남성들의 역할이 상승돼 가는 것이 주요 경향이었다. 이런 경향을 증명해 주는 것이 바로 글라즈코보 문화의 장례 의식이다. 남편이 죽으면 아내는 강제로 죽임을 당해 무덤에 묻혔다. 글라즈코보 문화 매장지들 중 일부에서는 샤먼의 부속물들이 발견됐는데, 그것들은 명백히 샤머니즘의 탄생을 말해 주고 있다.[17]

---

17) 저자 주: 대체로 샤머니즘은 더 세련된 종교들이 나타나기 이전부터 존재해 온 종교의 특별한 형태이다. 샤머니즘의 기본은 영혼숭배 사상이며 자연정령숭배 사상과도 연결된다. 샤머니즘의 특징은 샤먼이란 존재와 '캄라니(kamlanie. 역주: 러시아어로는 카믈라니에. 여기서 '캄'이란 알타이어로 샤먼이란 뜻이다)'라는 특별한 의식에 있다. 샤먼(이 단어는 퉁구스어에서 기원했다)은 캄라니라는 의식을 거행하면서 특별하고도 성스러운 부속물들(의복, 탬버린, 지팡이 등)을 사용하여 무아지경 속에 빠져들어가 타 영혼이 그의 몸이나 영혼 속에 들어가거나, 아니면 그의 영혼이 타 영혼세계에 진입하여 타 영혼과 교통할 수 있는 능력을 가진 자이다. 캄라니 의식을 통해 샤먼은 특별한 상황에 빠진 사람들을 보호해 주도록 영혼에게 요청하여 치유 행위를 수행한다.

제5장
스키타이 시대

유라시아 초원 지대 사람들의 역사에 있어서 기원전 첫 번째 밀레니엄 시기는 스키타이 시대[18]로 불려 왔다. 이 시기 동안 다뉴브에서 트랜스바이칼리아 및 만추리아(Manchuria. 만주)까지의 방대한 지역에 걸쳐 살고 있는 사람들은 물질적으로, 예술문화적으로, 그리고 사회제도적으로 공통된 특성을 공유하고 있었다.

스키타이 시대에 시베리아 거주민들은 서서히 제철 기술을 익혀 갔다. 시베리아에서는 많은 지역들에서 고대 철광산과 철제품들이 발견돼 왔다. 결과적으로 남부 시베리아 지역 사람들의 생활양식과 가내경제에 있어서 상당한 변화가 초래됐으며, 여기에서 아주 커다란 고고학적 문화유적들이 여러 개 발견되었다. 그중 가장 잘 알려져 있고, 또 가장 잘 연구돼 온 문화유적들은 타가르(Tagar), 파지릭(Pazyryk), 그리고 '판석묘(板石墓. Slab-Grave)' 문화이다. 한편 북부 시베리아 지역 종족들과 극동 지역 종족들의 생활방식은 이전 시기와 달라진 것이 없었다.

타가르 문화(기원전 7-2세기에 번성했던)는 예니세이 강 상류에 있는 미누신스크 분지(Minusinsk Basin) 지역에서 번성했다. 이 문화의 경제적 토

---

18) 저자 주: 고대 역사가들은 이 명칭을 흑해 북안에 사는 종족들에게 뿐만이 아니라 헝가리에서
부터 트랜스바이칼리아, 그리고 만주까지의 초원 및 초원 삼림 지대에 사는 모든 종족들에게
부여했다.

대는 가축 사육이었는데, 사람들은 정착과 이동을 반반씩 섞어 하면서 가축을 길렀다. 타가르 사람들은 말달리는 기술에 능했으므로 너른 초지에서 이곳저곳으로 이동하면서 1년 내내 기를 수 있는 가축 사육체제가 발달될 수 있었다. 초지가 아닌 다른 땅에서는 주기적으로 가축 사육을 하면서도 옛날식 반(半) 정착생활을 영위했으며, 타가르 문화 시대 동안 농경은 더 발전해 나갔다. 곡괭이는 여전히 주요 농경 도구로 남아 있었지만, 사람들은 미누신스크 분지에서 관개시설을 만들어 밭에 물을 대기 시작했다. 이 문화 시기에 야금술은 점차적으로 하나의 독립된 산업으로 바뀌어 가기 시작했으며, 청동주조 성형 기술은 완벽할 정도로 대단히 발전했다. 타가르 문화의 장인들이 만든 가공품들은 시베리아, 중앙아시아, 그리고 동부 유럽에까지 퍼져 나갔다. 기원전 5세기부터 타가르 문화 사람들은 제철 기술을 익혀서 도끼, 무기, 칼, 곡괭이 등의 대부분의 생활 필수용품들을 만들어 냈다.

가축 사육에 있어서 정착과 이동의 혼합 방식, 그리고 제철 기술의 습득으로 인해 집 짓는 일에도 진전이 있었다. 타가르 문화 사람들은 두 가지 방식의 집을 지어 살았는데, 하나는 가볍게 조립할 수 있는 유르타(yurta)[19]이고, 다른 하나는 무겁고 단단하게 지은 집이었다. 그들은 반(半) 움집 형태의 주거 형식 대신 통나무 오두막집을 짓기 시작했다.

타가르 문화 사람들은 매우 발달된 예술문화를 만들어 냈다. 그들의 예술문화는 자연을 응용하고 '스키타이-시베리아 동물 양식'[20]을 이용한 것

---

19) 저자 주: 아시아 유목민들의 이동식 주거 수단으로 둥근 형태이며, 접혀 있는 나무격자 뼈대를 펴서 설치하고 그 위에 두꺼운 모직 천을 씌우면 완성된다.

20) 저자 주: '스키타이-시베리아 동물 양식'이란 역동적인 동물 모습을 묘사한 고대의 예술 양식을 말한다. 이 양식은 유라시아 초원 및 삼림 초원 지대 종족들 사이에 널리 퍼져나갔다.

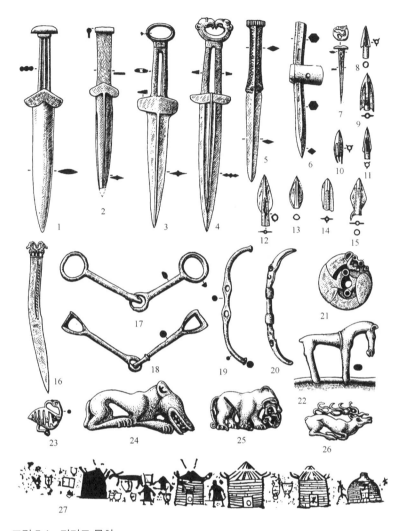

그림 5.1 타가르 문화

①-⑤ 단도, ⑥ 곡괭이형 투부, ⑦ 못, ⑧-⑮. 화살촉, ⑯ 칼, ⑰⑱ 말 재갈, ⑲⑳ 말 재갈멈치, ㉑㉓-㉖ 마구 놋쇠 장식품, ㉒ 솥 손잡이, ㉗ 암각화.

이었다. 그들은 금, 동, 뼈, 나무 등의 재료들을 사용해 매우 높은 수준의 작은 동물상 및 다양한 장식품들을 생산해 냈다. 한편 타가르 문화의 암각화

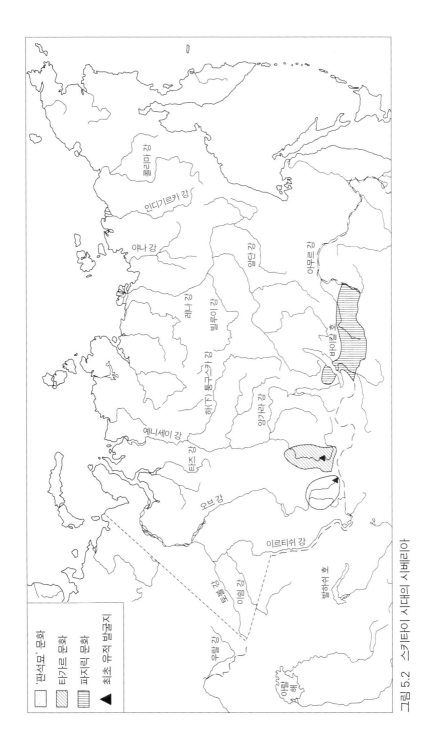

그림 5.2 스키타이 시대의 시베리아

는 오늘날에도 살아남아 있다.

사회적 계층분화는 타가르 문화 시기에 더욱 진전되었다. 다른 시베리아 지역 사람들과 마찬가지로 그들도 친족체제 속에서 살았는데, 부유한 사람들 및 지배층 계급 사람들은 특별한 혜택을 누렸다. 즉 거대한 쿠르간(kur-gan. 봉분)[21]들이 만들어졌다. 타가르 문화 시기의 가장 큰 봉분은 살브익 쿠르간(Salbyk kurgan)으로 높이가 11m, 직경이 500m이다. 봉분 주위로는 무게가 20-50톤에 달하고 높이가 6m 정도의 거대한 판석들이 수직으로 둥그렇게 원을 이루며 둘러서 있다. 무덤 안에는 귀족계급의 전사 1명, 그리고 그의 아내들 및 노예들이 함께 묻혀 있었다. 타가르 문화 사람들은 형질인류학적으로 볼 때 유럽인 유형에 속한다.

파지릭 문화(기원전 5-3세기)는 알타이 지역에 위치해 있다. 타가르 문화 사람들과 마찬가지로 파지릭 문화 사람들도 가축 사육자들이었다. 그러나 그들은 이주식(移住式) 가축 사육 방식을 발전시켰고, 결과적으로 그들의 삶도 많은 영향을 받게 되었다. 파지릭 문화 사람들은 모든 종류의 가축들을 길렀고, 그로 인해 음식(고기 및 유제품들)과 의복을 제공받았다. 그들은 가축 털로 모직 천을 만들고, 신발을 만들어 신었으며, 또 가죽으로는 외투 및 가재도구들을 만들어 썼다. 이주식 가축 사육으로 전환하게 되자, 이동 수단인 말의 역할이 더 중요하게 되었다. 말 사육이 점차 독립된 산업으로 바뀌어 가면서 파지릭 사람들은 두 가지 주요 말 품종들을 기르게 되었다. 한 품종은 키가 작고 다리가 굵은 강인한 종이고, 다른 한 품종은 키가 크고 다리가 긴 종이었는데, 두 품종 모두 중앙아시아에서 왔다. 파지릭 사람

---

21) 저자 주: 언덕, 구릉 모양의 고대 봉분으로 대체로 흙으로 만들어지지만, 돌로 만들어지는 경우도 있다.

그림 5.3 타가르 문화 봉분 발굴

들은 안장[22]을 발명해 내고 마구들을 개선시킴으로써 먼 거리를 더 빠르게 주파하는 것이 가능해졌다.

　이주식 가축 사육 방식으로의 전환은 삶 역시 이동식으로 바꾸어 놓았다. 가볍고 접을 수 있는 모직 천 천막인 유르타(yurta)는 주요 거주 양식이 되었다. 이주식 가축 사육과 유목적 삶의 방식은 운반 수레의 출현을 가져오게 했다. 파지릭 문화 사람들은 바퀴에 대해 알고 있었으므로 두 종류의 수레들을 운용했다. 즉 하나는 사각형 상자 모양의 운반 수레로 황소들이 끌었고, 다른 하나는 사람을 운반하는 가벼운 마차로 말들이 끌었다.

　파지릭 사람들의 이런 유목생활은 멀리 떨어져 있는 종족들과도 상호관계를 확대해 나갈 수 있게 해주었다. 파지릭 문화 봉분들에서는 페르시아에서 온 것들(카펫, 천 등), 중앙아시아에서 온 것들(고수풀 씨앗, 남부지역

---

22) 저자 주: 파지릭 안장은 지금까지 발견된 것 중 가장 이른 시기의 안장이다(이 시기에 고대 그리스, 페르시아, 아시리아, 그리고 기타 지역에서 안장은 사용되지 않았다).

목재, 말 등), 중국에서 온 것들(비단, 청동 제품, 거울 등) 등이 발굴됐다. 이
들 중 가장 값진 것을 들자면 페르시아 카펫을 들 수 있는데, 이것은 카펫
제조 역사상 가장 오래된 유물로 꼽힌다. 이 카펫은 125만 개의 실을 이어
붙인 아주 정교한 작품으로 유명하다. 이와 유사한 카펫을 소유하기 위해
기원후 1세기경 로마황제 하드리아누스는 108톤의 청동, 즉 400만 세스테
르티(sestertii)[23]에 해당하는 금액을 지불할 정도였다.

파지릭 사람들은 타가르 사람들과 마찬가지로 청동기 성형 기술에 있어
서 매우 높은 수준에 도달해 있었으므로 금속 생산 기술을 발전시킬 수 있
었다. 따라서 그들은 철 생산 기술을 익혀 도구, 가재도구, 무기 등을 만들
어 냈다.

파지릭 사람들은 또한 '스키타이-시베리아 동물 양식'이라는 응용미술
부문에서도 매우 높은 기술 수준에 도달해 있었는데, 금속, 뼈, 나무, 가죽,
모직 천 등과 같은 재료에 옅은 부조 및 실루엣 같은 방법을 사용해 동물
조각상들을 만들었으며, 심지어 자신들의 몸에도 동물 그림을 문신해 넣었
다.

이주식 가축 사육 및 유목생활로의 전환에 따라 가축 수가 증가하고 부
가 축적되었으며, 또한 금속 생산 기술이 발전됨에 따라 전쟁의 빈도수도
증가했다. 가축과 풍요로운 초지를 빼앗기 위해 전쟁이 벌어졌으며, 서서
히 그러한 전쟁은 그들 유목생활에서 떼어낼 수 없는 일부분이 되었다. 전
쟁이 빈번해지자 전투 방법과 무기에 있어서 개선 효과가 나타났다. 기병
대가 군대의 주력이 되었다. 파지릭 전사들은 전쟁에서 주로 활을 사용했
는데, 화살촉에는 날이 3개가 붙어 있어 지속적인 비행이 가능했다. 이외에

---

23) 저자 주: 세스테르티우스(sestertius)는 고대 로마의 청동 동전으로 27g 무게였다.

도 그들은 돋을새김을 한 손잡이가 달린 긴 단검을 사용했으며,[24] 방어 무기로는 나무판을 가죽띠로 감싼 방패를 사용했다.

파지릭 사람들은 사회가 계층화되는 활발한 과정 속에 있었다. 그들은 씨족제도를 갖고 있었다. 부유한 씨족 사람들과 귀족들은 씨족장과 부족장들의 무덤들 너머 파지릭 계곡(Pazyryk Valley)과 우코크 고원(Yukok Plateau)에 있는 커다란 봉분들에 묻혔다. 그것들 중 가장 유명한 것은 대(大) 파지릭 봉분(Great Pazyryk)으로, 흙과 돌로 만들어진 커다란 언덕을 형성하고 있는데, 그 크기는 대략 2,000m²에 달한다. 그 밑에는 하나의 방이 있는데, 크기가 약 200m²에 달하고, 그 안에 약 500개의 통나무 층으로 이루어진 무덤이 조성돼 있다. 이 봉분의 낙엽송으로 만든 목관에는 부족 연합장이 자신의 아내와 노예들, 14마리의 말과 많은 다양한 부장품들(전차, 안장, 카펫, 도자기, 의상, 장식 무기 등)과 함께 묻혀 있다.

'판석묘(Slab-Grave)' 문화(기원전 13-3세기)는 초원 삼림 지대에 널리 퍼져 있는데, 바이칼호 서부 지역, 동부의 트랜스바이칼 지역(Transbaikalia), 그리고 몽골 지역을 포함하고 있다. 이 문화에서는 봉분 주위로 2m 높이의 판석들이 수직으로 벽을 이루어 세워져 있다. 또한 판석묘 문화의 경제는 유목 목축에 기초하고 있었다. 그 사람들은 음식과 의복을 구하기 위해 모든 종류의 가축들을 길렀다. 그러나 주종은 유목에 가장 일반적인 양과 말이었다. 방대한 지역을 떠돌아다니는 유목생활과 목축의 혼합은 이동성을 촉진시켜 다른 지역 민족들과의 접촉 및 민족 간 관계의 발전으로 이끌었다. 고고학적 발견은 중국으로부터 고대 스키타이(ancient Scythia, 흑해 북안의) 지역까지의 유라시아 초원 삼림 지대 주민들과의 그

---

24) 저자 주: 남부 시베리아의 다른 종족들도 유사한 무기들을 사용했다.

그림 5.4 판석묘

런 관계를 보여주는 증거들을 제공해 주고 있다.

대량 목축의 이런 유목적 생활 양상은 판석묘 문화 사람들의 삶에 있어서 군사적 요소를 증진시키는 요인이 되었다. 파지릭 사람들처럼 그들은 비옥한 초지와 가축을 획득하기 위해 전쟁을 치렀는데, 그런 전쟁은 서서히 떼어놓을 수 없는 생활의 일부가 되었다. 판석묘 유적들로부터 칼과 무기류들이 고고학적 유물들 중 가장 일반적인 것들이라는 사실은 전쟁이 그들 문화에 있어서 의미 있는 역할을 했다는 사실을 말해 주고 있다. 그들의 사회 또한 사회 계층화 과정에 있었지만, 타가르와 파지릭 문화에서보다 정도는 덜했다. 판석묘 또한 유물의 양과 크기에 있어서 다양했다.

또한 이 문화 사람들은 금속 생산의 발전 단계에 있었는데, 그것은 구리, 아연, 납, 그리고 은(특히 트랜스바이칼 지역)의 풍부한 노지 매장에 의해 촉진되었다. 그들은 광산과 용광로를 만들었다.

그림 5.5 사슴돌

광석은 돌로 만든 도구들로 캐어졌다. 곡괭이, 쐐기, 삽 등이 그것이다. 거푸집 역시 돌로 만들어졌으며, 이판암(泥板岩)이 가장 빈번하게 사용되었다. 이 문화 사람들은 서서히 철 생산 기술을 습득해 갔으며, 금속이 도구, 가재도구, 무기 등을 위해 이용되었다.

남부 시베리아의 다른 민족들과 마찬가지로, 판석묘 문화 사람들은 '스키타이-시베리아 동물 양식(Scythian-Siberian animalistic style)'을 이용하여 응용예술 분야에서 아주 높은 수준에 도달했다. 그들은 무기류, 의상의 일부, 마구류, 수많은 가재도구류 등에 동물 그림들을 장식했다. 그들은 금, 은, 구리, 뿔, 뼈, 나무와 가죽 등을 이용했다. 판석묘 문화 초기 시절의 의미 있는 예술적 특성은 '사슴돌(deer stones)'에 드러나 있다. 그것은 수직으로 서 있는 사각형 돌인데, 거기에는 달리는 사슴 그림이 새겨져 있다. 그 시기의 하반기에 이 돌들은 그 의미를 잃어버리면서 무덤 벽으로 사용되기 시작했다. 이 문화의 돌 그림 역시 살아남았다. 판석묘 사람들은 인류학상 몽골로이드 타입(Mongoloid anthropological type)으로 보인다.

제6장
흉노족 시기의 시베리아

기원전 첫 번째 밀레니엄 말기 및 기원후 첫 번째 밀레니엄 초기 무렵은 시베리아 역사학에서 '흉노족 시기(period of the Huns)'로 불려 왔다. 원래 흉노족(匈奴族)은 현재 몽골의 중국 측 지역(고대의 오르도스 지역. ancient Ordos)에 살았다. 흉노족은 시베리아에 있는 많은 유라시아 민족들의 역사에 있어서 중요한 역할을 떠맡게 되도록 예정돼 있었다. 그들의 생활양식은 전형적인 가축 생산이었다. 그들은 전사였으며, 펠트로 만든 유르타(felt yurtas)에 살았고, 잘 발달된 물질 및 예술 문화를 영위했다. 인류학적 타입에 따르면 그들은 몽골로이드(Mongoloid)로 알려져 있다.

중국의 북쪽 변방에 살던 그들은 초지를 따라 가축들을 데리고 이동한다. 가축 중에서 그들은 주로 말, 소, 그리고 양 및 염소들을 주로 돌보며, 낙타, 당나귀, 그리고 야생 나귀 및 야생 말들도 어느 정도 기른다. 그들은 물과 초지를 찾아 이리저리 이동한다. 그들은 가축을 먹고 살며, 그 가죽으로 옷을 해 입는다. 그들은 가죽옷과 울로 짠 옷을 입는다.

— 사마천(고대 중국 역사가), 기원전 1세기

기원전 209년 흉노족 24개 집단들이 하나의 군사적 부족 연맹 국가로 통일되는 일이 벌어졌는데, 나중에는 '흉노 제국(Hunnic Empire)'이란 이름을 얻게 되었다. 이 제국의 설립자는 선우 모돈(shan-yü Modae)[25])이었다. 이 흉노 부족 연맹체는 이전의 판석묘 문화의 영역을 모두 차지했다.

제국의 핵심을 이루고 있는 흉노족들은 두 날개로 나뉘어 있는데, 서부와 동부가 그것이다. 정복당한 사람들은 선우가 지정한 관리자 통치 아래 있는 연맹체로 귀속되었다. 이런 사람들은 선우에게 공물을 바쳤는데, 그것들은 흉노족 모두에게 비율에 따라 분배되었다. 전쟁의 전리품들은 모두 똑같은 규칙에 따라 분배되었다. 흉노족은 피정복민들이 충성을 바치면 그들의 삶에 간섭하지 않았다. 선우 모돈은 엄격한 군사적 위계질서 시스템을 만들었는데, 모든 부족장들은 선우가 임명한 군사 지도자들이었으므로 암묵적으로 선우에게 복종했다. 그러나 그들은 자기 부족을 지배하는 데 있어서는 완전히 독립적이었다.

모돈(冒頓. Modae. ?-기원전 174년): 그는 흉노 제국의 건국자로 선우(單于. shan-yü) 재위기간은 서기전 209-174년이었다. 그는 매우 잔인하고 의지가 강한 사람이었다. 그는 음모로 자기 아버지, 동생, 그리고 많은 친척들을 살해하고 권력을 장악했다. 그는 강력한 군대를 양성했다. 서기전 200년 그는 한나라와의 전쟁에서 승리하여 한나라로부터 조공을 받았다(그는 또한 한나라 공주와 결혼하였다). 그는 중앙아시아 및 남부 시베리아의 많

25) 저자 주: 선우(單于. shan-yü)는 흉노 군사 부족연맹체의 수장에 주어지는 명칭이다. 선우는 흉노족 모든 수장들의 모임에서 평생직으로 선출되는데, 이전 선우의 친척들 중에서 선택된다. 통상 그 가족들 중에서 가장 연장자가 선출된다(조상 대대로의 관습).

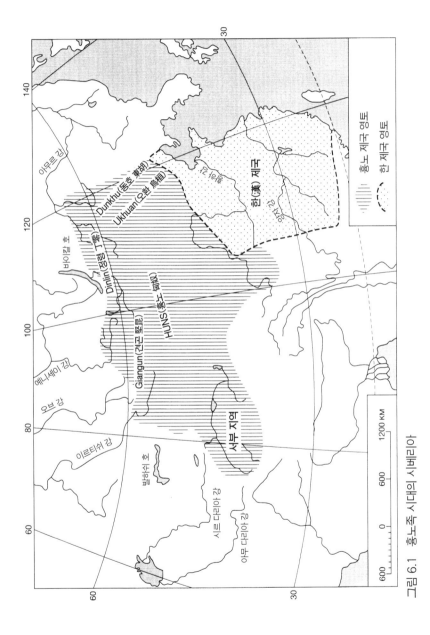

그림 6.1 흉노족 시대의 시베리아

은 부족들을 정복했다. 그의 이름과 관련된 많은 전설들이 존재하고 있다.

전쟁은 흉노 제국과 선우 모돈의 가장 강력한 강점이었으므로, 그의 후대 선우들은 그 강점을 발전시키는 데 최선을 다했다. 흉노는 약 1.5m까지의 복합적인 활을 발명하여 이전보다 더 멀리, 더 강한 충격을 줄 수 있게 되었다. 그들은 마디가 달리고 날이 3개 달린 철촉을 가진 화살을 이용하여 추가적인 상해를 입힐 수 있었다. 게다가 화살촉 뒤로는 '심리적 효과를 내는 특별한 장치'가 부착돼 있었는데, 그것은 '휘파람 소리 장치(whistlers)'로 불리는 속이 빈 뼈로, 날아갈 때 무시무시한 소리를 만들어 냈다. 또한 쇠 단검, 철촉 달린 창, 그리고 나무 방패들이 사용되었다.

선우 모돈은 수만 명에 달하는 통합 군대를 만들어 냈다. 싸울 수 있는 모든 남자들은 다 참가했다. 군대는 단순하고 편리한 10진법 체계(10, 100, 1000 등)를 기초로 구성됐는데, 나중에 모든 유목 국가들에서 사용되었다. 기마 부대는 군대의 놀랄 만한 전력이었다. 그것은 말 색깔에 따라 4개 군단으로 나뉘는데, 그것은 또한 적에게 심리적 효과를 주었다. 흉노 군대는 엄격히 훈련돼 있었다. 군사 조직 및 무기의 개선으로 말미암아 흉노는 높은 기동성으로 갑작스런 총공격 및 총퇴각에 기초한 전술을 완벽히 해낼 수 있게 되었다.

그들은 승기를 잡으면 전진하고 패색이 짙어지면 후퇴하는데, 후퇴하는 것을 부끄러워하지 않는다. 그들은 적을 포위하기 위하여 교묘하게 적을 유인한다. 적을 보면 새떼처럼 달려들고, 도망칠 땐 부서진 기와 조각처럼, 구름처럼 산산이 흩어진다.

　　　　　　　　　　　　　　　　　　　　　　　　- 사마천, 기원전 1세기

흉노의 군대는 무적이 되었고, 전쟁은 그들 존재의 중요한 부분이 되었다. 선우 모돈과 그의 후계자들은 중국과의 전쟁에서 수많은 승리를 거두었다.[26] 흉노는 동쪽으로는 만주로부터 서쪽으로는 천산(Tien Shan) 산맥까지, 그리고 남쪽으로는 중국의 만리장성으로부터 북쪽으로는 바이칼(Baikal) 호수까지에 걸친 거대한 영토를 정복하는 데 성공했다. 시베리아 남부 지역, 트랜스바이칼 지역, 예니세이강 상류 지역(오늘날 투바 Tuva와 하카시아 Khakassia), 그리고 알타이 지역 역시 흉노 제국의 일부가 되었다.

초기 중국 자료들은 알타이-예니세이 지역 사람들을 정령(丁零, Dinlin)으로 불렀다. 흉노는 정령을 정복했다(일부 정령은 북쪽 및 동쪽으로 이주했다). 흉노는 견곤(Gyangun)이라는 중앙아시아에서 온 몽골 부족을 재배치했다. 그곳은 '히아가스(Hiagas)'라는 이름을 부여받았다. 히아가스는 중국인 지도자들이 이끌고 있었다. 그것은 흉노 제국의 나머지 지역들과 달랐다. 즉 그 지역 사람들은 목축에 종사할 뿐만 아니라, 작물을 키우기 위해 관개시설을 이용하는 반(半) 경작 생활방식도 발전시켰다.

계속적인 전쟁은 서서히 흉노를 약화시켜서, 기원전 1세기경 제국은 붕괴되었다. 그들 중 상당 부분은 유럽으로 이주했다.

흉노의 지배력은 시베리아 제 민족들의 발전에 상당한 영향을 미쳤으며, 그들은 흉노로부터 몇몇 혁신 방법들을 채택했다. 특히 흉노는 선진적인 철기 제작 기술을 갖고 있었다. 이런 방법으로 그들은 다양하게 개선된 철기 제품들을 생산할 수 있게 되었다. 흉노의 영향력 아래 시베리아 제 민족들은 철기 생산을 증가시켰다. 그래서 '옐긴 문화(Yelgin culture)'로 불리는 대규모 철기 생산 중심지가 바이칼 호수의 서쪽 지역에 출현했다.

---

26) 저자 주: 흉노의 계속적인 공격으로 중국은 기원전 3세기부터 만리장성을 쌓기 시작했다.

흉노 지배 시기에 철기 제품들이 서서히 시베리아 제 민족들의 삶에서 청동 제품들을 대체하게 되었다. 흉노에서 기원한 다양한 가재도구들, 도구 및 무기류들이 그들 삶에 널리 확산되었다. 예를 들면, 그들은 말타기를 용이하게 해주는 말안장을 사용하게 되었다. 또한 정교한 흉노 활도 널리 이용되었다.

흉노는 시베리아 민족들의 예술에도 영향을 미쳤다. 즉 스키타이-시베리아 동물 양식의 흉노 형식들이 널리 퍼졌다. 한 가지 예는 흉노의 허리띠 장식판인데, 싸우는 동물들이 그려져 있는 이것들은 시베리아 민족들에게 인기 있는 장식이었다. 흉노 문화의 놀랄 만한 유적 중 하나는 캬흐타(Kiakhta) 시 부근의 일모바야(Ilmovaia) 지역에 있는 황제들의 매장지인데, 거기에는 약 30개의 매장지들이 있다. 고고학자들은 흉노 및 중국 기원의 많은 값진 물건들을 발굴해 냈다.

흉노의 지배는 시베리아에서 중국인의 존재와 중국 문화의 영향력을 강화시켰다. 흉노가 나타나기 전에는 비단 및 청동 잔 같은 중국 물건들이 시베리아에 드물었다. 흉노 지배 기간에 다양한 중국 물건의 수가 상당히 증가했다. 직조물 외에 광택 입힌 나무 물건들, 도자기류, 금속 제품들이 중국으로부터 도입되었다. 흉노는 시베리아의 여러 중국인 거주 지역들에서도 발견되고 있다. 그것들 중 가장 유명한 것은 울란우데(Ulan-Ude) 외곽에 있는 이볼기노(Ivol'gino) 마을이다. 중국 정착민들은 여기에 1.5-2m 높이의 사방 둑과 똑같은 깊이의 사방 도랑을 가진 요새를 만들었다. 그 안에는 약 200-300m^2의 거주지가 있었다. 그들 중 일부는 고대 중국인들의 난방 시스템(집 가장자리 벽 밑으로 지나가는 난로에서 굴뚝이 나와 있는)을 갖추고 있었다.[27] 정착민들은 농사와 목축뿐만 아니라, 철과 청동 제조에도 종사하고 있었다.

인류학적 타입으로 몽골로이드(Mongoloid)가 제 민족들 사이에서 굳건하게 자리를 잡은 것은 흉노 시기 동안이었다. 정령족의 잔존 세력과 견곤족이 합쳐져서 새로운 민족을 만들어 냈는데, 그들이 바로 예니세이 키르기즈족(Yenisei Kirghiz)으로, 시베리아 역사에서 중요한 역할을 담당했다. 또한 투르크어를 구사하는 새로운 부족 '투규(Tu-Gyu)'의 등장은 흉노 지배의 또 다른 영향으로 시베리아에 커다란 영향을 미쳤다.

---

27) 역자 주: 이는 온돌을 말하는 것으로, 저자가 고대 중국의 난방 시스템으로 본 것은 잘못이다. 이 온돌이 고대 한국인의 독특한 난방 시스템으로, 오늘날 온돌이 남아 있는 곳은 한반도와 만주 지역뿐이다. 다민족 구성체인 흉노 유적지들에서 온돌이 발굴되는 것으로 보아 고대에 흉노 구성민들 중 고대 한국인들이 포함돼 있는 것으로 추정된다. 이것은 오늘날 신라 문무대왕비에서 문무대왕이 흉노 김일제의 후손이라고 밝힌 사실과도 연관될 수도 있는 것이다. 참고로 역자 역시 바이칼 답사 시 울란우데 외곽에 있는 민속박물관에 전시된 흉노의 온돌 시설을 직접 확인한 바 있다.

제3부

기원후 첫 번째 밀레니엄과 두 번째 밀레니엄 전반기의 시베리아

제7장
시베리아의 투르크족 - 예니세이 키르기즈 국

기원후 첫 번째 밀레니엄 초기 시기에 시베리아의 흉노 지배는 끝이 났다. 중국인들이 선비(鮮卑. Syanbi)라 불렀던 부족과 그들 이후 유연(柔然. Zhu-Zhan)28)이라 불렀던 새로운 유목민족들이 중앙아시아에 자리를 잡기 위해 몰려왔다. 선비와 유연은 주기적으로 남부 시베리아 땅을 급습했으며, 원주민들은 그들에게 복속당했다.

5세기경 유목민족 돌궐(突厥. Tu-Gyu, Tu-Kyu)29)이 중앙아시아로부터 알타이로 이동해 왔다. 돌궐 부족연맹은 서서히 그 존재를 드러냈다. 그들은 알타이 지역 원주민들과 연합체를 형성했다.

552-556년 돌궐 부족연맹장인 투멘(土門. Tumyn)30)이 이끄는 연합체는

---

28) 역자 주: 주잔(Zhu-Zhan)은 유연(柔然)을 뜻하는 러시아어 명칭이다. 유연은 서기 5-6세기 중국 북방에 존재했던 유목민족 국가였다. 시조는 목골려(木骨閭)로 그 왕족은 욱구려씨(郁久閭氏)로 불렸다. 3세기경에는 선비에게 종속되었지만, 선비가 중국을 정복하고 북위를 세운 이후에는 선비에게서 독립하여 5세기 초 '가한(可汗)'의 칭호를 사용한 사륜(社崙)의 시대에 고차(高車)를 복속시켜 타림분지 일대를 지배하면서 북위와 대립했다. 북위는 429년, 449년 두 차례 유연을 공격했으나 고구려, 북량, 북연, 토욕혼 등과 동맹을 맺은 유연은 세력을 계속 유지하였고, 이후 486년 지배하에 있던 고차가 독립하면서 세력이 약화되다가 역시 지배하에 있던 돌궐이 강성해지면서 552년 돌궐의 이리가한(伊利可汗)과의 전투에서 유연의 아나괴(阿那壞)가 전사하고 멸망하게 된다. 일부 학자들은 유연의 잔당들이 서쪽으로 이동하여 동유럽 영토에 아바르 카간국을 건설했다고 주장하고 있다.

29) 역자 주: 투규 혹은 투큐(Tu-Gyu, Tu-Kyu)는 돌궐(突厥)의 중국어 발음에서 온 러시아어 명칭으로 보인다.

30) 역자 주: 투멘(Tumen), 혹은 부민(Bumin)이라 불린다. 또 일릭 카간, 혹은 이리가한(伊利可汗)으로도 불린다.

유연국을 패퇴시키고 새로운 유목국가인 투르크 카간국(Turkic Kaghanate)을 형성하여 남부 시베리아, 트랜스바이칼, 그리고 알타이-예니세이 지역을 아우르는 거대한 영토를 점령했다.

투멘(Tumyn. ?-553): 535년 그는 알타이 투르크 돌궐 부족들(Altai Turkic Tu-Gyu tribes)을 통합하여 그 우두머리가 되었다. 536년 그는 위구르 부족(Uighur tribes)에 대항해 전쟁을 벌이고 있던 중앙아시아 유목민족 유연국을 도와서 위구르 부족을 정복했다. 이후 그는 유연 국왕의 공주에게 결혼을 요청했으나, 모욕적 태도로 거절당했다. 게다가 유연은 투멘이 자기의 가신이 되기를 요구했다. 투멘은 그에 대한 답으로 유연의 사신들을 죽이고 중국의 동맹이 되었다. 그 당시 중국은 매번 자기 땅을 약탈 파괴하는 유연이 멸망하는 것을 바라고 있었다. 551년 투멘은 중국 공주와 결혼했다. 552년 그는 유연에 대항해 전쟁을 일으켜 유연 국을 패퇴시키고 파괴했다. 동시에 그는 카간(Kaghan. 일칸 Il-khan)이라는 공식 명칭을 얻으면서 새로운 유목국가인 투르크 카간국(Turkic Kaghanate)을 세웠다.

투르크 카간국은 한 나라 안에 유목부족들을 통합시켰다. 그것은 흉노 제국과 그 이후 유목부족 연맹체인 선비와 유연보다 더 복잡한 구조를 갖고 있었다. 카간국은 투멘의 가장 가까운 친족들 중에서 평생직으로 뽑힌 카간(Kaghan)[31]에 의해서 이끌어졌다. 카간국의 핵심은 오르두(Horde)에 있었는데, 그것은 사령부로 기능하고 있었다. 그것에는 카간의 가족, 전사, 그리고 시종들이 포함돼 있었다. 오르두의 군대는 벡(Beg. 군사 지도자)들

---

31) 저자 주: 카간(지도자라는 투르크어)은 돌궐 부족장인 투멘에 의해서 사용된 직함이다. 나중에 이 직함은 많은 투르크어 구사 민족들에 의해 사용되었다.

그림 7.1 오르혼 비문의 투르크어 문자 (Orkhon Turkic writing) 표본

이 이끌고 있었다. 복속된 부족들은 카간의 지방 수령인 야그부(Yagbu)들에 의해 다스려지고 있었다. 이런 부족들은 정기적으로 카간에게 공물을 바쳤다. 공물은 타르한(Tarkhans)이라는 특수 관리들에 의해 수집되었다.

투르크 카간국은 오르혼 예니세이(Orkhono-Yenisei, 오르혼 튀르크 Orkhon-Türk) 비문으로 알려진 고유의 문자를 갖고 있었는데, 그것은 바위, 금속, 그리고 나무에 새겨졌다.[32] 투르크 문화의 놀랄 만한 유산인 이 문자 시스템은 고대 아람어 알파벳(ancient Aramaic alphabet)에 기초하고 있었다. 그것은 5세기에 일어나 남부 시베리아, 몽골리아, 그리고 카자흐스탄에서 쓰였다. 투르크 카간국의 멸망과 더불어 그것은 서서히 잊혀져갔다. 예니세이 키르기즈는 다른 민족들보다 더 오랫동안 이 문자를 사용했다.

투르크 카간국은 그리 오래 가지 않았다. 580년대 권력 투쟁의 결과 그것은 서부 투르크 카간국과, 그리고 남부 시베리아 영토를 포함하고 있는 동부 투르크 카간국으로 분리되었다. 동부 투르크 카간국은 중국에게 7세기 중반 약 20년간 잠시 복속된 경우를 제외하고는 745년 위구르족에게 멸망당할 때까지 존속했다.

---

32) 저자 주: 고대 투르크 문자는 19세기 말엽 러시아 학자 라들로프(V. V. Radlov)와 덴마크 학자 톰센(V. Tomsen)에 의해 해독되었다.

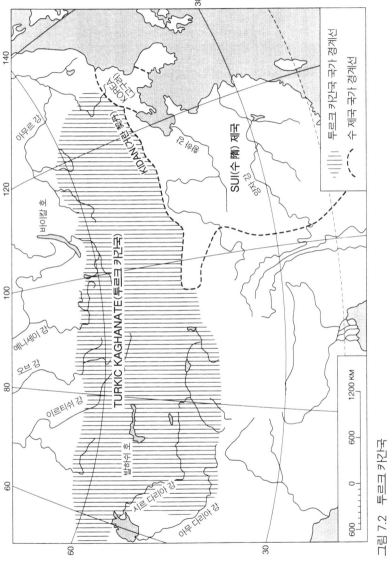

지도 내 라벨:

아무르 강

KOREA
(고구려)

KIDAN(거란)

바이칼 호

에니세이 강

오브 강

이르티쉬 강

TURKIC KAGHANATE(투르크 카간국)

발하쉬 호

시르 다리아 강

아무 다리아 강

황하 강

양자 강

SUI(수隋) 제국

30

140

120

100

80

60

60

30

투르크 카간국 국가 경계선

수 제국 국가 경계선

600   0   600   1200 KM

그림 7.2 투르크 카간국

나중에 동부 투르크 카간국은 남부 시베리아 민족들의 발전에 상당한 영향을 미쳤다. 6-7세기경 투르크족 물질문화는 더 발전된 무기류, 마구류 등을 가져다주면서 남부 시베리아 거의 모든 지역에 걸쳐 확산되었다. 예를 들면, 투르크족은 유목생활의 중요한 부분인 말타기를 더 쉽게 만들어주는 등자를 처음 사용한 민족이었다.[33] 고대 투르크족이 남부 시베리아를 지배하는 동안 투르크어와 문자가 확산되었고, 또한 각각의 투르크어 사용 민족들이 나타나기 시작했다(알타이족 Altaians, 쇼르족 Shor, 투바족 Tuvinians, 키르기즈족 Kirghiz, 쿠리칸족 Kurikan 등).

마침내 고대 투르크족의 영향 아래 있던 시베리아에서 첫 번째 독립된 국가인 키르기즈 카간국이 등장했다. 그것은 8세기 중엽[34] 동부 투르크 카간국이 무너진 이후 예니세이 키르기즈족에 의해 건설되었다.

예니세이 키르기즈족[35]은 기원전 1세기경 흉노에 의해 중앙아시아로부터 예니세이 강 상류까지 밀려난 민족으로, 유럽계 유목 및 농경 민족인 정령(丁零, Dinlin)과 혼혈된 몽골계 유목민족 견곤(堅昆, Gyangun)에 기원을 두고 있다. 인류학적으로 키르기즈족은 외형상 몽골족 타입 중 하나이지만, 일부 견해에 따르면 그들은 붉은 머리털, 붉은 피부색, 그리고 푸른 눈을 가졌었다고 한다. 그들은 사얀(Saian) 산맥으로부터 현재의 크라스노야르스크(Krasnoiarsk)까지 예니세이 강을 따라 살았다.

---

33) 역자 주: 등자의 기원은 아직 명확하지 않으나 대체로 기원전 4세기경 북방 유목민들(흉노족)이 처음 개발했다고 전해지며, 요녕성의 모용 선비(기원후 2-4세기) 유적에서 등자가 출토되어 이곳이 등자의 기원지로 주목받고 있다. 대체로 중국에서는 기원후 2-3세기부터, 한반도에서는 4세기, 그리고 서양에서는 8-9세기경 사용된 것으로 알려져 있다.

34) 저자 주: 동시기(8-10세기)에 극동의 일부 지역들(연해주, 아무르 강 지역)은 한국과 만주 지역에 기반을 둔 고대국가 발해(Bokhai)의 일부였다. 발해는 698년 퉁구스어를 말하는 말갈족(Mokhe)에 의해 건립되었다. 국가 체제는 일부 중국의 당나라를 모델로 하여 만들어졌다. 926년 발해국은 유목민족인 거란족(요나라)에 의해 멸망했다.

35) 저자 주: 키르기즈란 투르크어로 붉은 얼굴(red-faced)이란 뜻이다.

예니세이 키르기즈족 국가 구조는 카간, 벡(Begs. 지방 수령), 군 지휘관인 바투르(Baturs)[36]와 오글란(Oglans),[37] 그리고 타르한으로 이루어진 투르크 카간국과 유사했다. 그들은 또한 고대 투르크 문자를 사용했다.

예니세이 키르기즈족의 경제는 유목민적 목축에 기본을 두고 있었으나, 유목민의 전형적인 목축은 아니었다. 이전에 남부 시베리아에서 몰락해 버린 개간 농경이 더 발달된 기술들을 받아들인 키르기즈 칸국에서 부활 되었다. 그들은 곡괭이를 사용하는 대신 쟁기를 사용하기 시작했다. 그들 은 또한 미누신스크 분지의 건조 지대에 관개시설을 설치했다. 그들의 주 요 곡식은 보리, 기장, 밀, 대마 등이었다. 수확 시에는 쇠로 만든 낫을 사용 했다. 중국 사서에 따르면, 예니세이 키르기즈족의 토지 개간과 곡식 수확 의 기술은 아주 발달돼 있었다고 한다.

키르기즈 카간국은 잘 발달된 공예 기술을 보유하고 있었다. 장인들은 다양한 가정용품들, 작업도구들, 그리고 장식품들을 만들어 냈다. 도자기 및 보석류 제작이 특히 유명했다. 예를 들면, 달걀처럼 타원형 모양의 '키 르기즈 물병'은 중앙아시아 및 남부 시베리아에 널리 알려져 있었다.

키르기즈 카간국은 아랍, 중국, 티벳, 위구르, 그리고 다른 많은 시베리아 종족들과 정기적으로 무역 관계를 유지하고 있었으며, 낙타 카라반 대상들 이 중앙아시아를 정기적으로 왕복해 다니고 있었다. 무역은 대개 물물교환 형식으로 이루어지고, 상류층 사람들만이 제공할 수 있는 고가품들도 다루 어졌다. 키르기즈족은 비단 직물, 청동 거울, 목제 칠기, 마구(특히 상감세공

---

36) 역주: 바투르 단어 자체는 투르크어이고, 중세 몽골어로는 바가투르, 현대 몽골어로는 바야타 르인데, '영웅, 용감한 전사'라는 뜻이다. 몽골 제국 해체 이후 후계국들 역시 이 칭호를 사용 했는데, 특히 훌레구 칸국 같은 일부 나라들에선 군주의 칭호로도 사용되었다.

37) 역주: 단어 자체는 투르크어로 '아들, 소년, 청년'을 뜻하지만, 역사적으로는 킵착 칸국의 마지 막 칸국들인 크림 칸국과 카잔 칸국에 있었던 군대 내 특권 계급을 말한다.

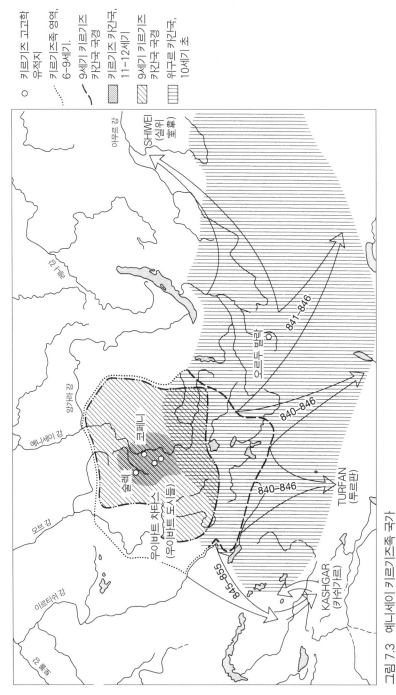

범례:

○ 키르기즈 고고학 유적지

····· 키르기즈족 영역, 6~9세기.

━ ━ 9세기 키르기즈 카간국 국경

▨ 키르기즈 카간국, 11~12세기

▧ 9세기 키르기즈 카간국 국경

▤ 위구르 카간국, 10세기 초

아무르 강

SHIWEI (실위 / 室韋)

바이칼 호

예니세이 강

앙가라 강

오르두 발릭

841-846

코페니

840-846

술렉

840-846

TURFAN (투르판)

우이바트 차타스 (우이바트 도시들)

오브 강

845-855

KASHGAR (카쉬가르)

이르티쉬 강

북극 해

그림 7.3 예니세이 키르기즈족 국가

그림 7.4　키르기즈족(오른쪽)과 몽골족 전사들

이 풍부하게 가미된) 등을 사들이고, 그 대신 사슴뿔 및 금속으로 만든 물건들, 그리고 북부 시베리아 종족들에게 금속 물건들을 주고 얻어 낸 모피 제품들을 팔았다.

　키르기즈족 사회는 당시 유목민들 사이에서 통용되던 전통과 관습을 따르고 있었다. 예를 들면, 신랑은 신부를 위해 칼림(kalym)이란 몸값을 지불했다(즉 신랑은 신부의 부모에게 돈을 지불하거나, 아니면 다른 물질적 자산을 제공해야만 했다). 보통 칼림은 많은 가축들을 제공하는 형태로 나타났다. 신부가 먼저 목에 문신을 하면, 신랑은 얼굴에 문신을 했다. 키르기즈족은 자신의 농경지에서 한정적으로 노예들을 이용할 수 있었다. 전쟁에서 사로잡힌 자들이 노예가 되었고, 또한 부채를 갚지 못해도 노예가 되었다. 키르기즈족이 좋아하는 오락은 레슬링, 그리고 낙타 및 말 달리기 경주 등이었다. 모든 시베리아 종족들처럼 키르기즈족 역시 샤머니즘을 신봉했다.

그 당시 전형적인 유목민들이 그러하듯이, 예니세이 키르기즈족 역시 훌륭한 전사들이었다. 그들은 거의 8만 명에 달하는 군대를 양성했다. 그 군대의 중추는 기병대였다. 이런 군대를 가지고 그들은 주변의 많은 부족들을 정복하여 공물을 받아냈다. 북부 부족들은 모피를 공납했고, 남부 부족들은 가축을 공납했다. 키르기즈 카간국은 바이칼 서부로부터 알타이까지의 거대한 지역을 지배했다.

840년 그들은 중앙아시아의 위구르 카간국을 패퇴시키고 오늘날의 몽골 영역 너머로까지 지배력을 확장시켰다. 10세기경 키르기즈족은 몽골 영역으로부터 예니세이 강 지역으로 다시 내쫓겼다. 그러나 일부 예니세이 키르기즈족은 그곳으로 되돌아가지 않고, 오늘날의 키르기즈스탄 영토 안에 있는 천산 산맥 산자락에 정착했다. 예니세이 키르기즈족 국가는 몽골 정복자들에 의해 파멸되는 13세기 초까지 존속했다.

제8장
시베리아의 몽골족 – 시베리아 카간국

13세기 초 중앙아시아에 아주 중요한 사건들이 발생했는데, 이것들은 시베리아 종족들을 포함한 많은 유라시아 종족들의 미래 발전에 영향을 미쳤다.

1206년 몽골 유목 부족 중 하나의 우두머리였던 테무진(Temüjin. 징기스 Genghis 혹은 칭기스칸 Chinggis Khan)은 모든 몽골 부족들을 하나의 몽골 국가 안에 통합하는데 성공했다. 트랜스바이칼 초원 지대(Transbaikal Steppe)[38]는 그 영토 중 하나였다.

테무진(1162-1227)[39]: 몽골 제국 건설자였던 그는 보르지긴(Bordzhighin) 씨족의 우두머리였던 예수게이(Yesugei)의 장남이었다. 테무진이 10세 때 아버지가 죽었다. 그의 가족은 박해를 받게 되었고, 그는 결국 여기 저기 방랑을 하게 되었다. 나중에 그는 케레이트(Kerait) 몽골 부족장인 토그릴(Toghrul)의 가신이 되었다. 그는 부족 간 파벌 싸움에서 두드러진 역할을 맡으면서 지도자로 부각되었다. 1204년경 그는 모든 몽골 부족들을 효과적으로 자신의 통제 아래 둘 수 있었다. 1206년 부족장들의 회의인 쿠릴타이에서 그는 최초의 몽골족 전체 칸으로 선출되면서 그에게 칭기스칸

---

38) 저자 주: 트랜스바이칼리아(Transbaikalia)가 칭기스칸의 고향이라는 설이 있다.
39) 저자 주: 일부 사서에 따르면 출생 연대는 1155년, 혹은 1167년이다.

('포용하는 자'라는 뜻)이라는 칭호가 주어졌고, 이후 그 칭호가 전 세계에 알려졌다. 테무진은 수많은 의미 있는 개혁들을 시행하여 거대한 제국이 만들어지도록 이끌었다. 그는 당시의 전략 전술에 많은 혁신을 도입하면서 위대한 외교 및 군사 지휘관으로 발전해 갔다. 테무진은 적들을 교묘하게 갈라놓아 서로 싸우게 만들 수 있었다. 그는 자신이 쳐들어갈 지역의 지형, 자연 환경, 인구 수 등을 면밀하게 검토하면서 아주 주의깊게 각 군사작전을 계획했으므로, 성공적인 공격이 가능했다.

이 순간부터 세계사에 깊은 흔적을 남긴 대몽골 정복시대가 시작되었다. 그것의 마지막 결과물은 대몽골 제국의 탄생이었다.

몽골족을 정복 정신으로 이끌고, 또 봉건적 부족사회의 원시적 정신 상태를 극복하도록 만든 두드러진 특징은 제국의 이념이었다. 몽골 황제들은 보편적인 평화와 국제적 안정을 이룩하겠다는 분명한 목적을 가지고 전쟁에 임했다. 만일 이런 목적이 달성된다면 인류 안전을 위해 국가는 지속적인 봉사라는 비용을 지불하게 될 것이다.

몽골 제국은 몽골 지도자들의 관점에서 볼 때 세계에 질서를 가져다주는 신의 전달 수단이었다.

　　　　　　　　　　　　　　　- G. V. 버나드스키(Vernadskii), 러시아 역사가

시베리아는 몽골족의 첫 번째 정복지가 되었다. 1207년 칭기스칸은 '삼림 부족들'을 복속시키기 위해서 그의 장남 주치(Jochi)를 사령관으로 하는 군대를 북쪽으로 파견했다. 주치는 3년간에 걸쳐서 그들을 복속시킬 수 있었다. 더 멀리 북쪽에 있는 부족들은 예외였으나, 시베리아 대부분의 지역

들은 몽골 제국의 일부가 되었다.

시베리아 종족들은 몽골족에 거의 저항을 하지 않았고, 일부 종족들(예를 들면 한티족)은 몽골 지배를 즉각 받아들였다. 그러나 몽골족은 예니세이 키르기즈족의 강한 저항에 부딪혔다. 1207-1209년 수많은 맹렬한 전투를 겪은 후, 몽골족은 키르기즈 카간국을 격파했다. 그러나 1214년 키르기즈족은 다시 봉기를 일으켜 몽골족을 쫓아냈다. 그것은 새로운 수많은 전쟁들을 불러왔고, 마침내 몽골족은 1270년 키르기즈족을 복속시켰다. 앞으로의 키르기즈족의 저항을 없애기 위해 몽골 칸 쿠빌라이는 1293년 수많은 키르기즈족 사람들을 중앙아시아로 이주시켰다. 거기에서 그들은 나중에 천산 산맥 지역으로 이주했는데, 그곳은 같은 부족인 키르기즈족 사람들이 10세기 이래로 계속 살아왔던 지역이었다.

1224년 칭기스칸은 몽골 제국을 4개의 울루스(즉 주州 혹은 도道)로 나누어 자신의 아들들이 다스리도록 했다. 시베리아는 그의 아들 3명에게 나누어졌다. 오브 강 서부 지역은 주치 울루스(나중의 금장칸국)에, 오브 강으로부터 사얀 산맥까지의 지역은 차가타이 울루스에, 그리고 바이칼 호수와 바로 그 서부까지의 지역은 우구데이 울루스(몽골족의 고향 울루스)에 속했다.

몽골족은 시베리아 종족들로부터 공물을 받아들였다. 타이가(즉 침엽수림 지대)에 사는 부족들은 모피로 공물을 바쳤고, 초원 삼림 지대에 사는 부족들은 가축 및 공예품들을 공물로 바쳤다. 그들 모두는 또한 몽골 군대에 복역할 전사들을 제공해야만 했다.

몽골 지배는 시베리아 종족들의 발전, 특히 그들의 물질문화 발전에 커다란 영향을 미쳤다. 이런 영향은 다방면에 걸친 것이었다. 한편의 예를 들면, 그것은 시베리아 종족들이 국제 상거래에 개입될 수 있도록 하는 한 요인이 되었던 것이다. 즉 시베리아산 모피를 널리 국제적으로 처음 알려준 자들이 바로 몽골족이었다. 북부 시베리아 부족들은 순록을 길들였는데, 그로 말미암아 그들의 생활양식이 바뀌면서 삶의 질에도 영향을 미쳤다. 그들은 이리저리 떠돌아다니는 수렵어로민에서 유목민으로 생활양식을 바꾸었다. 많은 몽골어 단어들이 시베리아 종족들의 언어 속으로 전파되어 갔으며, 몽골어를 말하는 부족들이 바이칼 호수 주변 지역으로 이주해 왔다.

다른 한편으로, 몽골 지배의 영향 때문에 남부 시베리아 종족들은 개간 농경을 포기했다. 16-17세기경 러시아인들이 시베리아로 침입해 올 무렵, 농경은 거의 존재하지 않았다. 시베리아 종족들의 공예 기술이 낙후되어 가고, 또 일부는 완전히 사라져간 데에는 몽골 지배의 영향력이 한 요인이 되었다. 헝가리에서부터 한국과 베트남까지에 걸쳐 있는 거대한 몽골 제국의 일부로서, 시베리아는 중국, 중앙아시아, 그리고 동부 유럽으로부터 많은 물건들(금속 제품, 직물류 등)을 받아들이기 시작했다. 질적인 면에서 이 물건들은 종종 현지 물건들보다 우월했고, 또 모피와 교환 시 가격 면에서 더 쌌다. 그런 경쟁의 결과로서 일부 시베리아 공예품들은, 특히 타이가와 북부 지대에 있어서, 팔리지 않거나 심지어 사라지기도 했다. 예를 들면, 한티족, 에벵키족, 그리고 일부 기타 종족들은 금속 생산 기술을 잃어버리기도 했다.

14세기 중엽 몽골 제국의 분열 이후, 서부 시베리아는 금장칸국의 일부가 되었고, 투바는 몽골국의 일부가 되었으며, 또한 바이칼 호수 서부 및 동부 지역은 명목상 몽골 칸들에게 복속된 채 남아 있었다. 여전히 예니세이 강에 남아 있던 키르기즈족들은 4개의 독립된 칸국들을 건설했다. 즉 알티사르스키(Altysarskii), 알리르스키(Alyrskii), 예제르스키(Yezerskii), 그리고 투빈스키(Tubinskii) 칸국이다.

15세기에 금장칸국이 분열된 후, 카잔 칸국, 노가이(카자흐) 칸국, 그리고 중앙아시아 칸국들 사이에 서부 시베리아의 지배권을 놓고 분쟁이 일어났다. 15세기 말경 하나의 독립된 시베리아 칸국이 만들어졌고, 그것은 서서히 서부 시베리아 거의 전역에 걸쳐 확대되었다. 먼저 새로운 국가는 오늘날 튜멘(Tiumen)의 자리에 침가-투라(Chimga-Tura. 혹은 침기-투라)란 중심 도시를 세웠다. 나중에 그 중심 도시는 이르티쉬 강에 있는 카쉴릭(Kashlyk. 혹은 카쉴룩. 이스케르 Isker 혹은 시비르 Sibir)이란 도시로 옮겨졌다.

시베리아 칸국은 칸에게 복속돼 있는 제후들이 다스리는 울루스들로 구성돼 있었다. 그들은 칸에게 재물을 제공해야 했고, 또 전쟁 시 군대를 제

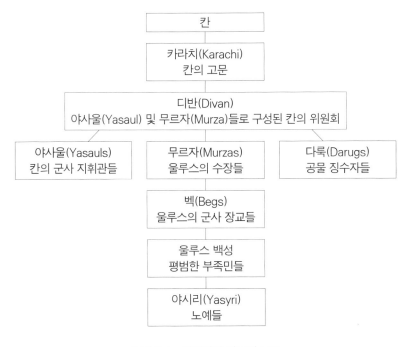

그림 8.1   시베리아 칸국의 구조

공해야 했다. 그 외의 다른 것들은 울루스가 독립적으로 처리했다. 칸국의 핵심부는 울루스 주민들의 다수를 차지하고 있는 시베리아 타타르족(Siberian Tatars)[40]으로 구성돼 있었다.

복속된 시베리아 종족들 – 한티족(Khanti), 만시족(Mansi), 네네트족(Nenet) 등 – 은 칸에게 모피 형태로 야삭(yasak. 즉 공물)을 바쳤다. 그러나 내부적으로 그들은 간섭받지 않고 자유롭게 활동했다. 시베리아 칸국은 제한적으로 노예노동을 활용했다(가계 수준에서만).

시베리아 타타르족은 이슬람교를 믿었지만, 그것이 국교는 아니었다. 나머지 시베리아 종족들은 샤머니즘을 믿었다.

시베리아 칸국은 전형적인 몽골국 구조를 갖고 있었으므로 정치적으로 아주 불안정했다. 울루스들은 종종 서로 분쟁을 일으켜 칸국의 통일성을 약화시켰다.

샤이바니드 가문(Sheibanids)과 타이부가 가문(Taibugins)의 두 가문은 칸의 자리를 차지하기 위해 맹렬히 경쟁했다. 샤이바니드 가문은 내륙 아시아 지배자 티무르(Timur) 및 티무르 가문(Timurids)의 후손이었고, 타이부가 가문은 금장칸국 칸들의 후손이었다. 시베리아 칸국은 샤이바니드에 의해 건설되었는데, 그의 이름은 이박(Ibak)이었다. 1495년 그는 타이부가 가문에 의해 살해되었고, 타이부가 가문은 시베리아 칸국을 1563년까지 지배했다. 1563년 시베리아 칸국의 권력은 샤이바니드 가문의 쿠춤(Kuchum)에게로 넘어갔고, 그는 시베리아 칸국의 마지막 칸이었다.

이박(Ibak. ?-1495): 그는 시베리아 칸국의 건설자로 샤이바니드

---

40) 저자 주: 시베리아 타타르족은 서부 시베리아의 초원 삼림 지대에 사는 투르크계 유목 및 반(半)유목 부족들을 집합적으로 부르는 이름이다.

(Sheibanid) 가문이었다. 그는 분열된 시베리아 타타르 부족들을 결집시켰다. 그의 통치기에 시베리아 칸국의 영토는 거의 모든 서부 시베리아 지역을 망라할 정도로 확대되었다. 그는 타이부가 가문과 샤이바니드 가문의 내분을 종식시키려고 화해의 노력을 기울였다(그는 자신의 누이를 타이부가 가문의 수장 마라 Mara에게 시집보냈다). 1495년 그는 타이부가 가문의 계략에 의해 살해당했다.

제9장
러시아에 예속되기 전의 시베리아 민족들

시베리아 역사에서 러시아인들 이전 시기에 대해 개관해 보자면, 러시아인들이 동진하는 과정에서 만난 시베리아 종족들에 대해 간략하게 기술해 볼 필요가 있다.

시베리아 역사가들에 따르면, 러시아인들이 도착하기 바로 직전인 16세기 말 시베리아 인구는 20만 명을 조금 넘어서는 것으로 알려졌다. 시베리아 북쪽, 즉 우랄 산맥으로부터 동쪽으로 툰드라 지대에는 사모예드족(Samoieds)[41](네네트족 Nenets, 에네트족 Enets, 돌간족 Dolgans, 응가나산족 Nganasans 등)이 약 8,000명, 유카기르족(Yukaghirs)이 약 5,000명, 축치족(Chukchis)(축치족과 시베리아 에스키모족 Siberian Eskimos, 즉 이누이트족 Inuits)이 약 7,000명, 축치족 바로 남쪽에 살고 있는 코략족(Koriaks)이 약 1만 명, 그리고 캄차카에 살고 있는 캄차달족(Kamchadals)(이텔멘족 Itelmens)이 약 1만 2,000명 정도 있었다.

우랄 산맥으로부터 동쪽으로 타이가 삼림 지대에 살고 있던 종족들은 보굴족(Voguls)(한티족 Khantis)과 오스티약족(Ostiaks)(만시족 Mansis)이 약 1만 8,000명, 오스티약-사모예드족(Ostiak-Samoieds)(셀쿠프족 Selkups)이 약 3,000명, 케트족(Kets)이 약 2,000명, 퉁구스족(Tungus)(에벵키족

---

41) 저자 주: 이 종족명들은 17세기 러시아인들이 사용했던 이름들이며, 현대식 이름들은 괄호 안에 있는 것들이다.

Evenks, 에벤족 Evens, 네기달족 Negidals)이 약 3만 명, 그리고 야쿠트족 (Yakuts)(사하족 Sakhas)이 약 3만 명이었다. 또한 아무르 강 지역에는 일부 소수 종족들, 즉 나나이족(Nanais), 울치족(Ulchis), 우데게족(Udegheis), 그리고 기타 종족들이 약 5,000명 있었다.

우랄 산맥으로부터 동쪽으로 삼림-초원 및 초원 지대에는 시베리아 타타르족(Siberian Tatars)이 약 2만 5,000명, 텔레우트족(Teleuts)(칼믹족 Kalmyks)[42]이 약 8,000명, 키르기즈족이 약 8,000명, 사얀(Saian) 산맥 지역의 투르크어를 말하는 소수 종족들(토팔라르족 Tofalars 등)이 약 2,000명, 브라트족(Brats)(부랴트족 Buriats)이 약 2만 5,000명, 그리고 다우르족 (Daurs)[43] 및 듀체르족(Diucher)(주체르족 Juchers)[44]이 약 1만 명 있었다.

경제적으로 러시아인들은 시베리아 민족들을 3개 집단들로 세분했다. 즉 정주민, 순록 유목민, 그리고 기타 유목민이다.

정주민 집단에는 우랄 지역으로부터 아무르 강까지 시베리아 해안가를 따라 정주해 사는 생활양식을 가진 사람들이 포함돼 있었다. 그들은 바다 동물들(바다코끼리, 물개 등)을 사냥하는 부족들이었다.

순록 유목민(혹은 순회 이동) 집단에는 타이가 및 산림-툰드라 지대에 사

---

42) 역자 주: 텔레우트족을 칼믹족과 동일하게 본 러시아인 저자의 견해는 잘못된 것으로 보인다. 당시 러시아인들은 텔레우트족을 '흰 칼미크족'이라 불렀는데, 이는 '검은 칼미크족'이라 칭했던 몽골계 오이라트족과 구별하기 위한 것이었다. 하지만 오이라트족인 칼미크족과 텔레우트족을 하나의 칼미크족으로 보는 역사적 근거는 어디에도 없다. 텔레우트족은 자신들의 뿌리가 고대 투르크계 정령족에 있다고 믿고 있다.(《민족의 모자이크 유라시아》, 김태옥, 한국 외국어대 러시아연구소)

43) 역자 주: 다우르, 다후르, 다구르 등으로 불리며, 아무르 강 상류와 제야 강에 거주하다 눈 강 유역으로 남하해 살았고, 몽골화된 퉁구스족이란 설과 거란족의 후예란 설이 있다.

44) 역자 주: 주체르족은 제야 강이 아무르 강과 합류하는 지점 아래에 거주하다 숭가리 강과 우수리 강 하구까지 남하해 살았고, 이후 나나이족, 울치족 등의 다른 부족들로 흡수되었다. 오늘날 흑하 시 아이훈이 17세기 당시 주체르족의 마을터이다. 주르첸족(만주족)의 일파라는 설이 있다.

그림 9.1 사모예드족 주거지

는 사람들이 포함되었다. 이 집단은 사냥, 어로, 그리고 순록 유목 활동을 하는 부족들 모두였다.

기타 유목민 집단은 초원 및 삼림-초원 지역에 사는 사람들이었다. 이 집단에는 가축 사육[45]이 주업인 부족들 모두가 포함돼 있었다.

사회적으로 거의 모든 시베리아 민족들의 삶은 혈족 관계에 기초를 두고 구성돼 있었다. 오로지 시베리아 타타르족과 예니세이 키르기즈족만이 더 높은 수준의 사회 구조를 갖고 있었다. 모든 시베리아 민족들은 노예 노동력을 이용했지만, 오로지 제한된 규모에서만 이용했다.

대부분의 시베리아 민족들의 종교는 샤머니즘이었다. 부랴트-몽골족이

---

45) 저자 주: 레나 강 계곡에 살면서 투르크어를 구사하는 야쿠트족(사하족) 역시 가축 사육 유목민이었다.

이 불교의 몽골식 형태를 채택했던 것과 달리, 예외적으로 시베리아 타타르족은 이슬람교를 받아들이기 시작했다.

모든 시베리아 민족들에 있어서 전쟁은 중요한 삶의 한 부분이었다. 시베리아에 인구가 희박했음에도 불구하고, 이리저리 이동하는 시베리아 민족들의 생활양식은 새로운 땅(목초지, 사냥 및 어로의 터전, 바다 동물들의 서식지 등)을 찾기 위해 싸워야 하는 것이 불가피했다.

부족 및 씨족들 사이에 끊임없이 무장 투쟁이 벌어졌으며, 그 결과 더 강한 집단들이 더 약한 집단들을 복속시켰고, 그러면서 그 집단들은 서서히 동화되어 갔다.

제4부
러시아에 예속된 시베리아

제10장
러시아의 시베리아 침략

우랄 산맥 동쪽으로 거대한 땅이 펼쳐져 있다는 사실을 러시아인들이 인식하게 된 것이 11세기 초라는 사실은 명백하다. 시베리아에 대해 최초로 언급된 것은 1032년에 쓰여진, 아직도 현존하는 《노브고로드 연대기(Novgorod Chronicles)》에서이다. 러시아인들은 그것을 유그라(Yugra) 혹은 유고르 땅(Yugor Land), 즉 러시아어로 유고르스카야 제믈리차(Yugorskaia Zemlitsa)라고 불렀다. 이 명칭은 당시 러시아인들이 서부 시베리아의 북부 지역을 포함한 페초라(Pechora) 강의 동부 지역에 대해 알고 있었던 모든 땅들을 망라하는 것이었다. 러시아인들은 모피 때문에 시베리아로 이끌려 갔던 것이다.

노브고로드 공국(公國)은 11-15세기 동안 시베리아와의 관계를 촉진시키려고 시도했다. 12세기 초 노브고로드 사람들은 유고르 땅을 유고르 주(Yugor Province)로 부르기 시작했으며, 그로 인해 그 땅을 자기들 땅이라고 주장했다. 그러나 사실 이 땅은 전혀 그들 나라의 일부였던 적이 없었다. 그들은 다만 때때로, 혹은 일시 동안 그 땅을 방문했을 뿐이었다.

노브고로드 사람들은 시베리아로 가는 2개의 주요 노선을 개발해 냈다. 양쪽 다 수호나(Sukhona) 강에 있는 벨리키 우스티우그(Velikii Ustiug) 마을에서 시작되었다. 첫 번째 노선은 북부 드비나(Northern Dvina) 강의 두 지류인 수호나 강과 비체그다(Vychegda) 강을 거슬러 올라가 연수육로인 마른 땅을 거쳐 페초라(Pechora) 강에 도달했다. 이 노선은 페초라 강의 지류인 우사(Usa) 강을 따라 계속 가다가 우랄 산맥을 넘어(소위 유고르 패스 Yugor Pass) 오브(Ob) 강의 하류에 도달했다. 두 번째 노선은 먼저 북부 드비나 강을 따라 내려가다가 백해(White seas)와 카라 해(Kara seas)의 해안가를 따라 가면서 오브 강의 하구에 도달했다.

노브고로드 사람들이 시베리아와 유지해 온 접촉은 두 가지 종류였다. 즉 무역 관계와 군사 작전이었다. 그들은 철제 물품들과 천 제품들을 모피와 교환했다. 시베리아와 무역을 하기 위해서 14세기 노브고로드에 유고르쉬나(Yugorshchina)라는 하나의 특별한 무역협회가 조직되었다. 그러나 시베리아 사람들과의 접촉은 주로 군사 작전을 하는 중에 이루어졌고, 그 군사 작전의 목적은 공물을 징수하고 현지인들을 약탈하는 것이었다. 노브고로드 사람들의 이런 침략 행위들은 종종 유그라족(Yugras) 사람들의 저항에 맞부딪쳤다. 연대기에 따르면, 이 유그라족 사람들은 1187년과 1193년 노브고로드에서 온 원정군들을 패퇴시키고 소탕하는 데 성공했다.

1478년 노브고로드 공국이 새롭게 일어난 러시아의 중앙집권 국가 모스크바 대공국에 병합된 후, 모스크바 대공국은 예전처럼 유고르 땅에 대한 권리를 주장했다.

1483년 이반 대공(大公), 즉 이반 3세는 표트르 쿠르브스키 공(Prince Fyodor Kurbskii)이 지휘하는 대규모 원정대를 시베리아에 파견했다. 그들은 카마(Kama) 강 지역을 통과하고 우랄 산맥을 넘었으며, 그런 다음 타브다(Tavda) 강, 토볼(Tobol) 강, 그리고 이르티쉬(Irtysh) 강을 통해 오브 강에 도달했다. 이런 군사 작전의 결과로 유고르 땅의 부족장들은 러시아의 가신으로 복속되어 모피 공물을 바쳐야만 했다. 그러나 이런 현지인들과의 모든 접촉은 러시아인들이 떠나고 나면 중단되었다.

1499-1500년 이반 3세는 세묜 쿠르브스키 공(Prince Semion Kurbskii)이 지휘하는 또 하나의 대규모 원정대를 파견했다. 그들은 유고르 패스를 통과하는, 노브고로드 사람들에게 잘 알려진 노선을 선택했다. 그들은 오브 강 하류에 도달했고, 40개 이상의 현지인 정착 마을들을 점령했으며, 많은 공물을 징수하여 돌아왔다.

이반 3세는 위와 같은 행동들을 되풀이하지 않았다. 위와 같은 두 군사 작전은 일회성 이벤트로 끝났으며, 시베리아에 어떤 심각한 결과를 일으키지는 않았다.

제11장
예르마크 원정대-시베리아의 복속

16세기 하반기에 러시아는 다시 한번 시베리아로 관심을 돌렸다. 이것은 시베리아 칸들에게 당한 일들에 대한 반응이었다.

1555년 시베리아 칸 예디거(Yediger)는 카잔 칸국(Kazan Khanate)이 모스크바 대공국에 패한 것에 충격을 받고 갑자기 모스크바에 사신을 보내어 자신이 러시아의 가신임을 알리고 매년 담비 가죽 1,000매를 공물로 바치겠노라고 약속했다.

그러나 새로 시베리아 칸에 오른 쿠춤(Kuchum)은 공물 바치는 것을 중지하고 서부 시베리아와 러시아 사이의 모든 접촉을 금지시켰다. 1573년에는 시베리아 칸국(Siberian Khanate)에 가 있던 러시아 측 사절 추부코프(T. Chubukov)가 쿠춤의 명령으로 살해당했다. 같은 해 쿠춤의 조카 마메트쿨(Mametkul)이 지휘하는 시베리아 타타르 군대가 카마(Kama) 강 지역을 침략했다. 이에 따라 시베리아 칸국과 러시아 사이의 충돌은 불가피하게 되었다.

쿠춤(생몰연대 미상): 1563-1598년 재위한 시베리아 칸국의 마지막 칸. 샤이바니드 가문(Sheibanid family)의 대표자인 그는 1563년 노가이(Nogai) 가문[46]의 지지를 받아 시베리아 칸 예디거의 군대를 물리치고 권력을 잡

---

46) 역자 주: 노가이 칸(? – 1299)은 징기스칸의 장남 주치의 증손자로 돈 강과 도나우 강 사이

왔다. 1573년 크림 타타르족(Crimean Tatars)이 모스크바를 성공적으로 공격했다는 소식을 접한 쿠춤은 모스크바와의 관계를 끊고 바쉬키리아(Bashkiria. 최근 러시아에 병합된)[47]에 대한 자신의 권위를 세우려고 시도했다. 1582년 그는 예르마크의 군대에 대패하게 되자, 이후 16년간 내부적으로 자신의 권위에 도전하는 타이부가 가문(Taibugins)과의 권력 투쟁을 계속하면서, 한편으로 자신의 시베리아 칸국 회복을 위한 러시아와의 투쟁을 굳세게 벌이면서 보내게 되었다. 1585년 그는 예르마크를 어느 숲속으로 유인하여 죽이는 데 성공했다. 1597년 차르 표트르 1세 이바노비치(Tsar Fyodor Ivanovich)는 쿠춤이 시베리아 타타르족에 대한 지배권을 계속 유지하는 조건에서 투쟁을 멈추고 러시아의 지배를 인정하라는(그것은 차르의 가신이 되는 것을 의미한) 제안을 했다. 결국 쿠춤은 권좌에서 쫓겨났고, 1598년 그의 본거지는 파괴되었으며, 그는 중앙아시아로 도망갔다가 거기에서 죽었다.

1574년 쿠춤의 적대적 행동에 대한 반응으로 차르 이반 뇌제(Tsar Ivan the Terrible)는 사냥꾼이자 상인(프로미쉴레니키 promyshlenniki)인 스트로가노프(Stroganov) 집안에게 군대를 모아 우랄 산맥 부근으로부터 시베리아로 파견할 수 있는 황제의 인가를 부여했다. 또한 그는 스트로가노프 집안에게 우랄 산맥 동쪽의 땅 지배권을 부여했으며, 그에 따라 그들은 이르티쉬 강과 오브 강을 따라 전초기지들을 건설했고, 장차 그런 기지들에 들어와 사는 사람들은 세금 없이 사냥, 어로 등을 할 수 있도록 허용했다. 이

의 영토를 지배하여 킵착 칸국의 계승국 중 하나인 노가이 칸국이란 독자적인 세력을 확립했다.

47) 역자 주: 시베리아 타타르족인 바쉬키르족(Bashkirs)의 근거지.

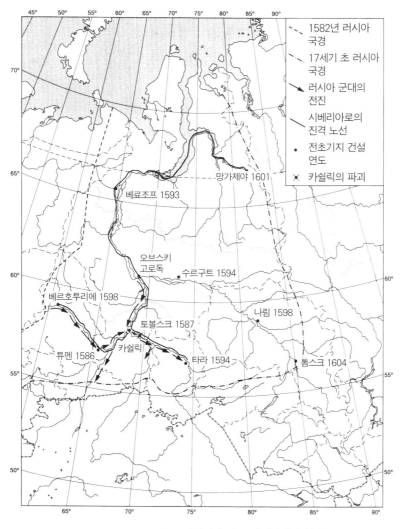

그림 11.1 예르마크 원정대와 서부 시베리아의 복속

런 인허가를 허용했던 이반 뇌제의 결정은 사실상 당시 러시아 제국 정부
가 치열한 리보니아 전쟁에 개입돼 있어서 시베리아 칸국에 대한 직접적
인 작전을 수행할 수단이 없었던 상황 때문이었다. 이것이 제국 정부가 부
유한 사냥꾼이자 상인이었던 스트로가노프 집안의 도움에 의지할 수밖에

그림 11.2 　예르마크

없었던 이유였다.

　1579-1581년 스트로가노프 집안은 원정대장 예르마크의 지휘 아래 시베리아로 떠날 대규모 코사크족 군대를 모집했다.

예르마크(생년 미상 – 1585): 시베리아 칸국을 무너뜨려 러시아에 복속시키는 데 커다란 역할을 한 코사크족 대장(아타만 Ataman). 그의 전기는 잘 알려져 있지 않다. 일부 자료들에 따르면, 그는 돈 강 코사크족 출신이라고도 하고, 또 다른 자료들은 프류랄리에(Priuralie), 즉 서부 우랄 산맥 지역 출신이라고도 했다. 그는 리보니아 전쟁(Livonian War)[48]에 참가했다가 나

---

[48] 역자 주: 리보니아는 현재 라트비아의 동북부에서 에스토니아 남부에 걸친 지역의 옛 명칭이다. 리보니아 전쟁은 1558-1583년 사이에 러시아, 스웨덴, 폴란드-리투아니아 연방, 덴마크-노르웨이가 리보니아를 놓고 벌인 전쟁이다. 러시아의 이반 4세는 서유럽과의 교류를 위해 발트 해로 진출하는 통로를 원했으므로, 1558년 1월 리보니아를 침공했다. 이에 반발하는 폴란드, 스웨덴 등에 의해, 그리고 오스만 제국의 지원을 받은 크림 칸국의 공격으로 러시아는 위기에 빠지고, 결국 1582-1583년 러시아는 리보니아를 폴란드와 스웨덴에 양도하게

중에는 볼가 강에서 도적질을 하며 살았다. 1579년 스트로가노프 집안의 부름에 따라 그는 자신의 도적 무리들을 이끌고 왔다. 그는 시베리아 원정 준비부터 시작하여 나중에 원정대의 대장이 되었다. 그는 조직을 잘 다루는 자질을 입증해 보였고, 또한 군지휘관으로서의 자질 및 정치적 수완을 보여 주었다. 그는 타타르족에 대해 수많은 승리를 거두었는데, 카쉴릭을 점령했을 때 그는 이반 뇌제에게 점령 사실을 알리고 전리품을 보내자, 차르는 '시베리아 땅'이 러시아에 합병됐다는 포고령을 발표했다. 1582-1584년 그는 시베리아 칸국을 완전히 점령하는 데 성공했으며, 그로 인해 시베리아로 통하는 길이 열렸다. 1585년 여름 기근이 닥쳤을 때, 남쪽으로부터 일단의 부하라(Bukhara) 상인들이 식량을 갖고 카쉴릭으로 오고 있다는 소식이 그에게 전해졌다. 그러나 이 정보는 쿠춤의 계략이었다. 예르마크는 150명의 부하들을 이끌고 이 허구의 상단을 만나러 떠났다. 1585년 8월 5일 밤부터 6일까지 사이에 그는 타타르족의 함정에 빠져 죽음을 당했다. 전설에 따르면, 그는 타타르족의 공격을 피해 보트를 타려고 헤엄을 쳐야만 했다고 한다. 그러나 갑옷의 무게 때문에 이르티쉬 강에 빠져 죽었다는 것이다. 그리하여 그는 전설이 되었다.

1582년 9월[49] 예르마크 휘하 군대(540명)는 원정을 떠났는데, 우랄 산맥을 넘어 타길(Tagil) 강과 타라(Tara) 강에서 현지의 무르자(murza) 예판차(Yepancha)의 군대를 격퇴하고 그 두 강을 통해 침가-투라(Chimga-Tura) 마을에 도착했다. 곧 예르마크 군대는 아타만 이반 콜초(Ivan Koltso)

되었다. 이로써 러시아의 발트해 진출은 수포로 돌아가고 국력이 쇠퇴되었다.

49) 저자 주: 예전에는 예르마크의 시베리아 원정이 1581년 9월에 시작됐다고 믿어져 왔으나, 20세기 말 시베리아 역사학자들의 연구에 따르면 그보다 1년 후에 시작된 것으로 믿어진다.

의 군대(300명)와 합쳐졌고, 계속해서 시베리아 칸국의 수도 카쉴릭을 향해 진격하면서 투라(Tura) 강, 토볼(Tobol) 강, 그리고 이르티쉬 강 하류를 따라 원정 나갔다.

예르마크 군대와 시베리아 타타르 군대(약 1만 명) 사이의 중요한 전투는 10월 말경 카쉴릭에서 멀지 않은 곳에서 벌어졌다. 전투가 최고조에 달했을 때, 타타르 지휘관 마메트쿨(Mametkul)이 부상당해 전쟁터를 떠날 수밖에 없었다. 타타르 병사들에게 공포심이 잇달아 일어났다. 그들에게 징집돼 온 보굴(Vogul)족 및 오스티약(Ostiak)족 병사들이 도망갔고, 타타르족은 패배했다. 러시아인들은 타타르족에게 알려지지 않았던 화기들을 사용한 덕분에 승리를 거뒀다. 타타르족은 화기를 일종의 마술이라고 생각하여 공포에 사로잡혀 있었던 것이다.

> 시베리아 정복은 많은 면에서 멕시코 및 페루 정복과 닮아 있었다. 즉 한줌
> 밖에 안 되는 병력이지만 총을 쏘았으므로, 활과 창을 사용하는 수천 명의
> 병력을 압도했던 것이다.
>
> - N.M. 카람진(Karamzin), 러시아 역사가

1582년 10월 26일 예르마크는 시베리아 칸국의 수도 카쉴릭을 점령했다. 쿠춤 칸은 자신의 가족 및 가까운 수행원들을 데리고 남쪽으로 달아났다. 시베리아 칸국을 파괴함으로써 예르마크는 러시아인들이 시베리아로 진입할 수 있는 가능성을 열어 놓았다. 이로써 예르마크의 시베리아 원정이 역사적으로 중요하다는 사실이 입증되었다.

시베리아 타타르족의 패배와 시베리아의 지배자 쿠춤의 도망은 시베리아 민족들에게 강한 충격을 주었다. 보굴족과 오스티약족(즉 한티족 Khanti,

그림 11.3 공물을 거두어들이는 예르마크(《레메조프 연대기(Remezov Chronicle)》에서의 삽화)

만시족 Mansi)의 부족장들 및 많은 타타르족 무르자들이 많은 선물들을 가지고 예르마크 앞에 나타나 러시아의 지배에 복종한다는 선언을 하였다. 1582년 12월 예르마크는 아타만 이반 콜초를 모스크바에 보내어 쿠춤에 대한 승리 소식과 전리품을 전달하도록 했다.

이반 뇌제는 예르마크의 보고를 받고 '시베리아 땅'을 러시아에 합병하는 명령을 내리면서 군정 지방장관(military governor)인 세묜 볼호프스키 (Semion Bolkhovskii)와 이반 글루호프(Ivan Glukhov)의 지휘 아래 300명의 '공무집행자들'(슬루질리에 류디 sluzhilye liudi 즉 봉급받는 장교 및 사병)

을 보냈다. 그들은 1584년 여름 카쉴릭에 도착했다.

예르마크는 1583-1585년 동안 타타르족에 대한 작전을 계속하여 그들에게 수많은 패배들을 안겨 주었는데, 그중 두 가지가 아주 심한 패배였다. 1583년 봄 그는 바가이(Vagai) 강에서 대규모 타타르족 군대를 패퇴시키면서 쿠춤의 총사령관이자 조카인 마메트쿨을 사로잡았다. 1년 후 무르자 카라치(Karachi)의 지휘 아래 타타르족은 카쉴룩을 포위하고 공격을 시도했지만 완벽한 실패로 끝났다. 3월 어느 어두운 밤 예르마크의 코사크 군대는 포위하고 있는 타타르족에게 기습 공격을 감행하여 대부분의 적군들을 죽였다. 살아남은 자들은 겁을 먹고 도망쳤다.

이런 패배들 이후 1584년 가을 쿠춤은 러시아인들에 대한 군사 작전을 바꾸었다. 그는 더 이상 대규모 전투를 벌이지 않기로 결정했다. 그러나 대신 게릴라 작전을 써서 야삭(yasak. 즉 모피 공물)을 징수하는 소규모 러시아인 군대에 기습 공격을 가했다. 타타르족은 그런 식으로 러시아 군대를 많이 파괴하는 데 성공했다. 예르마크의 가장 가까운 보좌관인 코사크족 아타만 이반 콜초가 이런 게릴라 작전의 희생자가 되었는데, 그는 매복에 걸려 죽임을 당했다. 1584-1585년 겨울 쿠춤의 새로운 군사 작전은 기근으로 몰아가는 작전이었는데, 그 결과 군정 지방장관인 세묜 볼호프스키를 포함한 많은 러시아인들이 죽었다. 또한 1585년 여름 동안 쿠춤은 매복 작전을 벌여 예르마크를 죽이는 데 성공했다.

예르마크의 죽음 이후 남아 있던 러시아 군대(모두 약 150명)는 이반 글루호프(Ivan Glukhov)와 코사크족 아타만 마트베이 메쉬체략(Matvei Meshcheriak)의 지휘 아래 카쉴릭을 포기하고 우랄 산맥을 향해 후퇴하기 시작했다. 곧 그들은 군정 지방장관인 이반 만수로프(Ivan Mansurov)가 이끄는 또다른 러시아 군대와 만나 함께 이르티쉬 강으로 돌아갔다. 이르티쉬 강과 오브 강의 합류점에서 그들은 조그만 요새 오브스키 고로독 (Obskii gorodok)을 건설했는데, 그곳에서 그들은 겨울을 날 작정이었다. 이 요새는 1594년까지 남아 있었다.

러시아인들이 후퇴하자 타타르족 사이의 해묵은 내전 상태가 다시 발생했다. 카쉴릭은 타이부가 가문인 세이댝(Seidiak)의 군대에 의해 장악됐으며, 그는 스스로 이제는 소멸해 버린 시베리아 칸국의 칸이라 선언하면서 쿠춤과의 전쟁을 시작했다.

1585년의 군사적 후퇴 이후, 러시아는 시베리아의 합병을 위해 군사 작전을 바꾸었다. 러시아는 영구적인 요새들(오스트로그 ostrogs)을 건설하여 시베리아 현지인들을 복속시킨 다음 그들에게서 정기적으로 야삭을 거두어들이기로 결정했다.

1586년 여름 300명의 스트렐치(streltsi. 즉 러시아인 직업 군인들) 병력이 군정 지방장관인 바실리 수킨(Vasilii Sukin)의 지휘 아래 시베리아로 와서 오브스키 고로독의 글루호프, 메쉬체략, 그리고 만수로프의 군대와 합쳐졌다. 그해 7월 수킨의 군대가 타타르족 마을인 침가-투라의 터에 튜멘 (Tiumen) 오스트로그를 건설했다. 이것이 시베리아에서 최초로 건설된 영구적인 러시아인 정착촌이 되었다.

1587년 봄 또다른 스트렐치 병력(500명)이 군정 지방장관인 다닐 출코프(Daniil Chulkov)의 지휘 아래 시베리아에 도착했다. 그들은 튜멘 오스트로그에서 출발하여 투라(Tura) 강과 토볼(Tobol) 강 하류를 따라 항행하다가 이르티쉬 강 오른쪽 강둑[50]에 있는 토볼 강 하구 반대편에 토볼스크 (Tobolsk) 오스트로그를 건설했다. 이 오스트로그는 시베리아에서 러시아

---

50) 저자 주: 러시아인들은 마치 강 하류를 타고 내려가면서 보는 것처럼 강의 양쪽 둑을 구별하기 위해서 '오른손 쪽', '왼손 쪽'이란 표현을 사용하고 있다.

그림 11.4 톰스크(17세기 말 레메조프의 그림)

인들의 주요 본부가 되었다.

토볼스크와 튜멘 오스트로그를 주요 본부로 삼은 러시아 군대는 출코프, 만수로프, 메쉬체략, 그리고 기타 지휘관들의 지휘 아래 타타르족에 대한 조직적인 진격을 시작했고, 그 결과 카쉴릭이 파괴되어 불탔으며, 세이댝이 사로잡히면서 타타르족은 또다시 패배하게 되었다. 오로지 이리저리 흩어져 살아남은 몇몇 타타르족 집단만이 저항을 계속했다. 그들은 새롭게 합병된 러시아 영토를 습격하여 그곳에 사는 시베리아 종족들에게서 공물을 징수하려 했다. 1598년 러시아인들이 쿠춤의 본부를 파괴하자, 러시아인들에 대한 타타르족의 조직적 저항이 멈추었다.

토볼스크가 건설되고 타타르족이 마지막 패배를 당한 후, 러시아인들의 시베리아 진출은 빠르게 진행되었다. 1593년 펠림(Pelym)과 베료조프(Beriozov) 오스트로그가 건설되었다. 이어서 1594년 수르구트(Surgut), 1598년 베르호투리에(Verkhoturie)와 나림(Narym), 1601년 망가제야

(Mangazeia), 그리고 1604년 톰스크(Tomsk)가 건설되었다. 17세기 초까지 서부 시베리아 대부분의 영토가 러시아에 합병되었다.

러시아인들의 시베리아 진출은 다음 세기 내내 계속되었고, 그들이 태평양 해안가에 도달했을 때 완료되었다.

동부 시베리아와 극동으로의 진출은 주로 새로운 모피 자원을 찾으려는 탐험대들[51]에 의해 수행되었고, 그 결과는 시베리아의 러시아에로의 복속으로 이어졌다.

탐험대들은 거대한 시베리아를 통과하여 동쪽으로 나아갔는데, 혹독한 기후를 무릅쓰고 길도 없는 빽빽한 타이가 삼림, 늪, 산, 그리고 툰드라 지대를 통과하는 투쟁을 해야만 했다. 1619년 그들은 예니세이스크(Yeniseisk) 오스트로그를 건설했으며, 이 요새는 시베리아 중심으로 진출하기 위한 주요 교두보가 되었다. 1632년 탐험대들(표트르 베케토프 Piotr Beketov)은 야쿠츠크(Yakutsk) 오스트로그를 건설했고, 다음해 그들은(이반 페르필레프 Ivan Perfilev) 레나(Lena) 강 하구에, 1639년 그들은(이반 모스크비틴 Ivan Moskvitin) 오호츠크(Okhotsk) 해 해안가에, 1644년 그들은(쿠르바트 이바노프 Kurbat Ivanov) 바이칼(Baikal) 호에, 그리고 1645년 그들은(바실리 포야르코프 Vasilii Poiarkov) 아무르(Amur) 강에 도달했다. 17세기 하반기에는 바이칼 호수와 캄차카 반도의 서부 및 동부 지역에 대한 적극적인 탐험이 이루어졌다. 당시에 알바진(Albazin. 1651년), 네르친스크(Nerchinsk. 1654년), 이르쿠츠크(Irkutsk. 1661년) 등의 오스트로그들이 건설되었다.

---

51) 저자 주: 이 탐험가들(프로미쉴레니키 promyshlenniki)은 러시아인 사냥꾼들 및 공무집행자들이었는데, 이들 중 일부는 정부의 명령에 따라, 그리고 다른 일부는 자발적인 개인적 욕구에 따라 시베리아 진출에 참여했다.

러시아인 탐험대들이 동쪽으로 이동하면서 몇몇 중요한 지리적 발견들이 이루어졌다. 즉

- 시베리아의 4대강(아무르 강, 예니세이 강, 레나 강, 오브 강) 및 기타 많은 주요 수로들의 분지들의 발견과 탐험.
- 아시아 대륙의 북동부 끝단인 추코트카(Chukotka) 반도와 캄차카 반도의 발견과 탐험.
- 아시아와 아메리카 대륙 사이의 해협 발견.
- 유라시아 대륙의 북쪽과 동쪽에 있는 시베리아 해(Siberian sea) 해안가의 대부분을 탐험.

이 유명한 탐험가들의 많은 이름들이 러시아 역사에 전해져 내려왔다. 즉 블라디미르 아틀라소프(Vladimir Atlasov), 표트르 베케토프, 세묜 데즈뇨프(Semion Dezhniov), 쿠르바트 이바노프, 이반 모스크비틴, 이반 페르필레프, 바실리 포야르코프, 예로페이 하바로프(Yerofei Khabarov) 등이다.

시베리아 종족들은 이들 탐험대들에게 더 이상 저항을 할 수 없었는데, 왜냐하면 그들은 숫자도 적고, 분열되었으며, 또한 기술적으로 뒤떨어져 있었기 때문이다(그들은 화기를 갖고 있지 않았다).

러시아인들이 강한 저항을 만났던 곳은 오로지 많은 숫자의 유목민 집단들(키르기즈족, 부랴트족 등)이 살았던 남부 지역이었다. 17세기 동안 러시아인들은 거의 키르기즈족과 계속해서 전쟁을 벌여야 했는데, 키르기즈족은 러시아인들이 크라스노야르스크(Krasnoiarsk)와 쿠즈네츠크(Kuznetsk)에서 더 남쪽으로 진출하려는 것을 방해하고 있었다. 부랴트족은 바이칼 호수 주변 지역에서 러시아 지배에 대항해 계속해서 봉기를 일으키고 있

었다(1634, 1644, 1658, 1698년). 당시는 비록 소규모이지만, 실제적으로 모든 시베리아 종족들이 봉기를 일으키고 있던 단계였다. 봉기는 주로 탐험가들 및 공무집행자들의 난폭무도한 월권행위들에 의해 일어나고 있었다.

세묜 이바노비치 데즈뇨프(Semion Ivanovich Dezhniov. 생년 미상 – 1672 혹은 1673년): 그는 벨리키 우스티우그(Veliki Ustiug) 출생으로 토볼스크와 예니세이스크에서 코사크족 군인으로 복무했으며, 1638-1639년에는 야쿠츠크에서 복무했다. 1640-1641년 그는 암가(Amga) 강 및 야나(Yana) 강으로 향하는 원정대에 참가했다. 1641-1643년 그는 야쿠츠크에서 인디기르카(Indigirka) 강까지의 긴 원정에 나섰다가 바다를 통해 콜리마(Kolyma) 강 하구까지 나아갔다. 그는 니즈니콜림스크(Nizhnekolymsk) 오스트로그를 건설하는 데에도 참여했다. 1643-1648년 그는 공물 징수관으로 일했다. 1648-1649년 그는 공물 징수관으로서 자신의 가장 유명한 원정에 참여했다(그것은 무역 관리관인 포포프 F.A. Popov에 의해 조직된 무역 및 사냥 원정이었다). 실제적으로 원정대 대장은 데즈뇨프였다. 그는 콜리마 강 하구로부터 시베리아의 동부 해안가, 즉 아나디르(Anadyr) 강의 남쪽까지 배를 타고 갔다. 그리하여 아시아와 아메리카 사이의 해협이 발견되었다. 1649년 그는 아나디르스크(Anadyrsk) 오스트로그를 건설했고, 그곳에서 1660년까지 행정관으로 일하면서 추코트카를 탐험했다. 1660년부터 그는 다시 야쿠츠크에서 일했다. 1667-1668년 그는 야쿠츠크에서부터 올레뇩(Olenek) 강과 안바르(Anbar) 강까지 여행했다. 1660년대와 1670년대 초 그는 야쿠츠크에서부터 모스크바까지 모피와 바다사자 어금니를 가지고 가는 공물 상납 여행을 두 번이나 해냈고, 이로써 그는 코사크족 대장인 아타만으로 승진되었다. 아시아 대륙의 동쪽 끝에 있는 곳은 그의 이름으로 불리고 있다.

예로페이 파블로비치 하바로프(Yerofei Pavlovich Khabarov. 생년 미상 –
1671년): 그는 벨리키 우스튜그 마을 근처 농민의 자식으로 태어났다.
1628년 그는 시베리아로 가서 레나 강 지류인 키렌가(Kirengar) 강 하구 부
근에 정착해서 방앗간과 제염소를 만들고 농사를 지었다. 1642년 야쿠츠크
군정 지방장관은 횡령, 권력남용 혐의로 그를 고발하여 감옥에 집어넣었다.
1645년 감옥에서 풀려난 그는 새로운 땅을 찾기로 결심했고, 아무르 강 분
지(Amur Basin)가 농사 짓기에 적합하다고 생각했다. 1649년 그는 한 그룹
의 지원자들(70명)을 꾸려서 올룍마(Olyokma) 강과 그 지류들을 따라 내려
가 스타노보이 산맥(Stanovoi Range)을 넘어 아무르 강까지 탐사여행을 떠
났다. 1650-1652년 그는 아무르 강 지역을 복속시키는 작전을 이끌었다.
그는 무력으로 아무르 강에 있는 알바진(Albazin)의 다우르족(Daur) 요새를
점령하고 현지주민들을 복속시켰다. 아무르 강 지역 원정 동안 그는 자신
의 강한 의지와 잔인한 성격, 그리고 군사 지휘관으로서의 자질 양면을 보
여 주었다. 그는 고도의 지능과 날카로운 통찰력을 지닌 조직가였다. 그의
원정 보고서들은 매우 유익한 것들이었다. 그는 아무르 강에 대해 스케치
해 두었다. 그는 농경 적합 지역으로 아무르 강 분지를 발견했으며, 그곳을
개간하여 동부 시베리아에 빵을 공급하는 데 도움을 주었다. 1653년 그는
횡령과 권력남용으로 더 많은 비난에 직면했다. 1654년 모스크바에서 그는
보야르 손(Boiar son)[52]이라는 영예로운 직위에 올랐는데, 그 직위는 시베
리아 개척에 공헌한 관리들에게 주어졌다. 그리고 그는 우스트 쿠트(Ust-

---

52) 역주: 봉건시대 대귀족 자제들.

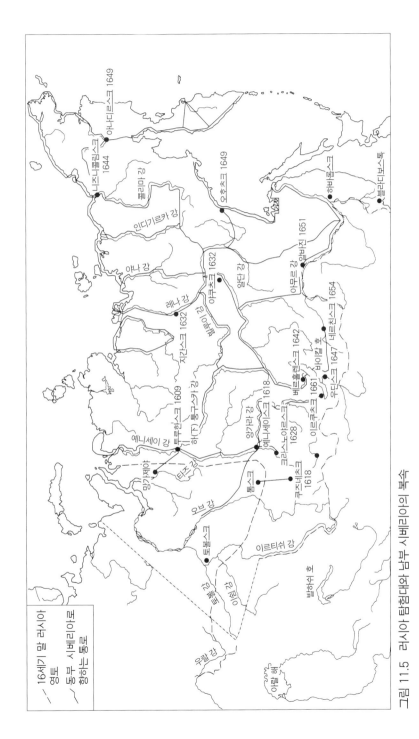

그림 11.5 러시아의 시베리아 동부 탐험대를 위한 루트

그림 11.6 러시아 탐험가 데즈뇨프의 이름을 딴 북동부 시베리아 끄
트머리 곶에 있는 데즈뇨프 기념탑

Kut) 지역의 행정관으로 임명되었다. 그는 키렌가 강의 마을에서 여생을 보

냈다. 하바롭스크 도시는 그의 이름을 딴 것이다.

제12장
1685-1689년 러시아와 청나라의 충돌

17세기 중엽 만주의 청왕조는 중국 대륙을 장악했다. 이 새로운 왕조는 북쪽으로 팽창 정책을 펼치기 시작했다. 청나라는 서서히 내몽골, 동몽골 (할후 Khalkhu, 혹은 할하), 그리고 북만주를 손에 넣었다.

러시아의 남진과 청나라의 북진은 두 팽창 세력의 충돌 양상으로 전개되었다. 두 세력 간 최초의 무장 충돌은 1652년 하바로프의 군대가 아무르 강 부근 지역에 진입했을 때 발생했다. 다음해 그런 충돌은 점점 빈번하게 일어났다.

강력한 청나라가 아무르 강의 남쪽과 트랜스바이칼 지역을 장악하고 있다는 사실을 알게 되자, 러시아 정부는 청나라와의 관계를 우호적으로 맺으면서 국경 문제를 풀어나가려고 노력했다. 수많은 대사급 사절단들이 청나라에 보내졌지만[바이코프 F. Baikov 1654-1656년, 페르필레프 I. Perfilev 1658-1662년, 아블린 S. Ablin 1666년, 밀로바노프 I. Milovanov 1670년, 스파파리 (혹은 스파사리) N.G. Spafarii(Spathary) 1675-1676년 등], 어떤 긍정적인 결과를 만들어 내는 데에는 실패했다. 처음에 청나라 정부는 그에 대한 아무런 논의도 하지 않았지만, 나중에는 러시아인들이 아무르 강 지역에서 물러나고, 또 트랜스바이칼 지역으로 도망간 간티무르 공(prince Gantimur)과 다우르족 사람들을 넘겨줄 것을 요구하기 시작했다. 청나라는 러시아가 이런 요구를 받아들일 때까지 더 이상의 협상 및 대사급 교환을 받아들이

지 않겠다는 입장을 마지막 대사인 스파사리에게 알렸다. 이에 러시아 정부는 청나라가 무력으로 팽창 정책을 구사하려 한다는 사실을 깨닫게 되었다. 그래서 러시아는 트랜스바이칼 지역과 아무르 강 지역에 있는 요새와 수비대를 보강하는 단계를 밟아 나갔다.

청나라의 적극적인 북방 팽창주의 정책은 1681년 시작되었고, 그때 청나라는 아무르 강 지류들인 제야(Zeia) 강과 부레야(Bureia) 강 주변 지역들을 장악했다. 1685-1686년 아무르 강에 있는 러시아 요새 알바진(ostrog Albazin)을 장악하기 위한 치열한 전투가 벌어졌다. 청나라는 주 목표물로 알바진을 공격하기로 결정했는데, 왜냐하면 그곳은 러시아인들의 농경 중심지여서 그곳을 파괴하면 동부 시베리아 전체에 식량 공급을 중단시킬 수 있었기 때문이었다. 청나라 강희제(emperor Kangxi)는 러시아 영토를 공격하는 작전을 짜는 데 아주 적극적인 역할을 맡고 있었다.

1685년 5월 청나라 군병력(6,000명과 대포 100문)은 알바진을 포위했다. 그곳의 러시아 수비대(450명과 대포 3문)는 군정 지방장관 알렉세이 톨부진(Alexei Tolbuzin)의 지휘 아래 7월 초까지 청나라의 공격을 막아 냈으나, 청나라군의 화공으로 요새 성벽이 무너져 내리고 탄약이 떨어지면서 더 이상 방어를 할 수 없게 되었다. 7월 5일 러시아 수비대는 러시아 영토로 안전하게 퇴각하는 조건으로 알바진을 포기했다. 청나라군은 알바진을 완전히 파괴시킨 후 중국으로 돌아갔다.

청나라군이 알바진을 떠나자, 네르친스크(Nerchinsk) 군정 지방장관 블라소프(Vlasov)는 러시아 군대가 다시 알바진으로 돌아가도록 명령했다. 새로운 수비대는 톨부진과 아파나시 베이톤(Afanasii Beiton)의 지휘를 받고 있었다. 요새는 최근에 겪은 전투 경험을 바탕으로 재빨리 다시 지어졌다. 그것은 6m 성벽으로 둘러싸여져 있었고, 그 위에 이중 통나무 벽이 설치되었다. 통나무 벽들 사이의 공간은 흙으로 메꿔졌으며, 통나무 벽 바깥은 불타는 것을 막기 위해 두껍게 진흙을 발라놓고, 또 잔디 뗏장으로 덮어놓았다.

청나라는 알바진이 재건됐다는 사실을 알게 되자, 다시 한번 원정대를 보내기로 결정했다. 1686년 7월 청나라 군대(11,000명과 대포 40문)는 다시 한번 러시아 요새를 포위했다. 그러나 수비대(1,000명 이상과 대포 18문)는 톨부진과 베이톤의 지휘 아래 모든 공격을 패퇴시켰다. 러시아군은 약 800명이 전사했고, 청나라군은 약 2,500명이 전사했다. 1686년 10월 러시아는 청나라가 포위 공격을 끝내고 평화협상을 재개하도록 청나라와 합의에 이르렀다. 러시아는 알바진을 지켜내는 데 성공했다. 이후로 청나라는 트랜스바이칼 지역을 공격하기 위해 몽골 기병대를 보냈으나, 패퇴당했다. 이에 1686년 러시아는 골로빈(F.A. Golovin)을 수반으로 1,500명의 스트렐치 병력을 파견했으며, 또한 그를 청나라 전권대사로도 임명하였다.

표트르 알렉세예비치 골로빈(Fiodor Alexeevich Golovin. 1650-1706년): 그는 유명한 러시아의 정치가이자 보야르 손이었다. 그는 귀족이라는 배경, 좋은 교육, 그리고 능력을 갖추고 있어서 정부의 중요 요직에 오를 수 있었다. 1686년 그는 청나라 전권대사로 임명되었다. 1688년 그는 몽골 군대에 대항하여 트랜스바이칼 지역의 방어를 지휘했다. 1689년 그는 러시아에 유리한 조건으로 청나라와 네르친스크 평화조약을 체결했다. 1691년 그가 트랜스바이칼 지역으로 돌아왔을 때, 그는 표트르 1세(Peter 1)로부터 보야르 칭호를 하사받아 지방장관이 되었다. 후에 그는 표트르 1세의 최측근 중 한 명이 되었다. 1695-1696년 그는 아조프 전투(Azov campaigns)[53]에 참가했으며, 1697-1698년 표트르 대제와 함께 유럽을 배우기 위한 '대규모 대사급 사절단'에 참가했다. 1699년부터 그는 병기창, 조폐국, 그리고 소(小)러시아(우크라이나) 부서의 장을 역임했다. 그후 그는 대사 업무의 장이 되었고, 또 해군 함대 건설 제독이 되었다. 그는 러시아 외교 정책을 지휘했으며, 또한 러시아군 총사령관으로서 대(對) 스웨덴 북방전쟁에 참가했다. 그는 러시아 최초의 육군원수가 되었고, 또한 러시아 최고의 영예인 성(聖) 안드레이 메달의 최초 수여자가 되었다. 그는 프러시아와의 협상 도중 죽었다.

골로빈은 두 가지 목표를 세워놓고 있었다. 즉 트랜스바이칼 지역의 방어선을 구축하는 것과 국경 문제를 풀기 위해 청나라와 협상하는 것이었다. 대사 업무 부서는 그에게 국경선을 아무르 강을 따라 획정하고, 또 알바진 요새를 계속 러시아가 장악하도록 노력하라는 지침을 내렸다.

1689년 7-8월 러시아와 청나라의 협상이 네르친스크 부근에서 벌어졌다. 골로빈이 러시아 대표단을 이끌었고, 청나라 대표단은 강희제의 권신 송고투(Songotu)[54]가 이끌었다. 협상 언어는 라틴어였다. 천주교 선교사들은 당시 동방정교 신부들을 자신들의 선교 경쟁자로 간주했던지라, 청나라를 위한 통역가 역할을 담당하였다. 협상 초기에 러시아는 국경선이 아무르 강과 그 지류인 아르군(Argun) 강을 따라 그어져야 한다고 주장했다. 하지만 청나라는 국경선이 스타노보이 산맥(Stanovoi Range)의 분수령을 따라, 그리고 바이칼 호를 따라(그리하여 트랜스바이칼 지역과 아무르 강 지

---

53) 역주: 러시아가 오스만 제국의 영토인 아조프 항을 점령한 전투.
54) 역자 주: 허서리 송고투(赫舍里 索額圖. 1636-1703년). 청나라 개국공신 중 한 명이자 재상이었던 허서리 소닌의 셋째 아들로, 허서리 소닌이 죽자 그의 지위를 물려받았고, 강희제 통치 기간에 권신으로 활동했다. 네르친스크 조약을 성공적으로 끝낸 송고투는 승승장구했으나, 이후 강희제 암살 음모가 드러나 끝내 사형을 당한다.

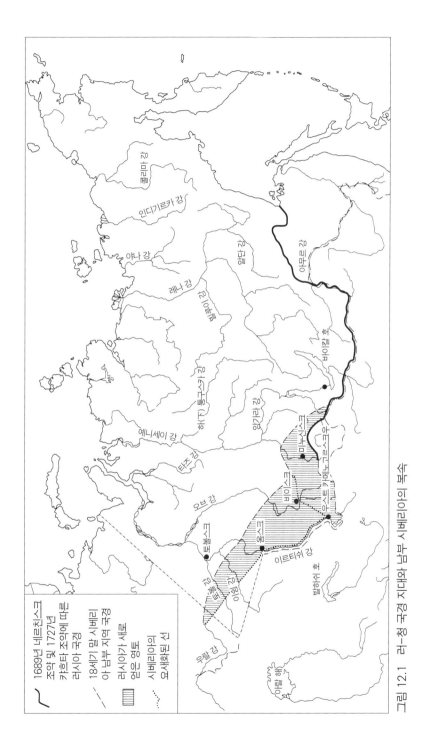

그림 12.1 러-청 국경 지대와 남부 시베리아의 복속

역, 즉 프리아무르Priamurie 지역 전체가 청나라에 떨어지도록) 그어져야 한다
고 주장했다. 열띤 외교 논쟁이 벌어지고 상호간의 양보가 이루어진 후, 골
로빈과 송고투는 1689년 8월 29일 네르친스크 평화조약에 서명했다. 이 조
약은

- 러시아-청나라 국경선은 오호츠크 해로부터 우다(Uda) 강, 스타노보이
  산맥, 그리고 고르비차(Gorbitsa) 강, 쉴카(Shilka) 강, 아르군 강을 따라
  성립되었다(아르군 강 서쪽은 국경선이 획정되지 않았다).
- 알바진 요새는 철거돼야 한다고 기술되었다.
- 중국인들이 아무르 강 좌안 둑을 식민지화하는 것을 금했다(그들은 오로
  지 이 지역에서 공물을 징수할 권리만 가졌다).

비록 러시아 외교관들이 자신들의 목표를 달성하는 데 실패했을지라도,
네르친스크 평화조약 체결은 러시아에 매우 중요했다. 이 조약은 러시아와
청나라가 양방 관계를 발전시켜 나가는 길을 닦아 놓았다. 그리고 그것은
시베리아가 러시아의 일부이며, 또한 청나라가 시베리아에 대한 모든 주장
을 포기했다는 사실을 국제적으로 알렸다는 의미가 있었다. 그래서 이 조
약은 시베리아가 러시아의 일부로서 평화적인 발전을 이룰 것이라는 사실
을 확인한 조약이었다.

제13장
시베리아 통치

    시베리아가 러시아에 편입되자, 시베리아 통치체제가 서서히 성립되기 시작했다. 16세기경 새로운 영토는 외무대사 부서(Ambassadorial Department) 아래 편입되었다. 1599년 행정적 책임이 카잔 행정 부서(Department of Kazan Affairs)로 이전되었는데, 그것은 러시아의 동부 지역을 담당하고 있었다(이전의 카잔 및 아스트라한 칸국들). 그러나 러시아가 빠르게 동쪽으로 이동함으로써 곧 시베리아를 통치할 독립적인 부서가 만들어지는 것이 필요해졌다.

    1637년 차르 미하일 표도로비치(Tsar Mikhail Fiodorovich)[55]에 의해 하나의 특별통치기구 – 시베리아 성(省. Siberian Office. 시비르스키 프리카즈 Sibirskii prikaz) – 가 만들어졌다. 그것은 1637-1708년까지, 또 1730-1763년까지 기능했다. 이 기구를 이끌었던 사람들은 차르와 친밀한 관계에 있었던 유명한 보야르 가문이었는데, 17세기에 이 시베리아 성을 이끌었던 사람들은 다음과 같다.

---

55) 역자 주: 미하일 1세 표도로비치. 재위 1613-1645년. 이반 4세의 아들인 표트르가 자녀 없이 사망한 뒤, 러시아에서는 권력 투쟁이 일어나고, 권신이었던 보리스 고두노프가 차르가 되었다가 사망한 뒤, 로마노프 가문의 미하일 표도로비치 로마노프가 차르가 되면서 로마노프 왕조가 시작되었다. 16세의 어린 나이에 왕좌에 올랐고 심약한 사람이었으므로 부모와 외가 친척들이 정치를 좌우했다. 당시 내정이 불안했고, 폴란드와 스웨덴의 공격으로 외환에 시달렸으므로, 부족한 재정을 메우려 농노제를 강화하고 지방정부를 개혁하는 등 전제정치를 실시했다.

리코프(B.M. Lykov. 1637-1643년), 오도예프스키 공작(Duke N.I. Odoevskii. 1643-1646년), 트루베츠코이 공작(Duke A.N. Trubetskoi. 1646-1662년), 보야르 스트레쉬네프(Boiar R.M. Streshnev. 1663-1680년), 레핀 공작(Duke I.B. Repin. 1680-1697년), 보야르 위원회(Boiar's Council. 둠느이 디악 dumnyi diak)의 수석위원인 빈니우스(A.A. Vinnius. 1697-1703년) 등 이다.

시베리아 성은 행정업무(군정 지방장관들의 임명 및 해임, 그들의 활동의 감시, 재판 기능 등), 보급품 공급, 국방, 징세, 통관 업무, 모피 징수, 보관 및 판매, 청나라, 준가리아(Jungaria)[56] 및 카자흐 칸국(Kazakh Hordes)[57] 등 과의 외교관계 등을 다루었다.

---

56) 역자 주: 중국 신장 위구르 자치구의 북부 지역으로 알타이 산맥과 천산 산맥 사이에 끼여 있다. 준가르란 이름은 몽골어로 좌익을 뜻한다. 몽골어족인 오이라트족 두르베트 정권의 좌익(동방)을 담당하던 자들을 준가르라고 불렀다. 원나라 이후 북원에서 갈라진 서부 몽골족들은 오이라트족으로 독립했고, 여기서 토르구트부가 서쪽으로 이주하여 칼미크 칸국을 건국하고, 준가리아에 잔류한 자들은 준가르가 되었다. 원래 예니세이 강 유역에 거주하던 유목민이었던 오이라트족은 칭기스칸에 정복당했다가 에센 타이시의 시대에 전 몽골을 통일할 정도로 강성해져 급기야는 토목의 변을 일으켜 명나라의 정통제를 생포하면서 위명을 떨쳤다. 하지만 몽골 최후의 명군인 알탄 칸의 등장으로 다시 몽골에 복속되었다. 이후 갈단 칸이라는 걸출한 인물이 나와 준가리아를 통합하고 타림 분지까지 영토를 넓히고 외몽골까지 공격하자, 청나라 강희제는 준가리아 원정에 나서 갈단 칸을 물리쳤다. 이후로도 크고 작은 준가르의 공격에 시달리던 청나라는 건륭제 때 준가르가 내분에 빠져 아무르사나가 투항해 오자 이 기회를 틈타 준가리아를 정복하여 잔혹하게 준가르인들을 학살했다. 투항했던 아무르사나는 자신이 준가르의 칸에 오르지 못하자 불만을 품고 반란을 일으켰으나, 청군의 추격을 받아 러시아 시베리아로 도주했다가 토볼스크에서 죽었다. 이로써 마지막 유목 제국인 준가르 제국은 역사에서 사라지고 티베트, 신장 위구르, 외몽골에 이르는 모든 영토가 청나라에 완전히 복속되었다.

57) 역자 주: 카자흐 칸국(1456-1847년)은 오늘날 카자흐스탄 자리에 있었던 카자흐인의 국가였다, 전성기시절 쿠마니아 동쪽(현재 카자흐스탄 서부)에서 우즈베키스탄, 카라칼팍, 현재 이란에 속한 아스트라한과 호라산 주까지의 시르다리야 강까지 통치했다. 후일 오이라트/칼미크의 침공으로 약해졌다가 러시아 제국에 병합되었다. 카자흐 칸국의 독립은 15세기 초 우즈벡족을 이끌던 아불하이르 칸에게서 자니벡 술탄과 케레이를 따르는 백성들이 떠나면서 시작되었고, 이후 우즈벡 칸국의 무함마드 샤이바니에 맞서 스텝 지대를 점령하면서 번영을 누렸다.

시베리아 성은 영토를 다루는 하위 부서(territorial sub-departments. 라즈랴드니에 스톨라 razriadnye stola)와 성 의회(chambers. 팔라타 palata)로 나뉘었다. 하위 부서는 시베리아 영토에 대한 실제적인 통치행정을 담당했다. 17세기 말 4개의 하위 부서가 있었다. 즉 토볼스크, 톰스크, 예니세이스크, 그리고 렌스크(Lensk)를 담당하는 권역 부서들이었다. 성 의회는 재정과 모피58)에 대한 문제를 담당했다. 시베리아 성에는 3개의 성 의회가 있었다. 즉 가격, 무역, 그리고 재무에 대한 의회였다. 가격 의회는 시베리아에서 징수한 모피 및 기타 공물의 접수 및 가격 설정에 대해 책임지고 있었다. 무역 의회는 정부 소유 모피를 거래할 상인들을 찾아내고 그 상인들의 활동을 감시하는 것이 그 책임이었다. 재무 의회는 시베리아 성의 모든 재정적 업무들을 관리했다. 하위 부서와 성 의회는 서기(디아키 diaki)들에 의해 이끌어졌다. 서기들은 1명의 대리 서기(포디아치에 podiachie)59)를 데리고 있었다.

러시아 전체와 마찬가지로 시베리아 전체는 통치 편의를 위해 여러 개의 군(counties. 우예즈드 uezdy)으로 나뉘었다. 그러나 거대한 크기의 시베리아는 곧 군 수준 이상의 행정 단위를 추가적으로 즉시 도입해야 할 필요가 생겼다. 그래서 16세기 말 토볼스크 관구(territory. 라즈랴드 razriad)가 만들어졌는데, 그것은 시베리아의 모든 군 단위들을 포함하고 있었다. 토볼스크 군정 지방장관(보예보다 voevoda)이 시베리아 전체의 총 군정 지방장관이 되었고, 따라서 시베리아의 나머지 요새들(ostrogs)의 군정 지방장관들은 그에게 모든 보고를 해야만 했다.

---

58) 저자 주: 국가가 모피무역을 독점하고 있었다.

59) 저자 주: 서기와 대리 서기는 14-17세기 러시아 정부기관의 국가 공무원이었다. 그들은 봉급을 받았다. 봉급 대신에 그들은 토지를 양도받을 수도 있었다.

토볼스크 군정 지방장관은 시베리아의 방어와 보급품 공급에 대한 통상적인 관리 능력을 갖고 있었다. 그의 견해는 외교 정책 및 외국 무역의 문제에 있어서 우선권을 갖고 있었다. 보통 이 자리에 임명된 사람들은 차르와 가까운 고위직 인사들이었지만, 한편으로 그들은 어떤 이유로 차르의 눈에서 멀어지게 된 사람들이었다. 17세기에 가장 유명한 토볼스크 군정 지방장관들은 술레셰프(Yu. Ya. Suleshev. 1623-1625년)와 고두노프(P.I. Godunov 1667-1670년)였다.

술레셰프: 크림 타타르 지방장관(Crimean Tatar beys)인 귀족 가문 출신으로 러시아에 봉사했다. 그는 시베리아에서의 임기 동안 시베리아의 상태를 개선하기 위한 수많은 의미 있는 개혁들을 행했다. 그는 정부가 할당한 생산량과 농부가 생각하는 생산량 사이의 비율을 명확히 맞추어 주면서 최초로 인구 조사와 경작지 조사를 실시했다. 또한 그는 공무집행자들의 봉급 규모를 형평에 맞게 조절해 주었다.

고두노프: 남부 유목민들의 공격으로부터 시베리아를 방어하기 위해 임명되었다. 그는 서부 시베리아의 초원 지대에 있는 국경선을 따라 코사크족 정착촌(스탄치 stantsii) 및 요새들의 건설 및 강화를 시작하면서 비(非) 러시아인들로 구성된 드라군 연대들(Dragoon regiments)을 주둔시켰다. 그는 최초라고 알려진 시베리아 지도인 〈시베리아 스케치(Drawing of Siberia)〉를 만드는 것을 감독했는데, 이 지도는 그 당시 시베리아에 대한 러시아인들의 지리적 지식을 요약했으며, 또한 러시아 지도 제작 역사에서 중요한 이정표가 되었다.

도표 13.1 17세기 시베리아의 지역 구분

관구	군 단위
토볼스크	베료조프스키(Beriozovskii), 베르호투르스키 (Verkhoturskii), 펠림스키(Pelymskii), 타르스키 (Tarskii), 토볼스키(Tobolskii), 투린스키(Turinskii), 튜 멘스키(Tiumenskii)
톰스크	케츠키(Ketskii), 쿠즈네츠키(Kuznetskii), 나림스키 (Narymskii), 수르구츠키(Surgutskii), 톰스키(Tomskii)
렌스크	일림스키(Ilimskii), 야쿠츠키(Yakutskii)
예니세이스크	알바진스키(Albazinskii. 1689년까지), 예니세이스키 (Yeniseiskii), 이르쿠츠키(Irkutskii), 크라스노야르스키 (Krasnoiarskii), 망가제이스키(Mangazeiskii), 네르친스 키(Nerchinskii)

시베리아가 더 멀리 개척되고 러시아인들이 이주하면 할수록, 더 많은 영토들이 생겨났다. 톰스크(1629년), 렌스크(1639년), 예니세이스크(1677 년), 그리고 더 많은 군 단위들이 생겨났다.

토볼스크는 다른 요새들이 만들어지고 난 후에 그 주도적인 역할을 담당 하게 되었고, 또한 토볼스크 군정 지방장관은 다른 지역 수장들보다 더 중 요한 인물로 간주되었다.

시베리아 성은 통상 군정 지방장관들(보예보다 voevoda)을 임기 3년으 로 임명했다. 그들은 군 단위 수장들의 활동을 감독했으며(군 단위 수장들 이 앓거나, 죽거나, 혹은 권력남용 및 기타 죄를 저지르는지를 감시하고, 또 임 시로 교체 임명하는 등), 또한 자기 권역 내 행정에 관한 모든 문제들(공물 징수 및 징세, 공급, 재판, 법과 질서 유지, 새로운 요새 건립 등)을 다루었다. 보예보다는 시베리아 성에 상응하는 독점적인 권리를 갖고 있었다. 그는 자기 권역을 통제하는 기구인 부서 의회(departmental chamber. 프리카즈나야 팔라타 prikaznaia palata)를 통해 자신의 권역을 통제했다. 부서 의회는 군 단위 하위부서(스톨라 stola)들로 구성되었고, 그 구조는 시베리아 성을 닮았다. 부서 의회는 중앙에서 임명된 2명의 서기들에 의해 이끌어졌고, 하위 부서는 대리 서기에 의해 이끌어졌다.

군 단위들은 대체로 시베리아 성이 임기 3년으로 임명한 군정 지방관에 의해 다스려졌다. 군정 지방관은 하급 관리 및 공물 징수자들의 임면권을 갖고 있었다. 즉 그는 자기 군 내정 문제에 책임이 있었고, 또한 자기 권한 내에서 모든 행정 업무들(공물 및 세금 징수, 물품 공급, 법과 질서, 재판 등에 관한)을 다루었다. 그는 군청(county hall. 세즈하야 이즈바 sezhaia izba)을 통해 군을 통제했는데, 군청은 군민들의 삶의 다른 측면들을 책임지는 위원회들로 구성되었다. 즉 공물 징수 위원회, 빵 위원회, 재정 위원회 등이다. 군청은 1명의 서기에 의해 이끌어졌고, 위원회들은 대리 서기에 의해 이끌어졌다.

시베리아 군 단위들은 러시아의 지역 단위들(areas. 프리수드키 prisudki. 면 단위들) 및 '공물 공출(야사치니에 yasachnye)' 지역 단위들로 구성됐다. 러시아의 지역 단위들은 요새(오스트로그 ostrog)나 정착촌(슬로보다 slovoda)으로 이루어졌다. 그런 지역들은 군정 지방관이 임명한, 혹은 주민들이 뽑은 행정관에 의해 다스려졌다. 그 지역 주민들은 스스로 공동체들(communes. 오브쉬치니 obshchiny)을 만들어 지도자들(스타로스티 starosty)을 뽑았다. 공물 공출 지역 단위들은 공물을 바쳐야 할 의무를 지닌 그 지역 부족민들(혹은 '야삭 바치는 사람들')을 포함하고 있었다. 그런 지역 단위들은 자신들의 전통과 관습에 따라 부족생활을 영위하는 부족장들에 의해 이끌어지고 있었다. 17세기 러시아인들은 부족 간 전쟁을 멈추도록 하기보다는 시베리아 종족들의 일에 간섭하지 않는 편이었다.

시베리아 군정 지방장관들은 통상적인 러시아의 지방장관들보다 더 큰 권력을 쥐고 있었다. 시베리아 성은 그들이 '그들의 판단과 신의 의지에 따라' 다스리도록 지침을 내렸다.

시베리아 군정 지방장관들의 포괄적인 권력, 그리고 수도 모스크바로부터 멀리 떨어져 있는 어마어마한 거리는 권력남용이 쉽게 생겨날 수 있는 여건을 만들어 냈다. 행정 편의주의적으로 징세하도록 고안된 제도 역시 부패를 촉진시켰다. 17세기 소위 '자급자족 급양' 제도(feeding system. 코르믈레니에 kormlenie)60)가 시베리아에 운영 중이었는데, 이에 따라 군정 지방장관과 행정관리들은 정부로부터 급여를 받지 못했다. 또한 그들은 어떠한 영업활동도 할 수 없도록 엄하게 금지되어 있었다. 대신 그들은 기부에 의존해 살 수 있었다. 결과적으로 시베리아 행정체제에 의한 권력남용이 커다란 비율을 차지하게 되었다. 실제로 17세기 시베리아의 모든 군정 지방장관들과 행정관리들은 특히 뇌물의 형태로 권력남용의 죄를 저지르고 있었다. 당시 성행하고 있던 것은 공물 징수관으로 임명해 주는 대가로 뇌물을 받는 관행이었다. 예를 들면 17세기 말 야쿠츠크 군정 지방장관들은 매년 6,000루블 이상의 뇌물을 받고 있었다(그 당시 기준의 금액).

러시아 정부는 시베리아 행정당국의 권력남용을 줄이기 위해 최소한 무언가를 시도했었다. 그것은 다음과 같은 과정을 밟았다.

• 청문회(시스키 syski‒혐의자를 모스크바로 소환해 심문하고 조사하는)를 열고,

---

60) 역자 주: 러시아 정부가 관리들에게 월급을 주지 않고 대신 현지에서 자급자족하도록 세금 및 각종 부과금을 강제징수하도록 한 제도로, 1555년 러시아 본토에서는 폐지됐지만, 새로 정복된 시베리아 영토에서는 계속 운영되었다.

• 가해자들을 해임하고,

• 시베리아에서 러시아로 귀환하는 도중에 있는 군정 지방장관들 및 행정
  관리들을 베르호투리에 세관(Verkhoturie customs)에서 조사하여 그들
  의 소유재산의 일부를 몰수했다.

그러나 이런 방법으로는 어떤 확연한 결과를 만들어 내는 데 실패할 수
밖에 없었다.

시베리아 군정 지방장관들과 행정관리들의 권력남용은 빈번하게 현지
주민들, 즉 러시아인과 원주민 모두의 사회불안[61]과 봉기들을 일으키는
원인이 되었다. 17세기 동안 그런 사회불안과 봉기들이 실제로 시베리아
전체에 걸쳐서 - 베르호투리에로부터 야쿠츠크와 네르친스크까지 - 수
백 건에 달했다. 톰스크와 야쿠츠크에서는 그런 일들이 다른 곳보다 더 빈
번하게 일어났다. 가장 큰 봉기는 1696년 트랜스바이칼리아(Transbai
kalia)에서 일어났다. 시위대들은 마차를 타고 이르쿠츠크를 향해 행진하다
가 이르쿠츠크 요새를 포위한 후, 현지 군정 지방장관 사벨로프(Savelov)의
권력남용에 대해 분노를 표시했다. 대체로 러시아 정부당국은 그런 시위에
대해서는 관용으로 대하면서 시위대들을 평화적으로 가라앉히려고 노력
했다.

---

61) 저자 주: 사회불안은 주로 차르에게 보내는 청원의 형태로, 대중 군집의 형태로, 그리고 다른
    지역으로의 대거 이주의 형태로 나타났다.

제14장
시베리아 탐험

시베리아가 러시아에 병합된 사건은 시베리아의 역사 발전 과정을 급격하게 바꾸어놓게 되었다. 러시아인들은 새로운 기술, 경제적 관행, 문화, 그리고 삶의 양식을 가져다주었고, 또 새로운 땅에 대한 힘찬 개척을 시작했다.

인구 증가는 개척의 성격 및 속도에 영향을 미쳤다. 시베리아 병합은 러시아인들이 시베리아로 대거 이주(그 당시 기준으로)한 것과 맞물려 있다. 16-17세기 이런 과정은 다음 세 가지 형태로 진화해 갔다. 즉 자발적 이주, 정부 주도형 이주, 그리고 유배형 이주가 그것이다.

자발적 이주는 두 가지로 나뉜다. 즉 정부의 허가를 받은 합법적 이주는 대부분의 자발적 이주자들을 포함하고 있었으며, 불법적 이주는 다양한 종류의 도망자들을 포함하고 있었는데, 이 대다수 이주자들은 농민들이었다.

정부 주도형 이주는 차르의 명령에 따라 유럽 쪽 러시아 사람들을 시베리아에 '영구 거주'시키기 위해 이주시키는 것을 의미했다. 이런 식의 이주는 주로 공무집행자들에 해당됐으나, 농민들 역시 어느 정도 영향을 받았다.

유배형 이주는 시베리아 이주에 있어서 뚜렷한 역할을 담당했다. 그 당시 시베리아는 이미 범죄자들, 정치범들, 대중봉기 반란자들, 그리고 외국 전쟁포로들(폴란드인, 스웨덴인, 투르크족, 크림 타타르족 등)의 유배지였다.[62] 시베리아로 유배된 최초의 사람들은 1591년 우글리히(Uglich)에서 드미트리 공(Prince Dmitrii)을 죽음으로 이끈 사건에 연루된 사람들로 1592년 유배되었다. 유배지에는 공무집행자들과 '납세 부역'(탸글리에 tia-glye)자들이 섞여 있었다. 유배형 이주는 다음 세 가지로 나뉘기도 한다. 즉 공무집행자형, 도시형, 농촌형이 그것이다.

적극적인 이주정책의 결과로 시베리아의 러시아인 인구 수는 지속적으로 증가했다. 18세기 초경 러시아인들은 이미 시베리아 전체 인구 수의 절반을 넘어서고 있었다. 한때 시베리아 전체 인구수가 50만 명이었을 때, 30만 명 이상이 러시아인들이었다. 비록 일부 시베리아 지역들에 더 적극적으로 이주가 이루어졌다 하더라도, 약 80% 정도의 러시아인 이주자들은 서부 시베리아에 살았다. 17세기 말경 시베리아 인구 수(특히 러시아인의)는 자연증가율보다 더 많이 증가하기 시작했다.

시베리아의 러시아인 인구는 사회적으로 세 가지 범주에 속했다. 즉 '납세 부역자'(탸글리에 류디 tiaglye liudi), '부랑자'(굴랴쉬에 류디 guliashchie liudi), 그리고 '공무집행자'(슬루질리에 류디 sluzhilye liudi)이다.

납세 부역자 집단은 '역(役)'(탸글로 tiaglo)을 짊어져야 하는 사람들을 포함하고 있었다. 즉 이 사람들이 정부를 위해 이행해야 하는 것은 정부 세금 납부, 노역, 공무집행 의무 등이었다.

부랑자 집단은 특별한 기술 없이 생계를 위해 뭐든 하면서 자발적으로 (도피를 포함하여) 시베리아로 온 사람들을 포함하고 있었다. 러시아 정부는 이런 사람들이 '공무집행'에 합류하거나, 혹은 부역자에 합류하도록 노력했다. 부랑자들은 모든 분야의 인력 충원 자원이었다.

---

62) 저자 주: 17세기 러시아에서 전쟁포로 죄수들은 종종 본국으로 송환되지 못하고 러시아에 억류되어 새로운 삶을 시작해야 했다.

공무집행자 집단은 정부의 공무를 위해 일하는 모든 사람들을 포함하고 있었다. 그들의 책임은 명확하게 정의돼 있지 않았다. 가장 중요한 것은 군역(軍役)과 공물 징수였다. 이외에도 그들은 무역 경로, 대상(隊商)들, 창고, 정부 시설물, 유배자 집단 등을 보호해야 했다. 필요하면 그들은 건설, 선박 제조 등과 같은 다양한 일들을 해야 했다. 이 집단 사람들에게는 돈의 형식으로는(연간 4-8루블) 임금이 지불되었고, 현물의 형식으로는 연간 30-50 푸드(pudy)의 귀리나 호밀 같은 곡식으로, 그리고 연간 1-2푸드의 소금으로 지급되었다.[63] 임금은 아주 불규칙적으로 지불되었다. 이 집단의 고위 관리들은 10-12루블, 60-80푸드의 곡식, 그리고 3푸드의 소금을 지급받았다. 17세기 시베리아의 도시 및 요새에서 공무집행자들은 인구의 다수를 점하고 있었다.

17세기 말경 시베리아에서 주요 러시아인 인구집단은 그 인구집단의 50% 이상을 차지하고 있던 농민들이었다. 시베리아 농민들은 '흑토 경작' (black plough. 체르노소쉬니에 chernososhnye) 농민[64]과 '수도원'(monastery. 모나스티르스키에 monastyrskie) 농민으로 나뉘었다. 흑토 경작 농민 (전체 농민의 87%)은 개인적 자유를 누리면서 납세 부역 의무를 졌다. 그들은 4:1의 비율로 경작 농민과 납세 농민으로 나뉘었다. 경작 농민은 소위 '차르의 경작지'(Tsar's Ten. 고수다레바 제샤치나 gosudareva desiatina)[65]

---

63) 저자 주: 푸드(pud)는 옛날 러시아의 무게 단위로, 1푸드는 16.38kg이다. 만일 공무집행자가 토지를 대가로 받으면, 대신 임금을 줄여 주었다.

64) 역자 주: 개인소유지가 아니라 국유지를 경작해 주고 일정 소작료를 바치는 국유지의 자유농민. 흑토 경작이란 말은 처음에는 흑토 지대의 국유지를 의미했으나, 나중에 시베리아로 영토가 확장됨에 따라 흑토 지대가 아닌 국유지들도 국유지란 뜻의 흑토 경작지로 불렸다.

65) 저자 주: 제샤치나는 옛날 러시아의 토지 단위로, 1제샤치나는 1.09헥타르(ha)에 해당했다.
    역자 주: 차르의 경작지는 17세기 시베리아에서 정부 기구 공무원들의 급료를 제공하기 위해 제정한 국가 소유 왕궁 경작지였다. 17세기에는 평균적으로 수확량의 1/4 - 1/6을 현물로 징수하다가 18세기에는 1/10로 통일하여 징수하려 시도했으며, 1762년에는 현금 세금 징수

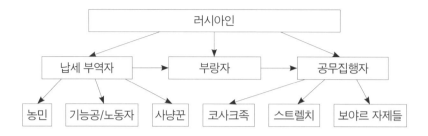

그림 14.1 17세기 시베리아 러시아인의 사회적 구성

에서 일했고, 납세 농민은 연간 임대료를 현금이나 현물 – 40알틴(Altyns. 1 루블 20코페이카)이나, 혹은 남자 농민 1명당 20셰트베르트(chetverts)[66]의 호밀과 20셰트베르트의 귀리 – 로 지불했다. 수도원 농민은 그 이름이 의미 하듯이 수도원에 속한 땅에 거주하면서 수도원에 귀속되어 있었다. 모든 시베리아 농민들은 그들의 주업과는 별도로 다양한 의무 작업들을 이행해 야 했다. 즉 그들은 정부의 계획 건설 사업에 참여해야 했고, 화물 운송을 도와야 했으며, 공무집행자에게 편의를 제공하는 등의 일을 해야 했다.

17세기 시베리아에서 더욱 도시화된 '기능공/노동자들'(포사드스코예 나 셀레니예 posadskoe naselenie) 인구집단은 결코 명확하게 정의되지 않은 자신들의 의무를 이행해야만 했을 뿐만 아니라, 또한 농사에도 주도적으로 관련돼 있었다. 이 집단은 군정 지방장관이 필요하다고 판단하는 것은 건 설, 수리, 물품 생산, 운송 등 무엇이든지 이행해야만 했다.

'사냥꾼'(프로미쉴레니키 promyshlenniki)이라 불리는 집단은 모피를 얻 기 위해 동물 덫을 놓는 사람들이었다. 그들은 아주 다양하게 분류돼 있는

로 대체되었다.

66) 저자 주: 셰트베르트는 '1쿼터(quarter)'로, 1679년까지 시베리아에서 사용된 곡물 계량을 위한 건량(乾量) 단위인데, 4푸드에 해당했고, 나중에는 8푸드에 해당했다.

그림 14.2　산족제비와 담비를 잡는 덫

세금을 정부에 지불해야 했다. 이 인구집단은 담비 사냥이 사양길로 접어듦에 따라 17세기 말경에는 상당히 줄어들 수밖에 없었다. 그들 중 일부는 유럽 쪽 러시아로 돌아갔고, 나머지 일부는 시베리아에 머물러서 농민, 기능공, 혹은 공무집행자 계급에 합류했다.

공무집행자 집단에서 대다수 사람들은 코사크족이었는데, 그들은 대다수인 보병 코사크족(foot Cossacks. 페쉬에 peshie)과 기병 코사크족(mounted Cossacks. 콘니에 konnye)으로 나뉘었다. 시베리아 코사크족은 다른 인구집단들로부터 충원되었다. 모든 외국 전쟁포로 죄수들은 코사크족으로 징집되었다. 시베리아에는 직업군인들인 스트렐치들이 많이 있지 않았는데, 17세기 말경 그들은 유럽 쪽 러시아로 모두 되돌아갔다. 공무집행자 집단 중에 하나의 특별한 인구집단은 이 사회집단 속에서 가장 높은 위치에 있는 '대귀족 자제들(Boiar sons)'이었다. 어떤 특별한 공적 업무를 위해서는 그 직위에 상관없이 대귀족 자제라는 명칭이 주어졌다. 그들은 정부 관리, 수비대 사령관, 그리고 때때로 군정 지방장관 같은 책임 있는 자리에 올랐다. 이외에도 그들에게는 중요한 임무들(군작전 지휘, 안전 경호, 새로운 땅을 개척하기 위한 정찰 여행, 외교적 기능 등)이 주어졌다. 코사크족 족장 아타만과 스트렐치 지휘관들은 이 사회집단 중에서 임명되었다. 1684년부터 대귀족 자제들은 '시베리아 귀족(siberian noblemen. 시비르스키에 드보리아네 sibirskie dvoriane)'이라는 귀족 칭호를 허락받았다.

시베리아에서 농업은 러시아인들 사이에서 주도적인 직업이 되었다. 농업이 없었다면 시베리아의 합병과 개척은 불가능했었을 것이다. 왜냐하면 그 생산물이 러시아인들의 주식을 구성하고 있었기 때문이다(이 생산물이 없었다면 개척 초기 단계 동안 종종 기근에 직면할 수밖에 없었을 것이다).

17세기 동안 시베리아 성은 시베리아에서의 농업을 발전시키기 위한 다음과 같은 단계들을 밟아 나갔다.

- 시베리아의 모든 토지의 국유화
- 농민들의 시베리아로의 이주
- '차르의 경작지'의 할당
- 농민들을 위한 혜택(세금 휴식기를 포함)

토지는 4:1의 비율을 기본으로 하여 농민들에게 제공되었다. 즉 농민들은 제공받은 토지의 생산량 중 1/4을 정부에 바쳐야 했다.

'차르의 경작지'에서 일한다는 것은 영주의 땅에서 강제 노역해야만 하는 유럽 쪽 러시아의 농노와 비슷했다. 위에서 언급한 것처럼 오지에 있는 농민들은 돈이나 현물로 연간 세금을 지불했다. 농민들은 새로운 땅에 정착하는 데 도움이 되는 돈을 대출받고, 또 식량을 지원받았다. 대출 규모는 다양했다(베르호투리에 군의 10루블에서부터 레나 강 지역의 30루블까지).

러시아인 농민들은 전통적인 곡식 및 수확 기술을 가져왔다. 주된 곡식은 호밀이었다. 그들은 또한 보리, 밀, 콩, 메밀, 기장, 그리고 양배추, 순무, 당근, 양파, 마늘 등과 같은 야채들을 길렀다. 러시아인 농민들은 쟁기를 기본으로 한 농사를 했다. 러시아가 시베리아를 지배한 처음 몇십 년 동안에는 휴경 재배(페렐로즈나야 perelozhnaia) 방법이 사용되다가 나중에는 서서히 3개의 밭을 돌아가면서 수확하는 방법으로 바뀌어갔다.

시베리아에서 러시아인 농업의 특징은 강 계곡을 통해 서쪽에서 동쪽으로의 주요 경로를 따라 퍼져 나갔다는 것이다. 즉 투라(Tura), 토볼, 이르티쉬, 오브, 케트(Ket), 예니세이, 앙가라, 일림(Ilim), 레나, 쉴카(Shilka), 아르군(Argun), 아무르 강 등이다.

농민들에게 맞닥뜨린 무서운 도전에도 불구하고, 농업이 발전하면서 시베리아 성은 서서히 시베리아로 수입해 들여오던 식량의 양을 줄여갈 수 있었다. 시간이 지남에 따라 시베리아는 식량 문제에 있어서 자급자족 단계로 들어서면서, 유럽 쪽 러시아와 대등한 관계를 만들어가게 되었다.

시베리아에 있는 러시아인들의 두 번째로 중요한 직업은 자연 생산물들의 수확에 관여하고 있는 소(小) 기업들(프로미슬리 promysly)이었다. 이런 것들 중 일부 유명한 소기업들에는 모피 사냥업, 어업, 그리고 제염업이 포함돼 있었다. 러시아인들은 이런 직업들에 자신의 숙련 기술을 도입하였다. 예를 들어 사냥업에 있어서 그들은 개와 덫을 이용하기 시작했고, 또 집단(아르텔리 arteli)[67]으로 사냥하기 시작했다. 이로 인해 그들은 더 많은 모피를 수확하게 되었다. 17세기 러시아인들이 지방의 모피 시장에서 차지하는 비율은 약 60%에 달하게 되었다. 어업에 있어서 그들은 기다란 후릿그물(길이가 100사젠 sazheni[68]까지의)을 사용했다. 제염업에 있어서 그들은 제염소를 만들기 시작했다.

러시아인들의 사냥활동은 무책임한 것이 그 특징이었다. 그래서 17세기 동안 담비는 거의 절멸되었고, 1684년 시베리아 성은 예니세이스크(Yeniseisk)와 렌스크(Lensk) 지역에서 담비 사냥을 금지해야 했다.

러시아인들의 세 번째로 중요한 직업은 건설업이었다. 16-17세기 말 시베리아에는 많은 건설이 필요했다. 주요 건설 자재는 목재였다. 그들은 목재를 사용하여 요새, 행정 및 기업 건물, 창고, 교회, 가옥, 그리고 당시 주요 교통수단이었던 보트 등을 만들었다. 러시아인들의 주요 주거양식은 이즈바(izba. 단단한 단층 구조의 목조주택)였는데, 그것은 원주민들의 주거양식인 모피 천막, 유르트, 그리고 움집 등과는 대조적으로 통나무(지름이 35-40cm)로 지어졌다. 이즈바의 창문은 운모석으로 만들어졌다. 이 통나무집 안에는 마루가 깔려 있었고, 러시아식 벽난로가 만들어져 있었다. 그 안에서는 화목이 '하얀 양식'(white style. 연기가 지붕에 있는 구멍을 통해서 빠져나가는 '검은 양식' black style과는 대조적으로 굴뚝을 통해 빠져나가는 방식)으로 태워졌다. 러시아인들은 항상 이즈바 바로 옆에 증기 목욕집(바냐 bania. 그때까지 시베리아 종족들에게 알려지지 않았던)을 지어 놓았다.

17세기 말 러시아인들은 시베리아에서 건축용으로 돌을 사용하기 시작했다. 1686년 토볼스크에 세워진 성 소피아 성당(Cathedral of St Sophia)은 최초의 석조 건물이었다.

러시아인들의 또다른 중요한 활동은 무역과 공예였다. 무역은 시베리아 사람들이 필요로 하는 것들을 공급해 주는 중요한 일이었다. 우선 일상용품 및 작업도구 같은 모든 물품들이 유럽 쪽 러시아로부터 공급되었다. 즉

---

67) 저자 주: 원주민들은 개인적으로 활과 화살을 갖고 담비 사냥에 나섰다.
68) 저자 주: 사젠(sazhen)은 옛날 러시아의 길이 단위로 2.13m에 해당한다.

그림 14.3　토볼스크의 성 소피아 성당, 1686년

의류, 신발, 식기, 화기(火器), 도구, 농기구 등이었다.

1597년 러시아 정부는 시베리아로 들여오는 물건들에 러시아인들에게는 10%, 부하라 상인들에게는 5%의 관세를 부과했으며, 또한 시베리아의 국경 지역들에 세관들(타모즈니 tamozhni)을 설치해 놓았다. 또한 상품이 시베리아의 한 지역에서 다른 지역으로 넘어갈 때도 마찬가지로 관세가 부과되었다. 관세 사무를 관장하는 세관장들(타모제니에 갈라바 tamozhen-nye golova)은 군정 지방장관들에 의해 임명되었다. 세관장들은 상품을 검수하고, 가격을 매기고, 그런 다음 관세를 매겼다. 관세로 말미암아 국가가 무역을 통제할 수 있었고, 그런 통제는 국가에 매우 중요했다. 왜냐하면 정부가 모피 무역을 독점하고 있었기 때문이다. 그러나 다른 한편으로 관세는 무역을 방해했다. 1687년 시베리아 성은 지역들 사이의 내부 관세를 폐지했다. 오로지 국경 관세만이 베르호투리에(우랄 산맥 분수령에서 유럽 쪽 러시아와 경계를 이루고 있는), 토볼스크(중앙아시아와의 무역을 위해서), 이르쿠츠크(몽골과의 무역을 위해서), 그리고 네르친스크(중국과의 무역을 위해서)에 남아 있었다.

세관 설치는 시베리아에 긍정적인 결과를 가져다주었다. 관세로 말미암아 수입상품의 가격이 오르고, 그로 인해 지방 공예산업의 성장이 촉진됐다. 그러자 시베리아는 서서히 수입의존이 줄어들게 되었다. 17세기 초 유럽 쪽 러시아에서 시베리아로 수입해 온 품목은 386개였는데, 17세기 말에는 170개로 줄어들었고, 게다가 그중 1/4 이상이 아주 제한된 양으로 수입됐을 뿐이었다.

러시아의 시베리아 개척은 영원한 이주로 이어졌다. 즉 도시, 요새(ostrogs), 정착촌(슬로보다 slobodas), 그리고 더 작은 집단 거주지(말로드보르카 malodvorkas) 등이 생겨났다. 17세기 시베리아 도시는 하나의 요새와 그 주변의 주거 지역으로 구성돼 있었다. 요새는 4개, 6개, 혹은 8개의 모퉁이를 갖고 있는 통나무로 만든 요새로, 2-3사젠(sazhen) 높이의 높은 벽으로 둘러싸여 있으면서 둘레가 200-300사젠이었다. 둘레의 모퉁이마다 탑이 세워져 있었다. 탑에는 다양한 방들이 들어차 있었다. 요새에는 군정 지방장관의 거처, 각 부서 사무실이나 군의회실, 수비대 막사, 창고, 감옥소, 교회 등이 있었다. 위험이 닥쳤을 때, 거주 지역 주민들은 요새 안으로 피난할 수 있었다. 시베리아에서 정착촌(slovoda)이란 용어는 수십, 수백여 가구에 이르는 커다란 정착촌에 적용되었다. 정착촌은 자치 공동체였고, 1명의 행정관이 다스렸다. 더 작은 집단 거주지(malodvorkas)는 17세기 시베리아에서 러시아인 정착촌의 가장 일반적인 형태였다. 그것은 한 가구, 혹은 기껏해야 몇 가구로 구성되었다.

러시아 정교는 시베리아 개척에서 중요한 역할을 담당했다. 정교가 현지 주민의 정신적 및 문화적 발전에 기여했기 때문에, 그 역할은 아주 특별했

그림 14.4 야쿠츠크 요새 방벽(20세기 초 사진)

다. 새로운 땅은 기독교 윤리에 대한 생각이 희미했던 모든 종류의 모험가 및 부를 쫓는 사람들을 끌어모았다.

사람들은 술에 취한 상태에서 서로 싸우고 칼로 찌른다. 부패한 공물 징수자들은 현지 이교도들을 착취하고, 금식일은 잊혀졌으며, 결혼 배우자들은 교회의 축복 없이 결혼한다. 코사크족은 유럽 쪽 러시아로부터는 사기를 쳐서, 또 현지 이교도들로부터는 강제로, 소녀와 여성들을 데려와서 죄를 짓고 살면서, 자신의 아내나 자식들에게 세례식도 시켜 주지 않는다. 그들은 아내를 노예처럼 부리고, 쾌락을 위해 돈을 받고 다른 사람들에게 빌려주거나 팔기도 한다. 욕망에 눈이 멀어 미친 그들은 때때로 자기 어머니의 딸이나 자매하고도 결혼한다. 이것은 진리의 신을 알지 못하는 이교도들 사이에서도 들어보지 못한 일이다.

– 키프리안(Kiprian), 시베리아의 최초 대주교

위에 묘사된 것처럼 그런 한탄할 만한 종교적 및 윤리적 환경은 러시아 정부 및 교회 지도자들로 하여금 긴급히 시베리아에 독립적인 교회의 행정기구를 세우도록 만들었다. 1620년 시베리아의 주교 교구가 토볼스크에 설립되었다. 1668년 그것은 대주교 교구로 다시 개편되었다. 키프리안은 최초의 대주교가 되었다.

키프리안 스타로루센니코프(Kiprian Starorusennikov. 생년 미상 - 1635년). 시베리아 최초의 대주교. 그의 성장기 배경은 잘 알려져 있지 않다. 1611년 그는 노브고로드에 있는 구세주 수도원의 원장(즉 수석 신부)이었다. 그는 스웨덴이 노브고로드에 간섭하는 것을 막기 위해 스웨덴을 방문했다가 체포되어 고초를 겪었다. 1614년 '고난의 시기(Time of Troubles)'[69]를 지나면서 그는 스웨덴으로부터 풀려나서 러시아로 돌아왔다. 그는 차르 미하일 표도로비치(Mikhail Fyodorovich)에게 자신이 스웨덴에 머물던 시기에 대한 보고서를 제출했다. 1620년 그는 시베리아 대주교로 임명받아 시베리아 교구를 책임졌다. 시베리아에서 그는 러시아인 및 원주민의 도덕적 수준을 끌어올리려고 노력했다. 그는 현지 군정 지방 장관들의 부패와 맞서 싸웠는데, 왕실이 그들에게 내려준 봉급, 토지, 어업권 등을 인수받으면서 3개의 새로운 수도원들을 설립했다. 그는 또한 시베리아에서 농업을 독려하면서 2개의 정착촌을 만들었다. 1622년 그는 예르마크 원정대에서 살아남은 사람들이 있는지 찾아보라는 명령을 내리면서 그들에 대한 보고서를 쓰기도 했다. 그렇게 그는 시베리아 역사를 연구하기 위한 첫발을 내디뎠다. 1622년 그는 시베리아에서 모스크바로 소환되

---

69) 역자 주: 이반4세가 죽고 혈통이 끊기면서 새로운 로마노프 왕조가 들어서기까지의 어지러운 15년 세월을 말한다. 자기가 이반의 자식이라고 주장하면서 차르 행세하는 자들이 나타나고, 대기근이 일어났으며, 또한 폴란드-리투아니아가 쳐들어오는 등 깜깜한 동란의 시대였다.

었고, 1625년 시베리아 개척에 기여한 공로로 크루티츠키의 대주교 (Metropolitan of Krutitskii)로 임명되었다. 1627년부터 그는 노브고로드의 대주교였다.

17세기에 주교 교구는 세 가지 목적을 갖고 있었다.

- 시베리아 원주민들에게 기독교 신앙을 전파
- 기독교인들의 요구에 따르기(종교적 제의 및 축제 이행 포함)
- 주민들의 도덕적 및 문화적 수준 끌어올리기

시베리아에서 기독교 신앙의 전파는 러시아 정교의 주요 목적이었다. 그러나 17세기에 선교사들의 열렬한 노력에도 불구하고, 그들은 이런 목적을 달성하는 데 성공하지 못했다. 그들이 성공하지 못한 주요 이유는 그들이 시베리아 원주민들의 언어를 구사하지 못했기 때문이었다. 기독교 신앙으로의 전향은 단지 그들에게 세례를 베푸는 것일 뿐인 형식적인 수준에 그쳤다. 원주민들은 자신들이 과거에 그래왔던 것처럼 계속해서 샤머니즘 관습을 이어 나갔다. 그러나 러시아 정교 선교사들은 시베리아 원주민들을 연구하기 시작한 최초의 러시아인들이었다. 그들의 선교여행 보고서에는 원주민들의 신체적 외양, 생활방식, 매일의 습관, 전통, 신앙 등에 대한 귀중한 정보들이 들어 있었다. 선교사들은 또한 시베리아가 러시아에 복속된 역사를 연구하기 시작한 최초의 러시아인들이었다.

정교회는 주민들의 종교적 욕구에 맞추어 교회 및 수도원들을 만드는 데 적극적이었다. 17세기 말경 시베리아에는 200개의 교회와 37개의 수도원이 있었다.

정교회는 특히 시베리아 주민들의 문화적 및 윤리적 발전에 있어서 중요한 역할을 담당했다. 성직자들은 설교와 계몽으로 악을 제거하려고 노력했다. 가장 많은 교육을 받은 사회집단으로서 그들은 교회와 수도원 소속 학교들에서 시베리아 어린이들(원주민 아이들을 포함한)을 위한 반들을 편성했다. 최초의 시베리아 도서관이 토볼스크에 있는 주교 관사에 설치되었는데, 주민 대중들을 기독교의 풍부한 문화와 접할 수 있도록 하기 위한 것이었다. 도서관에는 77권의 책이 있었다. 종교 서적 이외에 약, 역사, 초보자를 위한 ABC 교본 등에 관한 책들도 있었다. 정교회는 군정 지방장관들의 월권으로부터 시베리아 주민 대중들을 보호하기 위하여 목소리를 높였다. 17세기에 지방 정부관리들의 부정과 횡포에 대한 불만과 청원들이 모스크바로 제출된 것은 대부분 성직자들을 통해서 이루어졌다. 왜냐하면 지방에 있는 군정 지방장관들과는 별도로 성직자들만이 모스크바와 직접적인 소통을 유지하는 권리를 갖고 있었기 때문이다.

17세기에 정교회는 적극적으로 시베리아의 경제발전에 참여하였다. 이런 활동에 관여한 것은 주로 수도원들이었다. 즉 그들은 정부('차르의 허락', 즉 차르스키예 다치 tsarskie dachi라 불리는)로부터 토지를 받아서 거기에 정착촌과 소상공업소들을 설립했다. 수도원은 그곳에 농민들을 불러들여 토지를 나누어 주고, 그들이 자신들 뿐만 아니라 수도원을 위해서도 경작하도록 만들었다. 그래서 17세기 말경 이르쿠츠크에 있는 예수 승천 수도원은 이르쿠트(Irkut) 강에 베덴스카야(Vvedenskaia)와 바클라쉰스카야(Baklashinskaia) 정착촌들을, 그리고 벨라야(Belaia) 강에 바도스카야(Badosskaia) 정착촌을 설립했다. 그 수도원은 또한 바이칼 호수에서 어업 영업소를, 우솔리예-시비르스코예(Usolie-Sibirskoe)에서 제염소를 만들어 운영했다. 시베리아 수도원들의 경제활동은 많은 형태로 나타났다. 농경이

그림 14.5　1808-1812년식 복장의 시베리아 코사크족 기병대

외에 소(小)상공업, 건설업 등이 포함되었다. 17세기에 수도원들은 주민들에게 소금을 공급했다. 시베리아 정교회는 특히 러시아의 건설업과 소상공업에 있어서 강제노동 대신 고용 노동자들을 사용하기 시작한 최초의 러시아인들 중 하나였다.

　시베리아의 러시아에의 복속과 러시아인들의 시베리아 개척은 현지 원주민들의 발전에 커다란 영향을 미쳤다. 한편으로 시베리아의 복속은 원주민들이 러시아인들의 압제를 받도록 이끌었다. 모든 시베리아 원주민 남성들은 군대 갈 나이(대략 15-55세)에 해당되면 정부에 야삭을 바쳐야만 했으며, '야삭 바치는 사람'으로 알려지게 되었다. 야삭의 지불은 복속을 의미하는 것이었다. 그것은 모피의 형태로, 혹은 모피가 없거나 모피가 적은 지역에서는 가축, 돈, 다른 동물 가죽 등의 형태로 지불되었다. 야삭의 양은 장소마다 달랐다. 1년에 담비 가죽 1개부터 12개까지, 혹은 그에 상당하는 가격에 걸쳐 있었다. 17세기 러시아인 징수자들에 의해 징수된 야삭은 러시아인 주민들이 이행해야만 하는 노동과 봉사 의무보다 더 쉬운 형태의 의무였다. 그러나 야삭 지불 제도는 러시아인들이 '야삭 바치는 사람'을 속여서 강탈하는 등의 수많은 월권행위들을 불러일으키면서 악화되었다. 이로 말미암아 많은 봉기들이 일어났고, 그에 따라 러시아 정부의 무자비한 억압이 뒤따랐다. 야삭을 더 성공적으로 징수하기 위해서 러시아인들은 인질(아마나트 amanaty)을 널리 이용하였다. 이들은 고위직 부족민들로 전체 부족민들이 모피 공물을 신속히 바치도록 유도하기 위해 붙잡아 둔 인질들이었다.

다른 한편으로, 러시아인들은 시베리아 원주민들 사이에서의 부족 간, 그리고 민족 간 전쟁을 금지시켰다. 이로 말미암아 시베리아 원주민들은 서서히 통합되어 갔다. 이들은 전에는 몰랐던 것들(예를 들면 화기들)에 대해 배우게 되었고, 또 서서히 부분적으로 러시아인들의 작업 관습들을 채택해 가기 시작했다.

17세기는 시베리아 원주민들 사이에서 일부 민족 변화가 가속화되는 현상을 보이게 되는데, 그것은 그들이 러시아인들에게 동화되기 시작했다는 사실, 그리고 한 시베리아 종족이 다른 종족에게 흡수되는 내부적 동화 현상을 보이기 시작했다는 사실에 기인한다.

결론적으로, 17세기에 일어난 사건들이 러시아의 일부인 시베리아의 미래 발전을 위한 기초를 닦아 놓았다고 말할 수 있을 것이다.

제5부
18-19세기 전반기의 시베리아

제15장
시베리아의 외교 정책 상황

18세기와 19세기 전반기 시베리아에 있어서 러시아 정부의 가장 중요한 정치적 목적은 다음과 같았다.

- 러시아와 청나라와의 국경선을 아르군 강 서쪽으로 정하고, 또 더 나아가 청나라와의 관계를 정상화시키는 것.
- 사람이 살기에 아주 적합한 조건을 가진 시베리아 남부 지역을 러시아에 복속시키는 것.
- 남쪽 초원지대 유목민들로부터의 잦은 침입에 대항해 시베리아를 보호하는 것.
- 시베리아 북동부 원주민들(축치족 Chukchi, 코략족 Koriak, 캄차달족 Kamchadal 등)을 완전히 복속시키고, 또 그 먼 지역의 안전을 확실하게 하는 것.

18세기 초 몽골에서 새로운 청나라의 팽창 활동은 나아가 러시아-청나라 국경선에 대한 의문을 불러일으켰다. 즉 시베리아의 안전이 그것에 달려 있었다. 표트르 1세(Peter I. 표트르 대제)는 국경선 문제가 완전히 해결되는 것이 매우 중요하다고 강하게 믿고 있었다. 그는 1692년과 1719년 두 번에 걸친 대화 협상을 위해 청나라에 외교 사절들을 보냈으나, 청나라는 회담을 피했다. 1725년 표트르 1세가 죽은 다음, 라구진스키(S.L. Raguzinskii) 백작이 이끄는 새로운 외교 사절단이 청나라에 보내졌다.

매우 복잡하고 격렬한 논의를 거친 후, 그는 가까스로 합의에 도달했다. 1727년 10월 21일 라구진스키는 청나라 대표단(3명의 장관들로 이루어진)과 함께 러시아-청나라 간 캬흐타 평화조약(Kiakhta Peace Treaty)에 서명했다. 이 조약은 다음과 같다.

- 통상 1689년 정해진 러시아-청나라 국경선을 재확인한다(러시아는 쉴카 강과 아르군 강의 합류점에 있는 작은 지역을 청나라에 양보했다).
- 러시아-청나라 국경선을 아르군 강으로부터 예니세이 강까지로 정했다 (아르군 강으로부터 사얀 Saian 산맥까지, 그런 다음 동사얀 산맥과 서사얀 산맥을 따라서 예니세이 강까지).
- 러시아-청나라 간 무역을 조정하는 절차를 제정했다(캬흐타는 연중 열리는 국경 무역을 위한 장소가 되었다. 러시아 상인들은 3년에 한 번 청나라에 들어가서 무역할 수 있는 권리를 가졌다. 즉 러시아-청나라 간 무역은 면세로 운영되었다).[70]
- 북경에서 항구적인 비공식 대표집단이라는 지위로 러시아 정교의 선교를 허락받았다.[71]
- 북경에서 러시아가 하나의 대사관, 하나의 시장, 그리고 하나의 교회를 만들 수 있는 것을 허락받았다.

캬흐타 평화조약은 청나라로부터 시베리아의 안전을 담보받았으며, 양

---

70) 저자 주: 청나라는 자국 상인들이 캬흐타를 제외한 러시아에 들어가지 못하도록 금지했다.
71) 저자 주: 북경에서 러시아 정교의 선교가 시작된 것은 1715년이었다.

국 간 관계를 정상화시켰고, 또 시베리아의 경제적 발전에 기여했다.

사바 루키치 라구진스키-블라디슬라비치(Savva Lukich Raguzinskii-Vladislavich. 생년 미상 - 1738). 보스니아(Bosnia)에서 보스니아 공작 후손 가문이자 유명한 무역상 집안에서 태어났다. 그의 진짜 이름은 블라디슬라비치였다. 17세기 말 그의 아버지가 그를 데리고 라구자(Raguza)(오늘날의 두브로브닉 Dubrovnik)로 도망갔고, 그래서 그는 두 배로 길어진 성씨와 라구자 공화국 백작의 칭호를 부여받았다. 1742년 오토만 제국과 지중해 나라들에서 표트르 1세의 비밀스런 대리인 역할을 했다. 그는 차르를 위해 어려운 비밀 임무들을 완수하는 데 성공했다. 그에 대한 대가로 표트르 1세는 그에게 넓은 영지와 무역 특권을 제공했다. 1708년 그는 러시아로 이주했다. 1711년 그는 표트르 1세가 성공하지 못한 프루스(Pruth) 작전에 참여했다. 그는 포위당해 전멸 위기에 빠진 러시아군을 살려내기 위해 오토만 투르크 사령관들에게 뇌물을 건네주려 조직한 집단의 일부였다. 1716-1722년 그는 베니스(Venice)와 라구자 사이의 외교조약 조인식에 참여했다. 그는 차르의 최측근 중 한 명이었고, 표트르 1세의 죽음 이후, 그는 청나라에 차르의 죽음을 알리면서 청나라와 새로운 조약을 맺기 위한 임무를 띠고 전권대사로서 청나라에 파견되었다. 그는 2년간에 걸쳐 처음엔 북경에서, 나중엔 캬흐타 강 부근에서 청나라와의 회담을 수행했다. 그는 인내심과 풍부한 지략을 보여 주었고(청나라 관리들을 뇌물로 포섭하여), 또 그럭저럭 러시아에 유리한 조건으로 캬흐타 평화조약을 맺을 수 있었다. 동시에 그는 청나라에 대한 풍부한 정보들을 수집하였고, 그에 따라 그는 절대적으로 필요한 경우가 아니면 청나라와 전쟁에 들어가는 것은 어리석은 짓이라는 결론에 도달했다. 그가 회담을 진행했던 지역에 그는 트로이츠코사프스크(Troitskosavsk, 즉 Kiakhta) 요새를 건설했는데, 그곳에는 하나의 무역 시장과 세관이 있었다. 1728년 그는 러시아로 돌아왔고, 캬흐타 평화조약을 맺은 공로로 알렉산드르 네프스키(Alexander Nevskii) 메달을 수여받았다. 그는 아주 큰 부자였으므로 막대한 유산을 남겼다.

캬흐타 조약을 마무리지은 후, 러시아 정부는 아무르 강을 태평양으로 나가는 편리한 운송 수로로 이용하기 위한 청나라의 허락을 받아내기 위해 노력했다. 1753년 아무르 강을 탐사하기 위해 비밀리에 조직된 특별한 네르친스크(Nerchinsk) 원정대가 만들어지기까지 했다. 그러나 1757년 그것은 청나라가 스스로 봉쇄하는 기간이 시작됨에 따라 청나라의 요구로 중단되었다.

18세기 초 시베리아의 러시아인 증가와 그들의 성공적인 개척에 따라 남부 시베리아를 병합하기 위한 좋은 조건이 만들어졌는데, 그곳에는 호전적인 투르크어족 유목민들이 살고 있었다. 그 당시 그들은 준가르 칸국(Jungar Khanate)의 통제에 따르고 있었다. 남부 시베리아 지역은 알타이, 쿠즈네츠크(Kuznetsk), 사얀 산맥 등의 비옥한 땅과 부유한 자원에 대한 이야기들 때문에 러시아인들에게 매력적인 곳이었다. 러시아인들의 남부 시베리아로의 이주는 3개의 경로를 통해 이루어졌다.

첫 번째 경로는 예니세이 강 상류를 따라가는 것이었다.[72] 1692년 초 유배자인 우크라이나인 대령 므노고그레쉬니(V. I. Mnogogreshnii)의 지휘 아래 일단의 코사크족들이 크라스노야르스크(Krasnoiarsk) 변두리에서 자신들의 정기적인 침략에 제동을 걸어왔던 예니세이 키르기즈족(Yenisei

---

72) 저자 주: 여기서 '상류(up)'라는 것은 남쪽을 가리키는 것이다. 시베리아의 주요 강들은 북쪽을 향해 흘러가다 북극해로 향한다.

Kirghiz)에게 압도적인 패배를 안겨 주었다. 1701년 러시아인들은 공세를 취하기 시작하여 키르기즈족에게 한 번 더 막대한 패배를 안겨 주었다. 이후 준가르 칸(Jungar Khan. 키르기즈족은 그의 통제 아래 있었다)은 키르기즈족을 천산 산맥으로 이주시키도록 명령했고, 그곳에는 이미 키르기즈족의 일부가 옮겨와 살고 있었다. 대부분의 키르기즈족이 그 말에 복종하여 떠났다. 1707년 러시아인들은 키르기즈족이 떠난 자리에 아바칸(Abakan) 요새를, 그리고 1709년 사얀스크(Saiansk) 요새를 건설했다. 그리하여 그들은 사얀 산맥에 도달했고, 또 예니세이 강의 상류 지역을 확보하게 되었다.

두 번째 경로는 오브(Ob) 강의 상류 쪽인 남쪽으로 가는 것이었다. 1709년 러시아인들은 비야(Biia) 강과 카툰(Katun) 강의 합류점에 비카툰(Bikatun. 즉 비이스크 Biisk) 요새를 건설했다. 러시아인들이 남쪽으로 이주하기 시작했을 때, 준가르 칸 체왕-랍탄(Tsevan-Raptan)[73]은 1709년 쿠즈네츠크를 포위하면서 러시아인들에게 적대감을 드러냈다. 1710년 그는 비카툰 요새를 습격하여 파괴했다. 그는 러시아인 정착촌들에 공격을 가했으나, 자기의 영향력 아래 있는 남부 시베리아 지역들을 지킬 수 없었다. 러시아인들은 준가르 칸의 공격을 격퇴시키고 계속해서 오브 강 상류 쪽으로 이동해 갔다. 1716년 러시아인들은 베르드스크(Berdsk)에 요새를 건설

---

73) 역자 주: (1643-1727년). 1670년대 준가리아 지역의 패권을 장악한 갈단 칸이 1687-1688년 동몽골을 침략하자 청나라 강희제는 직접 갈단 칸을 치기 위해 4차례 친정에 나섰고, 결국 갈단 칸은 패배를 당한다. 그 사이에 준가르 본거지에 있던 갈단 칸의 조카인 체왕 랍탄이 반란을 일으켜 갈단 칸은 졸지에 본거지를 상실하게 되었다. 체왕 랍탄은 갈단 칸이 사망한 1697년부터 1727년까지 초로스-오이라트의 왕공이자 준가르 칸국의 군주로 군림하면서 서로는 카자흐스탄으로부터 동으로는 티베트까지 준가르 칸국의 전성기를 누렸다. 1715년 그는 준가르부를 통합하고 1717년 티베트를 점령했으나, 약탈과 학살로 티베트인들은 청나라 강희제에게 준가르를 몰아내 달라고 호소했다. 1720년 청나라는 대규모 티베트 원정에 나서 준가르를 몰아냈다. 체왕 랍탄이 사망하고 그의 뒤를 아들 갈단 체렝이 계승했다. 1745년 갈단 체렝이 사망한 후, 그 아들들 사이에 계승 분쟁이 일어나고, 청나라 건륭제의 대규모 원정으로 결국 준가르 칸국은 멸망하게 되었다.

했고, 1718년 비카툰 요새를 다시 건설하면서 알타이 산맥에 도달했다.

주요 경로였던 세 번째 경로는 이르티쉬 강 상류를 따라가는 것이었다. 1715년 부치홀츠(I.D. Buchholts) 중령이 이끄는 3,000명의 러시아 병력은 토볼스크로부터 이르티쉬 강의 오른쪽 뚝을 따라 남쪽으로 이동하기 시작했다. 1716년 러시아인들은 옴스크(Omsk) 요새를 건설했고, 1718년 세미팔라틴스크(Semipalatinsk)에 요새 하나를, 그리고 1720년 리하료프(Likharyov) 소령이 이끄는 부대는 우스트-카메노고르스크(Ust-Kamenogorsk)에 또 하나의 요새를 건설했다.

그 무렵 러시아인들은 남부 시베리아 원주민들과 준가르 칸국의 저항을 무너뜨리면서 남부 시베리아의 대부분을 합병하는 데 성공했다. 1760년대 초 청나라가 준가르 칸국을 정복하여 파괴한 후, 러시아는 알타이 산악지대(고르니 알타이 Gornyi Altai)를 합병했다.

시베리아의 초원 및 삼림-초원지대를 합병한 후, 러시아 정부는 새로 획득한 땅들을 남부 유목민들(바쉬키르족 Bashkirs, 카자흐족 Kazakhs, 준가르족 Jungars, 몽골-오이라트족 Mongol-Oirats 등)의 공격으로부터 방어해야만 했다. 결국 1720-1760년에 우랄 산맥의 첼랴빈스크(Cheliabinsk)로부터 쿠즈네츠크까지 시베리아의 요새화된 국경선(Siberian fortified line. 시비르스카야 우크레플리오나야 리니야 Sibirskaia ukreplionnaia liniia)이 건설되었다. 이 국경선은 50여 년에 걸쳐 지어진 작은 요새들과 보루들로 이루어졌으며, 요새는 총 124개에 달했다. 국경선은 세 구역으로 구성되었다. 즉 우랄 강에서 이르티쉬 강까지의 이쉼 구역(Ishim section), 이르티쉬 강의 오른쪽 뚝을 따라 뻗어 있는 이르티쉬 구역(Irtysh section), 그리고 이르티쉬 강으로부터 톰(Tom) 강까지 이어져 있는 콜리바노-쿠즈네츠크 구역(Kolyvano-Kuznetsk section)이 그것이다. 18세기 이 국경선은 3개의 보병 연대와 코사크족(18세기 말엽 약 6,000명의 병력)에 의해 유지되었다. 1808년 코사크족은 시베리아 코사크 군대(Siberian Cossack Army)로 조직되었다. 그때부터 코사크 군대는 요새화된 국경선을 따라 방위 의무를 떠맡았다. 이 시베리아의 요새화된 국경선이 건설됨으로써 남부 시베리아의 비옥한 토지를 러시아에 합병하는 작업이 완료되었고, 또 그 지역을 개척하는 일이 가능해졌다.

18세기 남부 시베리아의 합병과 동시에, 러시아 정부는 시베리아 북동부 지역의 합병을 마무리짓는 단계를 밟아 나갔다. 18세기 초 추코트카(Chukotka)와 캄차카(Kamchatka)는 단지 명목상으로만 러시아였다. 실제로 그곳 주민들 – 캄차달족(Kamchadals. 즉 이텔멘족 Itelmen), 축치족, 코략족 등 – 은 러시아 지배와 공물 징수를 인정하지 않는 분위기였다.

러시아의 수많은 군사 원정대들이 캄차트카에 보내졌으며, 다음으로 러시아 요새들이 건설되었다. 즉 볼셰레츠크(Bolsheretsk) 요새, 니즈니캄차츠크(Nizhnekamchatsk) 요새, 그리고 페트로파블로프스크-캄차츠키(Petropavlovsk-Kamchatskii) 항구가 그것이다. 많은 저항이 있은 후, 캄차달족과 코략족이 복속되었다. 결과적으로 그곳 인구수는 상당히 줄어들었다(캄차달족이 1만 3,000명에서 6,000명으로, 코략족이 1만 3,000명에서 5,000명으로). 축치족은 훨씬 더 강한 저항을 시도했다. 1730-1731년과 1746-1751년에 걸쳐 그들을 복속시키기 위해 특별 군사 원정대들이 조직되었으나, 그 원정대들은 모두 실패했고, 러시아인들은 아나디르(Anadyr) 요새를 파괴하고 추코트카를 떠나야만 했다. 18세기 하반기에 러시아인들은 전략을 바꾸었다. 즉 전쟁 대신에 우호적인 정책을 펴서 축치족과의 교역을 시작했다(러시아인들은 러시아 물품들을 축치족의 모피, 바다 동물 가죽, 바다 사자 어금니 등과 교환하였다). 나중에 축치족은 러시아 지배를 인식하게 되었

그림 15.1　무장한 축치족 전사

지만, 여전히 공물은 바치지 않았다.

　캄차카와 추코트카가 러시아에 합병되자, 러시아의 팽창주의가 아메리카로 확산되는 분위기가 조성되었다. 1740-1770년 사냥꾼 상인들과 탐험가들은 종종 알류샨 열도(Aleutian Islands)와 알래스카를 방문했다. 사냥꾼 상인인 셸리호프(G. I. Shelikhov)는 알래스카 탐험에 중대한 공헌을 했다. 1784년 그는 코디악(Kodiak) 섬에 최초의 영구적인 러시아인 정착촌을 건설했다.

셸리호프(Grigorii Ivanovich Shelikhov, 1747-1795년): 릴스크(Rylsk)라는 도시의 상인 가문에서 태어났다. 그는 사냥을 하고 모피 무역을 했다. 1775년 그는 시베리아 북동부 지역에서 사냥을 포함한 활동을 하는 무역회사를 설립했다. 1784년 그는 3척의 배를 이끌고 알래스카 원정에 나서 그곳에서 바다 동물들을 사냥할 수 있는지를 알아보았다. 같은 해 그는 코디악 섬에 도착하여 현지 원주민들의 저항을 무력으로 진압하고 1787년까지 머무르면서 아메리카 땅인 그곳에 최초의 러시아인 정착촌을 건설했다. 그는 거기에서 많은 일들을 시도했는데, 주택 건설, 원주민들 길들이기, 원주민들에게 자기 회사의 일자리 나눠주기, 공예기술 및 농업을 가르치기, 심지어 원주민 아이들 교육을 위해 학교를 세우기까지 하였다. 1778년 그는 8만 루블 가치의 모피(그 당시 막대한 돈이었던)를 페테르부르크에 보냈는데, 그것은 러시아 상업계에 엄청난 자극을 주어 서로 앞다투어 알래스카 개척에 나서게 되었다(18세기 말경 알래스카에서는 800만 루블에 달하는 모피가 수확되었다). 셸리호프는 자신의 원정에 대한 자세한 보고서를 써서 1791년 출판했다. 1791년 그는 정부의 후원 아래 알래스카를 개척하기 위한 러시아-아메리카 회사(Russian-American company)를 만들 것을 정부에 제안했다. 그러나 이 제안은 곧바로 시행되지 않았다(그것은 셸리호프 사후에 시행되었다). 그는 죽은 후 이르쿠츠크에 묻혔다.

1799년에는 러시아-아메리카 회사(Russian-American Company)가 만들어졌다. 그것은 알래스카에서의 탐험 및 무역에 관심을 갖고 있는 모든 상인들을 포함하고 있었다. 러시아 정부는 알래스카에서의 모든 사냥 및 어업 활동, 그리고 자원 이용권을 이 회사에 위임했다. 이 회사 본부는 상트

페테르부르크(St. Petersburg)에 있었고, 모든 것은 러시아 정부의 완전한 통제하에 이루어졌다. 본질적으로 그것은 국가 기업이었다. 알래스카에 배로 공급할 물품들을 책임질 장비 회사는 이르쿠츠크에 있었고, 모든 권한을 부여받은 이 회사 중역은 알래스카에 있었다. 최초이자 가장 유명한 중역은 바라노프(A.A. Baranov)였다. 이 회사는 과학 탐사대를 포함한 알래스카 원정대들을 조직했고,[74] 또한 그곳에 정착촌들을 건설했다. 주요 정착촌은 노보아르한겔스크(Novoarchangelsk. 즉 뉴 아크엔젤 New Archangel) 항구였다.

바라노프(Alexander Andreevich Baranov. 1746-1819년): 카르고폴 (Kargopol) 도시의 상인 가문에서 태어났다. 그는 사냥꾼 상인이었다. 1790년대 그는 사냥 원정을 위해 수차례 알래스카와 알류샨 열도를 방문했다. 1799-1818년 그는 알래스카에 있는 러시아-아메리카 회사의 중역으로 일했다. 1801-1803년 그는 알래스카 원주민들(콜로쉬족 Kolosh 혹은 틀링기트족 Tlingit)을 복속시키기 위한 군사 활동을 지휘했다. 그는 정착촌, 조선소, 작업장 등을 건설했고, 또 사냥과 개척 원정대를 조직했다. 그는 아메리카 인디언들과는 우호적 관계를 추구했다. 1812년 그는 캘리포니아의 땅을 획득했고, 거기에 러시아인 농업 정착촌을 건설하여 로스 요새(Fort Ross)란 이름을 붙였으며, 그리하여 알래스카에 식량을 공급하는 문제를 해결했다. 그는 알래스카 개척에 중요한 공헌을 했다. 1818년 그는 은퇴하여 자신의 고향으로 가는 도중 죽었다.

---

74) 저자 주: 이 회사는 주로 이주민들에게 물품을 공급하기 위해 13차례의 세계여행을 조직했다.

1824-1825년 러시아 정부는 아메리카에 있는 알래스카 땅에 대한 국제적 인식을 확보했다. 1824년 미합중국이 알래스카를 러시아 영토로 인정하는 러-미 협정(Russo-American Agreement)이 조인되었다. 1825년 알래스카에 대한 러-영 국제협정(Russo-British Convention on Alaska)은 북아메리카에 있어서 러시아와 영국 영토의 경계를 약도로 그리는 것으로 결말을 맺었다.

'러시아령 아메리카(Russian America, 즉 알래스카)'는 지리적으로 시베리아와 떨어져 있는 땅이었지만, 행정적으로 그것은 시베리아 영토로 간주되었다. 처음에 그것은 이르쿠츠크 주(Irkutsk Province)의 일부였으며, 1822년부터 그것은 동시베리아 총독 영토의 일부가 되었다.

제16장
시베리아의 행정−1822년의 개혁

표트르 대제의 개혁은 시베리아의 행정제도를 바꾸었다. 1708년 시베리아 성과 관구들은 폐지되었고, 모든 시베리아 주(州. Province. 즉 구베르니야 guberniia) 단위들이 토볼스크에 그 중심을 두고 설립되었다. 최초의 시베리아 주지사는 표트르 대제의 측근 중 한 명인 가가린 공작(M. P. Gagarin)이었다. 시베리아 주의 주지사는 황제의 내각(1741년부터는 상원)에 의해 지명되었고 황제에 의해 승인되었다. 시베리아 주지사는 러시아 정부 및 황제와 소통할 수 있는 독점적 권리를 갖고 있었고, 또 주에서 거의 무제한적 권위를 갖고 있었다. 그는 행정, 경찰, 재판, 군사, 재정, 경제 등의 분야에 권위를 부여받았다. 주지사는 주 행정부(칸첼랴리야 kantse-liariia)를 통해 주를 통제했는데, 그것은 각 부(department)로 구성되었고, 각 부는 각각의 활동 분야에 책임을 지고 있었다.

1724년 중요한 변화가 행정적 수준에서 일어났다. 하나의 중심지로부터 이 거대한 영역을 통제한다는 것은 극히 어려운 일이었으므로, 시베리아의 주 단위 안에 더 작은 3개의 특별 주들(토볼스크, 예니세이스크, 이르쿠츠크)이 설립되었다. 이와 더불어, 군 단위들(counties)은 지구 단위들(districts. 즉 디스트릭트 distrikty)로 재명명되었다. 각각의 특별 주는 부지사에 의해 이끌어졌는데, 그는 주지사의 자문을 받은 정부에 의해 임명되고 주지사에게 보고되었다. 부지사는 자신의 특별 주에서 거의 무제한적인 권위를 갖고 있었다. 시베리아 주 주지사와 비슷하게, 그는 자신의 지역에서 행정, 경찰, 재판, 군사, 재정, 경제 등의 분야에서 권위를 갖고 있었다. 부지사는 주 단위 수준에서 반영하고 있는 행정 구조를 통해서 자신의 주를 통제했다. 1736년 가장 멀리 있고, 또 가장 큰 특별 주인 이르쿠츠크는 행정 독립의 지위를 부여받았다. 그 주의 수장은 러시아 정부에 직접 보고를 하기 시작했다.

주 단위들(provinces)은 군 단위들(counties. 즉 우예즈드 uezdy – districts, 1724-1730년)로 구성되었다. 그것들은 주지사에 의해 임명되는 군정 지방관들(military governors. 즉 보예보다 voevody, 1708-1724년 군사령관 commandants으로 재명명되었다)에 의해 이끌어졌다.

즉 그들은 그 주의 주지사와 부지사에게 보고했다. 군정 지방관 또한 군 단위 수준에서 모든 권위를 갖고 있었다. 군 단위들은 각각의 행정부를 통해서 통제를 시행했다.

가장 낮은 행정 구역 단위는 읍(邑. 볼로스트 volost)이었다. 18세기 시베리아에서 볼로스트는 러시아인과 비(非) 러시아인으로 나뉘었다. 각 읍은 주민들에 의해 선출되거나, 혹은 군 군정 지방관에 의해 임명된 행정관(프리카즈칙 prikazchik)에 의해 이끌어졌다. 그는 자신의 상사로부터의 명령을 적절하게 수행하고, 또 자기 지역 안에서의 공무에 대해 책임을 지고 군정 지방관에게 보고했다. 행정관은 행정권을 가진 기구인 지방 사무소, 혹은 공동체 사무소(볼로스트나야 이즈바 volostnaia izba 혹은 미르스카야 이즈바 mirskaia izba)로 알려진 읍사무소(프리카즈나야 이즈바 prikaznaia izba)를 통해 읍을 다스렸다. 그 직원들인 장부 계원(쉬체트치키 shchetchiki)과 서기(피사리 pisary)들은 현지 주민들에 의해 선출되었다. 읍사무소는 토지의 사용을 조절하는 절차들을 만들고, 토지 문제들을 해결하는 데 도움을 주고, 통계 자료들을 모으고, 농민들에게 여권을 발행해 주고, 그들에게서 받을 세금을 정하여 징수하고, 그들에게 할당된 작업들이 잘 이행되는지 감독하고, 그들과 관련된 소소한 사회적 범법행위들에 대한 재판 청문회를 주관하는 등의 일을 했다. 읍사무소는 읍 주민들로부터 받은 자금으로 유지되었다. 러시아인이 사는 읍은 선출된 공동체 지도자가 이끄는 지방 공동체들로 구성되었는데, 지도자는 자신이 속한 공동체가 올바로 기능하도록 하는 데 책임이 있었다. 18세기 비(非) 러시아인이 사는 읍의 행정구조는 변하지 않고 그대로 남아 있었다.

바로 전인 1722년에는 시베리아에 시의회(마기스트라트 magistraty)와 군의회(라투샤 ratushy) 같은 자치정부 기구들이 세워졌다. 시의회가 토볼스크에 세워졌고, 나머지 시베리아 군들에 군의회가 세워졌다. 부유한 주민들과 '중요한 주민들'이 시의원과 군의원들을 3-7명 선출했다. 시의회와 군의회는 다음과 같은 일들을 처리했다. 즉 주민들에 대한 세금 평가와 징수, 주민들에 대한 노동량과 봉사량의 할당과 수행, 각종 사건들에 대한 재판 청문회, 여권 발행, 학교와 병원 설치 등등의 일이었다. 시의회와 군의회는 각자의 행정 조직에 따라 보고를 하면서 페테르부르크에 있는 주요 담당자들에게 보고했는데, 그 담당자들과의 소통은 토볼스크에 있는 가장 영향력 있는 시베리아의 시의회를 통해 이루어졌다. 시의회와 군의회는 주민들의 돈으로 유지되었다.

표트르 대제가 죽고 난 후인 1730년 그동안 디스트릭트(district)로 불려왔던 행정 조직은 군정 지방관들이 다스리던 예전의 군 단위(county)들로 되돌아갔고, 또한 예전의 시베리아 성(省. Siberian Office)도 회복되었다. 시베리아 성은 모스크바의 시베리아 대리 통치 역할을 맡았다. 그 기능은 시베리아 성장(省長)의 지시를 이행하면서 모피와 중국 물품들을 매매하는 것이었다.

시베리아 행정 조직은 18세기 후반기에 많은 변화를 겪었다. 1763년 에카테리나 2세 정부는 마침내 시베리아 성을 폐지했다. 1764년 하나의 시베리아 성은 2개의 새로운 주들(토볼스크, 이르쿠츠크)로 나뉘었다. 1775년 주 행정 조직이 바뀌었다. 새로운 구조는 권력 분리의 원칙에 기초해 있었다. 주 행정은 주지사에게 보고되는 수많은 독립적인 제도들에 의해 대체되었다. 그것들은 다음과 같다.

- 행정을 다루는 주 행정청(구베른스코예 프라블레니에 gubernskoe pravlenie)
- 주 정부 예산과 재산을 다루는 재무국 혹은 세무 감독국(카죠나야 팔라타 kazyonaia palata)
- 정부 자금(조세, 관세 등)을 징수하고 보관하는 국고 출납국(카즈나체이스트바 kaznacheistvo)
- 학교, 병원, 고아원, 요양소 등을 관리하는 교육 및 보건국(프리카즈 오브쉐스트벤노보 프리즈레니야 prikaz obshchestvennogo prizreniia)
- 재판소(범죄자와 일반인으로 분리된)

시장(市長 고로드니치 gorodnichii) 제도가 도입되었다. 시장의 직무는 법과 질서를 유지하는 것이었다. 그는 재판소, 경찰서, 감옥소, 소방서 등을 책임지고 있었다. 군 단위 행정 책임자인 군정 지방관들은 경찰서장(까피탄-이스프라브닉 kapitan-ispravnik)이 대행하였다.

1782년 시베리아 주가 폐지되면서 대신 3개의 시베리아 준섭정(準攝政 나메스트니체스트바 namestnichestva) 기구들이 토볼스크, 콜리반(Kolyvan),

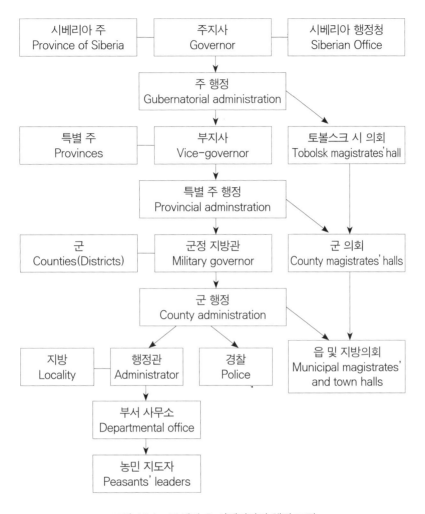

그림 16.1   18세기 초 시베리아의 행정 조직

이르쿠츠크에 세워졌다. 그것들은 총독들(governors general)에 의해 이끌어졌다. 15년 후인 1797년 준섭정 기구들이 폐지되고 주가 다시 부활하였다. 1803년 주지사들을 통제하기 위해 시베리아의 총독 제도(Siberian Governor Generalship)가 이르쿠츠크를 중심지로 하여 성립되었다.[75] 1804

년 러시아 정부는 시베리아에 3번째 주인 톰스크를 설립하였다.

시베리아 행정 조직에 대한 이런 빈번한 재조직은 첫째로, 최적의 조직으로 발전시키려는 방법들을 찾기 위한 결과였으며, 둘째로, 시베리아 행정관리들의 권력남용을 최소화시키려는 노력이었다.

시베리아의 먼 거리, 그리고 정부와 기타 관료들의 무제한적인 권력은 결과적으로 러시아의 표준에서조차 엄청난 권력남용을 만들어 냈다. 거의 모든 시베리아 주지사들과 기타 고위급 관리들은 재임 중에 수사를 받고 해임되거나, 심지어 감옥에 수감되는 것으로 끝을 맺었다. 최초의 시베리아 주지사인 가가린(M. P. Gagarin)은 '전대미문의 권력남용' 때문에 처형되었다.

1736년 똑같은 운명이 이르쿠츠크 부지사인 졸로보프(I. Zholobov)에게도 떨어졌다. 정부는 감독관들(레비조르 revizory)을 파견하는 것으로 그런 권력남용을 막으려 노력했지만, 눈에 띄는 결과를 만들어 내지는 못했다. 도둑 한 명을 제거하면, 또 다른 도둑으로 채워지는 것이 현실이었다.

19세기 초 이르쿠츠크 주민이자 작가였던 칼라쉬니코프(I. T. Kalashnikov)가 지방 관리들의 특성을 표현하는 구절은 다음과 같다.

그들은 주의 재물을 게걸스레 먹어치워 주 재정을 절망상태로 빠뜨리는 다수의 약탈자들이었다. 모두가 이런 고통을 끝장낼 방법이 없을 것이라고 생각했다.

마트베이 페트로비치 가가린(생년 미상 - 1721년. Matvei Petrovich Gaga

---

75) 저자 주: 대체로 총독들은 페테르부르크에 살면서 때때로 시베리아를 방문할 뿐이었다.

rin): 공작 신분이었던 그는 1691년부터 시베리아에서 근무했는데, 처음에는 이르쿠츠크 군정 지방장관의 부관이었다가 이후 1693-1695년 네르친스크의 군정 지방장관이 되었다. 가가린은 횡령 및 부패 혐의로 수사를 받았지만 무거운 벌금을 물고 간신히 심한 처벌을 모면했다. 그는 모스크바로 돌아오자, 표트르 1세의 최측근 중 한 명의 자리에 올랐다. 1706-1708년 그는 시베리아 행정청의 수반이 되었고, 동시에 1707-8년 모스크바의 주(主) 행정관(오베르-코멘단트 ober-komendant) 자리를 겸임했다. 1708-1717년 그는 시베리아 주지사를 역임했다. 시베리아에서 그는 불법적인 관료 조직을 만들어 불법적인 밀주 제조, 중국으로의 밀수, 뇌물 수수, 정부 자금 횡령 등에 연루되었다. 1717년 이런 위법행위에 대한 혐의로 수사가 진행되었고, 어마어마한 권력남용 행위들이 폭로되었다. 그는 사형을 언도받고 교수형을 당했다.

18세기에 모든 주지사들 중 소이모노프(F.I. Soimonov)는 가장 탁월하고 건설적인 인물중 한명이었다. 그는 시베리아 발전을 위해 많은 일을 해냈다.

이런 '시베리아 사트라프들(Siberian satraps)'[76]의 계속적인 권력남용 때문에 결국 정부는 시베리아에 엄중한 주의를 기울이게 되었다. 1819년 알렉산드르 1세는 시베리아 총독(Siberian Governor General)으로 러시아의 뛰어난 정치가인 스페란스키(M.M. Speranskii)를 임명했다.

---

76) 저자 주: 시베리아 사트라프들이란 것은 통상 18-19세기의 시베리아 관료제도에 대해 말할 때 쓰는 비공식적 명칭이었다.
역자 주: 사트라프(satrap)는 고대 페르시아의 태수, 총독을 뜻하는데, 왕족 및 귀족중에서 임명되었고, 군사와 내정의 양권을 장악했다. 다리우스 1세 때에 사트라프의 강대한 권력을 제한하기 위해, 수시로 사트라프를 순시 감독하는 감독관도 두었다.

표트르 이바노비치 소이모노프(Fiodor Ivanovich Soimonov, 1692-1780
년): 귀족 가문에서 태어나 모스크바 항해 학교를 졸업하고 네덜란드에서
훈련교육을 받았다. 1716-1730년 그는 해군에 복무하면서 발트 해와 카스
피 해에서 지도제작 작업을 수행하였다. 1730-1738년 그는 상원 사법관
을, 1739-1740년 해군본부 위원회 부위원장을 역임했고, 1740년 안나 요
안노브나(Anna Ioannovna)가 총애하는 비론(E. I. Biron)을 음해한 죄로 오
호츠크에서의 노역형을 선고받았다. 1749년 그는 자유의 몸이 되어 모스
크바 인근 자신의 영지에서 1753년까지 살았다. 1753-1757년 그는 아무르
강과 그 지류들을 탐험하는 네르친스크 비밀 원정대 대장이 되었고, 1757-
1763년 추밀 고문관이자 시베리아 주지사가 되었다. 임기 중 그는 뇌물과
싸우면서 시베리아의 경제발전, 특히 농업발전을 가속화하는 데 노력했던
능력 있는 행정가라는 명성을 얻었다. 1764-1766년 그는 상원의원이 되었
고, 또한 시베리아에 관한 에카테리나 2세의 자문관이 되었다. 그의 자문으
로 시베리아 행정청이 폐지되었고, 시베리아에서 농업을 발전시키는 정책
들이 채택되었다(표준 경작 토지 할당량이 제정되었다). 1766년 그는 건강
이 나빠져 은퇴했다. 그는 일부 시베리아에 관한 책들을 포함한 많은 과학
적 저작물들을 썼다. 《아틀라스 네르친스크(An Atlas of Nerchinsk)》, 《시베
리아에서의 수확증대 개요(An Outline of Crop Growing in Siberia)》등.

미하일 미하일로비치 스페란스키(Mikhail Mikhailovich Speranskii, 1772-
1839년): 마을 신부 가정에서 태어난 그는 1791년 페테르부르크 신학원을
졸업하고 그 학교의 강사로 있었다. 1792-1803년 상원 사법관의 행정비서
가 되었는데, 자신의 뛰어난 능력 때문에 곧 유명해졌다. 1803-1807년 내

무부의 한 부서장이 되어 모든 중요한 법들을 기획하는 데 참여했다. 1808-1812년 국무장관이자 알렉산드르 1세의 측근이 되었다. 1809년 러시아가 입헌 정부로 나아가기 위한 '국가 개혁 계획'을 수립했다. 그의 개혁 작업은 보수적인 귀족세력들의 강한 반발을 불러일으켰다. 나폴레옹과의 전쟁이 일어나기 전인 1812년 그는 프랑스 간첩이라는 누명을 쓰고 니즈니 노브고로드(Nizhnii Novgorod), 페름(Perm)으로 유배당했다. 1816-1819년 그는 펜자(Penza) 주지사로 복귀했고, 1819-1821년 시베리아 총독(governor general of Siberia)이 되었다. 그는 1822년 시베리아 개혁의 주창자로 시베리아 위원회(Siberia Committee)의 위원장이었다. 1821년부터 국가 평의회(the State Council) 의원이었고, 1826-1839년 러시아 제국 법을 법제화하는 계획을 책임지고 있었으며, 그로 인해 1839년 그는 성 안드레이 메달(St Andrew Medal)과 함께 백작 칭호를 수여 받았다.

황제는 그에게 시베리아에서의 완벽한 감사를 시행할 것을, 또한 시베리아의 행정개혁 입안을 현실화시킬 것을 지시했다. 스페란스키는 이 감사를 훌륭하게 시행했으며, 그러는 동안 많은 다른 범법행위들이 드러났다. 2명의 주지사들과 48명의 고위직 관리들이 재판에 넘겨졌다. 681명의 관리들이 권력남용으로 해고되었다. 시베리아의 관료들은 부정 및 범법행위로 300만 루블 이상의 벌금을 지불해야 했다. 권력남용 이외에도 스페란스키의 감사는 또 다른 목적을 달성하는데 목표를 두고 있었는데, 그것은 그 지역의 행정을 개선시키는 것이었다.

이런 작업의 결과는 1822년 특별법 제정으로 나타났다. 시베리아에 관한 10개의 법 조항들은 스페란스키의 시베리아 개혁이란 비공식적 명칭으로 알려지게 되었다. 이 개혁은 전체적인 행정제도를 급진적으로 변화시키는

그림 16.2 스페란스키 시베리아 총독

대책들을 포함하고 있었다.

첫째로, 그것은 국가 평의회 아래 시베리아 특별 위원회(special Siberia Committee)를 두도록 하고 있었다. 그 목적은 시베리아에서 발생되는 문제들을 해결하기 위해 입안하고, 또 시베리아에서의 업무들을 정부를 대신해 처리하는 일을 조정하는 것이었다. 1838년 니콜라이 1세는 시베리아 특별 위원회를 폐지했지만, 1852년 그것을 다시 부활시켰다.

둘째로, 개혁은 권역별 행정제도(territorial administration system)로 재조직하는 것이었다. 시베리아는 동부와 서부로 나뉘었고, 따라서 2명의 총독 제도가 만들어졌다. 동부 시베리아는 이르쿠츠크에 그 중심지를 두었고, 서부 시베리아는 토볼스크에 그 중심지를 두었다가 1838년 옴스크(Omsk)

로 바뀌었다.

동부 시베리아는 이르쿠츠크 주(Irkutsk Province), 새로 만들어진 예니세이스크 주(Yeniseisk Province. 그 중심지는 크라스노야르스크 Krasnoiarsk), 새로 만들어진 야쿠츠크 지구(Yakutsk District. 주에 해당하는 오블라스트 oblast)[77] 또한 특별한 국경관구(오소비에 포그라니치니에 우프라블레니야 osobye pogranichnye upravleniia)인 캄차카, 오호츠크, 트로이츠코사프스크(Troitskosavsk)[78] 등을 포함하고 있었다. 서부 시베리아는 토볼스크 주, 톰스크 주, 그리고 새로 만들어진 옴스크 주를 포함하고 있었다.

총독은 충분한 권력, 즉 행정적, 군사적, 경제적, 그리고 사법적 권력을 부여받았다. 총독부 중앙청(글라브니에 우프라블레니야 glavnye upravleniia)이 설립되었고, 그것은 총독제도를 위한 감독 위원회로 기능했다. 감독 위원회는 차르에 의해 내무부, 사법부, 그리고 재무부로부터 지명된 3명의 관리들과, '행정적', '사법적', '재정적' 문제들을 다루기 위한 3명의 지방 관리들로 구성되었다. 중앙청의 주요 목적은 총독의 행위를 감독하는 것이었다. 이와 유사한 관청들이 주지사들을 감시하기 위해 설립되었다(그 구성원들은 총독에 의해 지명되었다).

셋째로, 시 행정구조가 바뀌었다. 기존의 시장과 시의회 제도가 폐지되었고, 모든 시들은 대, 중, 소도시로 나뉘었다. 대도시에서는 선출직 두마(duma)로 알려진 경제적 및 행정적 단위가 설립되었는데, 1명의 시장(고로드스코이 골로바 gorodskoi golova)과 4명의 부시장, 그리고 시 재판소장 및 선출된 지도자들(즉 인근 촌장들. 스타로스티 starosty)로 구성되었다. 중도시에서도 경제적 및 사법적 일들을 처리하기 위해 선출직 단위들이 설립

---

77) 저자 주: 오블라스트(oblast)는 민정과 군정을 결합한 군정 지방장관에 의해 이끌어졌다.
78) 저자 주: 이런 특별한 국경 관구들은 민정과 군정을 결합한 군지휘관들에 의해 이끌어졌다.

되었다. 그것들은 1명의 시 재판장과 2명의 부재판장(라트마니 ratmany)[79], 그리고 인근 촌장들로 구성되었다. 소도시는 선출된 시장에 의해 이끌어졌다. 새로운 시 행정기구의 주요 기능은 이전과 마찬가지로 작동했다. 모든 자치정부 기구들은 주지사에 의해, 혹은 행정적 권위를 부여받은 기타 관리들(고로드니치에 gorodnichie)에 의해 엄격히 관리되었다.

넷째로, 시베리아 원주민들(이나로드치 inorodtsy)을 관리하는 조직이 발전되었다. 모든 시베리아 원주민들은 3개 집단으로 나뉘었다.

- 정주민(오세들리에 이나로드치 osedlye inorodtsy): 시베리아 타타르족 (Siberian Tatars), 그리고 알타이족(Altaians), 쇼르족(Shor), 한티족 (Khanti), 만시족(Mansi)의 일부.
- 유목민(코체비에 이나로드치 kochevye inorodtsy): 부랴트족(Buriats), 야 쿠트족(Yakuts), 텔레우트족(Teleuts), 그리고 알타이족, 쇼르족 등의 대 부분.
- 유랑민(브로댜치에 이나로드치 brodiachye inorodtsy): 북부와 북동부 시 베리아의 수렵민, 혹은 순록 유목민과 일부 사얀족(Saian tribes).

비(非) 러시아인인 정주 원주민들은 권리와 의무라는 조건에서 보면, 러시아인들과 완전히 동등한 조건에 있었다. 러시아인 농촌 지역의 것들과 유사한 자치정부 기구 및 공동체 지도자들 제도가 그들의 정착촌에 갖추어졌다. 비(非)러시아인인 유목 원주민들은 전통적인 자치정부 – 선출직 씨족 위원회(로도비에 우프라비 rodovye upravy), 그리고 씨족 집단들로 구

---

79) 저자 주: 라트만(Ratman)은 시 자치정부 기구의 선출직 위원을 뜻하는 용어이다.

도표 16.1　1700-1850년 시베리아의 권역별 구분

1708-24년	시베리아 주 Province of Siberia						
1724-64년	시베리아 주						
	이르쿠츠크 주 rkutsk Province		예니세이스크 주 Yeniseisk Province		토볼스크 주 Tobolsk Province		
1764-82년	이르쿠츠크 주				토볼스크 주		
1782-97년	이르쿠츠크 대리권역 Irkutsk Vicegerency		토볼스크 대리권역 Tobolsk Vicegerency		콜리반스크 대리권역 Kolyvansk Vicegerency		
1797-1803년	이르쿠츠크 주				토볼스크 주		
1804-22년	시베리아 총독 권역 Siberian Governor General Territory						
	이르쿠츠크 주		톰스크 주		토볼스크 주		
1822-50년	동부 시베리아 총독 East Siberia Governor Generalship				서부 시베리아 총독 West Siberia Governor Generalship		
	이르쿠츠크 주	예니세이스크 주	야쿠츠크 주	특별 국경 지역 주	톰스크 주	토볼스크 주	옴스크 주

성된 초원 두마(steppe duma) - 를 허락받았다. 이것들의 기능에는 공물의 징수 및 배달, 정부 과업 수행, 그리고 주민법 집행(관습적인 자연법에 기초한)이 포함돼 있었다. 비(非)러시아인인 유랑 원주민들은 원로들로 구성된 씨족 자치정부(로도비에 스타레이쉬니 rodovye stareishiny)를 허락받았는데, 그것은 씨족 위원회와 똑같은 기능을 갖고 있었다.

스페란스키의 개혁은 원주민들의 땅을 합법적으로 재확인해 주었다. 즉 그것은 원주민들이 무역거래를 하고, 그들의 자녀들을 정부 교육기관에 보내는 것을 허용해 주었고, 또 종교적 관용을 선포하는 것이었다. 그러나 그것은 러시아 형법을 모든 시베리아 원주민들에게 확대하는 것이었다.

다섯째로, 개혁은 유배자 수가 늘어남에 따라 시베리아 유형 제도를 재

구성하도록 해주었다. 그것은 유형 절차를 분명하게 확립해 주었다. 죄수들이 유럽 쪽 러시아로부터 오랫동안 걸어오는 동안 먹고, 쉬고, 회복하기 위해 일련의 61개 중간 기착지들(에타피 etapy)이 지정되었다. 그것들은 일종의 집단 수용소로 감시와 통제가 이루어지는 곳이었다.

　　1822년의 시베리아 개혁은 1917년까지 시베리아를 통치하기 위한 제도를 널리 성립시켰다.[80] 오로지 시베리아의 권역별 행정구역 구분만이 이 개혁 이후로 변하였다.

---

80) 저자 주: 19세기 하반기 동안 도시 자치정부 개혁 과정에 있어서 단 하나의 중요한 변화는 1870년 도시 행정 개혁(Municipal Reform)의 결과로 나타났다.

제17장
사회 경제적 발전

시베리아로의 이주는 18세기와 19세기 전반기를 통해 집중적으로 계속되었다. 인구 증가는 주로 유럽 쪽 러시아로부터의 이주 때문이었는데, 그 것은 인구 증가에 있어서 압도적인 요소였다. 이주에는 두 가지 종류가 있었다. 즉 자발적 이주와 비자발적 이주였다.

대부분의 이주자들은 자발적 이주자들이었다. 그들은 전체 이주자의 85%에 해당했다. 자발적 이주자들은 정부 대출을 받아 새로운 집을 지었고, 또한 세금, 노역 및 봉사 의무를 면제받았다(병역 의무를 제외하고).

비자발적 이주자들은 병사들, 어딘가에 예속된(프리피스니에 pripisnye) 농민들, 일부 국가에 속한 농민들, 그리고 유형수들이었다. 이들 중에서 유형수들이 가장 많은 비중을 차지했다. 확연한 인구 증가는 18세기와 19세기 초의 시베리아 유형으로 일어났다. 시베리아 유형은 강제 노동(카토르가 katorga)을 포함한 징벌적 봉사와 강제 추방을 위해 이용되었다. 이 시기에 약 40만 명의 사람들이 시베리아로 유형당했는데, 이것은 17세기에 유형수가 몇천 명이었던 것과 비교된다. 일반 범죄자들 이외에, 정부는 구교도들(스타로오브랴드치 Staroobriadtsy) 같은 종교적 이단자들, 국가 해방을 주장하는 활동가들(폴란드인, 리투아니아인, 우크라이나인, 코카서스 및 기타 국가 사람들의), 전쟁 포로들, 그리고 정치적 반대파들을 유형시켰다. 19세기까지 유형수들은 시베리아 인구의 약 9%를 차지했다.

새로운 영토의 합병 및 자발적 이주는 시베리아에서의 인구 증가에 기여하는 다른 요소들이었다. 18세기경 남부 시베리아 인구의 대다수는 인종적으로 러시아인들이었다. 그 당시 중국의 팽창주의는 중국의 통치에 불만을 품은 초원 유목민들이 자발적으로 시베리아에 이주해 오도록 만들었다. 1730년대 약 3만 명의 몽골족들이 트랜스바이칼 지역(Transbaikalia)으로 이주해 왔는데, 그들은 서서히 그 지역 주민인 부랴트족(Buriats)에 동화되었다. 1750년대 말 준가르 칸국(Jungar Khanate)이 파괴된 후, 약 10만 명의 준가르족(Jungars. 약 2만 3,000가구, 즉 키비트카 kibitki[81])이 시베리아로 이주해와 러시아의 통치를 받았다.

결국 18세기와 19세기 전반기에는 자연적인 인구 증가가 서서히 시베리아 인구통계학의 요소로 자리 잡기 시작했다.

남부 시베리아 지역은 – 인간이 살기에 최적화된 – 다른 지역들보다 훨씬 더 많은 이주가 이루어졌다. 우랄 산맥을 넘어오는 이주자들 이외에, 내부적으로 사람들은 시베리아의 북쪽에서 남쪽으로 이주해 왔다. 사람들은 베르호투리에, 토볼스크, 예니세이스크로부터 이르티쉬 강, 바라빈스크 초원(Barabinsk steppe), 알타이, 미누신스크 분지(Minusinsk Basin) 등을 거쳐 초원 지역으로 이주하기 시작했다.

그 시기 동안 특히 남부 시베리아 도시들에 살고 있는 주민 수가 일부 증가했다. 특히 무역과 문화 중심 도시였던 이르쿠츠크는 급격한 인구 증가를 겪었다. 동시에 예니세이스크, 베르호투리에, 토볼스크 등과 같은 북부 시베리아 도시들은 시베리아의 사회 경제적 발전의 바깥쪽 경계에 위치한 결과로 인구가 줄어들기 시작했다. 18세기 초 전체 도시 인구수는 약 8만

---

81) 저자 주: 키비트카(Kibitka)는 유목민의 가족 단위, 즉 가구를 뜻하는 용어이다.

도표 17.1 1700-1850년 시베리아의 인구 증가

시기	전체 인구수	전체 러시아인 중 비율	러시아인 이주자	시베리아 원주민
18세기 초	약 50만 명	3.0	약 30만 명 이상	약 20만 명 이하
18세기 말	약 120만 명	3.3	약 85만 명	약 35만 명
19세기 중반	약 270만 명	4.5	약 210만 명	약 60만 명

명이었다. 18세기 말 그것은 13만 명을 상회할 정도로 증가했다. 19세기 중엽 그것은 19만 명을 상회하고 있었고, 8개 시베리아 도시들의 각개 인구수는 1만 명을 넘어서고 있었다. 즉 이르쿠츠크는 약 2만 8,000명, 옴스크는 약 1만 8,000명, 토볼스크는 약 1만 6,000명, 톰스크는 약 1만 4,000명, 바르나울(Barnaul)은 약 1만 1,000명이었다. 반면에 초원지대에 있는 튜멘(Tiumen), 페트로파블로프스크(Petropavlovsk), 그리고 크라스노야르스크는 각각 약 1만 명의 인구수를 갖고 있었다.

시베리아 인구 상황은 다양한 사회적 배경으로부터 생겨났다. 그것은 러시아 인구의 모든 주요 사회적 집단들을 포함하고 있었다. 즉 농민, 귀족, 상인, 소시민(쁘띠 부르주아 petty bourgeois), 성직자, 코사크족, 장인(匠人), 유형수, 원주민 등이었다.

상기 집단들 중 주도적인 것은 농민이었다. 전체 인구에서 그들이 차지하는 비중은 계속 증가했다. 18세기 초 농민은 시베리아 러시아인 인구수의 약 60%를 차지하다가, 18세기 말 82%로 증가했고, 19세기 중반경에는 약 90%에 달하게 되었다.

시베리아 농민은 다음과 같은 세금을 지불했다.

• 국세는 인두세[82] 와 토지세(혹은 임대료)를 포함하고 있는데, 이것들은

19세기 중반 각각 연간 3.5루블과 8루블이었다.

- 지방세는 주 정부 및 지방 정부에 지불하는 것으로(도로 유지 보수, 우편 배달, 행정, 감옥소 및 학교 유지 관리 등), 연간 약 5루블이었다.

상기 세금 이외에도 모든 농민들은 병역, '도로' 건설 노역, 화물 운반 노역 등과 같이 정부가 부과하는 노역을 수행해야만 했다.

농민들은 재산 상태에 따라 다음 네 가지 집단으로 분류되었다.

- 부농(남성 농민 1명당 경작지 50제샤치나 desiatinas 이상, 말 50마리 이상 및 소 40마리 이상)
- 중농(경작지 30-50제샤치나, 말과 소를 포함해 약 10마리)
- 평농(경작지 10-30제샤치나, 말 3-4마리 및 소 2-3마리)
- 빈농(경작지 10제샤치나 이하, 말 1-2마리 이하 및 소 1마리 이하)

부농 집단은 모든 농민 가구의 3-5%를 차지하는 아주 작은 집단이었다. 마찬가지로 빈농 집단도 전체의 10-12%를 차지하는 작은 집단이었다. 대부분의 농민 가구는 중농이나 평농 집단으로 약 85%를 차지했다. 시베리아 농민들은 유럽 쪽 러시아 농민들과 비교해 보면, 형편이 훨씬 나은 상태였다.

법적 지위 면에서 보면, 시베리아 농민은 국가 및 수도원(나중에 '경제적 economic')에 속한 농민과 '예속된(assigned)', 혹은 '캐비닛(Cabinet. 왕족 사유)' 농민으로 나뉘었다. 대부분의 농민은 이전에 알려진 '흑토 경작

---

82) 저자 주: 인두세는 병역 연령에 해당하는 모든 남성 농민들로부터 징수되었다.

(black plough)' 농민처럼 국가에 속한 농민으로 구성되었다. 그들은 개인적 자유를 누리면서, 세금을 지불하고, 또 정부가 부과한 노역과 봉사 의무를 이행했다. 시베리아에서 수도원에 속한 농민들은 그렇게 많지 않았다. 그들은 자신들이 생산한 수확량의 20%까지 세금을 냈다. 1764년 교회에 속한 토지를 세속화함으로써 이 집단은 '경제적(economic)' 농민으로 알려지게 되었다. 그들의 법적 지위는 국가에 속한 농민들과 아무런 차이가 없었다.

예속된(pripisnye. 프리피스니에) 농민들은 특별한 집단이었다. 그들의 이름이 가리키듯이 그들은 공식적으로 어느 장소로 이주하도록 지정돼 있었다. 그들은 알타이, 쿠즈네츠크, 트랜스바이칼리아 등에 있는 광산 및 공장으로 보내졌다. 18세기 초반 공장 건설과 관련하여 예속된 농민들이 시베리아에 나타났다. 그들은 국가에 속한 농민들과 똑같은 노역과 봉사 의무를 가졌다. 그 외에도 그들은 그들이 속한 공장에도 식량을 공급해야 했고, 또 공장을 위해 다양한 형태의 노동과 서비스를 이행해야 했다(연료용 나무와 석탄의 운반, 건설 작업, 공장 화물의 운송, 기타 공장의 보조작업 이행 등). 공장들이 왕족들 소유로 넘어간 이후, 공장들이 황제의 개인 사무실인 캐비넷(Cabinet)에 의해 통제되자, 그곳에서 일하는 농민들은 캐비넷 농민(Cabinet peasant)이란 이름으로 알려지게 되었다. 그들의 삶의 조건은 특히 어려웠으므로 그들은 1773-1775년 푸가초프(Ye. I. Pugachov)가 이끄는 농민 전쟁에 적극적으로 참여했다. 푸가초프 반란이 진압된 후, 정부는 캐비넷 농민들의 어려운 상황을 알게 되었다. 정부는 왕족 사유 토지인 캐비넷 토지로의 허가받지 않은 이주를 금지하면서, 캐비넷 농민들이 알타이 지역의 좋은 땅을 남자 1명당 100제샤치나까지 가질 수 있도록 허용해 주었다. 그리하여 캐비넷 농민들은 특권을 부여받은 상황이 되어 급속한 발전을 이루기 시작했다. 19세기 중반 무렵 약 30만 명의 캐비넷 농민들이 있었고, 그들의 경제적 상황은 일반 시베리아 농민들보다 더 나은 상태였다. 캐비넷 농민들은 다른 농민들보다 더 부유해진 특별한 집단이었다. 소작농 양식의 경작으로 발전해나가는 상황이 알타이 지역에서 나타나기 시작했다.

시베리아에서 농민들을 제외한 다른 인구집단들은 수에 있어서 상대적으로 적었다. 19세기 중엽 시베리아 귀족 계급 총수는 15만 명뿐이었다. 일반적으로 시베리아 귀족 계급은 소위 '개인적 귀족(리치니에 드보리아네 lichnye dvoriane – 정부 관리 및 군 장교들)'의 지위를 가졌는데, 그들은 정부 일거리들로부터 생계를 벌어들였다. 일반 행정기관 및 군부대 수뇌부의 귀족 계급만이(대체로 시베리아 출신이 아닌) 태생적 귀족들이었다.

심지어 상인 계급(쿠프치 kuptsi)은 수가 훨씬 적었다. 러시아의 다른 곳처럼, 시베리아 상인들은 3개의 길드 조직으로 나뉘었다. 먼저 상인들은 자기가 가진 재산에 상관없이 자기가 좋아하는 길드 조직에 가입할 수 있었다. 1775년 에카테리나 2세 정부는 한 상인이 각 길드 조직에 가입하는 데 필요한 재산이 어느 정도여야 하는지를 정해놓은 기준을 도입했다(첫 번째 길드 조직은 1만 루블 이상, 두 번째 길드 조직은 1,000루블 이상, 세 번째 길드 조직은 500루블 이상을 요구했다). 이 금액들은 나중에 계속 인상되었다. 첫 번째 길드 조직의 상인들은 국내외 양쪽에서 도매 및 소매 모두를 할 수 있는 권리를 갖고 있었다. 두 번째 길드 조직의 상인들은 국내 도시의 무역 시장에서 거래할 수 있는 권리를 갖고 있었다. 세 번째 길드 조직의 상인들은 자기 마을에서 제한된 규모로 거래할 수 있었다. 19세기 중엽 시베리아에는 상인들이 단지 7,000명 정도밖에 없었는데, 그들 중 대다수가(85%) 세 번째 길드 조직에 속해 있었다. 가장 큰 상인 집단을 가진 도시는 이르쿠츠크였는데, 거기에 700명 정도의 상인들이 살고 있었다. 많은 상인들은 적극적으로 자선 기부금을 냈다.

시베리아의 성직자 계급 또한 수적으로 매우 적었다. 그들은 '흑(黑)' 신부(수도승)와 '백(白)' 신부(결혼한 교구 신부 등)로 나뉘었다. 그러나 이 집단은 좋은 교육을 받은 특별한 지위 때문에 매우 영향력이 큰 집단이었다. 그들은 시베리아의 문화적 발전 및 개척에 중요한 역할을 담당했다.

쁘띠 부르주아, 즉 소시민(메샤네 meshchane), 코사크족, 그리고 공예 장인들(마스테로비에 masterovye)은 인구의 상당 부분을 차지하고 있었다. 소시민 계급은 시베리아 도시들 인구의 대부분을 차지하고 있었다. 재산을 가진 그들은 농업, 공예, 그리고 소규모 무역에도 관여했다. 그들은 인두세를 지불했는데, 그것은 19세기 중엽 10루블 이상이었고, 그들이 지불한 지방세는 경찰, 소방서, 지자체, 그리고 도시 발전을 유지하는 데 쓰였다. 게다가 그들은 지정된 노동 및 서비스들을 이행했다(징병 및 군인 숙사 할당 명령 이행, 그리고 군수품 조달 등).

시베리아 코사크족은 국경 지대를 방어할 의무를 가졌는데, 필요하면 전쟁을 수행해야만 했다. 그들은 살기 위해 군역을 담당했다. 그들은 한가할 때 농사를 짓거나 사냥을 하는 등 부업을 했다(프로미슬리 promysly). 코사크족은 월급을 받았는데, 세금을 제외하고 받았다. 18세기와 19세기 초 그들은 국경 수비대(포그라니치니에 pogranichnye)와 도시 거주 코사크족으로 나뉘었다. 국경 수비대는 시베리아 남부 국경 지대를 지켰는데, 주둔지에 거주했다(스타니치 stanitsy. 전형적인 코사크족 거주지). 도시 거주 코사크족은 도시에서 군역을 담당했다. 1822년 코사크족 연대가 편성되었다. 19세기 중엽 시베리아에는 5개의 도시 코사크족 연대가 있었다. 즉 토볼스크, 톰스크, 예니세이스크, 이르쿠츠크, 야쿠츠크 연대, 그리고 추가로 토볼스크 보병 대대가 있었다. 1808년 시베리아의 국경 수비대는 시베리아 코사크족 육군으로 재편성되었다(본부는 옴스크에 있었다). 19세기 말경 코사크족 연대는 12개에 달했고, 대대 절반 크기의 보병 부대가 3개, 그리고 기병 여단이 1개에 달했다. 19세기 중엽 시베리아의 전체 코사크족 인구수는 약 20만 명이었고, 그중 4만 5,000여 명이 실제 군역에 종사하고 있었다.

공예 장인들은 시베리아의 주요 공장들에 속한 숙련 노동자들이었다. 그들은 통상 할당된 농민들로부터 충당되었다. 공예 장인들의 상당히 특별한 법적 지위는 군인들의 지위에 필적했다(그들은 그들의 상관들에 의해 완전히 통제되었고, 무료 의료 혜택을 누렸으며, 지위에 따라 임금이 차등 지급되었고, 면세 혜택을 받았으며, 의무 기간 35년을 지나면 은퇴할 권리, 연금과 개인적 자유를 누릴 권리 등을 가졌다). 19세기 중엽 시베리아에는 약 3만 명 정도의 이런 공예 장인들이 있었다.

시베리아 원주민들은 또 다른 특별한 인구 집단을 형성하고 있었다. 그들은 자신들만의 전통적인 직업을 영위하면서 공물을 바쳤다. 그들의 인구수는 느리게 증가했으나, 러시아인들의 이주 때문에 시베리아 전체 인구에서 그들이 차지하는 부분은 하향세 경향을 보여 주고 있었다. 사회적 계층화 단계가 시베리아의 비(非)러시아인들 사이에서 활발하게 진행되고 있었다. 소위 '시베리아의 소공자(小公子)들(시비르스키에 크냐즈치 sibirskie kniaztsy)', 원로들과 부족장들(토욘, 타이샤, 자이산, 슐렝 등 toions, taishas, zaisans, shulengs),83) 그리고 샤먼들이 주도적 위치를 차지했다. 스텝 두마(steppe duma)와 부족 의회(tribal council)의 의원으로 선출되는 사람들은 바로 이런 주도적 위치에 있는 부족민들이었다.

---

83) 역자 주: 토욘은 시베리아 원주민 부족장 명칭이고, 타이샤는 태사(太師), 자이산은 재상(宰相)이라는 중국식 명칭이다. 슐렝은 사령(司令)의 중국식 명칭으로 추정된다.

18세기와 19세기 초 동안의 꾸준한 인구 성장은 시베리아의 경제발전을 위한 환경을 만들어 냈다.

농업은 시베리아 경제의 주도적인 분야였다. 이 시기에 농업 분야에서 상당한 발전이 이루어졌다. 경작지가 매우 증가했다. 18세기 초 그것은 13만 제샤치나였으나, 19세기 중엽 그것은 550만 제샤치나에 달했다.[84] 따라서 곡식 수확량은 18세기 초 6만 4,000톤에서 19세기 중엽 140만 톤으로 증가했다.[85] 평균 생산량은 유럽 쪽 러시아의 6.5배에 달했다. 시베리아는 식량 면에서는 완전히 자급자족적이 되었으며, 남아도는 잉여분도 30만 톤에 달했다. 농사 도구들도 개량되었다. 즉 많은 농민들이 전통적인 러시아식 목제 농구들을 포기하고 더 근대화된 금속제 농구들을 하나둘 채택했다.

가축 수 역시 증가했다. 19세기 중엽에 말은 약 150만 마리, 소는 약 170만 마리, 양과 염소는 약 250만 마리, 그리고 가축화된 순록은 약 25만 마리로 증가했다.

이 시기 동안 시베리아에 새로운 농업 생산 양식이 나타났다. 즉 감자, 설탕 무 비트, 담뱃잎, 아마, 수박 멜론 생산, 그리고 양봉이 그것이다.

시베리아 농업 발전은 여러 주요 요소들에 힘입은 바 있었다. 첫째로, 주요 경작 지대가 남부 쪽으로 위치해 있었는데, 그곳은 곡식 농사하기에 좋은 조건을 갖추고 있었다. 특히 서부 시베리아 스텝 지역인 알타이와 미누신스크 분지 지대가 그랬다. 둘째로, 농업 발전은 농업 인구의 증가에 힘입었다. 셋째로, 그것은 1760년대의 개혁, 즉 소이모노프(F. I. Soimonov) 주지사에 의해 주창되고 에카테리나 2세(Catherine Ⅱ) 정부에 의해 실시된

---

84) 저자 주: 단지 이 총 경작지의 1/3만이 매년 경작되었다.

85) 저자 주: 호밀은 주요 곡식으로 남아 있었다.

개혁에 힘입었다. 1762년 정부는 시베리아에서 '차르의 경작지(Tsar's desiatina)'를 폐지했고, 이후로 경작지를 더 늘리는 것을 금했으며, 또한 1756년 제국 포고령(Imperial Manifesto)은 남자 농부 1인당 15제샤티나로 표준 경작지를 할당하도록 명했다.

시베리아 경제에서 두 번째로 중요한 분야는 비철 금속 및 귀금속의 생산이었다. 시베리아에서 18세기는 산업 발전으로 두드러졌다. 17세기 말엽 트랜스바이칼리아 지역에서, 그리고 18세기 초 알타이 지역에서 비철 금속 및 귀금속의 풍부한 매장이 발견됐다. 1704년 시베리아에서 최초로 은 제련소가 네르친스크에 세워졌다. 4년 후 4개의 제련소가 그 지역에 더 세워졌다. 알타이 지역에서의 최초의 제련소는 콜리반(Kolyvan) 제련소인데, 그것은 1729년 유명한 사업가 데미도프(A.N. Demidov)에 의해 세워졌다.

아킨피 니키티치 데미도프(Akinfii Nikitich Demidov. 1678-1745년): 유명한 사업가 니키타 데미도프(Nikita Demidov)의 아들. 17세기 말부터 그는 아버지를 도와 금속 제조 공장을 만드는 데 힘썼다. 1725년 아버지가 죽은 후, 데미도프는 아버지의 사업을 계속해 나갔다. 1726년 그는 산업 발전 성공에 대한 노력으로 귀족 지위를 부여받았다. 알타이에서 구리 광산이 발견된 후, 그는 구리 생산을 위해 그곳에 제련소를 세울 수 있는 권리를 확보했다. 1729년 그는 콜리반 제련소를 세웠고, 1744년 바르나울에 또 하나의 제련소를 세웠다. 1735년 그는 구리 대신에 은을 생산할 목적으로 콜리반 제련소를 비밀리에 악용했다는 혐의로 기소되었고, 그 결과 이 제련소는 정부에 몰수되었다. 1736년 데미도프는 여제의 측근 비론(E. I. Biron)에게 막대한 뇌물을 바쳐 그 제련소를 되찾았고, 그런 다음 불법적인 은 생산을 다시 시작했다. 1744년 더 많은 혐의들이 그에게로 몰려왔다. 자신과 제련소를 살리기 위해 데미도프는 엘리자베스 여제(Empress Elizabeth)에게 자신의 알타이 제련소들을 정부 및 지방정부 재판관할로부터 여제의 캐비닛 관할로 이전시켜 줄 것을 청원했다. 엘리자베스 여제는 그렇게 해주었으나, 데미도프는 여전히 자신의 제련소들을 잃어버렸을 뿐이었다.

나중에 7개의 더 많은 광산 및 제련소들 – 바르나울(Barnaul), 파블로프스크(Pavlovsk, 1763년), 수준(Suzun, 1763년), 알레이스크(Aleisk, 1774년), 록테프스크(Loktevsk, 1783년), 가브릴로프스크(Gavrilovsk, 1795년), 그리고 즈메이노고르스크(Zmeinogorsk 1804년) – 이 알타이 지방에 세워졌다. 1744년부터 그것들은 여제의 캐비넷에 귀속되었다.

시베리아의 모든 제련소들은 주로 수작업과 수력을 사용하는 공장들이었다. 그것들은 공예 장인들, 예속된 농민들, 그리고 한정된 수의 유배자들로 충원되었다.

광산과 제련소들은 은, 금, 납, 구리 등을 생산했다. 1766-1781년 동안 수준(Suzun) 공장은 알타이 지방 구리로 시베리아 동전을 주조했다. 매년 총 30만 루블 가치의 동전들이 생산되었다. 시베리아 돈이 폐지된 후, 수준 공장은 1781년부터 러시아 돈을 생산하기 시작했다. 700톤 이상의 은과 16톤 이상의 금이 시베리아 공장들로부터 생산되었다.

1830-1840년대에 시베리아는 금광이 발견된 이후 골드러시에 사로잡혔다. 금 생산은 수제 도구들을 사용하는 인부들에 의해 이루어졌다. 금 생산은 1831년 720kg으로부터 1850년 21톤으로까지, 20년에 달하는 기간에 거의 30배 양으로 증가했다. 시베리아 금에 감사하면서, 러시아는 금 생산에 있어서 세계를 선도하기 시작했다. 1801년 러시아는 세계 금 생산의 1%만을 차지하고 있었다. 그러나 1850년 세계 금 생산의 40%를 차지하게

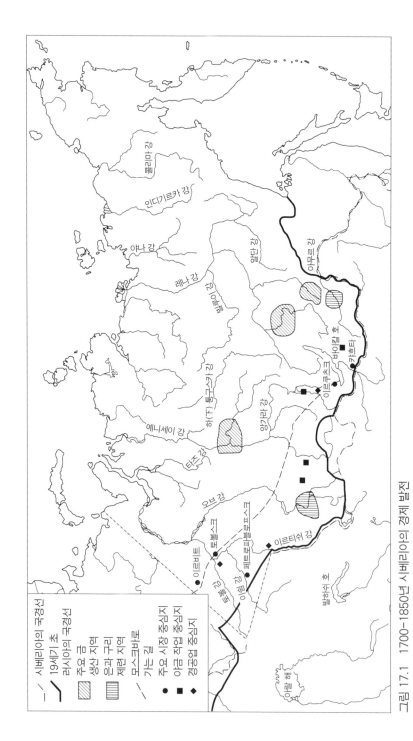

그림 17.1 1700~1850년 시베리아의 경제 발전

범례:
- 시베리아의 국경선
- 19세기 초 러시아의 국경선
- 주요 금 생산 지역
- 은과 구리 채련 지역
- 모스크바로 가는 길
- 주요 시장 중심지
- 야금 작업 중심지
- 경공업 중심지

지명:
콜리마 강, 인디기르카 강, 야나 강, 레나 강, 하탕 강, 알단 강, 빌루이 강, 아무르 강, 하(下) 퉁구스카 강, 예니세이 강, 앙가라 강, 바이칼 호, 키흐타, 이르쿠츠크, 톰 강, 오브 강, 이르티쉬 강, 이심 강, 페트로파블롭스크, 토볼스크, 이르비트, 발하쉬 호, 아랄 해

그림 17.2 철 주물 공장(18세기 그림)

되었다. 러시아의 금 생산에 있어서 시베리아가 차지하는 몫은 70%에 달했다.

19세기 시베리아의 제련소들은(특히 트랜스바이칼리아에 있는) 서서히 고갈되는 자원과 현대화하지 못한 장비로 인해 몰락하기 시작했다.

시베리아에서 발전한 또 하나의 산업은 비철 야금 산업이었다. 철 제조는 시베리아의 은과 구리 제련 작업과 관련된 보조 활동으로 18세기 중엽 시작됐다. 시베리아에는 3개의 철 생산 공장이 세워졌는데, 쿠즈네츠크 근처 톰(Tom) 강 상류 지역에 있는 톰스크 공장, 미누신스크 분지에 있는 이르빈스크(Irbinsk) 공장, 그리고 트랜스바이칼리아 지역에 있는 페트로프스크(Petrovsk) 공장이 그것이다. 이 공장들 이외에, 몇 개의 정부 소유 공장들과 일부 작은 사유 철 제련소들이 시베리아에 세워졌다.

통상 철 작업소들은 제조 공장들이었고, 그들은 주로 수작업에 의지하고 있었다. 그들은 알타이와 트랜스바이칼 공장들을 위한 장비 및 도구들을, 그리고 가정용 식기 및 작업 도구들도 생산했다. 1840년대에 증기 엔진을 만드는 기술이 도입되었다.

19세기 중엽 더욱 개선된 야금 공장인 니콜라예프스크(Nikolaevsk) 철 제련소가 앙가라 강변에 세워졌다. 그것은 현대화된 장비를 갖추어서 총, 대포, 탄피 등을 생산할 수 있었다.

소비재, 식량, 그리고 수제 생산물들 또한 지역 경제의 일부였다. 그러나 18세기에는 시베리아에 오직 단 하나의, 비교적 큰 규모의 경공업 설비만이 – 이르쿠츠크 부근에 있는 텔마 직물 공장(Telma Cloth Mill) – 있었다. 그것은 1736년 어느 한 무역회사에 의해 설립되었다가 1793년 정부 소유로 전환되었다. 19세기 초 2개의 공장들이 더 지어졌다. 즉 상인 쿠트킨(Kutkin) 소유의 토볼스크 아마포(linen) 공장, 그리고 코사크족 제복에 특화되고 시베리아 코사크족 군대 소유의 옴스크 직물 공장이 그것이다.

소금 생산은 식량 산업의 잘 발달된 한 분야였다. 시베리아는 몇 개의 커다란 소금 생산 중심지들을 갖고 있어서 주민들의 필요에 따라 충분한 공급을 할 수 있었다. 증류 산업 역시 잘 발달돼 있었다. 19세기 초 시베리아에는 10개의 증류업체들이 있었다. 19세기 중엽 100만 페일(1페일 pail, 즉

베드로 vedro 는 15리터) 이상의 증류주가 생산되었다.

수공예 산업은 시베리아에서 광범위하게 확산되어 있었다. 그것은 대중들의 요구에 맞추어 광범위한 층을 형성하면서 유리, 도자기, 가죽, 나무, 운모 등으로 만든 제품들을 만들어 내고 있었다. 19세기 중엽에는 평균 5-10명의 직원을 가진 소규모 수공예 공장들이 300개 이상 있었다.

산업적 견해에서 볼 때 19세기 중엽 시베리아는 대체로 산업이 덜 발달된 지역이었다. 러시아 전체 산업에서 시베리아의 몫은 단지 1.5%에 지나지 않았다. 거대한 시베리아 전체 지역에서 500명 이상의 직원을 갖고 있는 대규모 제조회사는 30개를 겨우 넘기고 있었다. 게다가 당시 대부분의 회사 장비들은 아주 형편없이 낡아 있었다. 시베리아의 산업은 단지 구리와 귀금속 생산에 있어서만 중요한 역할을 하고 있었다.

18세기와 19세기 전반기 건설 산업은 시베리아 경제의 중요한 분야로 발전을 계속해 갔다. 건설 작업의 범위가 인구 증가에 따라 눈에 띄게 증가했다. 주요 건설 자재는, 비록 돌과 벽돌이 점점 많이 사용되기 시작했지만, 주로 목재였다. 19세기 초 시베리아에서 돌과 벽돌로 만들어진 건물들의 비율은 전체에서 단지 3%밖에 안 되었다. 나중에 많은 새로운 돌로 만든 건물들이 주로 이르쿠츠크, 토볼스크, 바르나울, 옴스크 등의 큰 도시들에서 건설되었다. 자선사업가적인 마음을 가진 시베리아 상인들이 특히 그런 석재 건축의 적극적인 지지자들이었다.

18세기와 19세기 전반기 국내 및 국외 양쪽 모두의 무역은 시베리아 경제에서 더욱 두드러진 역할을 맡았다. 베르호투리에 세관을 폐지하고, 또 시베리아와 유럽 쪽 러시아 사이의 물품 이동에 대한 관세를 없앤 것은 국내 무역의 활성화에 도움이 되었다. 매년 열리는 무역 시장들(야르마르키 yarmarki)[86]은 영업하는 데 있어서 아주 인기 좋은 방식이었다. 1-2주 동안 열리는 이런 시장들에서 물품들은 도매로 거래되었다. 무역 시장들은 시베리아의 많은 장소들에서 열렸는데, 가장 큰 시장은 이르비트(Irbit)에서 열렸으며, 그곳에서 러시아산 물품과 중앙 아시아산 물품들이 팔렸고, 또한 이르쿠츠크에서 열린 무역 시장에서는 상인들이 중국산 물품들을 거래했다. 무역 시장 이외에도, 시베리아 상인들은 마을 상점들과 시장 노점들에서 물품들을 팔았다. 또한 그들은 물품을 팔기 위해 더 작은 마을로 여행다녔다.

국외 무역은 18세기 중반부터 시베리아 경제발전의 중요한 요소로 성장하기 시작했다. 그것은 1727년 러시아-청나라 간의 캬흐타 평화조약과 1762년 모피 국외 무역에 대한 국가 독점 폐지에 의해 촉진되었다. 2개의 영구적인 국외 무역 시장이 시베리아에 열렸다. 하나는 중앙아시아와 카자흐 상인들과의 무역을 위해서 페트로파블로프스크에, 다른 하나는 중국과 무역을 하기 위해서 캬흐타에 설치되었다.

동부에서 러시아의 주요 무역 파트너는 중국이었다. 그래서 캬흐타가 시베리아 국외 무역의 중심이 되었고, 18세기 말엽 러시아 국외 무역 총량의 8%를 차지했으며, 아시아 국가들과의 러시아 무역에서 68%를 차지했다. 캬흐타를 통해 모피(주요 수출품목), 가죽, 가축, 직물, 철, 밀 등이 수출되었고, 비단(주요 수입품목), 면, 직물, 도자기 등이 수입되었다. 19세기에는 러시아산 직물들이 시베리아의 주력 수출 품목으로 모피를 대체했으며, 중국산 차가 비단 대신 주요 수입품목이 되었다.

좋은 교통 시설은 시베리아의 사회 경제 발전을 위해 매우 중요한 것이었다. 모스크바-시베리아 간선도로(모스코프스키 트락트 Moskovskii trakt)

---

86) 저자 주: 때때로 그것들은 더 자주 열렸다.

그림 17.3　캬흐타 시장에 도착하는 중국산 차

가 18세기 중엽 건설되었다. 그것은 에카테린부르그(Ekaterinburg)에서부터 토볼스크, 옴스크, 톰스크, 크라스노야르스크를 거쳐 이르쿠츠크까지 가는 길이었다. 간선도로는 더 작은 지방도로들로 연결되었다. 즉 옴스크로부터 바르나울과 콜리반까지(알타이 광산과 제련소들까지), 이르쿠츠크로부터 네르친스크와 캬흐타까지 등이다. 간선도로는 다리, 통나무 도로(얇은 통나무들을 나란히 깔고 그사이를 자갈과 흙으로 메꾼) 등을 갖추어서 강을 건너고, 또한 마차 통행이 가능했다. 간선도로는 유럽 쪽 러시아와 다른 시베리아 지역들과의 교통을 개선시켜 주었다(이런 개선은 정부 우편배달이 이제는 겨울에 페테르부르크에서 이르쿠츠크까지 단 34일밖에 걸리지 않는다는 것을 의미했다).

19세기 중엽 증기선이 취역하기 시작했다. 최초의 증기선은 1837년 이르티쉬 강에 나타났고, 1844년 또 하나의 증기선이 앙가라 강과 바이칼 호수에 취역했다. 1846년 50마력짜리 증기선 오스노보(Osnovo) 호가 바지선 2대를 끌고 튜멘(Tiumen)으로부터 타라(Tara), 토볼(Tobol), 이르티쉬, 오브, 톰(Tom) 강들을 따라 톰스크까지 일주를 했다.

18세기와 19세기 전반기에 시베리아의 사회 경제적 발전은 원주민들의 삶에 많은 영향을 끼쳤다. 일부 원주민들은 자신들의 일상생활과 경제활동에 러시아식 관습을 채택하기 시작했다. 그래서 바이칼 호수 주변에 사는 타타르족과 부랴트족은 서서히 좌식 생활양식을 채택하고 농사를 짓기 시작했다. 1733년 안나 요아노브나 여제(Empress Anna Ioanovna)의 포고령에 따라 시베리아 민족들 사이의 노예제가 폐지되었다. 이 포고령은 부족 간 관계를 정상화하는 데 도움을 주었고, 또한 부족 간 전쟁, 특히 축치-코랴족 간, 그리고 축치-유카기르족 간 전쟁을 서서히 없애는 데 기여했다. 이 포고령이 실시되자, 시베리아 민족들 사이의 친밀화 및 결속화 계기가 생겨나기 시작했다. 18세기와 19세기 전반기 알타이 지역의 투르크어족 부족들이 결속하면서 알타이족(Altaians, 텔레우트족 Teleuts 등을 포함하는)이라는 새로운 민족의식이 생겨났다.

예니세이 분지(Yenisei Basin)에서도 비슷한 과정이 일어나 2개의 다른, 새로운 민족의식이 생겨났는데, 투빈족(Tuvinians)[87]과 하카스족(Khakass)이 그것이다. 또 다른 새로운 민족인 돌간족(Dolgans)은 일부 야쿠트족이 퉁구스족 집단들과 합쳐진 결과로 생겨난 것이다. 그런 결속 과정은 야쿠트족과 부랴트족 사이에서도 계속되었다.

이 시기 동안 시베리아 민족들 사이에서 사회적 계층화 과정은 더욱 현저해졌다. 공물 징수 책임이 부족장들에게로 이전됨으로써 그들의 지위와 권위가 다시 강화되었다. 부족장들은 자신의 특별한 지위에 대해 더욱더

---

87) 역자 주: 혹은 투바족(Tuvas)이라고 한다.

의식하게 되었고, 또한 귀족 신분과 같은 권리를 부여해 달라고 요청하기 시작했다(1789년 야쿠트족 토욘 아르자노프 Arzhanov 가 에카테리나 Ⅱ세에게 청원했던 것처럼).

그 당시 2개의 세계 종교, 특히 기독교의 한 형태인 러시아 정교와 라마 불교는 서서히 샤머니즘으로부터 그 지위를 인계받기 시작했다.

제18장
문화적 발전과 과학적 탐험

  표트르 1세의 개혁은 시베리아에서 초등학교 교육 발전의 길을 열어 놓았다. 18세기와 19세기 전반기에는 두 가지 양식의 주요 학교들이 있었다. 즉 직업 교육 학교와 일반 교육 학교가 그것이다.

  숙련된 전문가들을 필요로 하는 마을의 욕구를 충족시켜 주기 위해 발족한 직업 학교는 표트르 대제의 개혁이 직접적으로 나타난 결과였다. 5종류의 직업 훈련 학교들이 있었는데, 군사, 광산, 의료, 신학, 그리고 항해 훈련 학교(선원을 위한)가 그것들이었다.

  시베리아에 어느 다른 직업 학교보다도 먼저 생겨난 것은 신학교였다. 그 주요 목적은 정교 사제를 훈련시키는 것이었다. 그 최초의 신학교는 1703년 시베리아 대주교 필로페이 레쉰스키(Filofei Leshchinskii)에 의해 토볼스크에 문을 열었다. 두 번째 신학교는 1725년 이르쿠츠크에 세워졌다. 러시아가 계급(소슬로비에 soslovie)을 기초로 한 사회였으므로, 신학교들은 사제 가정 출신 아이들을 위해 예정된 것이었다. 그러나 이런 학교들이 사제 가정이 아닌 다른 가정 출신 아이들을 많이 가르치게 되는 결과가 초래되자, 이런 계급 분리 원칙을 엄밀히 지킨다는 것이 불가능한 것으로 판명되었다. 교육 기간은 엄밀히 정해져 있었다. 교과 과정은 학교마다 달랐고, 또한 관련 과목 선생들의 유무에 따라 좌우되었다. 예를 들면, 1740년 이르쿠츠크 신학교 학생들은 읽고 쓰는 법을 배웠고, 또한 오래된 교회의 슬라브어와 라틴어, 기초 신학, 구약성서 시편, 그리고 정교 기도서인 차소슬로프(Chasoslov)를 공부했다.

시베리아에서의 최초의 신학교는 전문 대학교 수준의 직업 훈련 학교였던 신학원을 열기 위한 기초를 닦아 놓았다. 1743년 토볼스크 신학교는 신학원으로 재조직되었고, 1780년 이르쿠츠크에 동일한 수준의 신학원이 뒤따라 설립되었다. 신학원의 주요 목적은 정교 사제들을 훈련시키는 것이었지만, 실제로 그들은 정부 관리, 상인, 과학자 등의 다른 길을 따라갔다.

신학원 훈련은 8년 동안 이어지고, 교과과정은 충분히 포괄적인 것이었다. 거기에는 시베리아의 도달할 수 없이 먼 오지들에서도 사역활동을 할 수 있도록 응용된 과목들도 포함돼 있었는데, 그런 오지들은 종종 사제들이 엄격히 사역 의무들을 적용하기가 어려운 지역들이었다. 신학원 학생들은 읽기, 쓰기, 수학, 역사, 지리, 라틴어, 그리스어, 독일어, 철학, 수사학, 시창(視唱), 기초 의약 등을 배웠다. 졸업하면 사제로 임명되었다. 19세기 중엽 이르쿠츠크 신학원의 학생수는 150명이었다. 학비 조달은 두 종류로 나뉘는데, 빈곤층 가정 출신 학생들은 정부 지원을 받았고, 부유층 가정 출신 학생들은 자비로 교육받았다.[88]

2년제 신학교가 토볼스크(1807년), 이르쿠츠크(1818년)에 세워졌고, 나중에 19세기 초 다른 지역들에도 세워졌다. 이것들은 아이들이 신학원에 들어가기 위한 목적으로 세워진 초등학교였다. 초보자들을 위해 이런 초등학교들을 세우려고 한 결정은 많은 신학원 학생들에 있어서 기초적인 훈련과 기량이 부족하다는 사실에 자극받은 것이었다. 초등학교를 졸업하면 나중에 교회와 관련된 다양한 직업들, 즉 낭독자, 교회 관리인 등으로 나아

---

88) 저자 주: 이런 방식은 종류를 가리지 않고 시베리아의 모든 학교에 적용되었다.

갈 수 있었다.

시베리아에서 또 다른 종류의 신학교는 선교 학교였다. 이것들은 기독교 선교회, 수도원, 교구 교회 등이 시베리아 원주민 아이들을 가르치고, 또 기독교를 널리 퍼뜨리기 위해 세워졌다. 이것들은 비교적 짧은 기간에 존재했고, 또 정해진 교과 과정도 없었다. 모든 것이 개별 선교 단체들의 지식 정도 및 선호 정도에 따라, 그리고 그들의 선교 시간표에 따라 좌우되었다. 18세기 중엽 수도원장 요아사프 호툰체프스키(Ioasaf Khotuntsevskii)가 이끄는 캄차카 정교 선교회가 세운 학교들이 그중 가장 유명했다. 1760년 캄차카에는 13개의 선교 학교들이 운영되고 있었는데, 전체 284명 학생들은 읽기, 쓰기, 산수, 그림, 노래, 교리 문답 등을 배웠다.

시베리아에 나타난 직업 학교의 두 번째 양식은 군사 학교였다. 최초의 군사 학교가 '수비대 학교'라는 이름으로 1713년 토볼스크에 문을 열었다. 이런 학교들이 서서히 퍼져 나갔고, 다른 수비대들이 주둔하고 있는 지역들에서 문을 열었다. 18세기 말엽 시베리아에는 10개 이상의 수비대 학교들이 있었고, 총 학생수는 7,000명에 달했다. 목적은 군대 초급장교들을 양성하고, 또 국가 행정업무를 위한 하급관리 양성을 준비하는 것이었다. 이런 학교들은 주로 군 장교 및 병사들 가정 출신 아이들로 충당되었다. 학생들은 산수, 기하학, 읽기, 쓰기, 군사 기술 등을 배웠다. 1879년 옴스크 수비대 학교는 일명 '아시아 학교(Asiatic school)'로 재조직되었는데, 이곳 학생들은 중국어, 몽골어, 칼믹(Kalmyk)어, 타타르어 등을 추가로 배웠다. 18세기 말엽 수비대 학교는 '군대 고아원 부서(military orphans department)'로 재명명되었다.

1813년 옴스크 코사크족 학교가 문을 열었다. 시베리아는 이제 중등 교육 과정의 전문적인 군사학교를 갖게 되었다. 그곳은 시베리아 코사크족

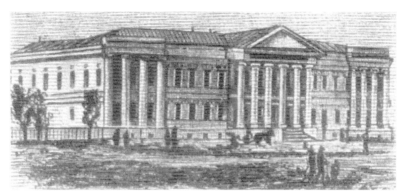

그림 18.1　옴스크의 시베리아 사관학교 건물

군대, 도시 주둔 코사크족 연대, 그리고 국경 수비대를 위한 장교들을 훈련
시켰다. 1846년 그곳은 시베리아 사관학교(카데츠키 코르푸스 Kadetskii
korpus)로 재조직되었다.

　1733-1743년 대(大)북방 원정으로 인해 시베리아에서는 선원 양성 학교
가 설립되었는데, 그것은 '항해 학교(나비가츠키에 쉬콜리 navigatskie shko-
ly)'로 알려지게 되었다. 원정대 대장인 비투스 베링(Vitus Bering)의 지시
에 따라, 항해 학교는 1735년 야쿠츠크와 오호츠크(Okhotsk)에 문을 열었
다. 1745년 비슷한 학교가 이르쿠츠크에 설립되었다. 항해 학교의 주요 기
능은 대(大)북방 원정을 위해 일할 수 있는, 그리고 나중에 시베리아를 둘
러싸고 있는 바다를 항해할 수 있는 전문가들을 훈련시키는 것이었다.

　이 학교들은 읽기, 쓰기, 그림, 산수, 기하학, 지도 제작법, 지리학, 항해
술, 배 건조, 건축 등을 가르쳤다(이르쿠츠크 학교는 일본어도 가르쳤다). 항
해 학교 졸업은 곧 해군 장교가 되는 것이었다. 18세기 후반기 이 학교들은
쇠퇴하기 시작했고, 1784년 일반 교육 학교들에 통합되었다.

　18세기 후반기 시베리아에서의 건설 산업은 광산 학교와 의료 학교들의

설립을 촉진시켰다. 최초의 광산 학교가 1753년 바르나울에 문을 열었다. 18세기 말엽 7개의 광산 학교들이 있었으며, 그중 하나가 네르친스크에, 나머지는 모두 알타이 지역에 있었다. 이 학교들은 광산 전문가들을 훈련시켰다. 학생들은 읽기, 쓰기, 산수, 기하학, 물리학, 채광, 독일어 등을 배웠다. 우수한 학생들은 바르나울에 1759년 문을 연 광산 전문대학에 보내졌다. 직업 전문대학으로써, 그것은 5-6년의 교과과정을 갖고 채광 기술자들을 양성했다. 우수한 학생들은 페테르부르크에 있는 상급 광산 학교에 보내졌고, 거기에서 3년 교육을 마치면 광산 기사 자격증을 받았다.

의료 학교는 1758년 바르나울에 문을 열었다. '병원 학교(고스피탈나야 쉬콜라 gospitalnaia shkola)'로 알려진 이 학교는 시베리아의 광산 산업을 위한 의사들을 양성해 냈다. 이 학교에서는 읽기, 쓰기, 산수, 의약, 라틴어 등을 가르쳤다. 18세기 말엽 이 학교는 약 60명의 의사들을 배출시켰다.

또 다른 양식의 학교는 일반 교육을 위한 것(오브쉐오브라조바텔나야 쉬콜라 obshcheobrazovatelnaia shkola)으로, 18세기 말 에카테리나 2세의 교육 개혁으로 인해 시베리아에 나타났다. 1784년부터 설립된 일반 교육 학교들에는 두 가지 범주가 있었다.

첫 번째 범주의 학교들은 주 단위 중심지에 문을 열었다. 그것들은 '주요 민족 학교(글라브니에 나로드니에 우칠리쉬차 glavnye narodnye uchilish-cha)'였으며, 4학년으로 구성되었다. 1804년 그것들은 중등학교(김나지 gimnazii)로 재조직되었다. 19세기 전반기에 시베리아에는 4개의 중등학교들이 있었다. 즉 이르쿠츠크, 크라스노야르스크, 톰스크, 토볼스크가 그것이다. 매년 각 학교에서 10명 정도의 졸업생이 배출되었다.

두 번째 범주의 학교들은 군 단위 중심지에 설립되었고, '소수 민족 학교(말리에 나로드니에 우칠리쉬차 malye narodnye uchilishcha)'라고 불렸다.

1804년 그것들은 '군 학교(우예즈드니에 우칠리쉬차 uezdnye uchilishcha)'로 재명명되었으며, 2학년으로 구성되었다. 전 과정을 성공적으로 마친 학생들은 중등 학교로 갈 수 있었다. 19세기 전반기 시베리아에는 20개의 군 학교들이 있었다.

1804년 러시아 정교 교구 학교(프리호드스키에 우칠리쉬차 prikhodskie uchilishcha)가 세 번째 범주의 일반 교육 학교로서 정교 교구 안에 도입되었다. 이 학교는 1학년으로 구성되었다가 1822년 2학년으로 늘어났다. 이 학교를 마친 학생들은 군 학교로 진학할 수 있었다. 19세기 전반기 시베리아에는 40개의 교구 학교들이 있었고, 그중 1804년 설립된 발라간스크 (Balagansk) 부랴트족 학교는 시베리아 원주민을 위한 최초의 영구적 학교였다.

19세기 중엽 시베리아에 여성을 위한 교육 기관들이 등장했는데, 이르쿠츠크에 이르쿠츠크 미혼 여성 학교 및 메드베드니코바(E.I. Medvednikova) 고아 소녀 기숙학교가, 그리고 토볼스크에 여성 신학교가 문을 열었다.

그림 18.2 이르쿠츠크의 메드베드니코바 고아 소녀 기숙학교

그림 18.3 이르쿠츠크의 귀족 소녀 학교

대체로 18세기와 19세기 전반기에 있어서 시베리아의 교육은 단지 그 첫발을 뗀 것으로 아직 부실했다. 주요 시베리아 도시들인 이르쿠츠크와 토볼스크는 교육의 주요 중심지였다. 예를 들면, 18세기 말엽 이르쿠츠크에는 5개의 학교에 총 300여 명의 학생들이 있었고, 토볼스크에는 4개의 학교에 총 500여 명의 학생들이 있었다.

18세기와 19세기 전반기에 러시아 정교 교회는 시베리아의 문화 발전에 중요한 역할을 계속 이어 나갔다. 동부 시베리아를 관장하는 이르쿠츠크 주교 관구(Diocese)가 1727년 설립되었다. 토볼스크 주교 관구(지금까지 시베리아 주교 관구로 알려진)는 서부 시베리아를 관장했다. 이 시기에 시베리아에 2개 주교 관구들이 더 설립되었다. 즉 톰스크 주교 관구(1838년)와 캄차카 및 알류샨 열도 주교 관구(1840년)가 그것이다. 우리가 위에서 보아 왔듯이 러시아 정교 교회는 시베리아 교육 발전에, 특히 원주민 교육 발전에 상당한 공헌을 했다. 교회 노력의 결과로, 원주민 인구의 일정 부분이 기독교 문화를 인정하기 시작했고, 또 정교 신앙을 의식적으로 받아들였다. 교회는 종종 시베리아 대중들을 보호하면서 행정부의 불공평한 처리와 권력남용에 대항하기 위해 목소리를 높였다. 예를 들면, 이르쿠츠크 부지사인 졸로보프(I. Zholobov)를 1736년 쫓아내는 데 일익을 담당했던 사람이 바로 교구 사제였다. 졸로보프는 나중에 '횡령'으로 기소되어 처형당했다. 교회는 시베리아인들의 도덕적 기준을 높이는 데 많은 노력을 기울였다. 교회가 이런 목적을 달성하는 데 사용했던 주요 도구는 설교였다. 예를 들면, 이르쿠츠크 초대 주교 인노켄티 쿨치츠키(Innokentii Kulchitskii)의 설교는 유명했다.

인노켄티 쿨치츠키(생년 미상 – 1713년): 우크라이나 볼히냐(Volhynia)의 귀족 가정에서 태어났다. 그는 키에프 신학원을 졸업하고 수도원 생활을 했다. 그는 모스크바 슬라브어-그리스어-라틴어 어학원에서 교수생활을 했고, 나중에 러시아 해군에서 시노드(synod. 종교회의) 수도 사제[89]로 있으면서 해군의 전쟁에도 참가했다. 1725년 표트르 1세의 명령에 의해, 수도 사제 인노켄티는 전통적 규칙에 반하면서도 주교에 임명되었고, 또한 러시아 정교의 중국 선교 수장으로 임명되었다. 1722년 그는 이르쿠츠크에 도착했다. 중국으로 입국하여 선교활동하는 것이 중국 당국에 의해 거부당하자, 그는 교대로 이르쿠츠크와 셀렝긴스크(Selenginsk)를 오가며 선교사업을 벌였고, 또한 부랴트족의 일상생활 및 문화를 공부하면서 살았다. 1727년 그는 새로이 설립된 이르쿠츠크 주교 관구의 수장으로 임명되었다. 그는 새로운 주교 관구가 잘 안착되도록 많은 노력을 기울였다. 그는 이르쿠츠크 신학교의 교과 과정을 확대시켰고, 자신의 돈을 써가면서 그것을 유지했으며, 또한 학생들 가르치는 일도 했다. 그는 사제들 가정이 아닌

---

89) 저자 주: 수도 사제(Hiermonk)는 사제(신부)로 임명받은 수도승이다.

다른 일반 가정 아이들이 이 학교에 입학할 수 있도록 허용했다. 그는 도덕적 설교로 널리 알려지게 되었다. 그는 이르쿠츠크에서 죽었고, 1804년 러시아 정교회에 의해 시성되었다.

정교 교회는 대규모 건설 공사들을 일으켰는데, 그것들은 그 지역의 경제 및 문화 발전에 공헌하는 것이었다. 18세기 초엽 시베리아에는 200여 개의 교회들이 있었지만, 19세기 중엽 그 수는 거의 1,000여 개로 증가했다. 많은 석조 교회 건물들이 지어졌는데, 그들 중 일부는 오늘날까지 남아 그 아름다움을 우리에게 전해 주고 있다.

교회는 특히 그 시기 시베리아와 그 민족들에 대한 연구에 있어서 상당한 공헌을 했다. 정교 사제들은 오지 지역까지 탐험하는 데 적극적인 역할을 떠맡았다. 선교사들은 시베리아 민족들에 대한 민족지학, 그들의 언어 및 문화, 신앙, 그리고 시베리아의 야생생활, 지리 및 기후 등을 공부했다. 안드레이 아르겐토프(Andrei Argentov), 네일 이사코비치(Neil Isakovich), 그리고 일부 다른 사제들의 과학적 저작물들은 학문 연구에 있어서 그 명성이 널리 알려져 있었다. 인노켄티 베냐미노프(Innokentii Veniaminov)의 저작물들은 세계 학계에도 알려져 있었다.

인노켄티(이반 예프세예비치 포포프 Ivan Evseevich Popov) 베냐미노프(1797-1879년): 이르쿠츠크 주 앙가(Anga) 마을의 사제 가정에서 태어났다. 그는 이르쿠츠크 신학원을 졸업하고 1821-1824년 이르쿠츠크에 있는 티흐빈(Tikhvin) 교회에서, 1824-1835년 우날라쉬카 섬(Unalashka Island, 알류샨 열도 중 하나) 교회에서, 그리고 1835-1840년 노보아르항겔스크(Novoarkhangelsk, 알래스카의 New Archangel)에서 사제 생활을 했다. 그는 알류샨족(Aleutians)에게 다른 기술들(목공, 철공 기술과 금속 가공업)을 가르치는 데 많은 시간을 바쳤다. 그는 600명이 넘는 알류샨족 학생들을 위한 학교를 개설했다. 그는 모든 알류샨족 사람들과 일부 다른 알래스카 원주민들을 정교 기독교로 개종시켰다. 오늘날까지 일부 알래스카 원주민들은 정교 기독교 신앙을 고백하고, 또 인노켄티 베냐미노프를 숭배하고 있다. 그는 현지의 지리, 자연, 기후, 그리고 원주민들의 문화와 관습에 대해 더 많이 알려고 노력했다. 1834년 그는 알류샨어의 문법(오피트 그라마티키 알레우츠코보 야지카 Opyt grammatiki Aleutskogo iazyka)을 저술했다. 그는 또한 아메리카 원주민 언어들의 분류를 초안해 놓았다. 이것이 발행되자 이것은 학계로부터 상당한 관심을 끌었다(이것은 독일어, 프랑스어, 영어 등으로 번역되었다). 아메리카 인디언들의 언어에 대한 베냐미노프의 저작물들은 오늘날까지도 언어 연구를 위한 기본 서적으로 인식되고 있다. 1840년 그는 그의 가장 중요한 저작물인《우날라쉬카 관구 소속 섬들에 대한 기록(Notes about the Islands of the Unalashka Department)》을 발행했고, 그것은 그에게 세계적 명성을 가져다주었다. 1840년 아내가 죽은 후, 그는 수도승 서약을 했고, 또 즉시 주교로 임명되었다. 1840-1868년 그는 캄차카와 알류샨 열도 주교 교구의 수장을 맡았다. 1850년 그는 대주교로 임명되었다. 그런 후에도 그는 계속해서 자신의 학구적 작업, 즉 교리 문답집과 찬송가를 알류트어와 야쿠트어로 번역하는 작업을 이어갔으며, 또한 교구 너머로 광범위하게 여행다녔다. 그는 러시아 지리학회의 회원이기도 했다. 1868년 그는 도시 교구의 대주교로 임명되었고 1868-79년 모스크바 대주교로 소임을 다했다.

18세기와 19세기 전반기에 지식과 배움의 확산에 목적을 둔 교회의 노

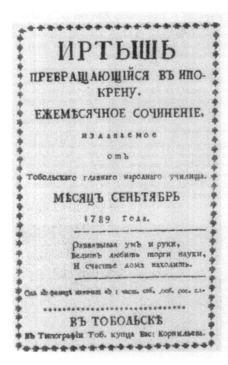

그림 18.4　시베리아 최초의 문학잡지 《이르티쉬》의 제목 표지

력과 교육의 발전은 시베리아의 문화발전에 기여했다.

1789년 최초의 시베리아 인쇄소가 토볼스크에 문을 열었고, 최초의 시베리아 잡지 《이르티쉬(Irtysh)》(비록 짧은 시간 동안만 발행되었지만)를 발행하기 시작했다. 그 당시에 도서관들이 발전하기 시작했고, 커다란 도서관들이 본보기로 토볼스크에 있는 신학교들에 설립되었다. 바르나울 광산학교의 도서관은 당시 러시아에서 가장 큰 공업기술 도서관 중 하나였다. 거기에는 7,000여 권의 책이 있었다.

아마추어 극장들이 시베리아 이르쿠츠크, 옴스크, 토볼스크 등에 나타나기 시작했는데, 군 장교들, 정부 관리들, 상인들, 그리고 소자본가들이 극장 설립 및 운영에 참여했다. 회화와 건축 분야도 발전했다. 건축 전문가들이 시베리아 도시들에서 일하기 시작했고, 실제 많은 훌륭한 건축물들을 창조해 냈다.

1825년 12월 일단의 사람들이 차르의 권위에 대항해 반란을 일으켰으나 실패했다. 이 '12월 당원들(데카브리스트 Decembrists)'의 많은 지도자들이 시베리아로 유배를 당했고, 1826-1859년 이들은 시베리아의 문화발전에 커다란 영향을 끼쳤다. 121명의 내란 주모자들이 시베리아로 유배당했다 (8명의 공작, 1명의 백작, 4명의 남작, 1명의 장군과 94명의 상급장교들이 포함되었다). 그들은 강제노역형을 치른 후, 시베리아의 각 도시들로 산개돼 이송되었고, 거기에서 그들은 인상적인 좋은 영향을 미쳤다. 즉 그들은 그 지역 민담들을 수집하고, 또 시베리아 러시아인들과 원주민들의 문화적 기준을 끌어올리고 계몽하는 데 전념했다.

> 겨울에 볼콘스키(Volkonskii) 공작 가정에서의 삶은 적극적으로 열려 있었
> 다. 이르쿠츠크 사회 모든 사람들은 볼콘스키 공작의 집을 방문하는 것을
> 영예로 생각했다. 공작 집을 이렇게 완전 공개하는 것은 사회적 공감과 더
> 관대한 태도 및 취향을 조장하는 것이었다.
>
>   - 이르쿠츠크 시민 벨로골로비(N.A. Belogolovii)

이 시기 시베리아에 보건 위생 제도가 나타나기 시작했다. 도시들은 쓰레기 처리법을 도입하기 시작했다. 18세기 초 국경 수비대 부속 진료소가 등장했고, 18세기 말경 시립 병원들이 이르쿠츠크와 토볼스크 같은 시베리아 주요 도시들에 등장했다. 19세기 중엽 시베리아에는 사설 병원 한 곳을 포함하여 이미 30여 개의 병원들이 있었다.

그림 18.5   데카브리스트들이 감금돼 있던 치타 요새

18세기와 19세기 전반기에는 탐험과 탐사 활동이 활발하게 이루어지고 있었다. 18세기에 시베리아를 탐험하려는 수많은 대규모 원정대들이 꾸려졌으며, 이런 원정대들은 많은 과학적 발견들을 성취함으로써 세계 과학계에서 일부 가장 뛰어난 노력상을 탈 만한 자리에 올랐다. 레메조프(S. U. Remezov), 베링(V. I. Bering), 뮐러(G. F. Müller), 크라셰닌니코프(S. P. Krasheninnikov), 팔라스(P. S. Pallas) 등과 같은 시베리아를 연구했던 과학자들이 세계 과학계 역사 속에 그 이름을 남겼다.

가장 중요한 원정대 중 하나는 1733-1743년의 대(大)북방 원정대(Great Northern Expedition. 제2차 캄차카 원정대 Second Kamchatka Expedition 로도 알려진)였다. 그 목적은 시베리아, 특히 해안선에 대해 광범위한 연구를 수행하는 것이었다. 그 임무를 준비하고 수행하는 데 수천 명의 인력이 투입되었다. 원정대를 조직하는 일은 시베리아의 농업, 선박 건조, 교육 등 분야의 발전에 기여했으며, 또한 더 많은 정착촌 건설에도 기여했다. 이 원정대를 이끈 사람이 베링이었다.

비투스 요나센 베링(Vitus Ionassen Bering. 1681-1741년): 덴마크에서 세관 관리의 가정에서 태어났다. 1703년 그는 암스테르담(네덜란드)에 있는 항해 학교를 졸업했다. 그는 러시아의 초청을 받아 발틱 함대의 순시선 함장으로 추천받아 근무했다. 1711년 그는 표트르 대제의 프루스 작전(Pruth campaign)[90])에 아조프 함대(Azov Fleet)의 한 장교로 참가했으며, 나중에 지중해를 통해 페테르부르크까지 항해했다. 스웨덴과의 대(大) 북방 전쟁 막바지에 그는 러시아의 가장 큰 프리깃 함 함장이었다. 그는 1724년 은퇴하여 비보르그(Vyborg)에 정착했다. 같은 해 그는 표트르 대제의 부름을 받고 다시 돌아와, 1725년 중국으로 항해하는 길을 찾기 위한 임무를 부여받았다. 1727-1730년 그는 캄차카 원정대(Kamchatka Expedition)를 선장이자 사령관이라는 직책으로 이끌었다. 그 임무를 완료하고 그는 다시 대규모 원정을 시작했다. 1733-1741년 그는 대 북방 원정대의 수장이었고, 그 기간에 알래스카를 발견했고, 캄차카와 추코트카(Chukotka)의 해안선을 탐사했으며, 또한 아시아와 아메리카 사이에 해협이 있다는 사실을 확인했다. 원정 기간에 베링은 뛰어난 조직 운영 기술을 보여 주었다. 1741년 그는 코맨더 제도(Commander Islands)에서 난파당했고, 이후 괴혈병으로 죽었다.

원정대는 6개 집단으로 구성되어 각각 독립적으로 탐사를 진행했다. 말

---

90) 역자 주: 프루스는 흑해 연안의 한 강 이름으로, 표트르 대제가 대 북방 전쟁 시 폴타바 전투에서 패퇴시킨 스웨덴의 칼 구스타프 12세가 부상당한 채 흑해 부근 오토만 제국 영토로 피신하자, 러시아는 칼 구스타프 12세의 인도를 요구하며 프루스 강 지역으로 침공했고, 이에 오토만 제국이 전쟁을 선포하여 결국 러시아가 패퇴하고 프루스 조약이 체결됐다. 이로 인해 오토만 제국은 아조프 해를 장악하게 되었다.

리긴(Malygin)이 이끈 첫 번째 집단은 아르항겔스크로부터 오브 강 하구까지의 해안을 탐사했고, 오브친(Ovtsin)이 이끈 두 번째 집단은 오브 강 하구로부터 타이미르 반도(Taimyr Peninsula)까지의 해안을 탐사했다. 첼류스킨(Cheliuskin)이 이끈 세 번째 집단은 레나 강으로부터 타이미르 반도까지, 라프테프 형제들(Laptev brothers)이 이끈 네 번째 집단은 레나 강의 동쪽 해안을 탐사했다. 베링이 치리코프(Chirikov)와 함께 이끈 다섯 번째 집단은 시베리아의 태평양 해안을, 그리고 뮐러가 이끈 마지막 여섯 번째 집단은 과학자 집단으로서 시베리아의 내륙 지역들을 탐사했다. 이런 원정의 주요 결과는 1746년《러시아 제국 전도(General Map of the Russian Empire)》의 출판이었고, 그것은 150년 이상 국가 비밀로 지켜져 왔다.

탐험과 탐사는 19세기 전반기에도 계속 이어져 왔고, 그리하여 그 범위는 더 넓어졌고, 그 성격도 다양해졌다. 1818년 특별한 학문 연구 잡지《시베리아 헤럴드(The Siberian Herald)》가 페테르부르크에서 발행되기 시작했고, 1845년 러시아 지리학회(Russian Geographical Society)가 발족되어 시베리아 연구의 중심 기구가 되었다.

제19장
시베리아의 외교 정책 상황

19세기 중엽 '아무르 강 문제'가 러시아의 극동 정치 상황에 다시 떠올랐다. 영국, 미국, 프랑스 등 세계 강대국들은 팽창주의 정책의 일환으로 북부 아시아와 알래스카의 해안 지대들에 적극적인 관심을 표명하기 시작하면서 러시아 영토에 위협을 가할 자세를 취하고 있었다.

동부 시베리아 총독인 무라비요프(N. N. Muraviov)는 이런 문제를 해결하는 데 있어서 중요한 역할을 했다. 그는 아무르 강이 러시아의 이익을 방어하기 위한 자연적 경계선을 형성하고 있다고 믿게 되었으므로 '아무르 강의 하구와 좌안(左岸)을 차지하는 자가 시베리아를 차지한다'고 말했다.

1848년 무라비요프는 아무르 강 탐험과 '아무르 강 문제'의 해결을 위해 아무르 강에 대규모 원정대를 보내달라고 요청하는 제안서를 니콜라이 1세에게 제출했다. 황제의 답장을 기다리지도 않고, 그는 부함장 네벨스코이(G. I. Nevelskoi)에게 항해가 가능한지 여부를 알아보기 위해 강 하구를 탐사하도록 명령했다.

니콜라이 니콜라에비치 무라비요프-아무르스키(Nikolai Nikolaevich Muraviov-Amurskii. 1808-81): 귀족 가문에서 태어나 귀족 군사학교 중 하나인 '빠줴스키 코르푸스(Corps of Pages)'를 졸업하고 1828-1829년 러시아-터키 전쟁에, 그리고 1830-1831년 코카서스 전쟁 및 폴란드 반란을 제압하는 전쟁에 참여했다. 1844-1847년 툴라(Tula) 주지사가 되었다. 그는 자유주의적 견해를 가졌는데, 예를 들면 노예제를 폐지하려는 법안을 제안한 툴라 주 상류층의 견해를 지지하고 있었다. 1847-1861년 그는 동부 시베리아 총독이 되었다. 그는 1849-1855년 프리아무리에(Priamurie. 연해주. 아무르 강 인근 지역)를 러시아에 귀속시키는 토대를 마련하기 위해 아무르 탐험대를 조직했다. 그는 동부 시베리아의 탐험과 귀속에 커다란 공헌을 하였다. 1851년 그는 러시아 지리학회(Russian Geographical Society)의 동부 시베리아 지부를 창설하였다. 1853-1855년 크림 전쟁 동안 그는 영국과 프랑스 연합국에 대항하여 시베리아 태평양 해안 방어를 지휘했다. 1858년 그는 중국과 아이훈 조약에 서명했으며, 이로 인해 아무르 강 좌안 지역은 러시아에 이양되었다. 이로써 무라비요프는 '아무르 공(公)'이란 칭호를 수여받았다. 그는 블라고베쉬첸스크(Blagoveshchensk) 시를 건설했으며, 또한 트랜스바이칼 및 아무르 코사크 군대를 창설하였다. 그는 1861년 은퇴하였다.

1849년 니콜라이 1세는 '아무르 강 문제'에 대한 특별 위원회를 설치하도록 명령했으며, 1851년 아무르 강 주변 지역(프리아무리에 Priamurie)을 탐사하기 위해 대규모 원정대[91]를 구성하도록, 그리고 그 지역을 러시아에 편입시킬 수 있는 가능성을 조사해 보도록 명령했다. 이 원정대의 수장은 네벨스코이였다.

겐나디 이바노비치 네벨스코이(Gennadii Ivanovich Nevelskoi. 1813-1876

---

91) 저자 주: 원정대의 실제적인 작업은 1849년 무라비요프에 의해 이미 시작되었다.

년): 귀족 가문에서 태어난 그는 항해 학교를 졸업하고 해군에 입대했다. 1847-1849년 그는 군수물자 공급선 '바이칼(Baikal)'호의 선장이었고, 그것을 몰고 크론쉬타트(Kronstadt)에서부터 페트로파블로프스크-캄차츠키(Petropavlovsk-Kamchatskii)까지 항해했다. 1848-1849년 그는 동부 시베리아 총독의 지시에 따라 아무르 강 하구와 그 인접 지역들을 탐사했다. 그 결과 그는 아무르 강이 이전에 생각했던 것처럼[92] 얕은 모래톱 삼각주를 형성하고 있지 않고, 대신 하나의 강력한 흐름으로 바다에 진입하고 있으며, 또한 사할린이 섬이라는 사실을 알아냈다. 이 중요한 발견들은 비밀로 유지되었고, 1853-1855년 크림 전쟁(Crimean War) 기간에 러시아에 도움이 되었다. 1849-1855년 그는 대규모 아무르 강 원정대의 대장이었고, 1853년 사할린에 최초의 러시아인 정착촌을 건설했으며, 1854년 아무르 강 하구에 니콜라예프스크-온-아무르(Nikolaevsk-on-the-Amur)라는 항구를 만들었다. 1855년 그는 페트로파블로프스크-캄차츠키로부터 아무르 강 지역으로 러시아 군대와 민간인들을 대피시키는 작전에 참여했다. 그는 아무르 강 원정대를 지휘하여 뛰어난 지리적 발견들을 이룩한 공로로 해군 소장으로 승진했고, 후에 부제독, 제독으로 승진했다. 1856-1876년 그는 페테르부르크에 있는 해양 학술 위원회(Oceanographic Academic Committee)의 일원이 되었고, 많은 과학 저작물들을 저술했다.

같은 해인 1851년 황제는 무라비요프의 제안에 따라 코사크족 군대(약 5만 명으로 구성된)를 트랜스바이칼리아 지역에 배치하도록 명령했다.

1853-1855년 발생한 크림 전쟁 때문에 '아무르 강 문제'를 풀어야 할 필

---

92) 저자 주: 18세기 말엽 프랑스 항해 탐험가 라페루스(La Perouse)는 아무르 강 하구가 항해할 수 없는 곳이며, 또한 사할린이 반도(半島)라는 결론을 내렸다.

요성이 대두되었다. 크림 전쟁 기간에 영국과 프랑스는 시베리아의 태평양 해안으로 소규모 함대를 파견했다. 러시아는 방어 목적으로 아무르 강을 이용했다. 1854년 6월 무라비요프는 트랜스바이칼리아 지역으로부터 아무르 강 하류까지 1,500명 규모의 군대를 이동시키는 작전을 지시했다. 대부분의 이 군대 병력은 나중에 러시아의 주요 항구인 페트로파블로프스크-캄차츠키 방어에 참여했다.

1854년 9월 18일 영국-프랑스의 대대급 규모 연합 병력이 프라이스 제독(Admiral Price)의 지휘 아래 이 항구를 침공했다. 영국-프랑스의 소규모 함대는 6척의 배, 236정의 총, 그리고 약 2,000명의 육군 및 해군 병력으로 구성되어 있었다. 러시아 수비대는 자보이코(V.S. Zavoiko) 장군의 지휘 아래 약 1,000명의 육군 및 해군 병력과 94정의 총으로 구성돼 있었다.

프리깃 함 '오로라(Aurora)'와 몇 척의 작은 배들이 항구 방어에 참여했다. 7개의 요새 포대들이 항구를 방어하기 위해 설치돼 있었다. 9월 20일 포대 포격이 있은 후, 영국-프랑스 연합군이 상륙했다가 퇴각당했다. 9월 24일 연합군 측은 대대적인 공격을 가하기 시작했다. 약 900여 명의 연합군 병력이 러시아의 중요 지점인 니콜스키(Nilolskii) 산을 일시 점령했으나, 치열한 백병전 끝에 퇴각당했다. 침략자들은 절반 이상의 병력을 잃었고, 9월 27일 영국-프랑스 연합군은 철수했다.

바실리 스테파노비치 자보이코(Vasilii Stepanovich Zavoiko. 1809-1900년): 귀족 가문에서 태어나 항해 학교를 졸업하고 해군에 입대했다. 1827년 그는 오토만 제국 함대에 대항하여 벌인 나바리노 전투(Battle of Navarino)에서 해군 준위로 참여했다. 그는 세계일주 항해를 두 번이나 했다. 1840-1849년 그는 러-미 회사(Russian-American Company)에서 일했고, 오호츠크 해에 있는 아얀(Aian) 항구 건설을 책임지고 있었으며, 나중에 이 항구 운영을 맡기도 했다. 1849년 그는 캄차카의 군정 지방장관으로 임명되어 소장으로 진급되었다. 그는 외국 밀렵꾼들로부터 바다 포유류들을 보호하는 데 많은 노력을 기울였다. 1854년 그는 페트로파블로프스크-캄차츠키 도시 방어를 명령했다. 그의 지휘 아래 요새와 포대들이 건설되었다. 그는 개별적으로 영국-프랑스 연합군의 도시 공격을 격퇴시키는 방어 작전을 이끌었다. 1855년 봄 그는 페트로파블로프스크 수비대와 민간인들을 아무르 강 하구로 대피시킬 것을 지시했다. 1855년 그는 시베리아 태평양 해안 주둔 러시아 군대의 사령관으로 임명되었다. 그는 니콜라예프스크-온-아무르 항구에 요새 건설을 지시했다. 1856년 그는 페테르부르크로 발령받았고, 부제독으로 승진했다가 1874년 제독이 되었다.

연합군의 침공으로 항구를 방어하는 것이 얼마나 어려운 것인지가 드러났다. 그래서 1855년 봄 결국 주민들과 수비대를 아무르 강 하구로 이동시켰다. 1855년 5월 페트로파블로프스크에 또다시 영국-프랑스 연합 함대 12척이 단지 도시가 비어 있는지 확인하러 몰려왔다. 연합 함대는 타타르 해협(Strait of Tartary)에 러시아인들이 있는지 확인하러 왔으며, 또한 데카스트리 만(De Castries Bay)에 수색팀을 상륙시키려고 했으나, 성공하지 못했다.

크림 전쟁은 시베리아의 해안이 심각한 전쟁 위협에 닥치면 얼마나 방어에 취약한지를, 그리고 오로지 '아무르 강 문제'를 해결하는 것만이 시베리아의 해안을 성공적으로 방어할 수 있게 한다는 사실을 보여주고 있었다.

1858년 5월 중국 도시 아이훈(Aigun)에서 무라비요프는 청나라의 만주 통치자인 이샨(I Shan 혁산 奕山) 장군에게 최후통첩으로 아무르 강의 좌안

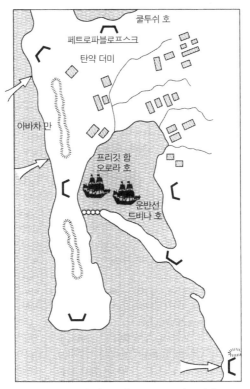

쿨투쉬 호

페트로파블로프스크

탄약 더미

아바차 만

프리깃 함
오로라 호

운반선
드비나 호

1854년 9월 페트로파블로프스크 침공 현장

러시아 배   항구 입구를 가로
지른 빗줄방어

방어 포대   영국-프랑스의 공격

그림 19.1   1854년 9월 영국-프랑스 연합군의 페트로파블로프스크 침공

(左岸) 지역을 러시아에 양보하도록 요구했다. 청나라 정부는 마지못해 동의했다. 1858년 5월 16일 무라비요프와 이샨 장군은 러-청 평화조약, 즉 아이훈 조약(Treaty of Aigun)을 맺었다. 이 조약 내용은 다음과 같다.

• 러-청 국경선은 아무르 강을 따라 정한다.

- 경계선이 확정되지 않은 우수리(Ussuri) 강 동쪽 지역은 러시아와 청나라가 함께 공유하는 것으로 한다.
- 아무르 강과 그 지류인 우수리 강과 숭가리(Sungari) 강(송화강)에서 러시아와 청나라의 배들만이 항행할 수 있다.

2년 후인 1860년 11월 북경조약(Treaty of Peking)이 맺어졌고, 여기에서 시베리아에서의 러-청 국경선이 최종 확정되었다. 이 조약 내용은 다음과 같다.

- 시베리아의 극동 지역(프리모리에 Primorie. 연해주)을 러시아 영토로 재확인한다. 즉 국경선을 우수리 강과 그 지류인 숭아차(Sungacha) 강(송아찰 松阿察 강)을 따라, 한카(Khanka) 호수(흥개호 興凱湖)를 따라, 그런 다음 산등성이를 따라 투만쟝(Tumanjyang) 강(도문 圖們 Tumen 강)까지, 그리고 이 강을 따라 일본 해(Sea of Japan)까지로 정한다.
- 국경선을 예니세이 강 서쪽으로부터 이르티쉬 강까지, 그런 다음 천산(Tian-Shan) 산맥까지로 정한다.
- 전 국경선에 걸쳐 러시아와 청나라 국민 사이에는 면세 무역을 허용한다.
- 러시아 상인들이 청나라에 자유로이 출입하고 북경에서 무역할 수 있는 권리를 허용한다.
- 러시아인들에게 청나라에서의 치외법권을 부여한다.
- 러시아가 우르가(Urga. 몽골의)와 카쉬가르(Kashgar. 신강과 청나라 쪽 투르케스탄의)에 영사관을 개설하는 것을 허용한다.

'아무르 강 문제'를 성공적으로 해결한 결과, 러시아는 주거에 알맞은 새로운 시베리아 영토들을 획득하여 그곳들을 적극적으로 탐사하기 시작했다.

크림 전쟁 또한 러시아가 알래스카를 방어하는 것이 불가능하다는 사실을 보여 주고 있었다. 19세기 후반기 알래스카의 모피 자원이 감소하기 시작했고, 광물 자원은 아직 발견되지도 않았을 때였다. 러시아는 알래스카까지 탐사할 수단을 갖고 있지 않았다. 1867년경 러시아의 아메리카 영토에는 러시아인이 약 1,000여 명밖에 없었다. 그래서 러시아 정부는 알래스카를 영국이 차지하지 못하도록 하기 위하여 미국에 양도하기로 결정했다. 당시 영국은 아시아-태평양 지역에서 러시아의 주요 경쟁자였다. 1867년 알래스카는 미국에 720만 달러에 팔렸다. 알래스카를 미국에 팔아넘김으로써 미국이 시베리아로 팽창하는 위협이 일시적으로 제거되었다.

아무르 강 주변 지역(프리아무리에 Priamurie)과 연해주 지역(프리모리에 Primorie)을 러시아에 합병시킴으로써, 러시아 외교는 이제 러시아의 가장 가까운 이웃이 된 일본과 영토 문제를 해결해야할 일과 정면으로 부딪히게 되었다.

일본과의 협상은 아무르 강 지역의 합병 이전인 1855년 1월 26일 크림 전쟁 도중에 시작되었는데, 그 당시 러시아 전권대사인 부제독 푸티아틴(E. V. Putiatin)은 일본과 시모다 화친 조약(Shimoda Peace Treaty. 下田 和親 條約)을 맺었다. 이 조약은 다음과 같다.

• 쿠릴 열도의 북부 지역은 러시아령으로, 남부 지역은 일본령으로 한다.
• 사할린 섬은 분할하지 않고, 러시아와 일본 공동 소유로 한다.
• 러시아 배들이 일본 항구 도시 시모다(Shimoda. 下田), 하코다테

(Hakodate. 函館), 그리고 나가사키(Nagasaki. 長崎)를 방문하는 것을 허가한다.

- 러시아 상인들에게 일본과 무역할 수 있는 우월한 지위를 부여한다.

20년 후인 1875년 4월 25일 러시아와 일본은 페테르부르크에서 새로운 화친 조약을 맺었는데, 이 조약으로 일본과의 국경선 획정 문제들이 해결되었다. 이 조약에 따르면 러시아는 사할린 섬을 소유하게 되었고, 일본은 모든 쿠릴 열도들을 양도받았다. 또한 일본 상인들은 러시아와 무역할 수 있는 우월한 지위를, 오호츠크 해에서 어업할 수 있는 권리를, 그리고 사할린 섬의 항구 도시 코르사코프(Korsakov)를 포함한 러시아 항구 도시들을 이용할 수 있는 권리를 부여받았다.

20세기로 넘어가는 시기에, 러-일 관계가 악화되는 일이 발생했는데, 그것은 만주와 조선에 대한 지배권 다툼 경쟁 때문이었다. 이 다툼의 귀결은 1904-1905년 많은 시베리아 사람들이 참가한 러-일 전쟁의 발발이었다. 이 전쟁은 대부분 중국과 조선의 영토에서 이루어졌지만, 일부는 시베리아에서도 일어났다. 1904-1905년 일본은 블라디보스톡(Vladivostok) 부근에서 해양 작전(순시함을 띄우고, 기뢰를 설치하고, 또 항구에 포격을 가하려고 시도하면서)을 실시했다. 1904년 일본은 캄차카에 소규모 정찰대를 보냈으나, 페트로파블로프스크의 수비대와 현지 민병대에 의해 퇴각당했다. 1905년 6월 일본은 사할린 섬에서 육상 작전을 실시하였다. 함대가 사할린 섬과 아무르 강 하구를 봉쇄한 다음, 포병을 포함한 1만 4,000명의 병력이 사할린 섬의 여러 지점들에 상륙했다. 러시아군 병력(거의 포병이 없는 소규모 육군 부대와 보잘 것 없는 무장을 한 일단의 민병대들, 그리고 유배자들로 구성된 약 4,000명 정도의)은 어떠한 그럴듯한 저항을 할 수 없는 상태였다. 몇

몇 전투가 벌어진 후, 러시아군은 섬 안쪽으로 쫓겨 들어갔다가 항복했다. 이 전쟁의 결과, 1905년 9월 23일 맺어진 러-일 포츠머스 화친 조약 (Russo-Japanese Portsmouth Peace Treaty)에 따라, 러시아는 사할린 섬의 남쪽 지역을 잃어버리게 되었다.

이 전쟁 이후, 러-일 관계는 정상화되었다. 그렇게 된 이유는 양국이 서로 좋은 관계를 유지하자는 데 이해가 일치했기 때문이었다. 러시아는 일본의 위협으로부터 시베리아를 안전하게 유지하기를 원했고, 일본은 점증하는 미국과의 분쟁에 러시아가 참여하게 되는 것을 원치 않았다. 그 결과 1907년 7월 17일 러-일 페테르부르크 협정(Russo-Japanese St. Petersburg Agreement)이 체결되면서 양국 관계는 정상화되었다. 이 협정에는 러시아와 일본의 이익 범위를 다루는 비밀 조항들이 포함되었다. 페테르부르크 협정의 비밀 조항들은 다음과 같다.

- 중국에서의 러시아와 일본의 경계선을 확인하였다(시베리아에 인접한 중국 국경 지역들 – 북만주, 외몽골, 투바, 그리고 신장 – 이 러시아의 위성 지역으로 들어왔다).
- 조선은 일본의 '특수 이익(special interests)' 지역에 속하는 것으로 확인하였다.
- 내몽골 지역은 러시아의 '특수 이익' 지역에 속하는 것으로 확인하였다.

이 협정으로 시베리아는 일본의 위협으로부터 벗어났으며, 러시아는 시베리아 영토 확장이 가능해졌다.

1911년 몽골에서 반(反)중국인 폭동이 일어났다. 러시아는 몽골이 중국으로부터 독립했다는 것을 인정했고, 1913년 중국 정부로부터 몽골의 독

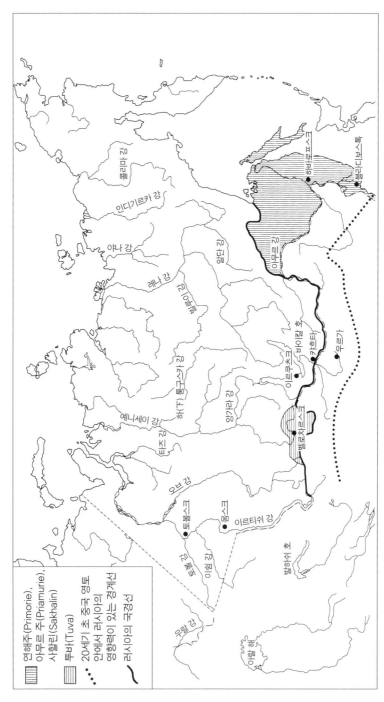

그림 19.2 19세기 말 – 20세기 초 축가된 시베리아 영토

립을 인정받았다. 이런 추세에 따라 중국 지배하에 있던 투바(Tuva, 혹은 Tyva) 지역이 중국으로부터 분리되었다. 러시아는 이런 불안정한 상황의 수혜자였고, 1914년 투바 지역을 러시아 보호령 아래 두었다. 사실상 투바 지역은 우량하이 지역(Uriankhai Region)이란 이름으로 시베리아의 일부가 되었다. 벨로차르스크(Belotsarsk)라는 도시가 투바 지역에 만들어지면서 러시아인들이 이 지역으로 이주하기 시작했다. 1917년경 투바 지역에는 약 1만 명의 러시아인들이 있었다.

대체로 러시아는 세계 각국이 자국 영향력을 강화하면서 투쟁을 벌이던 19세기 후반기와 20세기 초에 시베리아 영토의 확장과 유지에 상당한 노력을 기울였다.

제20장
사회 경제적 발전

시베리아의 인구 증가는 시베리아의 사회 경제적 발전의 토대가 되었다. 19세기 후반기와 20세기 초에 시베리아로의 이주가 강화되었다. 이런 인구 증가는 주로 유럽 쪽 러시아로부터의 이주자들을 통해 발생했다. 그래서 19세기의 마지막 10년 동안 약 120만 명의 사람들이 시베리아로 이주해 왔다. 20세기 초에는 더 새로운 이주자들도 있었다. 즉 스톨리핀(Stolypin)의 농업 개혁을 이행하는 과정에서 이주자 수가 250만 명까지 증가했다.

정부의 적극적인 이주 정책들이 시베리아 인구의 빠르고 지속적인 증가를 이끌었다.

대규모 이주는 특히 시베리아 남부 지역에서 철도를 따라 이루어졌고, 또한 시베리아 인구의 민족지학적 구성을 변화시켰다. 시베리아 원주민의 몫은 19세기에 29%로 떨어졌고, 20세기 초에는 10% 이하로 떨어졌다.

도시 인구는 지속적으로 증가했다. 그것은 19세기 중반경 20만 명 정도였으나, 19세기 말경(최초의 러시아 전체 인구조사가 이루어진 1897년경)에는 이미 47만 명을 상회하고, 1917년경에는 약 100만 명에 달했다. 1917년경 블라디보스톡, 이르쿠츠크, 그리고 옴스크의 인구는 10만 명 정도였다. 특히 시베리아 횡단 철도(Trans-Siberian Railway)를 따라 위치해 있는 도시들에서 급격한 인구 증가가 발생했다. 즉 쿠르간(Kurgan), 옴스크, 노보

도표 20.1 1851-1917년 시베리아의 인구 증가

시기	전체 인구	러시아 전체 비율
19세기 중반	270만 명	4.5%
19세기 말(1897년)	570만 명	4.5%
20세기 초(1917년)	약 900만 명	6.0%

니콜라예프스크(Novonikolaevsk. 나중의 노보시비르스크 Novosibirsk), 크라
스노야르스크, 이르쿠츠크, 치타, 그리고 블라디보스톡이 그것들이다. 한
편, 철도에서 멀리 떨어져 있는 도시들, 즉 토볼스크, 톰스크 등과 같은 도
시들은 쇠락하기 시작했다.

급격한 인구 증가는 시베리아의 행정/영역 구분을 빈번하게 변화시켰으
며, 또한 새로운 행정 단위들을 만들어 내게 되었다.

1851년 동부 시베리아 총독 관할하에 새로운 주들이 생겨났다. 즉 트랜
스바이칼리아 주(Transbaikalia. 중심지는 치타 Chita)와 캄차카 주
(Kamchatka. 중심지는 페트로파블로프스크-캄차츠키 Petropavlovsk-
Kamchatskii)였다. 캄차카 주는 1856년 연해주로 재편입되었다. 연해주의
중심지는 니콜라예프스크-온-아무르(Nikolaevsk-on-the-Amur)였으나,
1856년 블라디보스톡으로 바뀌었다. 1858년 아무르 주(Amur Province)가
생겨났고, 그 중심지는 블라고베셴스크(Blagoveshchensk)였다.

1882년 서부 시베리아 총독 관할 관구가 폐지되었다. 토볼스크 주와 톰
스크 주가 페테르부르크 정부에 직접 보고하기 시작했고, 옴스크 주가 새
로 신설된 초원지대 총독(Steppe governor generalship. 중심지는 옴스크
Omsk) 관할하로 들어갔다.

1884년 동부 시베리아 총독 관할 구역은 이르쿠츠크 주 주지사 관할 구

역과 아무르 주 주지사 관할 구역(중심지는 하바롭스크)으로 나뉘었다.

1903년 아무르 주 주지사 관할 구역은 극동 대리 관할 구역(Far Eastern Vicegerency)으로 재조직되었고, 거기에는 새로 신설된 콴퉁 주(Province of Kwangtung, or Kvantun)[93]가 포함되었는데,[94] 그 중심지는 아르투르 항구(Port Arthur)[95]였다. 1905년 아무르 주 주지사 관할 구역이 재설정되었고, 극동 대리 관할 구역과 콴퉁 주는 폐지되었다.

1909년 캄차카 주(중심지는 페트로파블로프스크-캄차츠키)와 사할린 주(중심지는 알렉산드로프스크-사할린스키 Alexandrovsk-Sakhalinskii)가 연해주로부터 분리되어 새로 만들어졌다.

19세기 후반기와 20세기 초의 활발한 시베리아 이주는 대체적으로 인구의 사회적 구성을 변화시키지는 않았다. 일반적으로 말하자면, 그것은 전과 마찬가지로 남아 있었다. 단지 몇몇 장소에서만 고용된 노동자들이 기능 장인의 자리에 오를 수 있었고, 또한 몇몇 다른 변화들이 숫자가 더 많은 사회 집단들, 즉 농민들과 코사크족들에게서 일어났다.

시베리아에서 산업적 생산이 출현함과 동시에 지역 경제에 혁명적인 결과가 일어나면서, 기능 장인들은 서서히 노동자들에 의해 대체되었다. 1917년경 시베리아에서 고용된 노동자들의 숫자는 약 70만 명이었다. 그중 약 30만 명은 산업적 프롤레타리아의 일부를 형성하고 있었다. 즉 그들은 대형 공장, 더 작은 공장, 석탄 광산, 운송 등에서 일했다. 노동자들의 생활수준은 일하는 장소와 기술 수준에 달려 있었다. 숙련된 노동자들은 비숙련 노동자들보다 2-3배 더 받았다. 대체로 시베리아 노동자들의 임금은

---

93) 저자 주: 콴퉁 주는 러시아가 청나라로부터 30년 동안 임대받은 섬에 신설되었다.
94) 역자 주: 콴퉁 주는 관동 주(關東 州)를 말한다.
95) 역자 주: 아르투르 항구는 여순(旅順) 항을 말한다.

유럽 쪽 러시아 노동자들보다 더 높았다. 예를 들면, 20세기 초에 철도 노동자들의 평균 월급은 약 20루블이었지만, 시베리아 횡단 철도 노동자들은 약 45루블을 받았다. 노동자들 대부분의 작업 및 생활 여건은 어려웠다(장시간 일하고, 숙소는 집단 거주 막사이거나, 저급한 집이었다).

그 시기에 농민들은 계속해서 주력 인구 집단으로 남아 있었다. 알렉산드르 2세의 개혁의 결과로써, 시베리아 농민들은 더 이상 국가 소유 농민, 캐비닛 농민 등으로 구분되지 않았다. 반대로 19세기 말과 20세기 초에 시베리아로의 집단적 이주로 말미암아 시베리아 농민들이 '구(舊) 이주민(스타로질리 starozhily)'과 '신(新) 이주민(노보시올리 novosyoly)'으로 구분되는 결과를 낳았다. 대체로 '신 이주민'의 생활수준은 훨씬 낮았다. 양질의 토지들은 이미 선점되었기 때문에, 신 이주민들은 개척해 쓸 수 있는 지역들로 이주하였고, 그들은 단지 한 가족당 15제샤치나의 땅을 할당받았다(과거에는 농민 남자 1명에게 주어진 양이었다). 이로 말미암아 가난한 농민들과[96] 가난한 농촌 마을들이 생겨나게 되었고, 그것들은 점차 농민들 사이에서 사회적 긴장을 고조시켜 나가게 만들었다.

시베리아 코사크족은 19세기 후반기 동안 상당히 두드러진 성장을 해왔다. 이 시기 동안 새로운 지역들이 러시아 영토로 합병됨에 따라, 3개의 코사크족 군대가 기존의 시베리아 코사크족 군대에 추가로 더 만들어졌다. 트랜스바이칼 코사크족 군대(1851년), 아무르 코사크족 군대(1858년), 우수리(Ussurii) 코사크족 군대(1889년)가 그것이다. 이들 군대는 농민들 중에서 충원되었다. 코사크족 사람들은 국경선을 따라 배치되었고, 일반 농민들보다 더 좋은 토지를 할당받았다. 시베리아에서 코사크족에게 할당된

---

96) 저자 주: 가난한 농민들은 '구 이주민'사회에서 아주 드문 사례였다.

도표 20.2 1851–1917년 시베리아의 영역 구분(주 단위)

1851–1856년
- 서시베리아 총독부 관할: 토볼스크, 톰스크, 옴스크
- 동시베리아 총독부 관할: 이르쿠츠크, 예니세이스크, 야쿠츠크, 트랜스바이칼, 캄차카

1856–1858년
- 서시베리아 총독부 관할: 토볼스크, 톰스크, 옴스크
- 동시베리아 총독부 관할: 이르쿠츠크, 예니세이스크, 야쿠츠크, 트랜스바이칼, 프리모르스크(Primorsk)

1858–1882년
- 서시베리아 총독부 관할: 토볼스크, 톰스크, 옴스크
- 동시베리아 총독부 관할: 이르쿠츠크, 예니세이스크, 야쿠츠크, 트랜스바이칼, 아무르, 프리모르스키

1884–1903년
- 토볼스크, 톰스크
- 이르쿠츠크 주지사 관할: 이르쿠츠크, 예니세이스크, 야쿠츠크
- 아무르 주지사 관할: 트랜스바이칼, 아무르, 프리모르스키(Primorskii)

1903–1905년
- 토볼스크, 톰스크
- 이르쿠츠크 주지사 관할: 이르쿠츠크, 예니세이스크, 야쿠츠크
- 극동 대리 관할: 트랜스바이칼, 아무르, 프리모르스키, 관둥

1905–1909년
- 토볼스크, 톰스크
- 이르쿠츠크 주지사 관할: 이르쿠츠크, 예니세이스크, 야쿠츠크
- 아무르 주지사 관할: 트랜스바이칼, 아무르, 프리모르스키

1909–1917년
- 토볼스크, 톰스크
- 이르쿠츠크 주지사 관할: 이르쿠츠크, 예니세이스크, 야쿠츠크
- 아무르 주지사 관할: 트랜스바이칼, 아무르스크(Amursk), 프리모르스키, 캄차카, 사할린

평균 토지는 20제샤치나였다. 사회적 계층화는 농민들보다 코사크족 사이에서 덜 두드러져 있었다. 1917년경 시베리아에는 코사크족이 50만 명을 넘어서고 있었다(트랜스바이칼 군대에 26만 5,000명, 시베리아 군대에 17만 명, 아무르 군대에 5만 명, 우수리 군대에 3만 5,000명). 코사크족은 국경 수비대로, 또는 도시에서도 복무하고 있었다. 그들은 1853-1855년 크림 전쟁 동안 시베리아 방어에, 1850-1880년 중앙아시아 정복 전쟁에, 1900년 중국 의화단의 난 진압 작전에, 러-일 전쟁에, 그리고 제1차 세계대전에 참여했다.

시베리아로의 활발한 이주와 그에 따른 시베리아 인구 증가는 시베리아의 경제발전 가속화를 위한 좋은 조건을 만들어 주었다.

19세기 후반기와 20세기 초에 화물 운송 산업은 시베리아 경제발전에 커다란 역할을 했다. 그 당시 증기선들이 강을 오가는 수단으로 널리 퍼져 있었다. 시베리아의 모든 커다란 강들에서 선박 및 부두들이 건설되었다. 예를 들면, 19세기 말경 아무르 강에는 56척의 증기선들이 있었으나, 1917년경에는 300척 이상의 증기선들이 있었다. 1917년 2월 혁명이 일어났을 때, 시베리아는 러시아 전체 증기선의 7.5%를 차지하고 있었다. 특히 연해주가 합병되고 블라디보스톡에 부동 항구와 해군기지가 건설된 후, 바다 항행 역시 발전해 나갔다. 20세기 초에 태평양에는 약 80척의 러시아 선박들이 있었다.

1891년 우랄 산맥 지역의 첼랴빈스크(Cheliabinsk)로부터 태평양의 블라디보스톡까지 약 7,500km에 달하는 기나긴 시베리아 횡단철도가 건설되기 시작했다. 첼랴빈스크와 크라스노야르스크 사이의 구간과 블라디보스톡과 하바롭스크 사이의 구간은 1897년까지 건설되었다. 이 야심찬 건설에는 바이칼 호수에서 얼음을 깨며 승객과 화물, 그리고 기차를 함께 날랐

그림 20.1 아무르 강의 선미 수륜선 '컬럼버스(Columbus)'호

던 쇄빙선이 동원됐으며, 또한 만주를 횡단하는 동청(東淸) 철도[97] 노선 구간이 포함되었다. 트랜스바이칼리아 지역에는 또 하나의 노선이 있었는 데, 카림스크(Karimsk) 역[98]과 쉴카(Shilka) 강의 스레텐스크(Sretensk) 역 사이의 구간이었다. 1905년 시베리아 횡단 철도에서 가장 복잡하고 어려 운 구간인 바이칼 호 남단까지의 300km 구간이 완성되었다. 그것은 러시 아 건설 공사 역사상 독보적인 기념물이 되었는데, 터널만 40개가 넘었고, 또한 주랑(柱廊), 벽, 다리 등의 많은 다른 복잡한 건축물들이 포함되어 있 었다.

시베리아 횡단철도가 완성되었지만, 시베리아에서의 철도 건설은 계속

97) 저자 주: 동청 철도는 청나라 정부와의 협약에 의해 1896년과 1900년 초 사이에 트랜스바이 칼의 카림스크(Karimsk) 역으로부터 연해주의 니콜스크-우수리스키(Nikolsk-Ussuriiskii) 역까지 만주를 횡단하여 건설되었다. 그것은 블라디보스톡으로부터의 거리를 단축시켜 주었 고, 또한 러시아가 만주로 진출하는 발판이 되었다.

98) 역자 주: 오늘날 치타(Chita) 옆에 있는 자바이칼 변경주의 카림스키 지구(Karimsky district)이다.

진행되었다. 1904년 에카테린부르그로부터 옴스크까지의 노선이,99) 그리고 타이가(Taiga)라 불렸던 역으로부터 톰스크까지의 지선이 완공되었다. 1911년 노보니콜라예프스크(Novonikolaevsk)로부터 세미팔라틴스크(Semipalatinsk)까지의 노선이 바르나울과 비이스크(Biisk) 사이의 지선과 함께 완공되었다. 다음해 타타르스크(Tatarsk)와 쿨룬다(Kulunda) 사이의 노선이 완공되었다. 같은 해 옴스크와 카림스크 사이의 시베리아 횡단철도가 복선화되었다. 1916년 트랜스바이칼리아에 있는 쿠엔가(Kuenga) 역과 하바롭스크 사이의 노선이 보치카레보(Bochkarevo)로부터 블라디보스톡까지의 지선과 함께 완공되었고, 또한 유르가(Yurga)로부터 쿠즈네츠크 분지(Kuznetsk Basin)에 있는 콜추기노(Kolchugino)100)까지의 노선이 완공되었다. 쿠엔가와 하바롭스크 사이의 노선이 완공됨으로써, 이전에 만주를 경유해야만 했던 경로를 택하지 않고도 러시아 영토 전체에 걸친 여행이 가능해졌다. 1916년 콜추기노와 쿠즈네츠크 사이의 노선과 아친스크(Achinsk)와 아바칸(Abakan) 사이의 노선 건설이 시작되었다.

시베리아 횡단철도는 시베리아의 경제발전에 새로운 활력소가 되었다. 철도 왕래와 수로 항행에 따라 새로운 산업들이 나타났다. 즉 석탄 채굴, 철도 작업, 선박 건조, 건설, 목재 산업과 어업 등이 나타났다. 도시들에서는 발전소들이 건설되기 시작했다. 옛날 광산 산업 중에서는 금광만이 안정적으로 운영되고 있었다.

철도 건설은 석탄 공급에 의존하고 있었다. 19세기 말경 석탄 채굴 산업은 시베리아의 일부 지역들에서 시작되었다. 큰 탄광들은 연해주의 수찬

---

99) 저자 주: 에카테린부르그에서 튜멘(Tiumen)까지의 구간은 19세기 말경에 완공되었다.
100) 역자 주: 오늘날 케메로보 주의 레닌스크-쿠즈네츠키(Leninsk-Kuznetsky)이다.

그림 20.2　시베리아 횡단철도의 아르히포프카 역(Arkhipovka Station)

(Suchan)[101]에, 쿠즈네츠크 분지에 있는 안제로-수드젠스크(Anzhero-Sudzhensk)에, 그리고 콜추기노에 있었다. 석탄 생산이 빠르게 증가했다. 18년 동안 100배 이상 성장했다. 1895년 생산량이 2만 톤이었다가, 1913년경 이미 200만 톤을 넘어섰다. 1912년 가장 유명한 시베리아 광산 지대인 쿠즈네츠크 분지에 '코피 쿠즈(Kopi Kuz. 쿠즈네츠크 탄광)'로 알려진 합자회사가 설립되었다. 코피 쿠즈는 대규모 탄광 독점회사가 되었다. 그러나 전체 러시아 제국의 석탄 생산 중 시베리아가 차지하는 몫은 단지 8%에 지나지 않았다. 철도 보수 작업장들이 커다란 역들에 설치되었다. 이들 중 큰 작업장들은 옴스크, 노보니콜라예프스크(노보시비르스크), 크라스노야르스크, 이르쿠츠크 부근의 인노켄테프스카야(Innokentevskaia) 역, 치타, 그리고 블라디보스톡에 있었다. 제1차 세계대전 동안, 시베리아에서 가장 큰 철도차량 생산 공장이 블라디보스톡에 세워졌는데, 종업원만 5,000명이

---

101) 역자 주: 수청(水淸) 또는 소성(蘇城)이며, 현재 러시아의 파르티잔스크(Partizansk)이다.

넘었다.

배를 만들고 수리하는 조선소들이 모든 주요 시베리아 강들에 세워졌다. 이들 중 큰 조선소들은 옴스크, 크라스노야르스크, 바이칼 호의 리스트베니치나야(Listvenichnaia) 마을, 그리고 스레텐스크에 있었다.

19세기 말 국가의 재정지원을 받은 극동 선박 수리소(Far East Ship Repair Works)가 블라디보스톡에 지어졌다. 그것은 시베리아에서 가장 큰 수리소로 종업원이 5,000명을 넘었다. 그것은 선박 수리 이외에도 기계류 등을 생산하기도 했다.

어업은 극동에서 급속히 발전하고 있었다. 20세기 초 극동에서 매년 약 20만 톤의 물고기들이 잡혔는데, 그것은 러시아 제국 전체 어획량의 약 15%에 달하는 것이었다.

시베리아 횡단철도의 건설은 금광 개발에도 박차를 가했다. 금 추출 산업은 2개의 합자 회사, 즉 '러시아 금광 회사(Russian Gold Mining Company)'와 '레나 금광 회사(Lena Gold Mining Company. 즉 렌졸로토 Lenzoloto)'에 집중되어 있었다. 새로운 장비와 첨단 기술들이 금 생산 공정에 도입되었다. 즉 채굴기, 수압 모래 분사기 등이다. 1908년 러시아에서 제일 큰 금광 회사인 '렌졸로토'는 러시아-영국 합작회사로 재편성되었고, 그 수입의 70%가 '레나 금광(Lena Goldfields)'으로 불린 영국 회사에 귀속되었다. 결과적으로 시베리아에서 금 생산의 지속적인 성장이 있었다. 1910년경 연간 평균 생산량은 35톤으로, 러시아 전체 금 생산량의 75%를 차지했다. 그러나 특기할 것은 진짜 금 생산량이 공식적인 숫자보다 더 많았다는 사실이다.

일부 산업의 비약적인 발전에도 불구하고, 1917년경 시베리아는 대체로 낙후된 지역으로 남아 있었다. 러시아의 전체 산업적 생산 중 시베리아의

그림 20.3 시베리아 금광채굴의 신(新)기술

몫은 단지 3.5%에 불과했다.

19세기 말과 20세기 초에 농업은 시베리아 경제에서 주도적인 분야를 이끌어가면서 전진해 나가고 있었다. 이 시기 동안 농민들에 의한 개간지가 지속적으로 늘어나고, 또 거대한 농민 식민지화의 결과로 개간지는 2,000만 제샤치나에서 4,600만 제샤치나로 늘어났다. 게다가 수백만 제샤치나 이상의 시베리아 땅이 개인 소유였으며, 이것들 또한 주로 농업생산에 이용되었다.

이 시기에 자연환경이 좋은 4개의 농업 지역들이 발전해 갔다. 이것들은 시베리아 서부의 삼림-초원 지대, 카자흐 초원 지대와 인접한 지역, 알타이 지역, 예니세이 강의 미누신스크 분지(Minusinsk Basin), 그리고 블라고베셴스크(Blagoveshchensk) 인근 지역이었다. 이들 지역들은 시베리아의 곡창 지대로 변모해 갔다.

구 이주민들과 일부 신 이주민들을 포함한 농민들은 서구식 경작 방식으로 농장을 발전시켜 나갔다. 그 서구식 방식은 새로운 영농기계들(트랙터, 증기 탈곡기, 여러 날 달린 쟁기 등)과 신 기술을 이용하여 더 많은 수확을 거두는 것이 가능하도록 해주었다. 시베리아 농민들은 러시아에서 팔린 모든 농기계류의 약 25%를 사들였다.

결과적으로 농업생산은 급속히 발전하기 시작했다. 19세기 중엽 시베리아에서 140만 톤의 곡식이 수확됐는데, 20세기 초엽에는 700만 톤 이상으로 증가했고, 이것은 러시아 전체 생산량의 16%에 해당했다. 이중 약 130만 톤은 시베리아에서 다 소화할 수 없었으므로 유럽 쪽 러시아로 수출되었다.

가축 양육 산업의 발전은 특화된 산업(버터 생산)의 출현으로 이어졌다. 러시아의 모든 버터 생산 공장의 50% 이상이 시베리아에 위치해 있었고, 시베리아산 버터는 모든 러시아산 수출 버터의 약 90%를 차지했다.

> 외국 시장으로 수출하는 우리 버터 전체는 시베리아산 버터 생산 성장에
> 전적으로 그 토대를 두고 있다. 시베리아에서의 버터 제조는 우리에게 시
> 베리아 전체 금 제조 산업이 만들어 내는 금의 2배 이상의 가치를 가져다
> 주고 있다.
>
> - 1906-1911년 재직한 러시아 총리 스톨리핀(P. A. Stolypin)

시베리아 횡단철도의 건설 이후에, 싼 시베리아산 농작물이 공급되자, 유럽 쪽 러시아 농민들은 심각한 경쟁 상태에 놓이게 되었다. 1897년 정부는 소위 '시베리아 관세(Siberian tariff)'라는 것을 도입하도록 설득당하고 있었다. 그것은 횡단철도를 통해 유럽 쪽 러시아로 들어오는 시베리아산

그림 20.4　서부 시베리아 쿠르간(Kurgan)의 냉장 버터 저장고

곡물과 버터에 세금을 증가해 매기는 것으로,[102] 1913년까지 지속되었다. 이것은 시베리아의 경쟁자들로부터 유럽 쪽 러시아 생산자들을 보호하기 위한 행동이었다.

시베리아 횡단철도의 건설은 화물 운송비용을 5-6배까지 낮추어 줌으로써 시베리아 무역 발전을 촉진시켰다. 무역 시장(야르마르키 yarmarki)은 무역 발전의 주도적인 방법이 되었다. 가장 큰 무역 시장 중 하나는 이르비트 시장(Irbit Fair)으로, 19세기 말 러시아 전체에서 두 번째로 중요한 시장이었다. 이르비트 시장에서는 1870-1880년 사이에 연간 거래 총액이 4,000-6,000만 루블에 달했다.

그러나 대체적으로 시베리아에서는 소규모 무역이 여전히 성행했다. 시베리아 기업의 약 75%가 연간 이익으로 1,000루블을 넘지 못했다. '시베리아 관세' 역시 어느 정도 무역이 발전하는 것을 방해했다. 대규모 사업가들도 그리 많지 않았다. 20세기 초에 단지 약 70명의 사업가들만이 100만 루블 이상의 자본을 갖고 있었다.

---

102) 저자 주: 이 특별 수입 관세는 수차례 재심에 넘겨졌다가, 1906년 상당히 세율이 감소되었다.

동시에 시베리아 사업가들은 자선사업에도 적극적이었다. 이르쿠츠크에서 가장 유명한 사업가들은 바자노프(I. M. Bazanov), 마쿠쉰(I. N. Makushin), 수카초프(V. P. Sukachov), 트라페즈니코프(I. N. Trapeznikov) 등이었다.

> 어떤 다른 시베리아 도시들도 이르쿠츠크처럼 그렇게 빛나고, 또 교육받은 부르주아들을 자랑할 수는 없었다. 이르쿠츠크는 부르주아들이 사회 자선 단체 설립에 많은 재정적 기부를 함으로써, 또한 과학, 문학, 그리고 공적인 일들에 있어서 수많은 지적 재능들을 대를 이어 제공함으로써 스스로 영광스러워졌다.
>
> – 시베리아의 정치 평론가이자 과학자인 포타닌(G. N. Potanin)

19세기 말엽 협동조합 운동이 시베리아 사업계의 새로운 형태가 되었다. 그것은 가장 커다란 계급인 농민들 사이에서 인기가 있었다. 협동조합은 다양한 형태의 경제적 활동을 위해 만들어졌다. 소비자 협동조합은 가장 널리 퍼진 형태로, 1917년까지 시베리아 농가의 83%를 포함하고 있었다. 1916년 모든 시베리아 협동조합들은 전체 시베리아 조직인 '할인 구매(자쿠프스비트 Zakupsbyt)'로 통합되었다. 그 당시 협동조합의 몫은 전체 시베리아 상품 유통의 50% 이상을 차지하고 있었다.

19세기 말엽 시베리아 원주민들의 삶에도 약간의 변혁이 생겨났다. 즉 부분적으로 더 나아지기도, 또 부분적으로 더 나빠지기도 했다.

한편으로, 시베리아 원주민의 활동 분야가 넓어졌다(농사, 광산에서의 임금 노동 등). 그들은 새로운 도구들(총, 낚시 그물, 큰 작살 등)을 사용하기 시작했다. 그들의 일상생활은 점점 변화되었다. 러시아식 옷, 집, 증기탕, 그

그림 20.5 이르쿠츠크 페스테로프(Pesterov) 거리의 근대식 옷 가게

리고 가재도구들이 널리 사용되게 되었다.

　다른 한편으로, 동화(同化) 과정이 빠르게 진행되기 시작했다. 교통의 발달과 함께 시베리아 원주민이 사는 장소들은 접근이 용이해지면서, 개발이 강화되고 있었다. 소위 '사회 병(social disease)'들이 그들 사이에 퍼지기 시작했다. 즉 성병, 알코올 중독, 천연두 등이다. 이것은 원주민 인구, 특히 북부 소수 민족들의 인구 감소로 이어졌다.[103] 일부 민족들은 거의 멸종 선상에 다다른 것으로 보인다.

103) 저자 주: 시베리아 원주민 인구가 적게나마 증가한 경우는 – 50년 이상 10만 명 미만으로 – 남부 시베리아 민족들에게서 일어났다.

제21장
문화와 과학의 발전

19세기 말엽과 20세기 초엽 시베리아에서의 교육은 상당히 발전하였다. 이 시기에 주요 교육 체계는 초등 교육, 중등 교육, 고등 교육, 직업 훈련 교육, 개방형 학습 교육, 여성 교육 등으로 이루어져 있었다.

초등 교육은 초등학교가 모든 시베리아 교육 기관들의 90% 이상을 차지하고 있었으므로 시베리아에서 주도적인 형태였다. 국립, 시립, 교회 설립, 선교회 설립 등 여러 형태의 초등학교들이 발달되었다. 교과 과정과 학습 기간은 1-3년으로 다양했다. 20세기 초엽 시베리아에는 약 4,000개의 초등학교가 있었는데, 그중 교회 설립 학교가 주도적으로 전체의 약 50%를 차지했다.

고등학교의 주요 형태는 8년제의 김나지움(gymnasium. 대학 입학을 위한 고전적인 예비학교)이었다. 1864년 정부는 중등학교의 불완전한 형태로 4년제 프로김나지움(progymnasiums)을 만들었다. 여기에서는 초등학교 교과과정에 따라 학습이 이루어졌다. 여기를 졸업하면 입학시험 없이 김나지움의 5학년으로 들어갈 수 있었다. 1877년 진짜 학교(real school)가 추가되었는데, 여기에서는 수학, 물리, 화학 등과 같은 고급 과학 과목들을 가르쳤다. 5학년부터 시작되는 진짜 학교 학생들은 다른 주요 과목들(기계학, 화학, 상업 등)에 전문화할 수 있었다. 졸업생들은 기술 교육 연구소들에서 공부를 계속할 수 있는 자격을 받았다. 19세기 말엽과 20세기 초엽에 시베리아에는 17개의 김나지움, 5개의 진짜 학교, 그리고 14개의 프로김나지움이 있었다. 다음 15년 동안 이런 형태로 수십 개의 새로운 교육기관들이 문을 열었다.

시베리아에 대학 교육이 등장한 것은 바로 이 시기였다. 1888년 시베리아 최초의 대학인 톰스크 대학이 문을 열었다. 1899년 동방학 연구소(Institute of Oriental Studies)가 블라디보스톡에 문을 열면서 시베리아의 동방학 연구 중심지가 되었다. 이 연구소는 중국어, 일본어, 한국어, 몽골어, 티베트어 등의 전문가들을 길러 냈다. 1900년 톰스크 기술 연구소가 문을 열었다. 이곳은 시베리아 산업과 교통을 위한 기술자들을 길러 냈다. 1916년 니콜라이 2세 황제는 이르쿠츠크에 또 하나의 대학을 설치하는 법안에 서명했지만, 혁명이 일어나는 바람에 1918년 문을 열게 되었다.

19세기 말엽과 20세기 초엽 직업 훈련 교육의 범위가 상당히 넓어졌다. 그것은 다양한 분야의 활동을 포함하면서 저급부터 고급까지 수준이 나뉘었다.

직업 학교는 철도 노동자, 광부, 금속 장인 등을 위한 훈련 교육을 제공했다. 그런 학교들이 시베리아의 많은 도시들에서 문을 열었다. 즉 옴스크, 톰스크, 크라스노야르스크, 이르쿠츠크, 치타, 블라고베셴스크, 블라디보스톡 등이었다.

훈련받은 정비공, 기차 운전사, 선생, 수의사, 관리, 성직자 등이 필요해졌다. 교통, 기술, 농업, 교육자 훈련, 신학 등에 전문화된 고급 직업 훈련 학교들, 그리고 대학과 연구소들이 문을 열었다. 20세기 초엽 시베리아에서 가장 크고 중요한 직업 훈련 학교들은 블라디보스톡의 해양 학교(Maritime School), 블라고베셴스크의 강 학교(River School), 이르쿠츠크와 하바롭스크의 철도 대학(Railway College), 이르쿠츠크의 군사 학교(Military

School), 옴스크의 사관학교(Cadet School) 등이었다.[104]

19세기 말엽과 20세기 초엽 이렇게 배움의 기회가 열리면서 이런 조치들이 상당히 활성화되었다. 이 시기에 많은 도시와 마을들에 일요 학교(Sunday school), 저녁 학급(evening class), 사교 클럽(social club) 등의 다양한 배움의 기회가 만들어졌다. 그것들은 성인과 아동들에게 읽기와 쓰기를 가르치는 것을 포함한 교육활동에 기여했다.

여성 교육은 특별한 형태의 사업이었다. 그것은 19세기 중엽 시베리아에 처음 등장했는데, 1857년 이르쿠츠크와 토볼스크에 숙녀 학원(Institutes for Young Ladies)이 문을 열었다.[105] 이후 곧 교회가 운영하는 여성 대학들(women's colleges)과 비(非)종교적인 여성 김나지움과 프로김나지움들이 문을 열었다. 20세기 초엽까지 약 50여 개의 여성 교육기관들이 다양한 수준으로 문을 열었다. 그것들은 전체 학생 수의 약 28%에 해당하는 약 4만 명 이상을 교육시켰다.[106]

교육의 발전 덕분에 시베리아에서 문자 해득 인구수는 지속적으로 증가하고 있었다. 1897년 최초의 러시아 전체 인구조사에서 시베리아 인구의 12.5%가 문자 해득자로 등록되었다. 1917년경 이 숫자는 이미 27%로 상승했다. 대도시들, 특히 톰스크와 이르쿠츠크는 교육 중심지로 남아 있었다. 19세기 초엽과 20세기 말엽 그것들은 각각 68개와 45개의 교육기관들을 보유하고 있었다.

그러나 이런 교육의 적극적인 양적 개선에도 불구하고, 시베리아는 유럽

---

104) 저자 주: 제1차 세계대전 동안 임시적으로 초급장교 양성을 위한 일부 군사 학교와 대학들이 시베리아에서 문을 열었다.

105) 저자 주: 시베리아에서 여성을 위한 최초의 교육기관은 메드베드코바 고아원(E. I. Medvedkova's Orphanage)이었는데, 1838년 초엽 이르쿠츠크에서 문을 열었다.

106) 저자 주: 이 숫자에는 초등학교에 다니는 소녀들이 포함되었다.

쪽 러시아에 비해 열세가 뚜렷했는데, 유럽 쪽 러시아에서는 1897년 인구의 22.5%가 문자 해득자였고, 이 숫자는 1919년 47%로 상승했다. 시베리아에서 교육의 발전은 젬스트보(zemstvos)의 부재 때문에 상당한 방해를 받고 있었다.[107]

19세기 말엽에서 20세기 초엽까지 시베리아의 문화생활에는 많은 새로운 일들이 생겨났다. 1857년 각 주마다 주 통보(州 通報. 구베른스키에 베도모스티(Gubernskie vedomosti) 같은 일련의 정기 소식지들이 등장했다. 이후 곧 독립적이면서 전문적인 신문들이 많이 생겨났다. 가장 영향력 있고 인기 많은 신문들은 이르쿠츠크에서 발행되는 《동부 리뷰(Eastern Review. 보스토치노예 오보즈레니에 Vostochnoe obozrenie)》와 톰스크에서 발행되는 《시베리아 헤럴드(Siberian Herald. 시비르스키 베스트닉 Sibirskii vestnik)》였다. 도서관 업무에도 상당한 발전이 있었는데, 모든 주요 시베리아 정착촌들에서 대중들에게 대여하는 도서관들이 등장했다.

박물관도 개설되었다. 시베리아에서 최초의 박물관은 1877년 미누신스크에서 문을 열었다. 20세기 초엽 박물관은 트로이츠코사프스크(Troitskosavsk), 네르친스크, 미누신스크 등과 같이 그 지역의 중심지에 자리 잡았다.

예술계에서도 엄청난 발전이 있었다. 시베리아에서 최초의 전문적인 연극 극장이 1891년 이르쿠츠크에서 문을 열었다. 이후로 시베리아의 주요 도시들에서 극장들이 문을 열었다. 미술과 건축도 발전하고 있었다. 다양한 미술 전시회들이 정기적으로 시베리아 도시들에서 개최되었다. 이르쿠츠크의 시장인 수카초프(V. P. Sukachov)는 최초로 시베리아 미술 박물관

---

107) 저자 주: 젬스트보는 1864년 알렉산드르 2세의 개혁의 일부로서 유럽 쪽 러시아에 소개된 선출제 지방 자치회였다.

을 설립했다.

블라디미르 플라토노비치 수카초프(Vladimir Platonovich Sukachov, 1849-
1920년): 이르쿠츠크의 관리 집안에서 태어난 그는 1867년 이르쿠츠크의
김나지움을 졸업하고 키예프 대학에 들어갔다. 1870년대에 그는 키예프
대학 과학 학과(Science Department)와 페테르부르크 대학 법학과를 졸업
했다. 1880년 이르쿠츠크로 돌아왔다. 1881-1885년 이르쿠츠크 시 위원회
위원으로 선출되었다. 1885-1898년 시장으로 일했다. 그는 공공 서비스와
문화적 시설 조성 등 시의 발전에 커다란 공헌을 했다. 수시로 재정적 기부
를 하면서 새로운 교육기관들의 설립을 주도했다. 극장, 러시아 지리학회
건물 등을 포함한 많은 공공 건물들이 여전히 도시를 우아하게 장식해 주
고 있었는데, 이것들은 모두 그의 주도로 지어진 건물들이었다. 그는 제법
큰 개인 소장 미술 컬렉션을 만들었고, 또한 시베리아에서 최초의 대중적
인 미술 갤러리를 만들었다. 1898년 그는 아내의 건강 때문에 시장직을 사
임하고 페테르부르크로 떠났고, 거기에서 잡지, 앨범, 엽서 등을 발행하면
서 시베리아를 알리는 일에 종사했다. 그는 이르쿠츠크 시의 명예 시민으
로 선출되었다. 1917년 그는 크리미아(Crimea)로 은퇴하여 그곳에서 죽었
다.

시베리아의 문화 발전에 중요한 역할을 한 것은 교육, 의료, 산업 등의 다
양한 그 지역 사회 분야에 의한 것이었다. 예를 들면, 1863년 이르쿠츠크의
동부 시베리아 의사 협회(Society of Doctors of East Siberia), 1867년 이르쿠
츠크의 러시아 기술 협회 동부 시베리아 지부(East Siberian branch of the
Russian Technical Society) 등이었다. 그들은 수많은 교육 활동에 참여했다.

그림 21.1 1891년 이르쿠츠크 시립 극장

　19세기 하반기와 20세기 초엽 시베리아 자체에 대한 활발한 연구가 계속되고 있었다. 이 시기 동안 시베리아의 지질학, 동물학, 식물학, 기후학, 지형학, 민족지학, 언어학, 고대사 등의 분야에서 더 자세하고 심도 깊은 연구가 이루어졌다. 이런 연구를 수행하는 중심에는 러시아 과학원(Russian Academy of Sciences)이, 특히 이르쿠츠크, 옴스크, 그리고 하바롭스크에 1851년, 1877년, 그리고 1894년 차례로 자리 잡은 러시아 지리학회 (Russian Geographical Society) 동부 시베리아 지부, 서부 시베리아 지부, 그리고 연해주 지부가 포함돼 있었다. 이외의 다른 연구들은 시베리아 총독부, 최초의 시베리아 고급 교육기관들, 시베리아 연구 협회(Society for Siberian Research. 오브쉬체스트보 포이주체니우 시비리 Obshchestvo poi-zucheniiu Sibiri), 아무르 지역 연구 협회(Society for Research into the Amur Region. 오브쉬체스트보 이주체니야 아무르스코보 크라야 Obshchestvo izuchniia Amurskogo kraia), 그리고 지역 전문가 협회로부터 이루어졌다. 이런 모든 조직들이 시베리아를 탐사하고 연구하는 원정대들을 정기적으로 조직했다.

아르세니에프(V. K. Arsenev), 포타닌(G. N. Potanin), 프르제발스키(N. M. Przhevalskii), 라들로프(V. V. Radlov) 등과 같은 세계적으로 유명한 과학자들이 이런 연구 과정에 많은 기여를 했다.

폴란드 정치 망명자들인 디보우스키(혹은 디보프스키 B. I. Dybowski), 체르스키(I. D. Cherskii) 등 또한 시베리아 연구에 중요한 역할을 했다.

당시 시베리아 연구의 결과는 현재까지도 그 타당성을 인정받아 왔다. 그래서 시베리아에 대한 더 깊고 넓은 연구의 단단한 기초가 되었다.

바실리 바실레비치 라들로프(Vasilii Vasilevich Radlov. 1837-1918년): 귀족 가문에서 태어났고, 언어학을 공부하러 독일로 갔다. 러시아로 돌아온 후, 그는 1858-1871년 바르나울에서 교편을 잡았다. 1871-1884년 그는 지역 학교 장학관이었다. 1858-1898년 동안 그는 남부 시베리아와 투르케스탄에 수차례 답사 여행을 하면서 연구했다. 그는 남부 시베리아와 중앙아시아의 고대사를 공부하기 시작하면서 시베리아의 투르크어족 민족들에 대해 언어, 민족지학, 역사 등을 연구하게 되었다. 그는 기본적인 과학적 저작물인《남부 시베리아에 사는 투르크어 부족들의 방언(The Dialects of the Turkic Tribes Living in South Siberia)》과《준가르 초원(Dzungar Steppe)》의 저자이다. 덴마크 학자인 톰센(V. Tomsen)과 함께 그는 시베리아 민족들의 고대 투르크어 글자들('오르혼-예니세이 비문. Orkhon-Yenisei Inscriptions')을 해독함으로써 세계적으로 유명해졌다. 1884년 그는 러시아 과학원의 회원으로 선출되었다. 그는 페테르부르크에 있는 인류학 및 민족지학 박물관(Museum of Anthropology and Ethnography)의 설립자이자 초대 관장이었다.

그림 21.2 이르쿠츠크의 러시아 지리학회 건물

베네딕트 이바노비치 디보우스키(Benedict Ivanovich Dybowski, 1833-
1930년): 폴란드에서 귀족 가문으로 태어난 그는 1860년 도르파트 대학
(Dorpat Univ.)을 졸업하고 동물학 박사 학위를 받아 바르샤바 대학교의
동물학 교수가 되었다. 그는 폴란드 독립운동에 참여하였고, 1863-1864년
폴란드 봉기에 참여한 것 때문에 시베리아로 유배되었다. 그는 바이칼 호
의 쿨툭(Kultuk)이란 마을에서 유배 생활을 했다. 러시아 지리학회의 동부
시베리아 지부의 지원을 받은 그는 바이칼 호에 대한 식생대, 깊이 측정,
수온과 수위 변화, 화학적 구성 등 포괄적인 연구를 하기 시작했다. 1870년
그는 이 연구로 러시아 지리학회로부터 금메달을 수여받았다. 1876년 사
면을 받아 폴란드로 돌아가도록 허용받았으나, 자발적으로 시베리아에 남
았다. 1879-1883년 페트로파블로프스크-캄차츠키에서 의사로 일하면서
캄차카를 탐사하는 데 적극적이었다. 1884년 러시아로부터 오스트리아-헝
가리 제국으로 이주해서 1906년까지 르보프 대학(Lvov Univ.)에서 교수로
일했다.[108] 그는 많은 과학적 저작물들의 저자였다. 1928년 그는 러시아
과학에 기여한 공로로 소련 과학원의 준회원에 선출되었다.

---

108) 역자 주: 르보프는 현재 우크라이나 서부 도시 리비우(Lviv)이다.

제22장
시베리아의 사회생활 – 1905-1907년
혁명기의 시베리아

19세기 후반기에 시베리아의 사회생활은 더 활발해졌다. 1860-1870년 전문적이면서 교육적인 다양한 협회, 위원회 등이 아주 급속히 출현했다. 시베리아의 독립된 언론은 지역뿐만 아니라, 러시아 전역에 걸친 사건들에 대한 넓은 토론을 펼치면서 사회생활 발전에 있어서 특히 중요한 역할을 담당했다. 그것은 대중 여론을 적극적으로 만들어내기 시작했으며, 비판적 성향이 특징이었다. 최초의 독립된 신문인 〈아무르(Amur)〉는 1860년 이르쿠츠크에서 발행되었다가 그 비판적 성향 때문에 1862년 지방 당국에 의해 문을 닫았다. 시베리아 독립 언론의 타협하지 않는 자세는 그것이 사회에서 상당한 인기와 영향력을 갖고 있다는 것을 말해 주고 있었다. 〈동부 리뷰(Eastern Review)〉와 〈시베리아 헤럴드(Siberian Herald)〉는 특히 영향력 있는 신문들이었다. 언론의 이 같은 반항적인 자세는 대체로 정치 유배자들, 폴란드인들, 1860년대 과격주의자들, 대중 인민주의자들, 자유주의자들, 마르크스주의자들 등의 적극적인 역할에 기인한 것이었다.

19세기 말엽 시베리아에 독립적인 지방분권주의 운동이 출현했다(시비르스코에 오블라스트니체스트보 Sibirskoe oblastnichestvo). 정치 유배자들과 독립 언론은 이 운동에 영향을 미쳤다. 당시 시베리아에서는 젬스트보가 도입되지 않는 등 알렉산드르 2세의 개혁이 불완전하게 실시되고 있었다. 시베리아 지방분권주의의 창시자들은 포타닌(G. N. Potanin), 야드린체프(N. M. Yadrintsev) 등의 시베리아 대중 운동가들이었다.

시베리아 지방분권주의자들의 주요 이념은 1882년 출판된 야드린체프의《식민지로서의 시베리아(Siberia as a Colony. 시비르 카크 콜로나야 Sibir kak koloniia)》에 의해 공식화되었다. 저자는 시베리아에서는 광범위한 역사적 시기에 걸쳐서 하나의 특별한 인간형, 즉 적극적인 사업가적 인간형이 발전돼 왔다고 주장했다. 동시에 러시아는 시베리아를 계속해서 식민지로 생각해 왔으므로 그 발전이 인위적으로 방해받아 왔다. 그래서 시베리아는 시베리아 발전을 위한, 그리고 시베리아인의 창조적 활동을 위한 우호적인 조건들을 창조해 낼 수 있는 정치적 자치를 필요로 했다. 야드린체프의 견해에서 볼 때 시베리아에서 문화 발전을 용이하게 하기 위해서는 젬스트보를 도입하는 것 또한 필요한 것이었다.

이 책은 시베리아와 유럽 쪽 러시아 양쪽 모두에서 대중적으로 엄청난 영향을 미쳤다. 그 이념은 시베리아의 지식 계층, 상인, 그리고 중류 계급 사람들 사이에 퍼졌다. 독립된 언론 역시 시베리아 지방분권주의자들의 이념을 옹호했다. 이것은 특히 야드린체프 자신이 설립한 〈동부 리뷰〉의 실상이었다. 그것은 협회 회원들을 위한 대변자 역할을 맡아 했다.

그리고리 니콜라예비치 포타닌(Grigori Nikolaevich Potanin. 1835-1920년): 시베리아 코사크족 장교 가문에서 태어난 그는 옴스크에 있는 시베리아 사관학교(Siberian Cadet School)를 졸업하고 시베리아 코사크족 연대의 장교로 복무했다. 1858-1862년 페테르부르크 대학에서 공부했고, 1863-1864년 러시아 지리학회가 조직한 알타이 지역 자이산 호수(Lake Zaisan) 원정대에 참여하여 호수에 대한 자세한 탐사와 기록을 달성했다.

1865년 시베리아를 러시아로부터 분리시키려 했다는 혐의로 체포되어 투옥당했다. 그는 유럽 쪽 러시아 북쪽에 있는 볼로그다 주(Vologda Province)에 1874년까지 유배당했다. 유배생활이 끝나고 시베리아로 돌아왔다. 1876년 그는 북서부 몽골 지역과 투바 지역 원정대에 참여했으며, 1884-1886년과 1892-1894년 몽골과 중국 지역 원정대에 참여했다. 그는 시베리아에서 수차에 걸친 원정대를 조직했으며, 이를 통해 지리학, 지질학, 민족지학, 식물학 등에 관한 매우 귀중한 자료들이 모아졌다. 또한 중앙아시아 식생대의 가장 자세한 식물표본들을 수집해 놓았고, 또 새로운 많은 식물종들을 발견해 냈다. 1886년 러시아 지리학회로부터 금메달을 수여받았다. 그는 오브루체프(V. A. Obruchev)와 체르스키(I. D. Cherskii)를 불러들여 시베리아를 연구하도록 했다. 그들은 모두 그를 이어 세계적으로 유명한 과학자가 되었다. 1886-1890년 그는 이르쿠츠크에 있는 러시아 지리학회 동부 시베리아 지부의 수장이 되었다. 1890년대에 페테르부르크로 옮겨 살았고, 이후 톰스크로 옮겨가 톰스크 주의회에서 일했다. 그는 공적인 일에도 매우 적극적인 참여자였다. 그는 시베리아 연구 협회(Society for the Study of Siberia), 수많은 박물관과 전시장들, 그리고 톰스크에 여성을 위한 고급 교육 과정들을 만들어 놓았다. 그는 시베리아 생활의 다양한 문제들에 대해 수많은 비판적 기사들을 썼으며, 또한 시베리아 지방분권주의의 창안자이자 지도자 중 한 사람이었다. 1905-1907년 공산혁명 시기 동안 그는 시베리아 지방 연합(Siberian Regional Union. 시비르스키 오블라스트노이 소유즈 Sibirskii oblastnoi soiuz)의 수장이었다. 1917년 그는 제1 시베리아 지방의회(First Siberian Regional Congress)의 시베리아 행정집행 위원회(Siberian Executive Committee) 위원장으로 선출되었다. 이 위원회는 시베리아 지방의회(시비르스카야 오블라스트나야 두마 Sibirskaia oblastnaia duma) 선거를 조직하고, 또 발전된 시베리아 정부의 헌법 초안을 만드는 임무를 위임받았다.

19세기 말엽과 20세기 초엽 시베리아에 새로운 정치 조직들이 생겨났다.[109] 이것들은 정치적 유배자들이 만든 작은 사회-민주적 협회들, 그리고 혁명 지향의 사회주의자 협회들이었다.

1901년 톰스크, 크라스노야르스크, 이르쿠츠크에 있는 사회-민주적 협회들이 시베리아 사회 민주 연합(Siberian Social Democratic Union)을 만들기 위해 통합하였고, 1908년까지 활동하였다. 이 연합은 러시아 사회 민주 노동당(RSDWP. Russian Social Democratic Workers' Party)의 지부인 것을 선언했다. 그것은 시베리아 노동자들 사이에 계급의식을 고취시키고, 정치적 자유를 선전하고, 또한 시베리아 마르크스주의자들을 하나의 단일 조직으로 통합시키는 작업들에 매진했다. 이 연합은 불법적인 마르크스주의 저작물과 광고 전단지들을 살포하면서 시베리아 도시들에서 사회 민주적 집단들을 만들어 유배된 마르크스주의자들을 도왔다. 1903년 러시아 당이 볼셰비키와 멘셰비키로 분열된 후에도, 시베리아에서 사회 민주당원들의 통합된 조직들은 계속해서 활동을 이어나갔다.

20세기 초엽 사회주의 혁명당(SR. Sicialist Revolutionary Party)의 지하 조직들이 시베리아에 그 모습을 드러내기 시작했다. 그들은 다른 이념적 관점에서 비슷한 활동들에 매진하고 있었다.

시베리아 사람들은 1905-1907년 처음 일어난 러시아 제1혁명(First

---

109) 저자 주: 아마도 시베리아에서 최초의 정치조직은 1881-1882년 김나지움 선생인 네우스트로예프(K. G. Neustroev)가 이끈 이르쿠츠크의 대중 인민주의자 서클(Populist Circle. 나로드닉 Narodnik)이었을 것이다. 이 서클은 정치적 유배자들을 돕기 위한 뜻으로 설립되었다. 곧 그것은 탄압받았고, 그 지도자는 처형되었다.

Russian Revolution)에 매우 적극적이었다. 전국적인 요인과는 별도로, 그 움직임은 또한 특별한 지방적 고통에 대한 저항이었다. 시베리아 사람들은 1897년 자신들의 수출에 대해 정부가 징벌적 관세를 도입하려는 것에, 시베리아가 유럽 쪽 러시아와 비교하여 계속적으로 뒤처져 있다는 사실(젬스트보의 부재, 1864년 개혁 입법 조치의 늦고 불완전한 도입 등[110])에, 러−일 전쟁의 진행 방향에, 그리고 점점 커지고 있는 일본의 위협 등에 불만을 갖고 있었다. 그들은 또한 독립적인 언론에 의해, 그리고 정부에 대해 강한 반감을 갖고 있는 지방분권주의자들 및 정치 유배자들에 의해 커다란 영향을 받고 있었다. 이와는 별도로, 정치 유배자들은 본질적으로 혁명 경험을 갖고 있었으므로 시베리아 사람들이 정부 당국에 반대해 싸우는 것을 쉽게 만들어 주고 있었다.

결과적으로, 시베리아는 처음 일어난 러시아 제1혁명의 온상 중 하나가 되었고, 혁명은 아주 힘차게 진행되어 나갔다. 다양한 정치세력들이 그 안에 포함돼 있었는데, 무정부주의자들로부터 자유주의자들 및 지방분권주의자들까지 망라하고 있었다. 이들의 혁명 활동 형태들은 아주 다양했다.

시베리아 혁명가들은 혁명 이념의 선전과 보급에 많은 주의를 기울였다. 그들은 많은 양의 선전물을 인쇄하였고, 나중에는 신문도 발행했는데, 이 모든 것들이 요구하는 것은 혁명적 투쟁이었다. 이런 투쟁을 위해 무역 노조 설립, 집회, 데모 등이 이루어졌다.

니콜라이 2세의 '10월 선언(October Manifesto, 1905년 10월 17일)' 이후,

---

110) 저자 주: 개혁 입법 조치는 러시아에 유럽식 관행들을 도입하는 것으로서, 시베리아에서는 1890년대에 부분적으로 실시되었다. 시베리아는 2개의 재판 관할 지역으로 나뉘어 있었다. 즉 이르쿠츠크와 옴스크 재판정(수데브니에 팔라티 sudebnye palaty)이었다. 이보다 낮은 수준의 재판정(오크루즈니에 수디 okruzhnye sudy)들이 또한 바르나울과 기타 지역 중심지들에 설치되었다.

무역 노조의 정치활동이 공식적으로 허용되자, 같은 해 10-11월 농민, 철도 노동자, 인쇄공, 우편 노동자 등의 노조들이 시베리아의 다양한 지역들에서 설립되었다. 이들 모두는 적법한 모든 러시아 노조들의 지부였으며, 정부에 대한 그들의 정치적 반대 노선을 따르고 있었다. 이보다 조금 이른 1905년 8월 시베리아 지방분권주의자들은 포타닌을 수장으로 하는 시베리아 지방 연합을 결성했다. 이 연합은 시베리아에 젬스트보의 도입을 위해 로비했는데, 그것은 시베리아에 지방자치를, 그리고 시베리아 지방의회 설립을 위한 것이었다.

이런 모든 활동은 상당수의 시베리아 사람들 사이에 반(反) 정부 감정을 확산시키는 데 기여했으며, 또한 혁명가들이 시베리아에서 수많은 커다란 사건들을 조직할 수 있도록 해주었다.

예를 들면, 시베리아 사람들은 파업에 적극적이었다. 혁명 이전 십여 년 동안(1895-1905년), 파업은 단지 321번 있었으며, 약 4만 5,000명이 참여했었다. 그러나 1905년 한해에만 347번의 파업이 일어났고, 또 참가자도 7만 명 이상이었다. 시베리아 사람들은 1905년 10월에 벌어진 전국적인 정치적 파업에 특히 적극적이었는데, 그 당시 시베리아 횡단철도 노동자들, 전신(電信) 노동자들, 인쇄공들, 선생들, 학생들, 법률가들, 서기들, 그리고 기타 노동자들 전체가 파업에 들어갔다.

10월 파업 이후, 혁명가들은 아친스크(Achinsk), 바르나울, 블라디보스톡, 이르쿠츠크, 크라스노야르스크, 노보시비르스크, 하바롭스크, 치타 등지에서 노동자와 병사들을 대표하는 소비에트(soviets)를 만드는 데 성공했다. 소비에트는 혁명 세력들이 그것을 통해 스스로 조직해 나가는 수단이 되었다. 가장 중요한 혁명적 행동들은 소비에트가 형성되었던 곳들에서 정확히 일어났다.

혁명가들의 선전선동에 의해 영향받은 병사들이 수많은 시베리아 국경 수비대들에서 반란을 일으키기 시작했다. 즉 톰스크, 하바롭스크, 이르쿠츠크, 스레텐스크 등 기타 다른 도시들에서였다. 1905년 말엽 병사들을 대표하는 소비에트들이 일부 구성되었다. 1905년 12월 크라스노야르스크와 치타에서는 병사들이 권력 장악 시도에 참여했다. 1906년 1월 블라디보스톡과 니콜라예프스크-온-아무르(Nikolaevsk-on-the-Amur)에서는 군대의 무장봉기가 일어났다.

가장 큰 반란은 블라디보스톡에서 일어났다. 1905년 10월 30-31일 황제의 10월 선언에 대해 논의하기 위한 대중 회합에 참석하려는 수병 등의 병사들을 군지휘관들이 막아서자 최초의 반란이 일어났다. 봉기는 계속 이어졌다. 블라디보스톡 수비대 중 약 1만 5,000명의 병사들이(전체의 25%) 봉기에 참여했다. 봉기에는 대규모 파괴와 학살, 무질서가 동반되었다. 군지휘관들이 1차 봉기를 급히 진압해 냈다. 그러나 1906년 1월 10-16일 2차 봉기가 일어났는데, 그것은 1905년 1월 페테르부르크에서 일어난 '피의 일요일(Bloody Sunday)' 희생자들을 기념하는 평화적인 집회자들에게 군대가 총을 발포함으로써 일어났다. 2차 봉기에는 32연대와 포병 중대 병사들이 포함돼 있었다. 그들은 블라디보스톡을 장악하고 봉기를 이끄는 집행위원회를 구성했다. 도시 내에서는 믿을 만한 군대가 없었으므로, 정부는 봉기를 진압하기 위해 만주에 주둔 중인 군대를 데려와야만 했다.

정치적 테러가 시베리아 사람들 사이에서 혁명투쟁의 주도적 형태 중 하나가 되었다. 테러를 행하는 자들은 주로 무정부주의자들과 사회주의 혁명당(SR) 사람들이었다. 이 혁명 기간에 걸쳐, 수십 번의 테러 행위들이 정부 인사들에 대해 저질러졌다. 최악의 테러 행위들은 1906년 악몰린스크(Akmolinsk) 주지사인 리트비노프 장군(General Litvinov)의 살해 사건,

1905년 이르쿠츠크 경찰청장 드라고미로프(Dragomirov)의 살해 사건, 그리고 같은 해 이르쿠츠크 부지사 미쉰(Mishin)의 중상 상해 사건이었다.

대체적으로 혁명은 시베리아 발전에 커다란 쓴 맛을 안겨주었다. 그것은 많은 시베리아 도시들에서 대규모 테러와 파괴, 학살을 동반했다. 예를 들면, 1905년 10월 톰스크의 '검은 백인대(Black Hundred)' 조직(일명 쵸르노소트니에 chornosotnye. 왕정의 과격한 지지자들)은 학살을 자행하여 약 300명의 사람들이 살해당했다. 러시아 군대 내에서 혁명적 생각을 가진 병사들 또한 주둔해 있던 만주에서 돌아오는 길에 수차에 걸쳐 지나치는 기차역들에서 학살을 자행했다. 혁명 기간에 범죄적 행위들 또한 빈번하게 일어났다.

혁명 투쟁의 결과로, 시베리아 지방 당국들은 서서히 정치적 상황에 대한 통제를 잃어가기 시작했다. 이런 과정은 특히 10월 선언과 러시아 전체에 걸친 정치적 파업들이 일어난 이후에 분명해졌다. 노동자들과 병사들을 대표하는 소비에트들이 크라스노야르스크와 치타를 장악한 후 1905년 10월 소위 '크라스노야르스크 공화국(Krasnoiarsk Republic)'과 '치타 공화국(Chita Republic)'이 등장했다.

크라스노야르스크에서 노동자와 병사를 대표하는 하나의 연합된 소비에트가 10월 9일 구성되었다. 사회주의 혁명당, 사회민주 노동당, 그리고 당이 없는 혁명가들이 거기에 참여하였다. 이 연합 소비에트는 도시에서의 권력을 즉각적으로 장악하는 것이 목표였다. 반란 세력들은 주 인쇄소를 장악하여 자신들의 신문 〈크라스노야르스크 노동자(크라스노야르스키 라보치 Krasnoiarskii rabochii)〉를 발행하기 시작했고, 그것을 통하여 사람들에게 자신들의 행위에 대해 알렸다. 이 연합 소비에트는 경찰과 헌병들을 해산시키고 평화를 지키는 군대를 조직했다. 그것은 먼저 철도에 대한 통제권을 장악했다. '크라스노야르스크 공화국'은 1906년 1월 3일 유럽 쪽 러시아로부터 온 레드코 장군(General Redko) 군대에 의해 봉기가 와해될 때까지 존속하였다.

치타에서도 역시 1905년 11월 28일 혁명가들이 노동자, 병사, 그리고 코사크족을 대표하는 하나의 단합된 소비에트를 구성했다. 이 소비에트 구성원들은 크라스노야르스크의 구성원들과 비슷했다. 이 소비에트는 사회민주 노동당의 바부쉬킨(I. V. Babushkin), 쿠르나토프스키(V. K. Kurnatovskii), 그리고 코스투쉬코-볼루유자니치(A. A. Kostushko-Voluiuzhanich)에 의해 이끌어졌다.

이반 바실레비치 바부쉬킨(Ivan Vasilevich Babushkin, 1873-1906년): 볼로그다 주(Vologda Province)의 농민 가정에서 태어난 그는 10세 때 페테르부르크에 도착하여 일하기 시작했다. 1891-1896년 그는 페테르부르크에 있는 세미안니코프 공장(Semiannikov Factory)의 노동자였다. 그는 일요학교(Sunday school)에 나갔고, 거기에서 레닌을 포함한 마르크스주의자들을 만났다. 1894년부터 그는 혁명운동에 관여하고 있었다. 그는 1898년부터 사회민주 노동당(RSDWP) 회원이었고, 사회민주 노동당이 분열된 후 그는 볼셰비키가 되었다. 1897년 그는 혁명 활동 때문에 3년간 예카테리노슬라프(Yekaterinoslav, 즉 드네프로페트로프스크 Dnepropetrovsk)에서 유배당했다. 그는 사회민주 노동당의 지방 지부 설립자 중 한 명이 되었다. 1900-1901년 그는 스몰렌스크(Smolensk)에서 어느 마르크스주의 신문 대리인으로 일했는데, 1901년 체포되어 다시 유배당했다. 그러나 1902년 그는 해외로 탈출하는 데 성공했다. 같은 해 그는 비밀리에 페테르부르크로 돌아왔고, 1903년 다시 체포되어 5년 동안 야쿠츠크 주에 있는 베르호얀스크(Verkhoiansk)에서 유배당했다. 1905년 그는 사면받아 이르쿠츠크에 왔고, 거기에서 사회민주 노동당 지방위원회 위원이 되어 혁명에 관여했다. 1905년 말경 그는 치타로 옮겨가 '치타 공화국'의 지도자가 되었다. 1906년 1월 그는 봉기를 확산시킬 목적으로 이르쿠츠크에 무기를 운송하는 임무를 맡았다. 그는 바이칼 호수에 있는 슬류단카(Sliudianka) 역에서 토벌군에 의해 체포되어 미소바야(Mysovaia. 이제는 그를 기념하여 바부쉬킨 Babushkin으로 부른다)에서 총살당했다.

소비에트 형태를 하고 무장을 한 노동자 소대들은 숫자가 2,000명에 달하면서 철도에 대한 통제권을 장악하고 하루 8시간 근무제를 도입했다. 또한 그들은 대중들에게 알리기 위해 〈트랜스바이칼 노동자(Transbaikal Worker. 자바이칼스키 라보치 Zabaikalskii rabochii)〉 신문을 발행했다. 1905년 12월 7일 소비에트는 경찰을 무장 해제시키고, 무기고를 접수하고, 행정부를 제거하는 등 실제적으로 도시 권력을 장악했다. 치타에서 노동자 소대들과 병사들은 질서를 유지시켰다. 소비에트는 악명 높은 아카투이(Akatui) 감옥소에서 모든 정치범들을 석방했다. 1906년 1월 22일 '치타 공화국'은 만주로부터 도착한 렌넨캄프(P.K. Rennenkampf) 장군 부대에 의해 무너졌다.

1906년 초엽 정부 당국은 시베리아에서 다시 질서를 회복하는 데 성공했으나, 여전히 군대의 도움이 필요했고, 또 어려움이 많았다. 이제 그들은 1897년 부과했던 시베리아 관세를 근본적으로 폐지해야만 했고, 그것은 결국 시베리아인들이 자신들의 권리를 위해 싸웠던 투쟁에서 중요한 승리를 거두었다는 것을 의미했다. 시베리아에서의 사건들은 러시아가 입헌군주국이 되도록 하는 데 중요한 공헌을 한 것이었다. 이후로 곧 시베리아에서의 혁명은 눈에 띄게 후퇴하기 시작했다. 예를 들면, 1906년 2만 2,000명이 참가하고 131번의 파업이 일어났지만, 1907년 전체에 걸쳐 1만 2,000명이 참가하고 단지 75번의 파업이 일어났을 뿐이었다.

시베리아의 혁명 후퇴기에서 가장 중요한 사건은 1907년 10월 16-17일 블라디보스톡에서 일어난 봉기였다. 그것은 1907년 봄 이후로 사회주의 혁명당과 사회민주 노동당의 불법적 군대 조직에 의해 준비돼 왔었다. 그러나 그것은 일부 혁명가들의 체포로 말미암아 충분히 준비될 수 없었다. '스코리(Skoryi)', '세르디티(Serdityi)', '트레보즈니(Trevozhnyi)' 등의 어뢰정 부대들과 공병대대의 병사들이 이 봉기에 참여했다. 그러나 봉기는 곧 진압되었다.

러시아 제1혁명의 결과로써 러시아가 입헌군주제로 전환한 것은 지방의 사회-정치적 생활을 부흥시키는 결과를 낳았다. 러시아 정치 정당들의 지방 지부들이 설립되었고, 시베리아 사람들은 정치활동에서 중요한 역할을 담당했다. 주목할 만한 본보기는 네크라소프(N. V. Nekrasov)의 경우인데, 그는 톰스크 출신 교수로 입헌 민주당(Liberal Constitutional-Democratic Party. 일명 '카데트 Cadet')의 지도자들 중 한 명이었다.

니콜라이 빗사리오노비치 네크라소프(Nikolai Vissarionovich Nekrasov. 1897-1940년): 러시아 정교 신부 집안에서 태어난 그는 1902년 페테르부르크 철도 공학원(Institute of Railway Engineers)을 졸업했다. 그는 해외에서 2년을 보낸 다음 톰스크 기술원(Technological Institute)의 교수가 되었다. 그는 1905년부터 카데트 당 당원이었고, 그 당의 입헌 의회(Constituent Congress)에도 참여했다. 1909-1917년 그는 그 당의 중앙 위원회(Central Committee) 위원이었다. 1910년부터 프리메이슨(freemason) 단원이었던 그는 새로운 러시아 국가 의회인 국가 두마(State Duma)에서 3-4회기 동안 톰스크 주를 대표하는 의원으로 선출되었다. 1916년 그는 국가 두마의 부의장으로 선출되었다. 니콜라이 2세 체제에 반대하던 그는 공화국을 세우는 것을 선호하고 있었다. 1917년 2월 혁명 이후, 그는 임시정부에서 철도장관, 재무장관, 부수상에 임명되었다. 1917년 7월 정국에서 좌파 세력들이 폭동을 일으키는 동안 그는 카데트 당을 떠났고, 1917년 8월 임시정부의 모든 직으로부터 물러났다. 10월 혁명 이후, 그는 러시아에 머물러 있었는데, 통계학자로 일한 다음 모스크바 대학에서 학생들을 가르쳤다. 1921년 그는 체포되었다가 레닌의 사적인 지시로 풀려났다. 1930년 그는 다시 체포되어 소위 '러시아 사회 민주 노동당 중앙 위원회 사건'에 연루된 죄목으로 징역 10년형을 선고받았다. 그는 모스크바-볼가 강 운하 건설 징벌 노동에 동원되었다가 1933년 풀려났다. 그러나 그는 여전히 운하 건설 노동을 계속 이어나갔다. 1939년 그는 다시 체포되었고, 이후 곧 총살당했다.

이 당시 시베리아에서 일어난 사건중 가장 중요한 것은 1912년 레나 강 사건(Lena Events)이었는데, 이것은 러시아와 해외에서도 악명이 높았다. 레나 강에 있는 보다이보(Bodaibo) 금광에서 극도로 열악한 생활조건에 시달리던 노동자들이 파업을 일으키기 시작했다. 레나 금광회사(Lena Goldfields Company)에 속한 이 금광은 노동자들로 하여금 터무니없이 비싼 가격으로 저질의 식료품을 구매하도록 강요했으며, 또한 개별 거래도 금지했다. 노동시간은 보통 하루 13-14시간이었고, 나날이 생활은 어려워져갔다. 1912년 2월 29일 파업이 시작됐고, 곧 금광 거의 전체에 퍼져 나갔다. 파업 노동자들은 하루 8시간 노동, 임금 30% 인상, 식료품 공급 개선 및 생활조건 개선 등을 요구했다. 정부 당국은 파업 위원회 위원들을 체포했고, 4월 4일 경찰이 시위대에 총을 발포했다. 250여 명이 죽고 270여 명이 부상당했다.

이 사건은 널리 알려지게 되었다. 이 사건은 국가 두마, 즉 의회에서 논의의 주제가 되었고, 또한 러시아 전체에 걸쳐 커다란 사회 불안과 소요를 불러일으켰다. 이 사건에 대한 공식적인 조사에서 금광 노동자들이 수치스러울 정도로 폭압적인 조건 속에서 살아왔다는 사실이 폭로되었다.

제7부
혁명과 내전기(1917-1922년)의 시베리아

제23장
1917년의 시베리아

1917년이란 해는 러시아 역사를 군주제의 몰락과 볼셰비키의 권력 장악으로 규정 짓게 만들었다. 이 사건들은 시베리아를 포함한 이 거대한 나라와 그 거주민들에 대한 전환점이 되었다는 것을 증명해 주고 있었다.

군주제의 몰락을 가져온 2월 혁명은 제1차 세계대전(1914-1918년)에 의해 촉발되었다. 이 전쟁은 시베리아의 발전에 두 가지 영향을 미쳤다. 한편으로는, 이 전쟁이 시베리아의 경제발전을 가속화시켰다는 사실은 의심의 여지가 없었다. 또 한편으로는, 이 전쟁이 물가 상승과 인플레이션을 이끌었다는 것이다. 수많은 시베리아인들이 군대에 징집되었고, 그들 중 많은 사람들이 죽거나 포로가 되었다. 전쟁으로 잃어버린 영토들로부터 많은 피난민들이 시베리아로 유입되었다. 이 모든 것들이 시베리아인들 사이에서 어떤 긴장과 저항의 분위기를 일으키고 있었다.

1917년경 시베리아인들은 전쟁에 염증을 느끼고 있었으나, 대체로 시베리아는 러시아 황제에 대한 충성심을 유지하고 있었다. 2월 혁명의 발발은 시베리아인들에 관한한, 예기치 못한 사건이었다.

페트로그라드(Petrograd. 이 도시의 이름은 상트페테르부르크란 이름이 다소 독일식 발음이란 이유 때문에 바뀌어졌다)에서의 혁명적 사건에 대한 최초의 뉴스가 시베리아에 전달된 것은 1917년 2월 28일이었다.[112] 시베리아의 주지사들은 이 뉴스를 대중들에게 감추려고 했다. 동시에 그들은 어떠한 집회나 모임도 금지시켰다. 이런 조치들이 더 많은 소문과 사회적 불안을 야기시켰다.

3월 2-5일이 되어서야 혁명의 승리가 사실이라는 것을 시베리아인들은 알게 되었다. 이 뉴스는 도시와 마을들을 열광의 도가니로 만들었다. 많은 집회 참가자들이 그 승리를 지지하기 위해 모였다.

총독, 주지사, 경찰서장, 헌병대장 등이 모두 그 직에서 해임되었다. 공공 안전 위원회(Committee of Public Safety. 줄여서 공안위 CPS)라는 새로운 권력기관이 구성되었다. 이것은 지방정부 위원회, 사회-정치적 조직, 그리고 다양한 정당들의 지방 위원회를 연합한 것을 기초로 설립되었다. 공안 위는 질서를 유지하면서 지방의 정치적 활동을 조직했다. 이런 제도들이 시베리아의 주요 도시들뿐만 아니라, 모든 주와 지역들에 구성되었다.

노동자와 병사들을 대표하는 소비에트들은 도시마다 공안위 주변에 자리잡기 시작했다. 이들 소비에트들은 혁명당, 사회주의 혁명당, 볼셰비키, 멘셰비키, 그리고 무정부주의자들에 의해 구성되었는데, 그들 중에는 시베리아의 감옥이나 유배지에서 풀려난 사람들도 상당수 있었다. 사회주의자들은 공안위나 기타 권력기관들에 대한 통제 수단으로서 소비에트의 역할을 기대하고 있었다.

1917년 3월 러시아 임시정부는 시베리아 모든 지역들에 주지사들 대신, 전권을 가진 인민위원들(plenipotentiary commissars)을 임명했다. 대체로 그들은 시베리아 대중의 뛰어난 대표들이었다. 지역들에 있어서 모든 권력은 그들 손에 달려 있었다. 그들은 이전 정부 행정기구들에 의해 지지받고

---

111) 저자 주: 1917년의 모든 날짜들은 '옛날 식(old style)'으로 적어놓은 것이다. 즉 차르 시절 러시아에서는 율리우스력이 사용되었는데, 이것은 그레고리력이 사용된 유럽과는 대조적인 것이었다. 1917년 당시 율리우스력은 그레고리력보다 12일 늦었는데, 1918년에 폐지되었다.

있었다. 1917년 6월 임시정부는 마침내 시베리아에 젬스트보를 설치했다.

2월 혁명 이후, 러시아의 다른 지역들에서와 마찬가지로 시베리아에서도 정치 세력들이 분열되어 권력투쟁을 시작했다. 1917년 가을 무렵 시베리아에는 2개의 정치 세력들, 즉 부르주아 자유 세력과 사회주의 세력이 생겨났는데, 이 두 세력은 대체로 임시정부를 지지하고 있었다.

임시정부의 첫 진용은 시베리아 지방분권주의자들, 카데트와 10월당(Octobrist parties) 당원들(10월당은 1905년 10월 선언을 지지하여 세워진 당으로 카데트보다 좀 더 보수적이었다), 그리고 시베리아 상공인 대표들로 구성되었다. 인텔리겐챠(Intelligentsia. 교육받고 급진적인 사회-정치적 집단), 관리들, 그리고 부르주아들이 그 주요 지지층을 구성하고 있었다. 임시정부 지도자들은 나라가 무정부 상태로 퇴보하는 것을 방지하고, 또 시베리아의 자치를 위해 더 넓은 권리들을 확보하는 데 목적을 두고 있었다.

이 중산층 진영은 시베리아에 젬스트보를 설치하는 데 성공했으며, 1917년 여름부터 젬스트보를 조직하는 데 적극적인 역할을 했다. 게다가 여름 동안 최초의 시베리아 지방 의회(Siberian Regional Congress)를 위한 준비가 시작됐다. 이 지방 의회는 1917년 10월 8-17일 톰스크에서 열렸다. 각 도시들, 공공 기구들, 무역 노조들, 그리고 볼셰비키를 포함한 모든 정당들의 169명 대표들이 의회에 참가했다. 의회는 미래의 시베리아 자치 헌법을 채택하기 위해 1917-1918년 겨울에 시베리아 입헌 지방 의회(Siberian Constituent Regional Congress. 우치레디텔니 시비르스키 오블라스트노이 세즈드 Uchreditelnyi Sibirskii oblastnoi sezd)를 소집하기로 결정했다. 의회는 또한 미래의 입헌 지방 의회를 준비하고 헌법 초안 작업을 하기 위한 집행 위원회를 구성했다. 집행 위원회는 시베리아 지방분권주의자들의 지도자인 포타닌에 의해 이끌어지고 있었다. 그러나 10월 혁명이 일어나자, 부르주아-자유주의 진영은 완전하게 조직될 수 없었다.

임시정부의 다른 진영은 사회주의 진영으로 사회주의 혁명당 당원들, 볼셰비키와 멘셰비키 당 당원들, 무당파 소비에트 대표들, 그리고 시베리아 협동 운동 대표들로 구성되었다. 사회주의 진영은 노동자, 병사, 그리고 농민들로부터 지지를 얻고 있었다. 원래 그 지도자들은 다음의 목적을 갖고 있었다. 즉 노동자들을 조직 통제하고 군주제의 부활을 막는 것이었다. 게다가 그들은 노동자들의 사회-경제적 권리들(하루 8시간 근무, 민주적 노동 제도 등)을 확대하기를 원했다. 대체로 사회주의 진영은 임시정부 정책들을 지지했지만, 그들은 또한 일관성 없는 그 정책들 때문에 임시정부를 빈번하게 비난했다. 사회주의 진영의 주요 목적은 전(全) 러시아 입헌 의회를 소집하는 것이었으며, 그 의회의 역할은 미래의 민주적 러시아 국가를 위한 헌법을 만들어 내는 것이 될 것이었다. 사회주의 진영 대표들은 시베리아 자치 문제에 대해 만장일치 의견은 아니었다.

사회주의 진영은 그들의 목적을 달성하기 위해, 이미 말했던 바와 같이, 도시들에서는 노동자와 병사를 대표하는 소비에트들을, 또 시골에서는 농민 소비에트들을 구성하는 것을 강화했다. 3월에는 시베리아에 단지 67개의 소비에트들만이 있었지만, 여름이 되자 이미 150개를 넘어서고 있었다. 가을이 되자, 사회주의 진영 지지자들은 전(全) 러시아 입헌 의회 선거를 적극적으로 준비하기 시작했다.

사회주의 진영이 다양한 정치 세력들을 포용하게 되면서 내부 단합이 어려워지게 되었다. 1917년 가을 볼셰비키 당 정책들 때문에 사회주의 진영은 이미 내부적으로 균열이 가기 시작했다. 10월 혁명 무렵 여러 번의 균열이 발생했고, 진영은 혼란과 무질서 상태에 빠졌다.

볼셰비키는 1917년 사태 속에서 특별한 역할을 맡았는데, 그들은 결국

그림 23.1 1917년 3월 이르쿠츠크에서의 혁명 세력 회합

러시아에서 권력을 장악하는 데 성공했다.

처음에는 시베리아에서 볼셰비키는 멘셰비키와 함께 단일화된 사회민주노동당에 남아 있었다. 그러나 1917년 3월 말경 유배자들인 볼셰비키들이 크라스노야르스크에서 중앙 위원회(Central Committee)의 중앙 시베리아 지국(Central Siberian Bureau. 스레드네-시비르스코에 뷰로 Srednesibirskoe Biuro RSDRP)이라는 분리된 위원회를 구성했다. 그것이 볼셰비키의 통제 아래 있었으므로, 4월에 중앙 위원회는 그것을 공식 기구로 승인했다. 중앙 시베리아 지국의 주요 업무는 시베리아에 독립적인 볼셰비키 조직을 만드는 것이었다. 그러나 볼셰비키의 영향력이 약했기 때문에, 8월 말까지도 크라스노야르스크를 벗어나지 못하고 있었다.

1917년 7-8월 페트로그라드에서 열린 제6차 볼셰비키 당 의회(The Sixth Bolshevik Party Congress)는 지방에서 권력을 장악하는 정책을 채택했다. 당 의회는 시베리아의 볼셰비키들이 독립된 조직들을 구성할 것을 요구했으며, 또한 그 임무를 슈먀츠키(B. Z. Shumiatskii)가 이끄는 중앙 위원회의 중앙 시베리아 지국에게 위임했다. 1917년 가을 중앙 시베리아 지국은 사회민주 노동당 중앙 위원회의 전(全) 시베리아 지국(All-Siberian Bureau, 오브쉐체시비르스코에 뷰로 Obshchesibirskoe biuro RSDRP)으로 다시 명명되었다.

당 의회 이후, 시베리아의 볼셰비키들과 멘셰비키들은 이 전 시베리아 지국의 영향 아래 분열되었다. 하나로 단일화되었던 사회민주 노동당 조직은 분열되었고, 볼셰비키 위원회와 세포 조직들이 서서히 시베리아 전체에 걸쳐 구성되었다. 10월 혁명 무렵 시베리아에는 약 1만 명에 달하는 볼셰비키들이 있었다.

보리스 자하로비치 슈먀츠키(Boris Zakharovich Shumiatskii, 1886-1938년): 베르흐네우딘스크(Verkhneudinsk, 오늘날의 울란-우데 Ulan-Ude)에서 노동자 가정에서 태어난 그는 1899년부터 치타에서 일했고, 나중에 시베리아 다른 도시들에서 일했다. 그는 노동자 운동에 참여했고, 1903년부터 사회민주 노동당 당원이었다가 볼셰비키가 되었다. 1905-1907년 혁명기 동안 그는 '크라스노야르스크 공화국'에 참여했으며, 첼랴빈스크(Cheliabinsk), 쿠르간(Kurgan), 이르쿠츠크, 그리고 기타 시베리아 도시들에서의 혁명적인 사태들에 관여했다. 혁명 후에 그는 남미로 이주했다. 1913년 그는 러시아로 돌아왔다가 체포되었다. 1915년 그는 군대에 징집되어 크라스노야르스크에 있는 예비 연대의 군서기로 복무했다. 1917년 그는 크라스노야르스크 소비에트의 부의장이었고, 또한 시베리아의 볼셰비키 중앙 위원회 위원이었다. 그는 제6차 사회민주 노동당 의회에 파견된 대표자였다. 그는 1917년 10월 열린 제1차 전(全) 시베리아 소비에트 의회 (First All-Siberian Congress of Soviets)에서 시베리아 소비에트 중앙 집행 위원회(첸트로시비르 Tsentrosibir)의 의장으로 선출되었고, 또한 시베리아에서 소비에트 정부의 조직가들 중 한 명이 되었다. 1919-1920년 그는 공산당 중앙 위원회의 시베리아 지국(Siberian Bureau)의 위원이었고, 1920년 공산당 중앙 위원회의 극동 지국(Far East Bureau)의 위원이었으며, 극동 공화국(Far Eastern Republic. FER) 내각 위원회 부의장이었다. 1921년 초 그는 극동 공화국으로부터 완충국 상태를 끝내기 위해 다시 부름을 받았다. 1921-1922년 그는 시베리아에서 제5 적군(Fifth Red Army)의 혁명군 소비에트(Revolutionary Military Soviet. 레보엔소베트 Revvoensovet)의 위원이었다. 1923-1925년 그는 이란 주재 소련 대사였다. 1926-1930년 그는 레닌그라드에서 당 활동에 종사하였고, 1920년대 당내 권력투쟁에서 매우 적극적인 역할을 했다. 1930-1937년 그는 공산 정부 예술 위원회 (Communist Government's Arts Committee)에서 일했고, 1938년 체포되어 이후 '인민의 적'으로 총살당했다.

1917년 여름 끝 무렵과 가을에, 시베리아 볼셰비키들은 지배 권력을 획득하기 위해 매우 적극적인 활동에 나섰다. 이런 활동의 주요 방향은 전쟁 반대, 반(反) 정부 운동, 그리고 선전선동이었다. 그들은 중앙에서 만든 볼셰비키 신문들을 시베리아 각 도시와 마을들에 살포했고, 지방 신문과 선전물들을 발행했으며, 또한 집회와 시위운동을 조직했다. 그들은 임시정부와 그 대표들을 격렬하게 비판하면서, 만일 자신들이 권력을 잡으면 즉시 모든 문제들을 해결하겠다고 약속했다. 그들의 구호는 단순하고 이해하기 쉬웠다. 즉 '인민에게 평화를', '노동자에게 공장을', '농민에게 땅을', '소비에트에게 권력을' 등이었다. 서서히 그들은 평화로운 집을 꿈꾸는 노동자와 병사들의 마음을 사로잡는 데 성공했다.

시베리아 수비대 병사들은 볼셰비키 선전선동의 주요 목표였다. 1917년 시베리아에는 25만 명 이상의 병사들이 있었고, 그들은 주로 전방부대를 보강하기 위한 예비 연대들에 있었다. 볼셰비키들은 1917년 존재했던 무제한적 정치적 자유의 이점을 이용하여, 병사들 사이에 전쟁 반대 선전선동을 지속적으로 추구하면서 군부대 내에 자신들의 세포 조직들을 만들어 갔다. 이 작업의 결과, 1917년 가을 시베리아 수비대 병사들은 볼셰비키의 주요 지지 세력이 되었다. 볼셰비키가 시베리아에서 권력을 장악할 때 의지했던 것은 바로 이 수비대 병사들이었다.

동시에 시베리아 볼셰비키들은 노동자 운동에 대한 통제권을 장악하려 노력했다. 노동자들 사이에 자신들의 사상을 선전선동하면서, 볼셰비키들은 멘셰비키들이 장악했던 무역 노조들에 대한 대안으로 큰 산업체들에 공장 위원회들을 구성하기 시작했다. 그들은 일부 공장들에 위원회를 구성하는 데 성공했다. 10월 혁명 시기가 되자, 볼셰비키들은 블라디보스톡, 크라스노야르스크, 기타 몇몇 도시 등에서 노동자들의 강력한 지지를 받게 되었다.

볼셰비키들은 권력을 장악할 목적으로 노동자들 사이에 자신들만의 무장 세력들을 구성하기 시작했다. 1917년 3월초 최초의 시베리아 적위대(Red Guard) 지대(支隊)가 크라스노야르스크에 구성되었다. 이후로 유사한 지대들이 일부 기타 지방 도시들, 특히 광산 도시들에서 나타났다. 대부분의 적위대 지대들은 소규모였다. 10월 혁명 무렵 시베리아에는 단지

6,000명 정도의 적위대가 있었을 뿐이다(러시아 전체 20만 명 이상의 적위대 중에서).

1917년 가을 시베리아 볼셰비키들은 '모든 권력을 소비에트로'란 구호를 주창함으로써 좌파 사회주의 혁명당뿐만 아니라 어떤 정부도 거부하는 무정부주의자들에 대해서도 승리를 거두었다. 이런 정치 세력들의 통합은 소비에트들의 단일화된 전선으로 작용하면서 시베리아에서 발전해 나갔다. 이런 통합은 볼셰비키들이 많은 소비에트들에서 이점을 취할 수 있게 해 주었다.

시베리아 볼셰비키들은 이미 1917년 여름 소비에트에 대한 지배력 장악에 목적을 두기 시작했다. 처음 그들이 장악한 곳은 크라스노야르스크 소비에트였다. 그들은 서서히 나머지 지역들에 영향력을 행사하는 데 성공했다. 즉 6월에는 크라스노야르스크 소비에트만이 '모든 권력을 소비에트로'란 구호를 지지했지만, 9월 24일경에는 나머지 지역들도 지지했다. 그러나 대체로 볼셰비키들은 1917년 10월까지도 시베리아 소비에트들을 볼셰비키로 만드는 데에는 실패했다. 즉 대다수는 중도로 남아 있었다.

제1차 전(全) 시베리아 소비에트 의회(First All-Siberian Congress of Soviets)가 10월 16-23일 이르쿠츠크에서 열렸는데, 이것은 하나의 전환점이었다. 이 의회에는 옴스크부터 블라디보스톡까지 69개 소비에트들의 대표들이 참석했다. 총 184명 대표들 중 사회주의 혁명당이 85명, 좌파 사회주의 혁명당(Left SRs)이 35명, 볼셰비키가 64명, 멘셰비키가 11명, 그리고 기타 당과 무당파들 24명이었다. 의회 기간에 좌파 사회주의 혁명당은 볼셰비키를 지지했다. 의회는 다수결에 의해 '모든 권력을 소비에트로'란 구호를 승인하면서 시베리아 소비에트 중앙 집행 위원회(Central Executive Committee of Siberian Soviets. 즉 첸트로시비르 Tsentrosibir)를 구성했다.

볼셰비키인 슈먀츠키가 그 위원회 의장으로 선출되었다.

이후로 곧 극동 지방 의회(Far Eastern Regional Congress)가 하바롭스크에서 열렸다. 여기에서 볼셰비키인 크라스노쇼코프(A.M. Krasnoshchokov)를 수장으로 하는 지방 소비에트 위원회(Regional Soviet Committee. 크라에보이 코미테트 소베토프 Kraevoi Komitet Sovetov)가 구성되었다.

10월 혁명 이후, 시베리아의 볼셰비키들은 새로운 공산주의 정부인 인민위원회(Council of Peoples' Commissars. 소브나르콤 Sovnarkom. 즉 SNK)의 명령에 따라 권력을 장악하려 시도했지만, 어려운 일이었다. 당시 시베리아에서는 볼셰비키가 인기가 없었다. 1917년 11월 볼셰비키는 입헌 의회 선거에서 10% 미만의 지지를 간신히 받았지만, 사회주의 혁명당은 75% 지지를 받았다. 앞서 말했듯이, 이런 상황에서 시베리아 수비대 병사들은 적위대 지대와 더불어 공산주의자들의 주요 세력이 되었다.

크라스노야르스크 소비에트는 1917년 10월 29일 최초로 권력을 장악하는 데 성공했다. 11월 소비에트 권력이 차례로 옴스크, 이르쿠츠크, 블라디보스톡, 예니세이스크(Yeniseisk) 등에 세워졌다. 12월 톰스크, 바르나울, 노보니콜라예프스크(노보시비르스크), 하바롭스크 등에도 세워졌다. 1918년 2월 말경에는 볼셰비키들이 시베리아 거의 전체에서 권력을 장악했는데, 야쿠티아(Yakutia)만이 예외였다. 거기에서는 얼음이 녹아 레나 강 항해가 가능해지는 1918년 여름 동안만 소비에트 권력이 세워질 수 있었다.

일반적으로 말하자면, 볼셰비키들은 평화적인 방식으로 권력을 장악했다. 적들의 분열과 혼란이 권력 장악을 쉽게 만들어 주었다. 옴스크에서만 무장 세력의 저항을 만났을 뿐이었다. 그들은 유럽 쪽 러시아에서 차출한 적위대의 도움을 받아 그 저항을 진압하는 데 성공했다.

1918년 2월 제2차 전(全) 시베리아 소비에트 의회가 이르쿠츠크에서 열렸다. 거의 모든 소비에트들로부터 온 202명의 대표들이 참가했다. 그들 중 볼셰비키가 123명, 좌파 사회주의 혁명당이 53명이었다. 의회는 '시베리아의 소비에트화'를 선언하면서, 입헌 의회의 무력 해산을 포함한 모든 러시아 인민 위원회의 결정들을 승인하고, 또 시베리아 소비에트 중앙 집행 위원회, 즉 첸트로시비르의 재선거를 결정했다. 이제 첸트로시비르는 전체가 볼셰비키들과 좌파 사회주의 혁명당으로 구성되었고, 그 위원장은 볼셰비키인 야코블레프(N. N. Yakovlev)가 되었다.

1918년 4월 극동의 소비에트 의회(Congress of the Soviets)가 하바롭스크에서 열렸다. 거기에서 볼셰비키인 크라스노쇼코프가 극동 공화국 정부(Far Eastern Government)의 수장으로 선출되었다. 이 정부의 성립으로 시베리아에서의 소비에트 권력 형성이 완료되었다.

알렉산드르 미하일로비치 크라스노쇼코프(Alexandr Mikhailovich Krasnoshchokov. 1880-1937년): 양복점 집안에서 태어나 진짜 학교(real school)를 졸업한 그는 1896년부터 혁명운동에 적극적이었다. 그는 마르크스주의자였으며, 사회민주 노동당(RSDWP) 당원이었다. 1900-1902년 그는 혁명 신문 〈이스크라(Iskra. 불꽃)〉의 대리인으로 일하다가 여러 번 체포되었다. 1902년 그는 독일로 이주했다가 1903년 미국으로 이주하여 페인트공으로 일했다. 1903-1907년 그는 미국에서의 마르크스주의 운동에 관여하여 미국 사회주의 노동자당(American Socialist Workers' Party) 당원이 되었다. 1912년 그는 시카고 대학 법학과를 졸업한 후, 미국 노동조합을 위해 일하다가 피고 측 변호인으로 성공하여 유명해졌다. 1917년 2월 혁명 이후, 그는 블라디보스톡으로 돌아와 볼셰비키 당에 가입했다. 그는 연설가로 유명해져서 블라디보스톡 소비에트 위원으로 선출되었다. 1917

년 10월 그는 극동 정부의 의장으로 선출되어 극동에서의 소비에트 권력을 위한 투쟁을 이끌었다. 소비에트들의 패배 이후, 그는 지하로 잠적했다. 1919년 그는 볼가 강 지역에서 전선을 통과하려다 백군들에게 체포되어 신원 미상자로 이르쿠츠크 감옥에 보내졌다. 1919년 12월 이르쿠츠크에서 봉기가 일어나자, 그는 방면되었다. 1920-1921년 그는 극동 공화국 정부(FER Government)의 설립자이자 공산당 중앙 위원회 극동 지국의 위원이었다. 1921-1922년 그는 러시아 연방(Russian Federation)의 재무부 부장관이었고, 1922-1923년 러시아 연방 산업은행의 의장이었다. 1923년 그는 권력남용 혐의로 체포되어 1924년 6년형을 선고받았다. 그는 당에서도 축출되었다. 1925년 그는 사면되었고, 1926-1937년 소련 농업부(USSR Ministry of Agriculture)에서 다양한 지도자급 위치들에 있었다. 1937년 그는 체포되어 '인민의 적'으로 총살당했다.

니콜라이 니콜라예비치 야코블레프(Nikolai Nikolaevich Yakovlev, 1886-1918년): 모스크바의 보석 제조 가문에서 태어난 그는 김나지움에서 교육받았다. 모스크바 대학에서 공부했으나, 졸업하지는 않았다. 그는 1904년부터 사회 민주 노동당(RSDWP) 당원으로 볼셰비키 진영을 지지하고 있었다. 1905-1907년의 혁명에 적극적이었으며, 그후 직업적인 혁명가가 되었다. 그는 수차례 체포되어 유배당했다. 제1차 세계대전 동안 그는 시베리아의 예비 연대에 징집되어 복무했다. 1917년 그는 사회 민주 노동당 중앙 위원회의 중앙 시베리아 지국 지도자들 중 한 명이었다. 1917년 11-12월 그는 서부 시베리아의 소비에트화를 이끌었다. 1918년 2월 그는 첸트로시비르의 의장으로 선출되었다. 그는 1918년 여름 동부 시베리아에서 소비에트 권력을 유지하는 투쟁을 이끌었다. 소비에트들의 패배 이후, 그는 야

쿠티야로 숨었다가 10월 체포되어 올룍민스크(Olyokminsk) 부근에서 총
살당했다.

제24장
적백내전기(1918-1921년)

시베리아에서 권력을 장악한 볼셰비키들은 러시아 공산주의 정부의 정책 시행에 착수했다.

> 1918년⋯ 우리는 공산주의 생산 및 분배 방식으로 나아가기로 결정했을 때, 한 가지 잘못을 저질렀다.
>
> — 볼셰비키 지도자, 레닌(V.I. Lenin)

정책은 폭력, 몰수, 징발 등의 방식을 통해 수행되었다. 이런 목표를 향한 첫 번째 행동은 식량 생산 및 분배에 대해 노동자들이 통제하는 방식을 도입하는 것이었다. 이런 방식은 노동자가 경영, 재정, 판매, 가격결정 등에 간섭하는 것을 포함하고 있었다. 노동자들의 결정은 경영에 강제적인 요소가 되었다. 시베리아에서 노동자들의 통제가 처음 도입된 것은 1917년 11월 동안 크라스노야르스크의 철도 상점들에서였다. 1918년 전반기에 그것은 그 지역 전체에 걸쳐 확산되었다.

노동자들의 통제는 생산의 붕괴를 불러왔는데, 왜냐하면 무산계급인 프롤레타리아들은 적절한 결정을 내리는 데 필요한 충분한 지식을 갖고 있지 못함으로써 충분한 준비를 할 수 없었고, 또 자신들의 행동에 대해 어떠한 책임도 지지 않았기 때문이었다. 이것은 공장 이익을 훨씬 초과하는 가

파른 임금 상승, 물가 상승, 자격 있는 전문가들 및 다른 방식들의 축출 등을 초래했다.

국유화는 다음 단계의 사회-경제적 변혁이었다. 1917년 말엽과 1918년 초엽 볼셰비키들은 시베리아에서 가장 큰 러시아-아시아 은행(Russo-Asiatic Bank), 시베리아 은행(Bank of Siberia), 그리고 상호 신용 협회(Society of Mutual Credit)를 시작으로 하여 시베리아의 은행들을 국유화했다.

다음 차례는 산업과 운송 분야였다. 크든 작든 모든 중요한 산업체들 및 상업체들(탄광, 공장, 백화점 등)이 국유화되었다. 일부 시베리아 도시들에서는 지방 볼셰비키들이 작은 공예품 공방들 및 작은 상점들까지 모든 것을 국유화했다.

1918년 2월 이런 국유화된 경제를 가동시키기 위해 국가 경제의 전(全) 시베리아 소비에트(All-Siberian Soviet of the National Economy. 소브나르호즈 Sovnarkhoz)가 구성되었다. 3월에는 서부 시베리아 소브나르호즈와 동부 시베리아 소브나르호즈가 분리되어 구성되었고, 이어 그 하부 지방 조직들이 구성되었다. 그러나 자격 있는 전문가들의 부재로 인해, 이런 제도들은 시베리아 경제를 적절히 돌아가게 만들 수 없었다. 그것들은 단지 반(半) 문맹(文盲) 상태로 시베리아 경제를 서서히 파괴하는 데 기여했을 뿐이었다.

농업 분야에서는, 제2차 전(全) 러시아 소비에트 의회(All-Russian Congress of Soviets)가 발포한 토지령(Land Decree)에 따라, 시베리아의 농민들은 국가, 차르의 캐비넷, 그리고 교회가 소유한 모든 토지들을 나눠받았다. 이전에 농민들에게 부과됐던 세금들과 모든 부채들이 폐기되었다. 그러나 이런 방식들은 중요한 효과를 내지 못했는데, 왜냐하면 시베리아에는 충분한 토지가 있었고, 또한 농민들은 이미 1917년 자발적으로 자신들의 빚을 갚기를 중단했기 때문이었다.

> 우리는 혁명이 유럽 쪽 러시아 농민들에게 준 것을 시베리아 농민들에게
> 줄 수 없었다.
>
> — 볼셰비키 지도자, 레닌

1918년 1월 볼셰비키 지도자 블라디미르 레닌의 명령에 따라, 시베리아 볼셰비키들은 소위 프로드라즈뵤르스트카(prodrazverstka)라 부르는 농산물 징발을, 그리고 무역 제한을 실시하기 시작했다. 곡물에는 고정 가격이 매겨졌는데, 시장 가격보다 6배나 낮았는데도 불구하고 곡물의 사적 거래는 금지되었다. 일부 시베리아 도시들에서 지방 볼셰비키들은 모든 식량 거래를 금지시키려고 했는데, 이것은 도시 생활자에게나, 자신의 생산물을 시장에 팔아 생계를 유지하는 교외 농민들에게나, 모두에게 고통스런 영향을 미치는 것이었다. 볼셰비키들은 소위 프로도트랴드(prodotriady)라 부르는 곡물 징발대를 구성했다. 1918년 한해 동안 104만 톤의 곡식이 이런 방식으로 시베리아에서 징발당했다.

이런 사회-경제적 조치들은 식량과 가재도구의 부족뿐만 아니라, 고삐 풀린 인플레이션과 물가 상승, 경제적 무정부 상태, 생산의 붕괴 등을 일으켰다. 이것은 시베리아 경제생활의 거의 전면적인 마비 상태를 초래했고, 또 볼셰비키를 지지했던 사람들에게조차도 견디기 어려운 쓰라린 감정을 불러일으켰다.

볼셰비키들의 국가 권력에 의한 재산 강탈, 시베리아에서 부정적 효과를 가져온 그들의 사회-경제적 정책, 그리고 그로 인해 시베리아에서 약해진

그들의 영향력은 적백내전에 시베리아인들이 적극적으로 개입할 수밖에 없는 불가피한 상황을 만들어 냈다. 시베리아는 그 진원지들 중 하나가 되었다. 1918년 5월 적백내전이 시작된 곳이 시베리아였다. 1922년 10월 적백내전이 끝난 곳도 바로 시베리아였다. 시베리아에서 적백내전은 특히 제어할 수 없을 정도로 맹렬했다.

1917년 말엽부터 1918년 초엽까지 시베리아에서 적백내전의 최초의 온상들이 자라나기 시작했다. 그들 모두는 소비에트 권력이 특정 지방 환경과 결합되어 생겨나게 되었다. 볼셰비키들은 통상 타협을 통해 어렵사리 그들을 그럭저럭 진압해 왔다. 그러나 가장 심각한 것은 이르쿠츠크에서 일어난 봉기와 세묘노프(Semionov)의 활동이었다.

그리고리 미하일로비치 세묘노프(Grigori Mikhailovich Semionov. 1890-1946년): 코사크족 가문에서 태어난 그는 오렌부르그(Orenburg) 코사크족 군사 학교를 졸업하고 코사크족 장교로 제1차 세계대전에 참전했다. 10월 혁명 이후, 그는 동부 시베리아에서 볼셰비키들에 대항하는 투쟁을 조직하는 데 적극적이었다. 1918년 9월 체코슬로바키아 군대의 지지를 받은 그는 트랜스바이칼리아에서 권력을 장악하고 자신의 개인적 독재체제를 이루어 놓고 있었다. 그는 트랜스바이칼 코사크족 무장 세력의 아타만(ataman. 코사크족 용어로 사령관)이었고, 또 일본군과도 연관돼 있었다. 1918년 말엽 그는 '러시아국 수반(Supreme Governor of Russia)'인 콜착 제독(Admiral Kolchak)의 권력을 인정하기를 거부했다. 그러나 이 두 백군 세력 사이의 갈등은 연합국 간섭 세력들의 압력과 지원으로 해소되었다. 1919년 봄 일본군의 지원을 받은 그는 서부 트랜스바이칼리아(부랴티아 Buriatia), 몽골, 그리고 티베트를 합한 일명 '범몽골국(Pan-Mongolian

State)'을 만들려고 하였다. 1919년 그는 소장으로 진급했다가 중장으로 진급했다. 1920년 1월 콜착 제독은 세묘노프를 러시아 동부 백군 세력의 사령관으로 임명했다. 1920년 그는 일본군의 도움을 희망하면서 극동 공화국(FER)의 대안으로서 트랜스바이칼리아에 하나의 완충국을 만들려고 시도했으나 실패했다. 1920년 이후로 망명 백계 러시아인으로 살아온 그는 1945년 만주에서 소비에트 군대에 체포되었다. 1946년 그는 교수형에 처해졌다.

1917년 12월 21-30일 일어난 이르쿠츠크 봉기는[112] 군사 학교 졸업반 학생들을 장교로 승진시키고 집에까지 가는 여비를 지불하는 것을 볼셰비키들이 거절함으로써 촉발됐다. 봉기는 볼셰비키 정책들에 대해 분개하는 분위기 속에서 발생했다. 이르쿠츠크 군사학교 학생들, 코사크족, 이르쿠츠크 군대 지역 본부 장교들, 다른 교육기관 학생들 등 총 약 1,500명이 포함돼 있었다. 봉기는 소위 '혁명 방위 위원회(Committee for the Defence of the Revolution)'에 의해 이끌어지고 있었다. 포병이 딸린 적위대가 볼셰비키들을 돕기 위해 도착했다. 봉기 진압 작전은 라조(S. G. Lazo)에 의해 이끌어지고 있었다. 이르쿠츠크에서의 전투는 특히 진압하기 어려웠고, 또 과도한 진압 행위들이 뒤따랐다. 전투 과정에서 300명 이상이 사망했고, 또 약 700명이 부상당했다.

세르게이 게오르기에비치 라조(Sergei Georgievich Lazo. 1894-1920년): 베싸라비아(Bessarabia. 몰도바 Moldova)의 귀족 가문에서 태어난 그는 김

112) 저자 주: 1918년 이후의 모든 날짜들은 옛날 율리우스력에 반대하는 새로운 그레고리력에 따른 것이다.

나지욲을 졸업한 후, 상트페테르부르크 기술원(St Petersburg Technological Institute)과 모스크바 대학교에서 공부했다. 1915년 군에 징집되어 장교 훈련을 받은 후, 크라스노야르스크에 있는 예비 연대에서 복무했다. 1917년 혁명적 사건들에 적극적이어서 지방 소비에트의 병사들 부문의 의장이 되었다. 1917년 그는 사회주의 혁명당의 좌파에 가입했다. 1917년 12월 그는 크라스노야르스크 적위대 수장으로 이르쿠츠크에 도착해서 이르쿠츠크 봉기를 진압하는 작전을 이끌었다. 1918년 2월 그는 첸트로시비르의 위원이었다. 1918년 4-7월 그는 세묘노프 군대에 대항하는 다우리아(Dauria. 트랜스바이칼) 전선에서 적군(Red Forces)의 지휘를 맡았다. 그는 세묘노프 군대를 패퇴시켰다. 시베리아 소비에트들의 패배 이후, 그는 연해주로 떠나서 그 지역 게릴라 운동 지도자들 중 한 명이 되었다. 1918년 말엽 그는 좌파 사회주의 혁명당에서 사임하고 공산당에 가입했다. 1920년 초엽 그는 연해주에서 일어난 반(反) 콜착(Kolchak) 봉기의, 또한 이전 콜착 병사들 및 게릴라들로부터 구성된 혁명군의 조직자들 중 한 명이었다. 그는 연해주에서 즉각적인 소비에트화를 지지하고 있었다. 1920년 4월 4-5일 동안 그는 일본군에 체포되어 백군에게로 넘겨졌다. 그는 기관차 화로에 산채로 불태워졌다. 적백내전 이후, 공산주의자들은 라조를 공식적인 영웅으로 만들었다.

10월 30일 볼셰비키들과 반란군 사이에 타협이 이루어졌고, 이르쿠츠크에서의 권력은 볼셰비키, 멘셰비키, 사회주의 혁명당, 그리고 젬스트보, 시위원회, 공공 기구 등의 위원들로 구성된 연립 소비에트(Coalition Soviet)로 이전되었다. 군사 학교 졸업생들은 집까지의 여비를 지급받았으나, 장교로 승진되지는 못했다. 졸업생들이 집을 향해 떠나자마자, 볼셰비키들은

1918년 1월 4일 타협 약속을 저버리고 연립 소비에트를 없애 버렸다.

1918년 말엽 코사크족 장교 세묘노프(G. M. Semionov)는 중국 만주에 있는 한 철도역에서 일명 '특별 만주 지대(支隊)'를 구성했다. 이 지대는 약 500명으로 코사크족, 장교들, 군사학교 사관생도들, 그리고 다른 자원자들로 구성되었다.

1918년 1월 세묘노프 지대는 러시아 국경을 넘어가서 트랜스바이칼리아에 있는 다우리아(Dauria) 철도역을 점령했다. 이후 곧 그들은 패배하였고, 그런 다음 세력 형성이 계속되고 있던 중국 쪽으로 퇴각했다. 1918년 4월 세묘노프 지대에는 이미 1,800명의 군대가 형성돼 있었다. 그들은 일본으로부터 지원을 받아 무장을 하고 있었다.

1918년 4월 5일 그들은 다시 트랜스바이칼리아로 쳐들어갔다. 세묘노프의 이런 조치는 부유한 트랜스바이칼 코사크족 사람들의 지지에 힘입은 것이었다. 그의 세력은 5,000명으로 늘어났고, 오논(Onon) 강까지 멀리 진출하는 데 성공했다. 이에 대해 첸트로시비르는 시베리아 전체로부터 무장 세력들을 데려왔고, 또 트랜스바이칼 코사크족 사람들을 동원했다. 라조(S. G. Lazo)의 지휘 아래 1만 명 이상의 군대로 이루어진 다우리아(Dauria, 트랜스바이칼 Transbaikal) 연대가 구성되었다. 수차례에 걸친 충돌 이후, 6월 말경 세묘노프의 군대는 패배하여 중국 쪽으로 달아났다.

1918년 하반기에 사회 경제적 상황이 악화되자, 시베리아에서의 정치적 갈등은 점점 커져만 갔다. 페트로그라드(Petrograd)에 있는 러시아 입헌 의회(Russian Constituent Assembly)와 시베리아 지역 두마(Siberian Regional Duma)[113]의 해산은 볼셰비키들에 대한 저항 세력을 조직하는 요인이 되

---

113) 저자 주: 시베리아 지역 두마와 입법 의회의 선거는 동시에 열렸다.

었다. 이런 사건들은 시베리아 사람들의 반(反) 볼셰비키 마음을 한 번 보여 준 것이지만, 그럼에도 불구하고 새로운 당국과 어떠한 타협도 이루어지지 않았다.

체포되는 것을 그럭저럭 모면한 시베리아 지역 두마 의원들은 데랴빈(P. Y. Deriabin)을 수반으로 하는 사회주의 혁명당과 '자치 시베리아의 임시 정부(Provisional Government of Autonomous Siberia)'를 구성했다(비록 데랴빈이 이후 곧 중국 도시 하르빈Harbin으로 떠나갔다 하더라도). 그들은 또한 반(反) 볼셰비키 지하조직 군대를 만들기로 결정했다. 지하조직 군대는 시베리아 사람들의 협력 운동에 의해 지원받으면서 많은 도시들에서 구성되었다. 그들 중 가장 큰 군대는 옴스크(약 2,000명), 톰스크, 그리고 이르쿠츠크(약 1,000명)에 있었다. 지하조직으로 반(反) 공산주의 운동에 참여한 시베리아 사람들의 총 수는 약 8,000명이었다.

시베리아 볼셰비키들 또한 서둘러 무장 세력들을 불러 모으면서 전쟁 준비에 들어갔다. 이들 중에는 적위대, 적군 부대, 그리고 제1차 세계대전 중 포로가 되어 시베리아로 보내진 동맹국(Central Powers)[114] 전쟁 죄수들로 구성된 부대들이 포함돼 있었다.[115]

그중에서 적위대의 숫자가 가장 많았다. 그들은 공장, 탄광, 그리고 운송 지역들에서 모집되었다. 이들 적위대는 1만 명 이상이었다. 그러나 그들의 전투 효율은 훈련 부족, 자발적-강제적으로 혼합된 인원 보충 방식 등 때문에 많이 떨어지는 편이었다.

---

114) 역자 주: 제1차 세계대전에서 협상국(영국, 프랑스, 러시아, 이탈리아, 일본, 미국 등)과 동맹국(독일, 오스트리아, 헝가리, 오스만투르크, 불가리아 등)이 대결했다.

115) 저자 주: 1917년 시베리아에는 약 40만 명의 전쟁 죄수들이 있었다. 독일군, 오스트리아군, 헝가리군, 체코군, 슬로바키아군, 투르크군 등.

적군 부대는 처음에 자발적 차원에서 구성되었는데, 주로 이전의 차르 시절 러시아 군대 출신 병사들이었다. 그들은 총 2,000명 정도였다.

첸트로시비르 또한 이전에 전쟁 죄수들이었던 5,000명으로 '국제주의자(Internationalist)' 지대를 구성했다. 그들은 시베리아 수비대 병사들이 집으로 떠나고, 또 이전의 러시아 군대가 사라진 이후, 시베리아에서 볼셰비키들의 주요 군 세력이 되었다.

> 전쟁 죄수들인 헝가리인, 독일인, 체코슬로바키아인 등으로 구성된 국제주
> 의자 지대는 소비에트들에게 가장 주요하고 긍정적인 지원세력이었다.
> …… 그들은 두말없이 장교들의 명령에 복종했으며, 또한 소비에트 권력에
> 맞서는 적들과 싸우고, 수비하고, 혐의자들을 잡아들이는 등 흠잡을 데 없
> 이 자신들의 의무를 다했다.
>
>   – 적백내전의 퇴역 군인이자 시베리아 볼셰비키 역사가인
>   베그만(V. D. Vegman)

볼셰비키들의 시베리아 무장 세력들은 약 2만 명에 달했다고 모두가 말하고 있다. 1918년 5월 말경 그들 대부분은 트랜스바이칼리아에서 세묘노프 지대에 대항하는 교전 상태에 있었다.

1918년 봄 시베리아의 정치적 상황은 폭발하기 일보 직전으로 꼬여 있었다. 대규모 적백내전은 체코 군단의 반란과 더불어 5월 25일 발생했다. 약 4만 명에 달하는 체코 군단은 체코와 슬로바키아 출신 전쟁 죄수들로, 이전의 오스트리아–헝가리 제국으로부터 독립을 쟁취하고자 1917년 임시 정부에 의해 구성된 군대였다. 10월 혁명 이후, 제1차 세계대전의 서부 전선에서 동맹국에 대항해 싸우도록 하기 위해 체코 군단을 블라디보스톡으

로 보내 바다로 러시아에서 유럽으로 이동시키는 볼셰비키들의 작전이 결정되었다. 그러나 볼셰비키들과 체코 군단 사이의 관계가 점점 악화되었다. 어느 쪽도 상대를 믿지 않았으므로 양쪽 모두 서로를 의심하고 있었다. 반란은 공산주의 정부의 군사위원회 인민위원(Communist Government's People's Commissar of the armed Forces)이었던 트로츠키(L. D. Trotskii)가 당장 체코 군단의 무장을 해제하라는 비밀 지령을 내림으로써, 그리고 이 지령이 체코 군단에 새어 나감으로써 촉발되었다.

반란이 시작될 무렵 시베리아에는 약 3만 명 이상의 체코 군단이 다음 지역들에 분포되어 있었다. 즉 블라디보스톡에 1만 4,000명, 이르쿠츠크 부근에 대략 2,000명, 니즈니우딘스크(Nizhneudinsk) 지역에 약 1,000명, 노보니콜라에프스크-마린스크(Novonikolaevsk-Mariinsk) 지역에 대략 4,500명, 그리고 우랄 지역의 첼랴빈스크(Cheliabinsk)에 9,000명이 주둔해 있었다. 5월의 마지막 며칠 동안 체코 군단은 니콜라에프스크-톰스크-마린스크 지역과 칸스크-니즈니우딘스크(Kansk-Nizhneudinsk) 지역의 통제권을 장악했다.

이 반란으로 서부 시베리아에서 볼셰비키들에 반대하는 거의 전반적인 봉기들이 시작되었다. 6월 7일 시베리아 백군[116]의 체코 군단 부대들이 옴스크를 장악하고 첼랴빈스크에 진출했다. 6월 15일 그들은 백군과 함께 알타이 지역의 바르나울을 장악했고, 6월 20일 크라스노야르스크를 점령했다. 6월 22일 블라디보스톡을 장악했고,[117] 7월 11일 니즈니우딘스크와 벨라야(Belaia) 강에서의 완강한 저항을 꺾은 후, 이르쿠츠크를 장악했다.

---

116) 저자 주: 시베리아 백군 부대들은 반(反) 볼셰비키 지하조직을 토대로 한 자원자들에 의해 구성되었다.

117) 저자 주: 체코 군단의 블라디보스톡 주둔군은 6월 29일까지 중립을 유지하고 있었다.

볼셰비키들은 지나치는 역에서도 멈추지 않고 필사적으로 도망가고 있었다. 그들 사이에는 재난과도 같은 공포심이 만연해 있었다.

         - 신문 〈인민의 시베리아(People's Siberia,

         나로드나야 시비르 Narodnaia Sibir)〉에서

우리 군대는 준비도 변변히 하지 못하고, 지휘관과 상부 지휘 센터도 없이 공포심에 눌려 퇴각했다.

      - 첸트로시비르 군대 지휘관 골리코프(P. K. Golikov)

 단지 튜멘(Tiumen), 바이칼 호수 주변, 연해주 등에서만 볼셰비키들이 저항을 이어가고 있었지만, 결국 1918년 9월 말경 시베리아 전체가 체코 군단과 백군 수중에 들어갔다.

 1918년 여름 시베리아는 미, 영, 프, 일 등 연합국의 군사 개입의 목표가 되었다. 그해 초엽 러시아가 제1차 세계대전에서 발을 빼고 외채 상환을 거절할 것을 우려한 연합국은 시베리아에서 지하조직으로 있는 반(反) 볼셰비키 세력을 재정적으로 지원하기 시작했고, 또한 직접 군사 개입을 위한 발판을 준비하기 시작했다. 1918년 8월 연합국 군대가 '체코 군단을 보호'한다는 구실로 시베리아에 파병되었다. 일본, 미국, 영국, 프랑스, 캐나다 등의 군대가 개입에 참여했다. 8만 명의 일본 군대를 포함한 총 10만 명의 외국 군대가 시베리아로 들어왔다. 즉 미국군 1만 2,000명, 영국군 6,000명, 중국군 5,000명, 프랑스군 1,000명, 그리고 이탈리아, 유고슬라비아, 루마니아의 소규모 군대들이었다. 형식적으로 이들 군대들은 하나의 단일 본부에 의해 통합되어 있었지만, 실제로 각 나라의 군대들은 독립적으로 움직였다.

외세 개입 세력들은 옴스크와 블라디보스톡 사이의 시베리아 횡단철도 구간에 대한 통제권을 장악했다. 그들은 또한 백군 세력에 상당한 원조를 제공했다.

마침내 연합국 세력들 사이의 의견 불일치, 그리고 개입에 대한 자국에서의 비(非)인기 때문에 개입은 실패했다. 1919년 12월 초엽 일본을 제외한 연합국들은 개입 종료와 더불어 자국 군대들을 철수한다고 선언했다. 그러나 일본은 자국 국민의 안전을 보장하고 재산을 지킨다는 구실로 러시아 극동 지방을 실제적으로 점령하고 있었다.

1918년 여름 볼셰비키들의 패배 이후, 다양한 정치 집단들 사이의 의견 불일치가 커지고 있었다. 그 집단들에는 시베리아 지방분권 조직들, 사회주의 혁명당, 멘셰비키, 그리고 일부 우익 군부 세력들이 포함되었다. 볼로고드스키(P. V. Vologodskii)가 이끄는 임시 시베리아 정부(Provisional Siberian Government)가 투쟁에서 승리했다. 이 임시정부는 시베리아 지방분권 주의자들에 의해 6월 말 옴스크에서 구성되었다. 이 임시정부는 볼셰비키들에 의해 선포된 모든 법령들을 폐기하고, 또 시베리아 백군 군대를 구성했다. 1918년 9월 전(全) 러시아 임시정부가 우파(Ufa)에 구성되고 난 후, 이 임시정부는 해산했다.

표트르 바실레비치 볼로고드스키(Piotr Vasilevich Vologodskii. 1863-1928년): 예니세이 주에서 정교 신부의 가문에서 태어난 그는 페테르부르크 대학에서 공부했으나, 1887년 학업방해에 연루되어 학교에서 퇴출되고 도시 밖으로 추방되었다. 1892년 그는 우크라이나의 하르코프(Kharkov) 대학을 졸업했다. 그는 법률가가 되어 옴스크, 베르니(Vernyi. 현재의 알마티 Almaty, 알마-아타 Alma-Ata), 세미팔라틴스크(Semipalatinsk) 등의 정부 부서에서 근무했다. 그는 톰스크에서 법정 변호사로 일했다. 그는 지방분권주의 운동에 참여하였고, 그 운동 신문인 〈보스토치노에 오보즈레니에(Vostochnoe obozrenie)〉와 함께 적극적으로 운동에 협력했다. 1903-1907년 그는 사회주의 혁명당 당원이었다. 그는 1905-1907년의 혁명에 관여하였고, 또 법정에서 시베리아 혁명가들을 변호했다. 그는 전(全) 러시아 젬스트보 및 자치제 대회에서 톰스크 대표였고, 또 국가 두마의 의원이었다. 혁명 후, 그는 톰스크에서 법정 변호사로 일했다. 1917-1918년 그는 옴스크에서 반(反) 소비에트 지하조직에 관여했다. 1918년 6월부터 그는 옴스크에 있는 임시 시베리아 정부의 의장이 되었고, 9월부터 전(全) 러시아 임시정부의 위원이었으며, 11월에는 그 내각 위원회 의장으로 임명되었다. 그는 1918년 11월 17-18일 일어난 옴스크 반란 사건의 조직자 중 한 명이었다. 이 사건 이후 그는 콜착 정부의 내각 위원회 의장이 되었으며, 나아가 시베리아 백군 세력 지도자 중 한 명으로 등장했다. 1919년 11월 그는 은퇴하여 러시아에서 중국으로 이주했다.

1918년 10월 적군이 쳐들어오자, 전(全) 러시아 임시정부는 우랄 산맥 지역에 있는 우파(Ufa)로부터 동쪽에 있는 옴스크로 이동했다. 일단 옴스크에 도달하자, 그들은 적군에 대항하는 군사정치적 구상을 고안해 냈다. 음모가들은 볼셰비키에 효과적으로 대응하기 위해서 군사독재체제를 구성하는 데 목적을 두고 있었다. 1918년 11월 17-18일 군사 쿠데타가 일어난 결과, 전(全) 러시아 임시정부는 전복되었고, 권력은 콜착 제독에게로 넘어갔다. 그는 서류상 무제한의 권력을 지닌 '러시아국의 최고 통치자'로 창조되었다.

그림 24.1 콜착 제독

알렉산드르 바실레비치 콜착(Alexander Vasilevich Kolchak, 1874-1920
년): 군 장교 가문에서 태어난 그는 해군 사관학교를 졸업하고 러시아 해군
에서 복무했다. 그는 시베리아 북극 지방을 탐험함으로써 유명해졌다. 그
는 1904-1905년 러일전쟁에 참여했고, 당시 그는 처음으로 어뢰정 '세르
디티(Serdityi)'를 지휘했고, 이후에 포트-아서(Port-Arthur, 만주의 여순
항)에서 해안 포대를 지휘했다. 그는 용맹함 때문에 황금 보검을 수여받았
다. 러일전쟁 후, 그는 북극에서의 경험을 분석하고 과학적 탐험을 이어 나
갔다. 제1차 세계대전이 발발하자 그는 발틱 함대 본부에서 근무하면서 기
뢰 전투를 성공적으로 조직했다. 1916년 그는 해군 소장에 이어 부제독으
로 승진되었다가 흑해 함대 사령관으로 임명되었다. 그는 2월 혁명을 지지
했다. 1917년 6월 그는 러시아 함대의 노후화에 반대하는 항의에 동참하면

서 은퇴했다. 당시 그는 바다에 황금 보검을 던지면서 선원들 앞에서 분노에 찬 연설을 했다. 이런 행동 때문에 그는 자유주의적이며 부르주아적인 단체들에서 매우 인기가 높았다. 1917년 8-10월 그는 미국 해군의 자문역이었으며, 1917년 12월 영국 해군을 방문하기도 했다. 1918년 4-5월 그는 만주에서 백군 부대를 구성하고 있었다. 1918년 11월 그는 옴스크에 도착했고, 임시 시베리아 정부의 전쟁장관에 임명되었다. 11월 17-18일의 군사쿠데타 이후, 그는 독재적 권력을 가진 '러시아국의 최고 통치자'가 되었다. 콜착 정권의 붕괴 이후, 그는 이르쿠츠크 부근에 있는 체코 군단에 의해 체포되어 사회주의 혁명당-멘셰비키가 장악한 조직 정치중앙(폴리트첸트르. SR-Menshevik Polittsentr)에게 넘겨졌다가 다시 볼셰비키들에게 넘겨졌다. 1920년 2월 그는 이르쿠츠크에서 레닌의 개별적 명령에 의해 총살당했다.

콜착 정부의 프로그램에는 다음과 같은 것들이 포함되었다.

• 볼셰비키를 끝장내고 법과 질서를 회복시킨다.
• 러시아 군대를 재창조해 낸다.
• 러시아의 사회-경제적 시스템 문제들을 해결하기 위해 새로운 입법 의회를[118] 소집한다.
• 토지 소유권을 가진 지주계급 없이 스톨리핀의 농업개혁을 계속하기 위해, 산업, 은행, 운송 등을 국유화하지 않기 위해, 민주적 노동법규를 유지하기 위해, 그리고 모든 가능한 방식으로 노동생산성을 발전시키기

---

118) 저자 주: 콜착은 기존의 입법 의회가 너무 좌파적이라고 생각했다.

위해 필수적인 경제적 개혁정책을 도입한다.

• 러시아의 영토 보존과 주권을 유지한다.

그러나 이 프로그램은 적백내전이 휩쓸고 있는 상황에서는 단지 좋은 의도의 진술로 남을 수밖에 없었다. 게다가 백군 정부는 자신들의 행동 때문에 시베리아 인민들로부터 점점 소외되고 있었다.

적백내전 동안 일명 '시베리아 아타만의 통치(시비르스카야 아타마노프쉬치나 sibirskaia atamanovshchina)'라 불리는 특별한 현상이 나타났다. 그것은 다양한 수준의 군부 세력들의 지휘관들이 거의 무제한적 권력을 장악하고 있다는 특징을 갖고 있었다. 이런 현상은 코사크족 지역들에서 가장 많이 퍼져 있었고, 그래서 그런 명칭으로 불렸다. '시베리아 아타만 (Siberian ataman)'식의 분리주의는 일본의 간섭정책에 의해 촉발되었는데, 일본은 그런 분리주의를 시베리아에서 자신들의 영토 확장 실현의 수단으로 보고 있었다. 그 시기에는 무제한적 독재와 양민에 대한 폭력이 뒤따르고 있었다. 콜착 당국이 질서를 회복하여 정상생활로 되돌리려는 모든 시도들이 완전히 좌절되었다.

'시베리아 아타만의 통치'는 레닌과 트로츠키 동무들의 어떤 설교나 선전

보다도 더 효과적으로 볼셰비키들을 위하는 작용이 되었다.

— 콜착 정부의 전쟁 장관 부드베르그(A. Budberg)

백군 정책과 아타만의 통치에 대한 대중들의 반응은 거대한 게릴라 운동으로 나타났다. 그것은 시베리아의 혼란스런 경제를 극복하지 못하는 백군 당국의 무능, 독재와 폭력, 그리고 농민들의 백군으로의 강제 징집 등에 의

해 촉발되었다. 군대에 부적절한 인력들이 유입되자, 백군 당국은 강제 징집에 의존할 수밖에 없었던 것이다. 강제 징집으로 시베리아에서 백군은 커다란 어려움이 있었지만, 30만 명의 강한 군대를 구성할 수 있었다. 동시에 그것은 적백내전에 휩쓸리지 않으려는 인민들 사이에서 강한 반감을 불러일으켰다.

> 1년 전 인민들은 볼셰비키 인민위원들 치하의 압제로부터 우리를 구세주로 보았으나, 이제 인민들은 그 이상은 아닐지라도, 볼셰비키 인민위원들을 증오하던 것처럼 우리를 증오하고 있다. 증오보다 더 나쁜 것은, 인민들이 우리를 더 이상 신뢰하지 않으며, 우리로부터 어떠한 좋은 것도 기대하지 않고 있다는 것이다.
>
> – 콜착 정부의 전쟁 장관 부드베르그

게릴라 운동은 시베리아 전체에 걸쳐 퍼져 있었다. 10만 명 이상의 농민, 노동자, 지식인 등이 게릴라 운동에 참여하고 있었다. 그들의 구호는 콜착 정권의 전복이었다. 게릴라 운동은 실제로 백군의 후방 조직 전체를 파괴했으며, 또한 시베리아에서의 백군 운동을 패퇴시키는 데 많은 면에서 공헌했다.

1919년 8월 적군이 시베리아로 진군해 왔다. 이전에 볼셰비키 정부는 '시베리아 인민들에게'라는 특별한 성명을 발표했는데, 거기에는 볼셰비키 정부가 가능한 한 빨리 적백내전을 끝내고 정상적인 생활을 회복하겠다고 약속하는 내용이 들어 있었다. 이런 호소가 시베리아 인민들, 특히 코사크 족과 백군 군대에게 커다란 영향을 미쳤다.

적군은 8월 8일 튜멘(Tiumen)을, 그리고 8월 15일 쿠르간(Kurgan)을 장

그림 24.2 자가 제작한 야포와 함께한 시베리아 빨치산들

악했다. 이후 곧 적군과 백군 사이에 결정적인 전투가 벌어졌다. 일명 토볼
스크-페트로파블로프스크 전투(Battle of TobolskPetropavlovsk)로 불리는
전투는 두 달 이상 지속됐고, 양측 모두 서로에게 굴복하지 않았다.

　　전투는 8월 20일 시작됐는데, 당시 올데로게(V. A. Olderogge)[119]가 이
끄는 동부 전선의 적군 부대(약 7만 명)가 쿠르간(Kurgan)으로부터 페트로
파블로프스크로 진군했다. 이에 디테리흐스(M.K. Diterikhs) 장군이 이끄는
백군 부대(약 5만 8,000명)는 9월 1일 토볼 강 너머 서쪽으로 적군을 몰아
세우면서 반격을 가해 토볼스크를 탈환했다. 10월 14일 적군 부대(이제 약
7만 5,000명)는 새로운 공격을 개시하였고, 10월 29일 백군은 페트로파블
로프스크로부터 후퇴했다. 전투의 와중에 백군 부대는 약 5,000명이 전사
하고 8,000명이 포로가 되었으며, 또한 전투 능력을 상실했다.

119) 저자 주: 차르 시절 러시아 제국 군대의 장군 출신이었다.

그림 24.3　1920년 3월 이르쿠츠크에 진군해 들어오는 제5 적군 부대

　　토볼스크-페트로파블로프스크 전투가 끝난 이후로 적군은 시베리아로 끊임없이 진군해 들어오기 시작했다. 1919년 11월 14일 적군은 콜착의 근거지인 옴스크를 장악했다. 정확히 한 달 후 적군은 노보니콜라예프스크(Novonikolaevsk, 노보시비르스크 Novosibirsk)에 있었다. 동부 전선이 무너지자, 에이혜(G. H. Eikhe)가 지휘하는 제5 적군이 백군을 더 멀리 몰아냈다. 12월 20일 적군은 톰스크를 장악했고, 1920년 1월 6일 크라스노야르스크를 장악했으며, 3월 7일 이르쿠츠크로 진군해 들어갔다. 그 과정에서 약 10만 명의 백군 병사들이 포로로 잡혔으며, 엄청난 양의 전리품들이 노획되었다. 시베리아 게릴라들은 독자적으로 도시들을 포함한 많은 지역들을 점령하면서 적군에게 엄청난 도움을 주었다.

　　1919년 12월 말과 1920년 1월 초 이르쿠츠크에서 발생한 '폴리트첸트르(Polittsentr)'에 의한 쿠데타가 콜착 정권에 마지막 일격을 가했다. 1918년

11월 17-18일 옴스크 반란 사건 이후, 이르쿠츠크는 모든 사회주의 지지자들(사회주의 혁명당, 멘셰비키, 시베리아 협동조합원들 Siberian Cooperators, 지방분권주의자들, 그리고 지방자치 위원회들)을 규합하면서 반(反) 콜착 세력의 중심지가 되어 있었다. 1919년 12월 민주주의 반대세력이 이르쿠츠크에서 '폴리트첸트르'를 구성했다. 그것은 다음과 같은 과업을 갖고 있었다. 즉 콜착 정권을 전복시키고, 볼셰비키와 함께 적백내전의 종식을 협상하고, 또한 동부 시베리아에 잠정적인 민주적 완충 국가를 만들기 위해 협상하는 과업이었다. 이 '폴리트첸트르'는 이르쿠츠크에서 쿠데타를 준비했는데, 1919년 12월 24일 시작하여 1920년 1월 5일 끝났다. 쿠데타는 성공으로 끝났다. 승리 이후, 콜착은 체포되었고, 1월 19일 이르쿠츠크에서 볼셰비키 시베리아 혁명 위원회(시브레브콤 Sibrevkom)와 폴리트첸트르는 완충 국가 설립에 동의했다. 이르쿠츠크 권력은 볼셰비키들에게 넘어갔다.

1920년 2월 초엽 2만 5,000명의 군대(철로를 따라 퇴각했던 백군 잔여 세력)가 서쪽으로부터 이르쿠츠크로 접근해 왔다. 협상을 통해 백군 군대는 도시를 우회하여 트랜스바이칼리아 쪽을 향해 떠났다. 이런 일이 벌어지는 동안 콜착은 처형되었다.

시브레브콤, 즉 볼셰비키 시베리아 혁명 위원회는 적군이 점령한 시베리아 지역들에서 국가 권력의 주요 기관이 되었다. 그것은 소비에트 최고 중앙 집행 위원회(Soviet Supreme Central Executive Committee. 브칙 VTsIK)의 포고령에 의해 적군이 시베리아로 진입하기 전인 1919년 8월에 구성되었다. 스미르노프(I. N. Smirnov)가 시민 세력과 군 세력 양자 모두를 갖고 있는 시브레브콤의 의장으로 임명되었다. 시브레브콤에 대한 감시는 스미르노프가 또한 수장으로 있는 공산당 중앙 위원회의 시베리아 지국(시브뷰로 Sibbiuro)이 떠맡았다.

이반 니콜라에비치 스미르노프(Ivan Nikolaevich Smirnov. 1881-1936년):
리아잔(Riazan) 주의 농민 가정에서 태어난 그는, 가족이 모스크바로 이사
하면서 모스크바 시립학교를 졸업하게 되었다. 철도회사에서 일하다가 공
장으로 옮겼다. 1898년부터 그는 혁명운동에 참여하면서 사회민주 노동당
(RSDWP) 당원이 되었다. 당이 분리된 이후, 그는 볼셰비키가 되었다. 1899
년 그는 체포되어 감옥에서 2년을 보낸 후, 이르쿠츠크로 5년간 유배되었
으나 곧 탈출했다. 그는 유럽 쪽 러시아의 트베르(Tver) 주에서 혁명활동
에 관여하였다. 1902년 그는 다시 체포되었고, 1905년 유럽 쪽 러시아 북
쪽에 있는 볼로그다(Vologda) 주로 유배되었다. 그러나 같은 해 가을 사면
되었다. 1905-1907년 그는 혁명에 적극적인 활동을 벌여서 1905년 12월
모스크바에서 일어난 봉기의 조직가들 중 한 명이 되었다. 이후에 그는 페
테르부르크, 하르코프(Kharkov)에서의 혁명 활동에 참여했다. 그는 세 번
째 체포되어 시베리아로 유배되었으나, 다시 탈출했다. 1916년 그는 군대
에 징집되어 톰스크에 있는 예비 연대에 복무했다. 2월 혁명 이후, 모스크
바로 간 그는 10월 혁명에 참여했다. 적백내전 기간에 그는 동부 전선의 혁
명군 소비에트(Revolutionary Military Soviet. 레보엔소베트 Revvoensovet)
의 위원이었다. 1919-1921년 그는 시브레브콤, 즉 볼셰비키 시베리아 혁
명 위원회 위원장이 되었고, 또한 시브뷰로, 즉 공산당 중앙위원회 시베리
아 지국을 이끌었다. 그는 시베리아에서 소비에트 권력의 회복과 농민 봉
기에 대한 투쟁을 이끌었다. 그는 FER, 즉 극동 공화국의 설립자 중 한 명
이었다. 1919-1920년 그는 공산당 중앙위원회 위원 후보가 되었다. 1920-
1927년 중앙위원회 위원으로써 그는 당내 권력투쟁에 아주 적극적이었다.
1927년 그는 공산당에서 축출되었다. 1929년 복권되었으나, 1930년 다시

축출되어 1933년 체포되었다. 1936년 모스크바에서 처음 열린 '인민의 적' 재판에서 주범들 중 한 명으로 기소된 그는 공개적으로 죄를 인정하지 않은 유일한 사람이었으나, 총살당했다.

적군이 시베리아로 진격해 오고 있는 동안, 혁명 위원회(레브코무 revko-my)가 주, 군, 현 등에 구성되었다. 1920-1921년 소비에트들이 도시와 시골 지역들에 구성되었지만, 실제 권력은 레브코무와 기타 공산당 기구들에 속해 있었다.

시베리아에서 볼셰비키들은 '전시 공산주의'[120]와 '적색 테러(혹은 공포정치)'[121] 정권을 구성했는데, 그것들은 전쟁에 의해 야기된 파괴를 어느 정도 극복할 수 있게 해주었다. 공산당 외부에서 벌어지는 어떠한 정치적 활동도 금지되었다.

1920-1921년 적백내전의 마지막 시기에 시베리아에서 새로운 흐름의 강력한 농민 봉기들이 일어났다. 이 모든 것들은 농산물의 강제 몰수, 생필

---

120) 저자 주: 전시 공산주의(War Communism)는 다음과 같다.
    산업, 운송의 전체 국유화
    보편적인 노동 징발
    무역 금지, 그리고 엄격한 기준으로 고정된 식량 공급의 중앙집중화 도입
    잉여 농산물(프로드라즈베르스트카 prodrazverstka)의 강제 징발제 도입
    화폐와 화폐 유통 폐지
    보편적인 중앙 집중화 계획 도입

121) 저자 주: 적색 테러(Red Terror)는 당국에 대한 조금의 반대도 완전히 억압하겠다는 시스템이었는데, 다음과 같다.
    인질을 잡아두는 방식을 대대적으로 이용
    선제적 체포와 처형
    피의자를 강제수용소에 감금
    재판 과정을 단순화하고 기존의 법적 절차를 초월하여 억압
    강제 동원
    이러한 적색 테러는 법에 대한 대대적인 위반을 초래했지만, 볼셰비키들이 권력을 유지하는 데 도움이 되었다. 수만 명의 사람들이 시베리아에서 그 희생자가 되었다.

품들의 부족, 농민 민주주의 원칙의 침해 등에 의해 촉발되었다.

1920년 7월 인민 위원회(Council of People's Commissars. 소브나르콤 Sovnarkom)는 '시베리아에서의 잉여곡물 징발' 포고령을 승인했다. 정부는 농민들로부터 지난해의 잉여곡물까지 강제 징발해 갔다. 시베리아의 농산물 징발, 즉 프로드라즈뵤르스트카(prodrazverstka)는 166만 톤으로 러시아 전체의 1/4에 해당했다. 시베리아에서 정부 당국은 표준 소비량을 두드러지게 삭감했다. 강제 징발을 강화하기 위해 유럽 쪽 러시아로부터 무장집단들(프로도트랴디 prodotriady)이 도착했는데, 그 수가 3만 5,000명에 달했다. 이것은 시베리아 농민들의 분노를 폭발시켜 자신들의 노동 결과물들을 무력으로 방어하게 만들었다.

작은 마을이나 시골 지역들(볼로스티 volosty)에서의 소비에트 선거 역시 농민들의 저항을 불러일으켰다. 공산주의자들은 광범위하게 농민들에게서 투표할 권리를 빼앗았으며, 또한 그 결과를 뻔뻔하게 허위로 속였다.

농민 봉기는 쿠르간(Kurgan)에서 이르쿠츠크까지 시베리아 전역에 걸쳐 일어났다. 거의 15만 명의 농민들이 봉기에 참여했다. 봉기의 구호는 '공산주의자 없는 소비에트를 위하여!', '강제 징발과 공산주의자들을 타도하자!' 등이었다. 심한 징벌을 가했음에도 불구하고, 볼셰비키들은 오로지 농산물 징발이 포기된 후에야 비로소 농민 봉기들을 극복하는 데 성공했다.

시베리아 농민들의 이러한 적극적인 저항은 볼셰비키들이 전시 공산주의를 모험적이면서도 위험스럽게 실험하는 것을 포기하도록 만드는 데, 그리고 신(新) 경제 정책(NEP. New Economic Policy)을 도입하는 데 주도적인 공헌을 했다.

제25장
극동 공화국(1920-1922년)

1920년 초엽 아주 특별한 정치 체제인 극동 공화국(FER)이 출현했다. 극동 공화국의 출현은 일본의 팽창주의 정책에 의해서 뿐만 아니라, 소비에트 러시아의 군사적, 정치적, 그리고 국제적 상황에 의해서 촉발되었다.

당시 소비에트 러시아는 극도로 복잡한 상황 속에 있었다. 적백내전은 아직 끝나지 않은 상태에서 이미 폴란드와의 군사적 충돌에 직면해 있었고, 그로 인해 러시아에 새로운 외국 간섭이 생겨날 수 있었다. 레닌은 적군이 시베리아로 너무 깊숙이 진입하는 것은 위험하다고 생각했는데, 왜냐하면 그것은 군사력이 강한 일본과 맞닥뜨릴 수 있기 때문이었다. 1920년 1월 레닌은 사회주의 혁명당(SR)과 멘셰비키가 주도하는 이르쿠츠크 정치 중앙, 즉 폴리트첸트르의 제안을 승인했는데, 그것은 시베리아에 완충 국가를 만들자는 것이었다. 일본 정부는 1919년 12월 유럽 협상국들이 러시아에서의 군사적 간섭을 중지하겠다는 선언을 채택했을 때, 일본은 동부 시베리아에 특별한 관심을 갖고 있으며, 적백내전이 끝날 때까지 그곳에 있는 일본인과 그 재산을 보호하기 위해 일본 군대가 머물러 있을 것이며,[122] 또한 안정적이며 민주적인 정부가 구성될 것이라는 사실을 선언했다. 동시에 일본은 소비에트 러시아와의 어떠한 공식적인 접촉도 단호히

---

122) 저자 주: 일본군은 트랜스바이칼리아, 연해주, 그리고 아무르 지역을 점령했다. 1920년 2월 미국과 게릴라들의 압력 때문에 일본군은 아무르 지역에서 물러났다.

거절했으나, 동부 시베리아에 민주적 국가를 창설하는 것에 대한 폴리트첸트르의 구상을 지지했다. 그것은 일본이 영토 확장의 희망을 품고 있다는 것을 보여 주고 있었다.

이런 상황에서 볼셰비키들은 시베리아에 완충 국가를 창설할 것을 선택했다. 이런 전략적 전환 대책은 기본적으로 상호 연관돼 있는 두 가지 목적을 추구하고 있었다. 즉 소비에트 러시아와 일본 간의 전쟁을 피하고, 또한 평화적 방법에 의해 일본의 간섭을 끝장내려는 목적이었다. 위에서 말한 바와 같이, 1920년 1월 19일 시베리아 혁명 위원회, 즉 시브레브콤과 이르쿠츠크 정치중앙, 즉 폴리트첸트르는 완충 국가의 창설에 대해 예비적 동의를 한다는 결정을 내렸는데, 이것은 레닌이 이미 승인한 것이었다. 한 달 후인 2월 18일 공산당 정치국(Politbureau)은 완충 국가 창설에 대한 마지막 결정을 채택했다. 그러나 시베리아 볼셰비키들은 시베리아에서의 군사적 및 정치적 상황이 어떻게 진행되는지를 지켜보면서 이 결정을 실행에 옮기는 데에 시간을 지체하며 기다리고 있었다.

1920년 봄 일본은 극동에서 상황을 아주 악화시키고 있었다. 그들은 일명 '니콜라예프스크 사건(Nikolaevsk incident)'과 '1920년 4월 4-5일 사건'을 조직적으로 준비했다.

1920년 3월 초엽 약 5,000명에 달하는 게릴라 군대가 니콜라예프스크-온-아무르(Nikolaevsk-on-the Amur) 도시에 진격해 들어왔다. 한편 약 800명에 달하는 강한 일본군 수비대는 중립을 선언했다. 3월 12일 일본군은 갑자기 게릴라 군대를 공격했지만, 3일간의 치열한 전투 끝에 일본군은 완전히 궤멸되었다(소수의 살아남은 자들은 하라키리 harakiri, 즉 할복해 자살했다). 일본군은 이 사건을 이용하여 긴장을 고조시키고 '1920년 4월 4-5일 사건'을 일으켰다.

그림 25.1 연해주에서 처형된 주민들 시신 옆에 서 있는 일본 간섭군들

4월 4-5일 밤 동안 일본군은 갑자기 일명 연해주 혁명군을 공격했는데, 그들은 이전 콜착 군대와 게릴라 지대(支隊)로 구성된 약 1만 9,000명의 군대였다.

전투의 와중에 4,000명 이상의 민간인과 혁명군이 사망했고, 연해주 지역은 사실상 일본군에 의해 점령당했다. 일본군은 또한 캄차카와 사할린 섬의 북부 지역을 점령했다.

그러나 일본군은 이런 작전으로 이득을 보는 데 실패했다. 즉 그들은 연해주에 어떠한 꼭두각시 정부도 만들어 낼 수 없었다. 반대로 이 사건들은 백군 세력을 지지하는 사람들을 포함한 모든 계층의 사람들 사이에 적개심만 일으켜 놓았다. 일본 간섭주의자들은 정치적으로 스스로 고립되었다.

일본군의 이러한 공격적인 행위들은 완충 국가의 창설을 가속화시켰다. 1920년 4월 6일 시베리아 혁명 위원회의 결정에 따라, 볼셰비키의 후원 아래 열린 헌정 회의(Constituent Convention)는 극동 공화국의 탄생을 선언했다. 이 회의는 또한 그 국경선도 결정했다. 즉 극동 공화국의 서부 국경선은 셀렝가(Selenga) 강과 바이칼 호수를 따라 그어졌다. 이 회의는 극동 공화국이 민주 국가가 될 것이지만, 극동의 모든 지역들이 사실상 통합된 후 헌정 회의에 의해 모든 헌법이 승인될 것이라고 선언했다. 이 회의는 극동 공화국 수반으로 크라스노쇼코프(A. M. Krasnoshchokov)를 선출했으며, 또한 내각 위원회를 구성했다. 첫 수도는 베르흐네우딘스크(Verkhneudinsk)가 되었다.

극동 공화국의 창설은 일단 선언되었지만, 사실상 국가 성립의 의미를 갖지는 못했다. 사실 콜착 정권의 몰락 이후로, 극동 공화국 영역에는 4개의 다른 정부들이 있었으며, 그들 모두는 서로 독립적이었다. 극동 공화국 정부는 단지 서부 트랜스바이칼리아 지역만을 통제했을 뿐이었다. 일본군이 점령한 연해주 지역에서는 젬스트보 연합 정부가 있었고, 그것 또한 극동 공화국의 중심이 되겠다고 선언했다. 아무르 지역에서는 일본군이 떠난 이후로 지역 볼셰비키들이 소비에트 지배를 회복시키고, 그 지역을 소비에트 러시아의 떨어질 수 없는 부분으로 간주하고 있었다. 동부 트랜스바이칼리아 지역에서는 일본군의 지지를 받는 아타만 세묘노프(Ataman Semionov) 정권이 남아 있었다. 세묘노프 정권이 그 지역을 장악하고 있었기 때문에, 그 지역은 '치타 코르크 마개(Chita Cork)'[123]라는 별명으로 불렸다. 1920년 그 지역은 시베리아 전체에서 유일한 백군 영역이었다. 일본군은 세묘노프 정권을 토대로 자신들의 완충 국가를 세우려 했지만, 시베리아 대중들이 협조해 주지 않았기 때문에 결국 그들의 기도는 실패했다.

---

123) 역자 주: 코르크 마개로 막아 놓은 것처럼 세묘노프 정권이 장악한 치타 시 주변 지역은 어떤 세력도 드나들 수 없는 봉쇄된 지역이라는 의미이다.

그림 25.2 '치타 코르크 마개' 지역을 해방시키기 전의 빨치산 탱크들

극동 공화국 세력하에 모든 극동 지역들을 하나로 통합하기 위해서는 '치타 코르크 마개' 지역에 치명적인 타격을 가하는 것이 무엇보다도 필수적인 일이었다. 1920년 4-5월 극동 공화국 군대는 두 번이나 그 지역을 공격했으나, 일본군의 지원 때문에 실패했다.

두 번의 실패 이후 봄에 시베리아 혁명위원회와 극동 공화국은 만일 일본군이 트랜스바이칼리아로부터 철수한다면, '치타 코르크 마개'를 제거하는 것이 가능하리라는 사실을 깨달았다. 극동 공화국 정부 대표단과 일본군 지도부는 트랜스바이칼리아에 있는 곤고타(Gongotta) 철도역에서 이 문제에 대해 협상하기 시작했다. 복잡하고 길어진 협상 결과, 1920년 7월 15일 곤고타 협약(곤고츠카에 사글라셰니에 Gongottskoe soglashenie)이 체결되었다. 그것은 다음과 같다.

• 트랜스바이칼리아 지역을 '중립 지역'으로 선언하고, 어떤 군대도 진입

할 권리를 가질 수 없다.

- 3개월 안에 트랜스바이칼리아에서 일본군은 철수한다.

1920년 10월 15일 일본군은 트랜스바이칼리아를 떠났다. 10월에 그들은 먼저 캄차카를 떠났으며, 또한 이후 하바롭스크 지역을 떠났다.

극동 공화국 정부는 일본군이 철수를 완료하기 전부터 '치타 코르크 마개'를 제거하기 위한 군사 작전을 준비하기 시작했다. 곤고타 협약이 트랜스바이칼리아 지역을 중립 지역으로 선언했기 때문에, 마치 현지 주민들이 세묘노프 정권에 대항해 봉기하는 것처럼 군사 작전이 이루어졌다.

> 게릴라 지대 전체에게 자신들이 현지 주민을 대신해 봉기하고 있다는 것을 확신시켜 주어라. 게릴라 지대는 ⋯ 인민 혁명군(PRA, People's Revolutio nary Army)과 아무런 관계도 없다.
>
> – 극동 공화국 인민 혁명군 사령관 에이헤(G. K. Eikhe)의
>
> 군사 작전 준비 명령에서

주요 공격이 동쪽으로부터 게릴라 지대에 의해 이루어졌다고 소문났으나, 사실은 아무르 지역과 프리바이칼리에(Pribaikalie) 지역으로부터 위장된 군대에 의해 주요 공격이 이루어졌다. 양쪽 지역 병력은 약 3만 명씩이었으나, 백군 세력은 지도부의 반목과 상하간의 사기 저하 때문에 제대로 된 반격을 할 수 없는 상태였다. 작전은 일본군이 트랜스바이칼리아를 떠나자마자 시작되었다가 백군 세력을 만주로 쫓아내면서 끝났다. 1920년 10월 22일 극동 공화국 세력은 치타를 점령했고, 10월 31일 적대 세력은 사라졌다. 이 작전의 지휘자는 극동 공화국 인민 혁명군 사령관인 에이헤

(G. K. Eikhe)였다.

겐리흐 흐리스토포로비치 에이헤(Genrikh Khristoforovich Eikhe, 1893-
1968년): 라트비아의 노동자 가정에서 태어난 그는 페테르호프(Peterhof)
영어 학교와 리가(Riga) 상과 대학교를 졸업했다. 그는 하급 장교로 제1차
세계대전에 참가했다. 1917년 러시아 혁명이 발발하자 그는 전선에서 혁명
대열에 참여하여 연대 병사 위원회 회장이 되었고, 또한 제10군의 병사 소
비에트 대표들 중 한 명이 되었다. 그는 볼셰비키가 되었고, 1918년 3월 적
군에 가담하여 연대장, 여단장을 거쳐 동부전선 사단장이 되었다. 그는 시
베리아를 지키기 위한 토볼스크-페트로파블로프스크 전투에 참여했으며,
1919년 11월부터 제5 적군 사령관이었다. 1920년 3-4월 그는 극동 공화국
인민 혁명군 사령관으로 '치타 코르크 마개'를 제거하는 작전을 수행했다.
1921-1923년 그는 민스크(Minsk) 집단군 사령관이었고, 1927년부터 해외
무역 장관으로 일했다. 1937년 현직에서 축출되어 억압을 받다가 1954년까
지 투옥되었다. 이후 그는 감옥에서 풀려나 과학 연구와 저작 활동에 종사
했다. 그는 시베리아에서의 적백내전 역사에 대한 많은 저작물들을 썼다.

백군 세력이 트랜스바이칼리아에서 쫓겨난 후, 통합 회의(Unification
Conference)가 치타에서 열렸는데, 거기에 극동 공화국 정부와 아무르 지
역 정부, 그리고 프리모리에 지역 정부가 참여했다.

이 회의에서 공산주의자들의 입장은 〈극동 공화국에 대한 간편 테제
(Brief Theses on the FER)〉에 담겨 있는데, 그것은 1920년 8월 13일 예전
에 레닌과 크라스노쇼코프가 주도한 공산당 중앙위원회에 의해 승인된 것
이었다. 이 문서는 극동 공화국의 창설 이유들을 열거하고 있는데, 극동 공

화국의 모든 외교 및 내치 정책들은 공산당 중앙위원회 극동 지국(Far Eastern Bureau. 달뷰로 Dalbiuro)에 의해 통제될 것을, 그리고 공산주의자들이 모든 주요 정부 직책들을 맡게 될 것을 강조하고 있다. 이런 테제들은 또한 극동 공화국의 인민 혁명군이 소비에트 러시아 혁명군 소비에트(Soviet Russian Revolutionary Military Soviet. 레보엔소베트 Revvoensovet)에 복종하는 적군의 일부라고 주장하고 있다. 이 문서는 특히 극동 공화국에서의 민주주의는 완전 형식적인 것이라고 명백하게 진술하고 있다.

통합 회의는 1920년 10월 28일-11월 10일까지 열렸다. 그것은 극동 공화국이 독립적이고, 민주적이며, 주권을 가진 국가라고 천명한 '독립 선언'을 채택했다. 이 '독립 선언'은 국제 사회의 우호적인 반응을 얻어내기 위해 고안된 것이었다. 통합 회의는 또한 헌법을 채택하여 다시 크라스노쇼코프가 이끄는 극동 공화국 정부를 재구성하기 위해 1921년 2월 극동 공화국 제헌 의회를 소집하기로 결정했다.

제헌 의회 선거가 1921년 초엽에 열렸다. 일본의 간섭에 적대적이었던 공산주의자들과 그 지지자들이 선거에서 약 80%의 지지를 받았다. 제헌 의회(1921년 2월 12일 – 4월 27일)는 다음과 같은 헌법을 채택했다.

- 극동 공화국은 민주 공화국이라고 선언한다.
- 모든 계급의 인민들의 평등을 천명한다.
- 보편적인, 직접적인, 그리고 평등한 투표권을 제정한다.
- 모든 형태의 소유권을 위한 평등을 천명한다.
- 극동 공화국의 구조를 제정한다.

헌법은 특히 미국과 일본 같은 국제 사회의 눈으로부터 공산주의 통제라는 사실을 숨기려고 하는 위장술이었다.

때때로 인민들은 속아 넘어가는 것을 선택한다.
        − 극동 공화국 창설에 대한 국제사회의 반응에 대한
    극동 공화국 수반 크라스노쇼코프(A. M. Krasnoshchokov)의 언급

극동 공화국의 진정한 성격은 공산당 중앙 위원회가 전에 언급한 〈극동 공화국에 대한 간편 테제〉에 의해 정의되었다. 비록 극동 공화국에서의 최고 기구인 인민 의회(People's Assembly. 나로드나에 사브라니에 Narodnoe sobranie)가 보편적이고 직접적인 비밀투표에 의해 선출되었다지만, 공산주의자들은 자신들에게 우호적인 당들을 구성할 수 있는 몇 가지 수단들을 갖고 있었다. 이것은 1922년 여름에 생생하게 드러났는데, 그 당시 공산주의자들은 소위 '인민의 적들'로부터 투표할 권리를 빼앗았고, 선거를 두 번씩, 심지어 세 번씩 각색해 냈으며, 또한 그들이 승리할 수 있도록 해주는 선거 방식을 직접 이용했다. 공산주의자들과 그 지지자들은 선거의 66%를 '수집했다(collected)'. 게다가 인민 의회에 허용된 권력은 극히 제한적이었다. 인민 의회는 법을 통과시키기 위해, 또한 총리와 정부 각료들을 선출하기 위해 짧은 회기 동안만 열렸다.

이 완충 국가에서의 진정한 지도자는 극동 공화국 정부였는데, 그것은 대통령의 권력과 함께하고 있는 집단 권력 기구였다. 그것은 각료 위원회(Council of Ministers. 소브민 데베에르 Sovmin DVR)를 지명하고, 또 모든 행정활동을 지시했다. 정부의 포고령은 법적 지위를 갖고 있었다. 극동 공화국 정부 각료들은 사실상 공산당 중앙 위원회에 의해 결정되었고, 또한 전적으로 공산주의자들로 구성되었다. 그 수장 역시 공산주의자들의 '추천

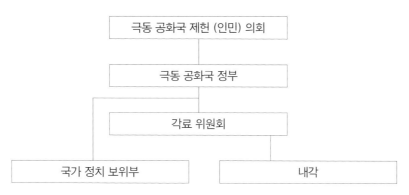

그림 25.3 극동 공화국의 국가 구조

극동 공화국 제헌 (인민) 의회

극동 공화국 정부

각료 위원회

국가 정치 보위부

내각

을 받은' 사람이었다.

극동 공화국의 행정 기구는 각료 위원회였다. 그것은 민주적 입장을 표명하는 연합 토대 위에 구성되었다. 위원회는 공산주의자 11명, 멘셰비키 3명, 사회주의 혁명당 1명, 그리고 인민 사회주의당(NS. Popular Socialist) 1명을 포함하고 있었다.

국가 조직 내에서의 하나의 특별한 기구는 국가 정치 보위부(State Political Guard. 가스폴리토흐라나 데베에르 Gospolitokhrana DVR)였다. 구조적으로 그것은 소비에트 체카(Soviet Cheka)나 게페우(GPU. KGB의 전신)의 하위 부서였다. 국가 정치 보위부는 극동 공화국 정부와 모스크바에 있는 체카(혹은 게페우)에 직접적으로 종속돼 있었고, 또한 전적으로 공산주의자들로 구성돼 있었다. 보위부를 통하여 공산주의자들은 극동 공화국에 대한 그들의 통제를 확실하게 하였다.

1921년 봄 일본 간섭주의자들은 그들 자신의 완충 국가를 창설하기 위한 마지막 시도를 했다. 1921년 5월 26일 블라디보스톡에서 한 군사 반란이 일어났다. 권력은 만주에서 연해주로 온, 일본군의 지지를 받는 백군 잔여 세력들에 의해 장악되었다. 메르쿨로프(S. D. Merkulov)가 이끄는 '아무르 임시정부(Provisional Government of the Amur)'가 구성되었다. 그것은 '검은 완충 국가(Black Buffer)', 혹은 '메르쿨로프쉬나(Merkulov shchina)'라는 별명을 얻었다.

스피리돈 디오니세비치 메르쿨로프(Spiridon Dionisevich Merkulov. 1870-1957년): 사업가 가정에서 태어난 그는 페테르부르크 대학을 졸업하고 법률가가 되었다. 그는 블라디보스톡에서 법정 변호인으로 일했는데, 극동에서의 노동 및 농업 분야 전문이었다. 적백내전 기간에 그는 블라디보스톡에서 살았다. 극동 공화국이 창설된 후, 그는 반(反) 사회주의 대중 조직인 '국민-민주주의 연합(National-Democratic Union)'을 창설하고 이끌었다. 1921년 그는 연해주에서 일어난 한 군사 쿠데타의 주동자 중 한 명이었다. 그는 '아무르 임시 정부'를 이끌었으며, 또한 일본의 간섭에 우호적이었다. 그는 극동 공화국에 대항하는 무장 반란 세력의 주동자 중 한 명이었다. 1922년 8월 그는 권력을 디테리흐스(M. K. Diterikhs) 장군에게 넘기고, 결국 캐나다로 이주했다.

일본군의 도움으로 메르쿨로프 임시정부는 극동 공화국으로 진격할 백군 반란군을 구성하기 시작했다.[124]

동시에 일본은 간섭을 멈추는 것에 관한 협상을 할 것을 제안했다. 협상은 1921년 8월 26일 - 1922년 4월 16일까지 중국의 대련(大連. Dairen. Dal'nyi 혹은 Dalian)에서 열렸으므로 '대련 회의(Dairen Conference)'라는 이름을 얻었다. 일본은 협상을 주도함으로써 워싱턴 국제회의[126]에서의 논제

---

124) 저자 주: 사실 백군 반란군은 주로 1920년 트랜스바이칼리아로부터 만주로 철수한 백군 부대들로 구성되었다.

들을 회피하려는 목적을 갖고 있었다. 대련 회의는 성과 없이 끝났으나, 일본의 간섭 문제에 대한 국제적인 관심을 끌어냈다. 일본이 시베리아로 영향력을 확장하는 것에 대해 불쾌하게 생각하는 미국과 기타 나라들의 압력을 받은 일본은 워싱턴 국제회의에서 자국 군대의 철수를 선언해야만 했다.

1921년 11월 대련 회의가 진행되는 동안에, 백군 반란군(약 1,200명)은 공산주의자들을 쫓아내기 위해 극동 공화국으로 진격하기 시작했다. 12월 백군 반란군은 하바롭스크를 장악하면서 진격하다가 극동 공화국 인민 혁명군(PRA)에 의해 인(In) 철도역에서 저지당했다.

2월 5-14일 사이에 백군 반란군과 인민 혁명군 사이의 결정적인 전투가 볼로차예프카(Volochaevka) 역에서 벌어졌다. 블류헤르(V. K. Bliukher)가 이끄는 적군 세력(약 8,000명)은 영하 35도의 추위 속에서 숫자가 불어난 백군 세력(약 5,000명)을 공격했다. 측면 공격 등의 치열한 전투 끝에, 백군 세력은 요새를 버리고 도망가면서 패배했다. 2월 14일 적군 세력은 다시 하바롭스크를 수복했다. 백군 반란군은 일본군의 보호를 받으며 연해주 남쪽으로 후퇴했고, 1922년 10월까지 휴전이 유지되었다.

바실리 콘스탄티노비치 블류헤르(Vasilii Konstantinovich Bliukher, 1889-1938년): 야로슬라브(Yaroslav) 주의 농민 가정에서 태어난 그는 일요 학교(Sunday school)에서 교육을 받았다. 1904년부터 그는 페테르부르크에 살

---

125) 저자 주: 워싱턴 국제회의는 1921년 11월 12일 - 1922년 2월 1일까지 열렸다. 거기에는 미국, 영국, 프랑스, 일본, 중국, 이탈리아, 벨기에, 네덜란드, 포르투갈 등의 나라들이 참석했다. 회의는 아시아-태평양 지역에서 강대국들의 영향력을 조정하면서 국제적 협력에 관한 문제들을 논의했다. 극동 공화국 대표단은 회의에 참석하여 일본의 간섭에 대한 서류들을 제출했다.

면서 일했고, 또한 노동자 문제에 관여하고 있었다. 1910년 그는 모스크바에서 한 파업을 주도했다가 3년형을 선고받았다. 1914-1915년 그는 군대에 복무했는데, 초급장교로 전쟁에 참여했다가 심한 부상을 당했다. 1916-1917년 그는 니즈니노브고로드(Nizhnii Novgorod), 카잔(Kazan), 사마라(Samara)에서 공장일을 했다. 그는 1916년 사회주의 혁명당 당원이 되어 볼셰비키를 지지했다. 1917-1918년 그는 한 적위대 지대를 지휘했다. 1918년 첼랴빈스크(Cheliabinsk) 소비에트의 의장으로서 그는 남부 우랄 적위대를 이끌고 적의 포위망을 뚫고 탈출하는 데 성공했다. 그는 또한 적의 후미 깊숙이 공격을 가함으로써 큰 타격을 주었고, 그로 인해 그는 적기(赤旗) 1호 메달을 수여받았다. 1918-1920년 그는 적군 라이플총 사단의 지휘를 맡아 토볼스크-페트로파블로프스크 전투에, 그리고 크리미아(Crimea)의 유명한 페레코프 공격(Perekop Assault)에도 참여했다. 1921-1922년 그는 극동 공화국의 전쟁장관, 그리고 인민 혁명군(PRA) 사령관이었다. 그는 인민 혁명군을 재구성했는데, 그 전투 능력을 개선시켜 볼로차예프카(Volochaevka) 전투에 참여했다. 1922-1928년 그는 페트로그라드(Petrograd. 즉 Leningrad)의 한 군단의 지휘를 맡았고, 1924-1928년 그는 중국의 주요 군사 고문이었다. 1928-1929년 그는 우크라이나 군사 지역 군대의 사령관, 1929-1938년 특수 극동군의 사령관이었고, 또한 중국 동청 철도(Chinese Eastern Railway) 분쟁 사건(1929년)과 하산(Khasan) 호 분쟁 사건(1938년)에 대한 군사작전 지휘관이었다. 1934-1938년 그는 공산당 중앙 위원회의 대체 위원이었다. 1935년 그는 소련의 원수(5명 원수 중 한 명)로 승진했다. 1938년 8월 그는 시베리아로부터 소환되어 체포되었다가 11월 총살당했다.

1922년 여름 일명 '전국 회의(젬스키 소보르 Zemskii sobor)'가 남부 연해주에서 열렸는데, 그 전국 회의에는 오로지 백군 지지자들만이 참여했다. 전국 회의는 권력을 디테리흐스(M.K. Diterikhs) 장군에게 위임하면서 '연(沿)아무르 왕국(프리아무르 Priamur Monarchy)'의 창설을 선포했다. 이런 시도는 로마노프 왕조의 도움으로 국제적 지지를 이끌어 내고자 하는 희망으로 행해진 것이었다.

미하일 콘스탄티노비치 디테리흐스(Mikhail Konstantinovich Diterikhs, 1874-1937년): 귀족 가문에서 태어난 그는 꼬르 데 빠쥬(Corps des pages)[126]와 참모 아카데미(General Staff Academy)를 졸업하고 군복무를 시작했다. 그는 러-일 전쟁(1904-1905년)과 제1차 세계대전에 참여했다. 1915년 그는 소장으로 진급했다. 1917년 가을 그는 러시아 육군 본부의 병참감이 되었다가 체코 군단의 참모장이 되었다. 그는 체코 군단 반란의 주역 중 한 명이었다. 1918-1919년 그는 시베리아 백군을 지휘했다. 1919년 7월부터 그는 콜착 정부에서 전쟁 장관이었고, 또한 토볼스크-페트로파블로프스크 전투에서 백군 세력을 이끌었다. 1920-1921년 그는 만주로 이주해 살았다. 그는 러시아 왕정의 복원을 지지했다. 1922년 그는 남부 연해주로 가서 메르쿨로프를 권좌에서 쫓아내고 자신이 권력을 잡았다. 그는 스스로 독재자임을 선언하고 '연(沿)아무르 왕국'을 만들었다. 일본의 간섭이 끝나고 백군 세력이 패배한 후, 그는 중국 상해로 이주했다.

1922년 8월 일본군이 시베리아로부터 철수하기 바로 전날, 일본 , 극동

---

126) 저자 주: 꼬르 데 빠쥬는 9-20세 사이의 러시아 귀족 자제들을 위한 엘리트 기숙학교였다.

공화국, 그리고 소비에트 러시아의 대표들이 중국의 장춘(長春. Chang chun)에서 모여 협상을 벌였다. 일본은 러시아 극동에서의 '특별한 권리'를 주장했으나, 성공하지 못했다. 1922년 10월 25일 일본군은 사할린의 북부 지역을 제외한 모든 극동 공화국 영토로부터 철수했다.

1922년 10월 극동 공화국의 인민 혁명군(PRA)은 스파스크(Spassk)와 모나스티리셰(Monastyrishche)에서 백군 세력을 물리치고 '검은 완충 국가(Black Buffer)'를 제거했다. 1922년 10월 25일 적군 세력은 블라디보스톡을 장악했고, 이것으로 시베리아에서의 적백내전은 종말을 고했다.

> 메르쿨로프와 그의 계승자인 디테리흐스의 18개월 동안의 연해주 지배는
> 시베리아 백군 운동의 진기한 끝맺음이다. 이 끝맺음은 일본의 블라디보스
> 톡 점령이 길어졌기 때문에 1922년 말까지 지속되었다.
>
>   – 러시아 역사가이자 정치가 밀류코프(P.N. Milukov)

끝장난 일본의 간섭, 백군 세력의 패배, 그리고 '검은 완충 국가'의 소멸은 극동 공화국의 존재를 더 이상 불필요하게 만들었다. 1922년 11월 14일 극동 공화국의 인민 의회는 공산당 중앙 위원회 극동 지국의 결정에 따라, 극동 공화국이 소비에트 러시아에 포함돼야 한다는 것을 러시아 정부에 요청했다. 11월 15일 소비에트 최고 중앙 집행 위원회(VtsIK)는 극동 공화국이 헌법상 러시아 연방의 일부라고 선언하면서 극동 공화국을 폐지했다. 이렇게 완충 국가의 존재는 사라졌다.

제8부

1920-1922년대 및 그 이후의 시베리아

제26장
시베리아의 외교 정책 상황

　1920년대에 소련(USSR)과 국제 공산당(코민테른 Comintern)[127]의 당 중심 국가 운영은 아시아에 공산주의를 확산시키려는 시도를 하고 있었다. 중국은 이런 활동의 주요 목표가 되었고, 또한 시베리아는 그 기지로 작동하고 있었다.

　1920년 코민테른의 극동 지부가 이르쿠츠크에 설립되었는데, 그것은 동아시아에서 중국과 기타 나라들에게 공산주의를 확산시키고, 혁명 활동을 조직하기 위한 것이었다.

　1920년대 초엽 소련은 시베리아로부터 예전에 중국의 일부였던 몽골과 투바(Tuva)까지 직접 지배를 완성시켰다.[128] 1921년 백군 세력과 싸우고 있는 와중에서 적군은 중국군을 몰아내면서 몽골과 투바를 장악했다. 2개의 독립국가들, 몽골 인민 공화국과 투바 인민 공화국의 탄생이 선포되었고,[129] 권력은 현지 공산당에게로 이양되었다. 사실상 양 국가들은 정치

---

127) 저자 주: 국제 공산당(1919~1943년)은 공산당이 중앙집권화된 하나의 연합이었다. 그것은 모스크바에서 탄생했는데, 러시아 혁명을 지지하고, 세계에 공산주의와 공산주의 혁명을 조장, 확산시키기 위한 것이었다. 1920년 제2차 코민테른 회의에서, 그 지도자이자 볼셰비키 당수인 레닌은 세계 공산주의 혁명은 아시아에서의 국가 해방 운동을 통해 촉진됨으로써 식민지를 갖고 있는 제국주의자들과 유럽 자본주의를 약화시킬 수 있다고 결론지었다.

128) 저자 주: 10월 혁명 이후, 중국은 몽골의 자치권을 포기하고, 투바를 러시아 보호령으로 인정했다. 따라서 러시아 군대가 투바에 주둔했다.

129) 저자 주: 몽골 인민 공화국은 1924년 선포되었다.

적, 경제적, 그리고 이념적으로 완전히 소련에 예속되어 있었다.

1920-1940년대 동안 소련은 외교적 및 군사적 조치들을 이용하여 예전에 잃어버렸던 거의 모든 시베리아 영토를 되찾는 데 성공했다. 이런 영토에는 사할린 섬, 투바, 그리고 쿠릴 열도 등이 포함되어 있었다.

1925년 1월 북경에서 소련-일본 간 협상이 종료되었고, 다음과 같은 사항들이 포함되었다.

- 북부 사할린으로부터 일본군 철수
- 소련과 일본 사이의 외교관계 구축
- 북부 사할린에서 기름과 석탄을 채굴할 수 있는 특권을 일본에 허용
- 러-일 전쟁의 결과물인 1905년 포츠머스 평화조약의 인정

그러나 소련은 이 협상을 위한 어떠한 정치적 책임도 지켜지지 않았다고 선언했다.

1944년 제2차 세계대전의 와중에 소련은 투바 인민 공화국을 폐지했다. 이런 행동은 표면상 투바의 요청에 따른 것이지만, 실상은 모스크바에 의해 촉발된 것이었다. 8월 17일 투바 인민 공화국의 인민 의회 특별 회의는 소련의 승인을 요청하는 선언문을 채택했다. 10월 소련 최고 소비에트는 이 요청을 승인하고 투바를 소련의 자치 지역으로 인정했다.

1945년 얄타 회담에서 채택된 결정에 따라,[130] 소련은 일본의 패배 이후

---

130) 저자 주: 얄타 회담은 1945년 2월 4-11일 열렸는데, 소련의 스탈린, 미국의 루즈벨트, 그리고 영국의 처칠이 참석했다. 회담은 전후 세계 복구의 문제들을 논의했다. 소련은 일본과의 전쟁에 참여하기로 동의했는데, 조건은 사할린 남부와 쿠릴 열도를 일본으로부터 넘겨받고, 1935년 소련이 일본에 넘겨주었던 중국 동청 철도의 관할권을 넘겨받으며, 또 여순 항의 권리를 회복하는 것이었다.

사할린 남부 절반과 쿠릴 열도들을 다시 차지했다. 이 영토들은 1945년 8월 소련-일본 간 전쟁에서 적군의 사할린 및 쿠릴 열도 작전을 통해 다시 차지하게 되었다. 양쪽 작전들은 푸르카예프(M.A. Purkaev) 장군이 태평양 함대와 연계해서 지휘한 제2 극동 전선 부대들에 의해 수행되었다.

사할린 작전은 1945년 8월 11-25일 실시되었다. 처음에 적군은 병력수를 두 배로 늘리고 기술적으로 압도적 우위를 점하는 이점을 갖고 있었다. 섬에 있는 일본군은 거의 200대의 전투기와 100대 이상의 탱크를 가진 소비에트에 맞서 단 1대의 전투기도 갖고 있지 못했다. 그러나 일본군은 전선을 따라 잘 구축된 방어 진지들, 즉 콘크리트로 강화된 17개의 토치카, 그리고 많은 공병용 방어 구축물들을 갖추고 있었다. 또한 이런 구축물들은 거의 지나갈 수 없는 습지들에 의해 보호되고 있었다. 일주일 내내 적군 부대는 일본군의 방어막을 돌파하려고 맹렬한 공격을 퍼부었다. 8월 16일 일본군의 뒤쪽에 있는 사할린 서부 해안선에서 상륙작전이 시작되었다. 8월 18일 일본군의 방어막이 뚫리면서 적군 부대가 남쪽으로 진출했다. 8월 19일 일본군은 조건부 항복을 선언했다. 그럼에도 불구하고 적군 부대가 남부 사할린 주요 도시들, 토요하라(Toiokhara. 유즈노-사할린스크 Yuzhno-Sakhalinsk), 그리고 오토마리(Otomari. 코르사코프 Korsakov)를 점령할 때까지 전투는 8월 25일까지 계속되었다. 사할린 작전 동안 1만 8,000명의 일본군 장교 및 병사들이 포로로 잡혔다.

소련군은 쿠릴 열도에서 훨씬 더 복잡한 상황에 부닥쳤다. 이곳에서는 일본군에 이점이 있었다. 일본군은 소련군보다 병력수와 무장에서 앞섰다. 예를 들면, 쿠릴 열도의 북쪽 끝단 섬인 슘슈(Siumsiu. 혹은 Shumshu)에는 60대의 일본군 탱크가 있었던 반면, 소련군 해병은 탱크가 한 대도 없었다. 게다가 일본군은 강화된 콘크리트 토치카들, 50m 깊이에 달하는 복잡한 지하 방어 구축물, 그리고 기타 방어 시설들을 포함한 가공할 만한 방어 체제를 갖추고 있었다. 그러므로 일본의 완전한 군사적 패배가 명확해질 때에만 쿠릴 침공 작전 개시 결정이 내려질 수 있었다. 작전은 1945년 8월 18일 슘슈 섬 상륙 작전을 기점으로 시작되었다. 소련군은 교두보를 확보했으나, 곧 어려운 상황에 맞닥뜨렸다. 일본군은 많은 병력을 이용하여, 탱크와 포병의 지원을 받아 공세적으로 나왔다. 소련군은 용감하게 저항하면서 일본군 탱크 38대 중 32대를 파괴했다. 맹렬한 전투가 그날 밤 늦게까지 계속되었다. 8월 19일 아침 일본군은 조건부 항복을 선언했다. 1945년 9월 1일 소련군은 쿠릴 열도 전부를 장악했고, 약 6만 명의 일본군 장교 및 사병들을 포로로 잡았다.

사할린과 쿠릴 작전 동안 적군 병사들은 영웅적 자질, 상호 협조 정신, 자기 희생 정신 등을 보여 주었다. 수천 명의 적군 군인들이 전쟁에서의 영웅적 행위로 인해 메달을 수여받았다. 사할린 작전에서 5명, 그리고 슘슈 작전에서 9명의 군인들이 소련 최고 군사 영웅 칭호를 받았다. 그들 중에는 사할린 작전에서의 안톤 부유클리(Anton Buiukly) 병장, 그리고 슘슈 작전에서의 2명의 수병들 니콜라이 빌코프(Nikolai Vilkov)와 표트르 일리초프(Pyotr Il'ichov)가 있었는데, 그들은 토치카의 총안(銃眼)을 온몸으로 막는 희생을 함으로써 동료들을 구해 내는 공적을 이루었는데, 이것은 마트로소프(A. Matrosov)의 불멸의 공적을 다시 한번 보여 준 것이었다.

적백내전의 끝 무렵부터 20세기 말까지 시베리아의 안전은 소련(나중에 러시아 연방)과 이웃 나라들(중국, 몽골, 일본, 북한, 남한, 미국 등) 사이의 국제 협약에 의해 유지되었다.

그러나 시베리아 국경 지대들은 이웃나라들과의 갈등으로 여러 번 침범의 대상이 되어 왔다. 이런 갈등은 세 번씩이나 심각한 무장 충돌로 발전했다.

그중 첫 번째는 1929년 10월 일어난 일명 '중동철도(CER) 분쟁'[131] 사건
이었다. 그것은 소련-중국 관계가 악화되면서 발생했다. 1929년 7월 중국
정부는 코민테른이 조직해서 일어난 관차우(Guanchow. 혹은 칸톤 Canton.
역주: 현재의 광저우. 廣州) 도시의 봉기 사건에 대응하여 소련에 속한 중동
철도에 대한 통제권을 장악했다. 중국군이 시베리아 국경지대를 공격했다.
시베리아 국경 지대를 방어하기 위해 소련은 블류헤르(V.K. Bliukher)의 지
휘 아래 약 2만 명에 달하는 특별 극동군(Special Far Eastern Army)을 만들
었다. 수적으로 우세한 중국군보다 기술적으로 우세한(비행기, 탱크 등) 소
련군은 3개 작전에서 13만 명의 중국군을 물리치면서 푸진(Fujin. 富錦), 미
샨(Mishan, 密山), 만저우리(滿洲里), 하일라르(Hailar. 海拉爾) 등을 장악했
다. 이후로 충돌에 종지부를 찍는 협상이 시작되었다. 1929년 12월 27일
하바롭스크에서 소련과 중국은 중동철도 지배권이 예전처럼 소련으로 되
돌아가는 것에 합의했다.

거의 10년 후, 일본군은 하산(Khasan) 호에서 분쟁을 일으켰다. 그 목적
은 전쟁이 벌어질 경우 적군의 전투 능력을 측정해 보는 것이었다. 1938년
7월 29일 일본군 대대 병력이 소련 국경을 침범했으나 전투 후 퇴각했다.
7월 31일 일본군 2개 연대가 포병의 지원을 받아 새로운 공격에 나서서 하
산 호 부근의 여러 구릉들을 점령하여 진지를 구축하기 시작했다. 7월 31
일부터 8월 2일까지 적군 부대들은 여러 차례 공격을 가해 일본군을 쫓아
내려 했으나 실패했다. 이후로 소련군은 일본군에 대규모 공격을 가하기로

---

131) 역주: CER(Chinese Eastern Railway). 中東철도. 혹은 東靑철도. 혹은 長春철도. 중
동철도 분쟁 사건은 봉소(奉蘇) 전쟁으로도 불린다. 즉 봉천(奉天) 군벌 장학량 군대와
소련 사이의 분쟁이었으므로 봉소 전쟁으로도 불린다.

결정했다. 이 작전의 지휘는 블류헤르 원수(Marshal Bliukher)가 맡았다. 약 2만 3,000명의 병력, 237문의 대포, 285대의 탱크, 250대의 비행기 등으로 구성된 공격 부대가 구성되었다. 8월 6-9일 동안 이 공격 부대는 일본군 (포병을 동반한 약 1만 명의 병력)을 구릉 고지로부터 몰아내고 국경선을 회복하는 데 성공했다. 1938년 8월 11일 하산 호 전투는 소련 주재 일본 대사와 소련 외교부 사이의 모스크바 협상 이후에 종료되었다.

세 번째 무장 충돌은 1969년 3월 2-21일 동안 우수리 강에 있는 다만스키 섬(Damanskii Island. 혹은 전바오다오 珍寶島)에서 일어났다. 그것은 아무르 강, 아르군(Argun) 강, 그리고 우수리 강을 따라 형성된 국경선에 불만을 품은 중공 정부에 의해 조직된 것이었다.[132] 분쟁은 소련-중공 관계가 악화되던 시기에 일어났다. 3월 2일 중공군 대대 병력이 박격포의 지원을 받아 갑자기 소련 국경 수비대를 공격하여 다만스키 섬을 점령했다. 그러나 3월 2-3일 전투를 통해 중공군은 격퇴당했다. 이후로 양측은 병력을 증강시켰다. 3월 14-16일 탱크와 대포를 동원한 전투가 벌어지면서 여러 번 주인이 바뀌었다. 마지막으로 소련군은 중공군을 섬 밖으로 몰아내는 데 성공했다. 3월 21일 다만스키 섬에서의 분쟁은 중지되었다.

소련은 시베리아 영토의 안전을 지켜내는 데 성공했다. 그럼에도 불구하고 일부 시베리아 영토에 대한 위협은 여전히 존재하고 있었다. 중국과 러시아 사이의 국경을 형성하고 있는 아무르 강과 우수리 강에 있는 섬들은 외교적 분쟁의 주요 원인으로 남아 있었다. 쿠릴 열도 역시 러시아와 일본 사이의 긴장의 요인이었다.[133] 이것은 제2차 세계대전이 끝난 후 맺어진

---

132) 저자 주: 중공 정부는 국경선이 강들의 중공 쪽 둑을 따라, 그리고 소련에 속한 섬들을 따라 그어진 것에 불만을 품고 있었다.

133) 저자 주: 일본은 최남단에 있는 섬들을 일본 영토라고 주장하면서 섬들을 분할하자고

평화조약의 결론이지만, 일본-러시아 관계의 완전 정상화를 가로막는 요인이기도 하다.

주장하고 있다.

제27장
시베리아의 행정

소련의 다른 지역들과 마찬가지로 시베리아에서도 정부의 당-국가 시스템이 1920년대-1991년까지 작동해 왔다. 모든 중요한 결정은 공산당에 의해 이루어졌다. 정부 기구들은 당 기관의 감독 아래 이런 결정들의 실행을 위임받았다. 이런 시스템은 극히 경직된 중앙집권적 권력구조를 보여주고 있었다.

1922-1925년 사이에 시베리아 대부분은 공산당 중앙 위원회 시베리아 지국(시뷰로 Sibbiuro)과 시베리아 혁명 위원회(시브레브콤 Sibrevkom)에 의해 관리되고 있었다. 예전의 극동 공화국의 영토는 공산당 중앙 위원회 극동 지국(달뷰로 Dalbiuro)과 극동 혁명 위원회(달레브콤 Dalrevkom)에 의해 운영되었다. 1925년 이후, 공산당 지역 위원회와 지역 소비에트들이 시베리아를 지배하기 시작했다. 그들은 지역 당 기구들과 소비에트들을 통제했다.

1936년 새로운 소련 헌법이 채택된 후에, 시베리아에서의 정부 구조는 다소 변했다. 지역 당 위원회와 지역 소비에트 모두에게 동등한 권리가 주어졌다. 모든 연방 및 러시아 공화국 소비에트 중앙 집행 위원회들(VTsIK SSSR과 VtsIK RSFSR)은 상응하는 최고 소비에트들(Supreme Soviets)로 대체되었다.

1991년 소련과 공산주의 체제의 붕괴 이후, 시베리아의 공화국, 지역, 자

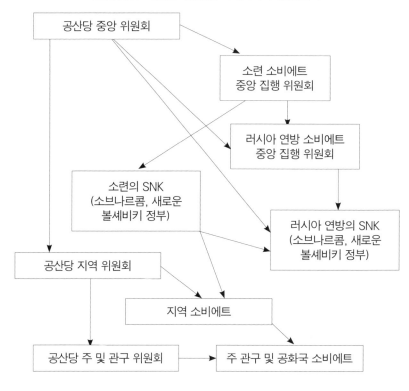

그림 27.1 1925-1936년 시베리아의 행정 조직

공산당 중앙 위원회

소련 소비에트
중앙 집행 위원회

러시아 연방 소비에트
중앙 집행 위원회

소련의 SNK
(소브나르콤, 새로운
볼셰비키 정부)

러시아 연방의 SNK
(소브나르콤, 새로운
볼셰비키 정부)

공산당 지역 위원회

지역 소비에트

공산당 주 및 관구 위원회

주 관구 및 공화국 소비에트

치 지역 등은 러시아 연방(Russian Federation, RF)의 주체(수벡티 subekty)로서 동등한 권리를 부여받았다. 그들 모두는 러시아 연방 정부와 대통령에게 직접 보고했다.

공산주의 체제의 붕괴, 소련의 해체, 그리고 러시아에 새로운 국가 구조의 탄생은 하나의 부정적 현상을 야기했다. 그것은 러시아라는 하나의 정체성을 위협했는데, 일명 '주권 행진(parade of sovereignties)'이라 불렸다. 이 기간 동안 러시아 연방의 각 지역들은 지역법이 연방법보다 우위에 있다고 간주하면서 특권을 확보하려고 시도했다. '주권 행진'은 시베리아에도 역시 널리 퍼지게 되었는데, 특히 연방 내 소수 민족 공화국들에서 널리 퍼졌다. 예를 들면, 그들 중 하나인 야쿠티야(Yakutia. 사하 Sakha) 공화국의 경우 러시아 민족의 권리가 침해받기 시작했고, 투바(Tuva. 티바 Tyva) 공화국에서는 1990년대 초 반(反)러시아 민족 학살 행위들이 있었고, 그로 인해 러시아 민족이 타지로 탈주하는 일이 벌어졌다.

연방 당국은 중앙에서 멀리 떨어진 지역들과 전쟁을 치를 수 없는 상태였다. 이런 문제를 극복하기 위해 2000년 대통령 전권대사들이 파견되어 러시아 전역에 걸쳐 연방 관구들(federal districts. 오크루크 okrugs)이 만들어졌다.

이것들은 연방 내 모든 지역들에 대한 통제권을 갖기 시작하면서 '주권 행진'에 종지부를 찍는 데 성공했다. 시베리아 영토는 3개의 연방 관구들로 구분되었다. 즉 풀리코프스키(K. B. Pulikovskii)가 이끄는 극동, 드라체프스키(L. V. Drachevskii)가 이끄는 시베리아, 그리고 라티셰프(P. M. Latyshev)가 이끄는 우랄이 그것이었다.

1920-1990년 동안 시베리아의 행정적 구분은 여러 번 바뀌었을 뿐이지만, 영토적 구분은 그보다 더 자주 바뀌었다.

1922년 다음과 같은 것들이 새로 만들어졌다.

- 극동 주(Far Eastern Oblast. 극동 공화국을 대체하면서 중심지는 치타 Chita)
- 야쿠트(Yakut) 소비에트 사회주의 자치 공화국(야쿠츠크 주 Yakutsk Oblast를 대체하면서)
- 오이로트 자치주(Oirot Autonomous Oblast. 1948년의 고르노-알타이 Gorno-Altai 자치주를 개명하면서 중심지는 오이로트-투라 Oirot-Tura)
- 부랴트-몽골(Buriat-Mongol) 자치주

- 키르기즈(Kirghiz) 소비에트 사회주의 자치 공화국(이전의 여러 시베리아 지역들, 즉 이르티쉬 강의 오른쪽 둑과 파블로다르 Pavlodar의 도시들, 세미팔라틴스크 Semipalatinsk, 우스트-카메노고르스크 Ust-Kamenogorsk, 그리고 페트로파블로프스크 Petropavlovsk 주변 지역을 포함한)

1923년 새로운 부랴트-몽골 소비에트 사회주의 자치 공화국이 이전에 2개로 분리된 부랴트 지역들을 통합하면서 만들어졌다. 이 공화국의 중심지는 베르흐네우딘스크(Verkhneudinsk. 1934년 울란-우데 Ulan-Ude로 개명된)였다.

1925년 시베리아 영토는 시베리아 변강주(Siberian Krai)와 극동 변강주(Far Eastern Krai)로 다시 분리되었다. 시베리아 변강주의 중심지는 노보니콜라예프스크(Novonikolaevsk. 1926년 노보시비르스크 Novosibirsk로 개명된)였고, 극동 변강주의 중심지는 치타(Chita)였다가 나중에 블라디보스톡으로 이전되었다.

1930년 시베리아 변강주는 서부 시베리아 변강주(중심지는 노보시비르스크)와 동부 시베리아 변강주(중심지는 이르쿠츠크)로 또 나뉘었다. 트랜스바이칼리아는 극동 변강주로부터 동부 시베리아 변강주로 이전되었다. 이외에도 새로운 소수민족 구분이 이루어졌다. 즉 하카스족 자치주(Khakass Autonomous Oblast. 중심지는 아바칸 Abakan), 그리고 코랴크족(Koriak), 오스티약-보굴족(Ostiako-Vogul), 타이미르족(Taimyr), 추코트족(Chukotsk), 에벤키족(Evenk), 야말-네네츠족(Yamalo-Nenetsk) 자치 관구(autonomous okrugs)가 그것이다.

1934년 새로운 크라스노야르스크 변강주가 동부 시베리아 변강주로부터, 그리고 옴스크 변강주가 서부 시베리아 변강주로부터 만들어졌다. 극

동 변강주에서 만들어진 하나의 특별하고 새로운 행정체는 유태인 자치주
(중심지는 비로비잔 Birobidzhan)였다.

1937년 또다시 주요 행정적 재조직이 행해졌다. 서부 시베리아 지역은
알타이 변강주(중심지는 바르나울), 이르쿠츠크 주, 노보시비르스크 주, 그
리고 치타 주로 나뉘었고, 그리고 동부 시베리아 지역은 아긴스크(Aginsk)
부랴트 자치 관구와 우스트-오르딘스크(Ust-Ordynsk) 부랴트 자치 관구
들로 나뉘었다. 1년 후 극동 변강주는 연해(Primorsk. 중심지는 블라디보스
톡) 변강주와 하바롭스크 변강주로 나뉘었다.

1940년대 중반 우랄 지역 일부가 쿠르간(Kurgan) 주로, 노보시비르스크
주 일부가 케메로보(Kemerovo) 주와 톰스크 주로, 그리고 옴스크 주 일부
가 튜멘(Tiumen) 주로 되었다. 투바 지역은 투바 자치주가 되었다(중심지
는 키질 Kyzyl로 1961년 자치 공화국으로 승격되었다). 1947년 사할린 주가
유즈노-사할린스크(Yuzhno-sakhalinsk)를 중심지로 삼으면서 만들어졌다.
1년 후 하바롭스크 변강주 일부가 아무르(Amur) 주로 되었고, 1953년 캄
차카 주(중심지 페트로파블로프스크-캄차츠키 Petropavlovsk-Kamchatskii)
와 마가단(Magadan) 주가 만들어졌다.

1992년 야쿠트, 부랴트, 그리고 투바 소비에트 사회주의 자치 공화국들
은 러시아 연방의 공화국들로, 그리고 고르노-알타이와 하카스 지역은 자
치주로 전환되었다.

2000년 시베리아 전체가 3개로 재구분되었다. 즉 우랄, 시베리아, 그리고
극동 연방 관구들이었다.

제28장
1920년대-1940년대의
사회 경제적 및 문화적 발전

적백내전에서 승리한 공산주의자들은 인민의 압박에 의해 전시 공산주의 정책을 폐기하면서, 다음과 같은 신(新)경제정책(NEP. New Economic Policy)으로 알려진 타협책을 도입하게 되었다.

- 잉여 농산물 강제 징발제(프로드라즈베르스트카 prodrazverstka)의 폐지와 각종 세제 도입
- 자유로운 무역 회복
- 화폐 유통과 은행 시스템의 회복
- 기업가 정신의 재(再)법제화
- 경제의 시장 원리 재도입
- 경제적 인허가의 갱신 및 승인과 대외 무역 회복

신(新)경제정책은 혁명과 전쟁으로 파괴된 나라의 경제를 회복시키면서 인민의 분노를 진정시킬 수 있었다.

시베리아에서는 러시아 전체와 마찬가지로 신경제정책으로의 전환이 이루어지면서 각종 세제가 잉여 농산물 징발제를 대체하기 시작했다. 각종 세제는 이전의 잉여 농산물 징발제의 50%였다. 그러나 시베리아에서 이런

도표 28.1 　시베리아의 가축 생산량 증가

가축 종류	1917년	1922년	1927년
소	260만(마리)	180만	290만
말	390만	340만	380만

* 극동 지역은 제외.

비율은 유럽 쪽 러시아보다 더 큰 것이었다. 곡물의 경우 유럽 쪽 러시아에서는 평균 12%인 데 반해, 시베리아에서는 20%에 달했다. 그럼에도 불구하고 각종 세제는 시베리아에서 농산물 생산량의 증가를, 특히 가축 생산량 증가를 촉진시켰다.

가축 생산량의 증가는 유명한 시베리아산 버터 생산량의 증가를 가능하게 했다. 1922년 시베리아의 버터 생산량이 6,000톤에 불과했던 반면, 1927년엔 3만 7,000톤으로 증가했다. 시베리아산 버터는 다시 중요한 수출 품목이 되었다.

신경제정책 기간에 시베리아의 농업은 그 지역이 필요로 하는 식량을 충분히 공급해 주었다. 그럼에도 불구하고 그것은 볼셰비키 혁명과 적백내전의 후유증을 완전히 극복해 내지 못했을 뿐만 아니라, 혁명 전의 생산량 수준에도 도달하지 못했다.

농업의 완전한 회복과 발전은 공산주의자들의 농업 정책으로 방해를 받고 있었다. 그들의 정책은 소위 쿨라키(Kulaki), 즉 가장 적극적이고 경제적으로 중요한 농민 계층의 활동을 제한하는 데 목적을 두고 있었다. 이에 따라 서서히 대다수 시베리아 농민들은 신경제정책과 그 결과에 불만을 갖게 되었다.

1922년부터 시베리아에는 무역과 소규모 산업에 있어서 사적인 기업 활동이 허용되었는데, 이것은 그 분야 사업의 발전을 촉진시켰다. 1925년 초 시베리아에는 8만 개 이상의 소규모 사적 사업체들이 있었다(신발, 의류, 주방 용품, 도구 등을 만들고 수리하는). 일부 사업체들은 국유화에서 벗어나 있었다. 즉 국유화된 1,500개 이상의 사업체들 중 약 50%가 이전 소유자들에게 되돌아갔다.

기업가 정신은 특히 소매 산업에 있어서 잘 발달돼 있었다. 1920년대에 시베리아에서 90% 이상의 소매 상품 유통은 사적 사업체들을 통해서 이루어졌다. 러시아 전역에 걸쳐 시장이 다시 형성되었다. 이르비트 시장(Irbit Fair)은 다시 한번 세계에서 가장 큰 시장 중 하나가 되었다. 이 모든 것으로 인해 시베리아의 많은 분야에서 야기된 심각한 물자 부족 사태를 극복할 수 있게 되었다.

경제 운용에 있어서 시장경제 방식을 이용한 것은 시베리아의 취약한 산업 기반을 재건시키는 데 도움을 주었다. 1927년경 산업 생산은 다시 한번 1913년 수준에 도달했다. 외국인 투자 허가는 이런 과정에서 중요한 역할을 했다.[134] 가장 큰 허가는 어업, 석유 산업(연해주와 북부 사할린), 그리고 금광 산업(예를 들면, 보다이보 Bodaibo에 있는 영국 레나 강 금광 회사 British Lena Gold fields Company)에 있었다.

그러나 일반적으로 신경제정책 시스템은 혁명 이전 시스템보다도 덜 효율적이라는 것이 판명되었다. 1920년대 후반기에 일단 인민들이 적백내전과 전시 공산주의의 재앙으로부터 회복되자, 대부분의 시베리아 사람들은 다소 신경제정책에 불만을 갖게 되었다. 농민들은 자신의 농장 발전에 가

---

134) 저자 주: 신경제정책 기간에 외국 자본은 허가 조건으로 사업에 참여하는 것이 허용되었는데, 소련 법을 준수하면서 기술 수준을 재건시키고, 혁명 이전의 생산량을 회복시키는 조건이었다.

해지는 제한들에 대해 불만을, 기업가들(네프마니 nepmany)은 자신의 경제활동에 대한 세 부담과 법적 보호 장치 부재에 불만을, 지식인들은 정치적 자유의 부재에 불만을, 그리고 노동자들은 낮은 생활수준[135]과 실업(1927년 시베리아에서 실업자 수는 6만 명을 넘어서고 있었다)에 불만을 갖고 있었다. 또 다른 한편으로는 많은 공산당원들이 신경제정책이 부르주아들에 대한 항복이라고 설득당하고 있었다.

1920년대 말 신경제정책은 폐지되었고, 소련 공산당 지도부는 사회주의 사회로의 전환을 가속시키기 위한 새로운 시도를 택했다. 시베리아와 시베리아 사람들은 이에 가장 적극적인 역할을 떠맡아야 했다. 잘 알려진 바와 같이, 소련에서의 가속화된 사회주의 건설은 3개의 주요 노선을 따라 진행되었다. 즉 경제의 산업화, 농업의 집단화, 그리고 문화 혁명[136]이었다. 이 모든 요소들이 시베리아에서 극단적인 형태로 실행되었다.

산업화 기간에 많은 산업체들이 시베리아의 다양한 지역들에 세워졌다. 방산업의 필요에 따라 광산과 야금 복합산업체들이 주도적이었다. 100개 이상의 새로운 석탄 광산이 건설되었다. 전기 발전소, 기계 제작 플랜트 공장, 그리고 철도 수송이 특히 집중적으로 발전했다. 발전소들은 많은 시베리아 도시들에, 특히 커다란 산업 플랜트 공장 부근에 지어졌다. 예를 들면, 노보시비르스크에 있는 농업 기계 플랜트 공장(시브셀마쉬 Sibselmash)과 이르쿠츠크에 있는 중공업 공장 등이다. 새로운 철도들이 건설되었다. 즉

---

135) 저자 주: 시베리아 노동자들의 평균 월급은 약 40루블이었는데, 성냥갑 1개가 14코페이카, 비누 하나가 28코페이카, 실 뭉치 하나가 20코페이카, 파라핀유 1리터가 6코페이카, 그리고 설탕 1kg이 36코페이카였다. 1루블은 100코페이카였다.

136) 저자 주: 여기에는 다음과 같은 것들이 포함되었다. 즉 생산 수단 사유화의 제거, 거래의 제한, 산업(특히 방산 관련) 발전의 가속화, 사유 농장의 폐지 및 집단화 강제, 산업화 요구에 맞는 교육 및 과학의 발전, 교육과 문화를 통해 인민의 마음속에 볼셰비키의 주요 교리들을 주입, 그리고 마지막으로 개인 숭배가 포함되었다.

그림 28.1 쿠즈네츠크 야금 기업합동

볼로차예프카(Volochaevka)에서 콤소몰스크-온-아무르(Komsomolsk-on-the-Amur)까지, 레닌스크-쿠즈네츠크(Leninsk-Kuznetsk. 콜추기노 Kolchugino)에서 노보시비르스크까지, 레닌스크-쿠즈네츠크에서 스탈린 스크(Stalinsk. 쿠즈네츠크)와 문디바쉬(Mundybash)까지, 노릴스크(Norilsk) 에서 두딘카(Dudinka. 북극권에 있는)까지, 그리고 극동에 있는 파르티잔스 크(Partizansk. 수찬 Suchan)에서 나호드카(Nakhodka)까지이다. 전체적으 로 이 노선들은 기존 노선에 1,000km 이상을 추가해 주었다.[137]

또한 새로운 산업체의 지점들이 전국적으로 만들어졌다. 예를 들면, 노 보시비르스크와 이르쿠츠크에 있는 항공 산업 공장들, 사할린에서 끌어다 쓰는 하바롭스크 정유 공장 등이다.

쿠즈바스 지역(Kuzbass. 쿠즈네츠크 석탄 광산 지역)은 현저히 빠르게 발 전했다. 대규모 석탄 광산, 코크스 제조 플랜트 공장, 그리고 세계에서 가장 큰 산업체 중 하나인 쿠즈네츠크 야금 기업합동(콤바인 Combine)이 여기

---

137) 저자 주: 이외에도, 1925년 아친스크(Achinsk)와 아바칸(Abakan) 사이의 노선이 완 공되었다(460km).

에 건설되었다. 1930년대 말 소련의 제2 군산(軍産) 복합체가 우랄 지역과 서부 시베리아 지역에 건설되었다.

새로운 산업 시설들의 건설 이외에, 혁명 이전의 옛날 방식의 기업체들도 재건되었다. 이런 과정의 일부로서, 18세기에 창업한 시베리아에서 가장 오래된 공장 중 하나인 페트로프스크-트랜스바이칼(Petrovsk-Trans baikal) 야금 공장이 현대화되었다. 블라디보스톡에 있는 최초의 기계 제조 공장인 달자보드(Dalzavod) 역시 현대화되었다.

산업화는 소련의 다른 지역들과 마찬가지로 시베리아에서도 일에 대한 엄청난 열정을 만들어 냈다. 처음 5개년 계획의 마지막 무렵(1932년) 노동자들의 약 70%가 생산량과 생산성을 끌어올리는 '사회주의 경쟁'에 참여했다. 여기에서 유명한 것이 '스타하노프 운동(Stakhanovite Movement)'[138] 이었다. 그것은 시베리아에서 엄청난 영향을 끼쳤으며, 일부 쿠즈바스 광산 노동자들의 이름들이 그 놀라운 생산 업적 때문에 유명해졌다.

이런 과정의 결과로서, 시베리아는 산업 발전을 향한 의미 있는 걸음을 내디뎠다. 1917-1921년의 혁명적 사건들 이전에, 러시아 전체의 산업 생산량 중 시베리아가 차지하는 비율은 단지 3.5%에 지나지 않았다. 제2차 세계대전 바로 전에 이 비율은 10%를 넘지 않았다. 더 놀라운 것은 개별 부분에서의 성장 지수였다. 예를 들면, 1917년 이전에 시베리아는 단지 200만 톤의 석탄(러시아 전체 생산량의 8%)을 생산했을 뿐이었다. 1940년에는 3,900만 톤의 석탄이 채굴되었다(전체 생산량의 20%). 전기 생산에서도 엄청난 증가가 이루어졌다. 빠른 산업화가 시작되기 전인 1928년 시베리아는 시간당 1,500만kw(kilowatt)를 생산했다. 1940년경 이것은 시간당

---

138) 역자 주: 돈바스 탄광의 광부 알렉세이 스타하노프(Aleksei Stakhanov)의 이름을 딴 이 운동은 최대 성과를 거두기 위한 사회주의 경쟁이었다.

3억 2,000만kw로 증가했다.

대체로 이 시기는 지속적인 시베리아 산업 발전을 위한 굳건한 토대가 놓이는 시기였다.

농업 집단화 정책은 시베리아 사람들, 특히 농민들의 삶에 나쁜 영향을 미쳤다. 집단화 운동의 지지자들은 유럽 쪽 러시아보다 시베리아에 훨씬 더 적었다. 그래서 지방 당국들은 과업을 달성하기 위해 아주 거칠게 밀어붙여야만 했다. 부유한 시베리아 농민들은 집단화 정책 시작 전인 1928년 초 유명한 공산주의 지도자 스탈린이 곡물 강제 징발을 위해 시베리아를 순시하는 동안에 벌어진 최초의 공격에 이미 고통을 받아왔다. 스탈린은 시베리아 농민들을 '부농들의 파업(kulak sabotage)'으로, 그리고 지방 당국들을 '파업에 동조하는 자들'로 고발했다. 이런 약탈적 강제 징발이 이루어지는 동안 잉여 농산물 강제 징발제와 유사한 예외적인 조치들이 남발되어 부과되었다. '부농들의 파업'으로 고발된 수천 명의 농민들은 감옥에 투옥되었다. 공산주의자들은 시베리아에서 집단화 정책을 수행하기 위해 시베리아의 농업을 실제로 파괴시켜야만 했다. 이 시기에 시베리아에서만 약 15만 농민 가구들이 '부농에서 빈농으로' 추락했다.

이런 독재적 폭력에 대항하여 농민들은 시베리아 전역에 걸쳐 대규모 봉기들을 끊임없이 일으키기 시작했다. 봉기들은 1930-1933년까지 계속됐다. 변변한 무기도 없고 잘 조직되지도 않은 채로 수만 명에 달하는 농민들이 봉기에 참여했다. 이 봉기들은 지방 당국들에 의해 아주 야만적으로 진압되었다. 시베리아 변강주에 있는 툴룬 관구(Tulun Okrug)의 카르도이(Kardoi) 마을에서 그 지방 당국은 1930년 3월 봉기에서 집단화 지지자 5명이 살해당하자, 봉기에 참가했다는 이유로 58명의 농민들을 총살시켰다.

오로지 노동집약적 정책을 통하여, 믿을 수 없는 노력의 대가로, 그리고

도표 28.2   집단화가 야기한 시베리아 농업 생산량의 하락

	1928년	1932년
수확량(전체)	850만 톤	600만 톤
소	370만 두	190만 두
말	470만 두	180만 두

* 극동 지역은 제외.

폭력, 테러, 선동 등에 따른 많은 희생자들을 동반하면서, 공산주의자들은 시베리아 농민들의 집단화를 달성할 수 있었다. 약 2만 2,000개의 집단농장들과 731개의 기계 트랙터 배급소(MTS, Machine Tractor Station)들이 시베리아에 조직되었다.139)

집단화는 농업의 파괴를 가져왔다. 즉 농업은 20세기 말까지도 완전히 회복되지 못했다.

시베리아에서 집단화의 가장 직접적인 결과는 심각한 식량 부족 문제였는데, 이것은 제2차 세계대전 이전부터 시작해 전쟁이 끝난 후에도 계속되었다. 1933년 시베리아에서 평균 월급은 120루블이었는데, 버터 1kg 가격이 30루블, 그리고 우유 1L 가격이 2루블 30코페이카였다. 제2차 세계대전이 끝난 1946-1947년 시베리아는 기근 지역 중 하나가 되었다. 이것은 곡물 징발의 증가에 따른 식량 정책 실패에 기인한 것이었다.

문화 혁명은 시베리아의 모든 분야에 걸쳐 이행되었다. 가장 주목받은

---

139) 저자 주: 기계 트랙터 배급소는 여러 집단농장들을 위한 중앙 집중적인 기계화 기지였는데, 이것은 한정된 기계류를 농장들 사이에 나누어 이용할 수 있게 해주었고, 또한 농민들과 곡식 수확에 대한 공산주의식 통제를 용이하게 해주었다. 1937년 시베리아의 기계 트랙터 배급소는 4만 2,000대의 트랙터와 1만 5,000대의 콤바인 수확기를 보유하게 되었는데, 이것은 한 농장당 2대의 트랙터와 1대의 콤바인을 보유한 것이었다.

것은 교육의 발전이었다. 시베리아 전역에 걸쳐 소학교, 상급 교육 기관들 및 학문적 기관들이 개설되었다, 1941년경 2만 개 이상의 다양한 수준의 소학교들 및 70개 이상의 상급 교육 기관들이 있었다. 주도적인 기관들은 톰스크 대학(가장 오래된), 극동 대학(이전에는 동방 연구원 Oriental Institute), 이르쿠츠크 대학, 그리고 톰스크 기술 연구원이었다. 이런 활동의 결과, 1930년대경 공식적 통계에 따른 시베리아인들의 문자 해득 수준은 85%를 넘어섰다.

클럽, 도서관, 극장, 영화관, 박물관 등의 많은 문화적 기관들 또한 문을 열었다. 이들 중 가장 큰 것은 노보시비르스크에 있는 과학 기술 전당(지금은 오페라와 발레 극장)이었다. 문화 혁명 기간에 문학적 및 예술적 삶이 활성화되었다. 이 기간에 시베리아에서는 프세볼로드 이바노프(Vsevolod Ivanov), 리디아 세이풀리나(Lidia Seifullina), 그리고 나중에 소련 작가 연맹 회장이 된 알렉산더 파데예프(Alexander Fadeev)를 포함한 여러 유명한 작가들이 이런 활동을 이끌었다.

시베리아 원주민들의 문화적 발전을 이끌었던 것은 특별히 주목할 만한 일이었다. 1920년대-1930년대에 많은 원주민들에게 자치가 허용된 것은 이런 발전을 위한 이로운 환경 조건을 만들어 주었다. 교육 자치는 서서히 자신들의 민족 언어 사용, 민족 문학 및 민족 지식인들의 등장으로 이끌었다. 시베리아에서 가장 작고 가장 후진적인 민족들을 도와주기 위해, 1924년 북부 위원회(Committee of the North. 코미테트 세베라 프리 Komitet severa pri VTsIK RSFSR)가 설립되었는데, 이것은 이 소수 민족들의 모든 삶의 측면들에 관심을 기울였다.

동시에 문화 혁명의 다양한 목적 때문에 시베리아에서의 문화 혁명은 긍정적인 효과와 부정적인 효과 양면을 갖게 되었다. 그래서 부르주아 문화

그림 28.2　잡지《이르쿠츠크 노동자 예비학교(Irkutsk Workers' Faculty)》의 앞표지

와 종교적 미신에 대항해 투쟁한다는 맥락아래, 과거의 문화적 유산들 및 뛰어난 문화적 기념물들이 파괴되었다. 시베리아 모든 도시들과 마을들의 거리 이름들은 볼셰비키 교리에 따라 개명되어 인민들의 가슴에 각인되었다. 즉 알렉세예프스크(Alekseevsk)는 스바보드니(Svobodnyi. 자유)로, 베르흐네우딘스크(Verkhneudinsk)는 울란-우데(Ulan-ude. 붉은 우데 Red Ude)로, 콜추기노(Kolchugino)는 레닌스크-쿠즈네츠키(Leninsk-Kuznetskii)로, 쿠즈네츠크(Kuznetsk)는 스탈린스크(Stalinsk)로, 니콜라예프스크-우수리스크(Nikolaevsk-Ussuriisk)는 보로쉴로프스크(Voroshilov

그림 28.3 공산주의자들에 의해 파괴되기 전과 후의 이르쿠츠크 성당

sk)로 개명되었다.

이 기간에 시베리아 사람들의 삶을 되돌아보면 가장 중요한 사건들은 숙청과 굴락(GULAG) 같은 강제 수용소 시스템의 건설이었다. 숙청은 적백내전이 끝나자마자 시작됐다. 1920년대 숙청의 대상은 곡물 강제 징수에 대항해 일어난 농민 봉기 참여자들, 소위 '예전 사람들(former people)'[140], 네프멘(Nepmen)[141], '부농 파업자들(kulak saboteurs)' 등이었다. 수만 명의 시베리아 사람들이 이런 억압의 희생자가 되었다.

1920년대 말과 1930년대 초 시베리아에 새로운 숙청의 물결이 들이닥쳤다.

재산을 빼앗긴 농민들과 소위 '체제 파괴자들(브레디텔리 vrediteli)'이 그 희생자들이 되었다. 그 당시 서부로부터 재산을 빼앗긴 많은 농민들이 처음 시베리아에 도착했다. 그들은 '특별 재배치자들(스페츠페레셀렌치 spetspereselentsy)'로 불렸다. 이렇게 강제로 재배치당한 사람들은 자신의 정치적 및 시민의 권리를 박탈당했다. 그들은 특별 이주지로 이주당했고,

---

140) 저자 주: 오게페우(OGPU. 정치경찰. NKVD와 KGB의 전신) 문서들은 '예전 사람들'이란 용어를 사용했는데, 여기에는 부르주아, 지주, 백군 세력에 참여한 자, 그리고 차르 시절의 군장교, 정치인, 종교인 등이 포함되었다.

141) 역자 주: 시장경제를 재도입한 신경제정책으로 재산을 모은 신(新) 자본가들.

오게페우(OGPU) 조직의 감시를 받았다.[142] 1932년 시베리아에는 그런 사람들이 약 40만 명이나 되었다. 굴락(GULAG)이 만들어지기 시작한 것은 바로 이 시기였다.

1930년대 초 '체제 파괴 행위'에 대한 투쟁의 물결이 시베리아 전체를 휩쓸었다. 그것은 당국이 자신들의 경제적 실책을 변명하기 위해 사용했던 수단이었다. 혁명 전에 전문직에 종사했던 나이든 기술자들 및 기타 전문가들과 임의로 선택된 사람들이 '체제 파괴자들'로 고발당했다. '체제 파괴 행위'에 대한 투쟁의 규모는 대규모였다. 예를 들면, 1932년 한 해 동안만 서부 시베리아 지역 오게페우(OGPU)는 4,000명 이상의 '체제 파괴자들'을 체포했으며, 그들 중 절반 이상이 사형선고를 받고 총살당했다. 시베리아에서 가장 악명 높은 경우는 1931년 날조 조작된 '농민당(Peasant Party)' 재판 사건이었다. 세계적으로 유명한 경제학자들인 차야노프(A. V. Chaianov)와 콘드라티예프(N. D. Kondratiev)가 '체제 파괴 행위'로 고발당했다.

1936-1938년 대숙청(大肅淸. Great Terror)이 시베리아를 다시 한번 '감옥과 유배의 땅'으로 만들어 놓았다. 가장 크고 무시무시한 굴락(GULAG) 구조들인 '시브락(Siblag)', '달락(Dallag)', '밤락(Bamlag)', '예니세이락(Yeniseilag)', '오제르락(Ozerlag)' 등이 모두 여기 시베리아에 위치해 있었다. 이런 강제 수용소들에는 전국에서 온 수십만 명의 죄수들이 비인간적 환경 속에 모여 있었다. 대다수 시베리아의 거대한 산업체 플랜트 공장들을 돌아가게 만든 것은 그들 죄수들의 노동력 덕분이었다. 즉 노릴스크(Norilsk) 구리-니켈 공장이 그 대표적인 예이며, 또한 콤소몰스크-온-아

---

142) 저자 주: 1934년 '특별 재배치자들'은 '노동 이주자들(트루도포셀렌치 trudo-poselentsy)'로 재명명되었고, 1935년부터 그들의 정치적 권리가 복구되기 시작했다. 그러나 1937-1938년 새로운 억압이 그들에게 들이닥쳤다.

무르, 노보시비르스크, 그리고 기타 많은 시베리아 도시들과 마을들에 있는 공장들이 그것들이었다. 또한 다양한 사회적 계층 출신의 수십만 명에 달하는 시베리아 사람들이 이 대숙청의 희생자들이었다. 시베리아 모든 지역의 당-정 지도자들이 거의 모두 숙청당했다. 그들 중에는 전직 고위 지도자들인 스미르노프(I. N. Smirnov), 코쇼르(S. V. Kosior), 시르초프(C. I. Syrtsov), 에이헤(R. I. Eikhe) 등이 있었다.

로베르트 이드리코비치 에이헤(Robert Idrikovich Eikhe. 1890-1940년): 라트비아에서 노동자 계급 가정에서 태어난 그는 미타바(Mittava)란 도시에서 공장 노동자로 일했다. 1905년 공산주의자가 되어 혁명투쟁에 참여했다. 1908년 영국으로 이주했다가 1911년 다시 러시아로 돌아와 리가(Riga)에 살았다. 그는 라트비아 사회민주당 지도자들 중 한 명이었다. 1915년 그는 체포되어 시베리아로 유배당했지만, 곧 탈출하여 리가로 돌아왔다. 1917년 그는 라트비아의 혁명 사건들에 연루되었다. 1917-1919년 그는 라트비아의 볼셰비키 지하운동 지도자들 중 한 명이었다. 1920-1924년 그는 러시아 연방의 농업부에서 일했고, 1925-1927년 시베리아 지역 집행 위원회 의장이 되었다. 1929-1930년 그는 공산당 시베리아 지역 위원회 제1서기였고, 1930-1937년 공산당 서부 시베리아 지역 위원회 제1서기였다. 1925-1930년 공산당 중앙 위원회 대체 위원이었던 그는 1930-1937년 정식 위원이 되었을 뿐만 아니라, 정치국(Politbureau)의 대체 위원이 되었다. 그는 시베리아에서 산업화, 집단화, 그리고 문화혁명을 이끌었다. 그는 소련 농업부 장관이 되었지만, 이후 곧 체포되어 '인민의 적'으로 총살당했다.

제2차 세계대전 와중에, 그리고 종전 후에도 억압의 규모는 증가했다.

1937년 약 100만 명의 죄수들이 굴락에 수용되어 있었다. 1945년경 이 숫자는 150만 명으로 증가했으며, 1950년경에는 260만 명으로 늘어났다. 이들 중 상당수가 시베리아에 있었다. 종전 후 시기에도 죄수들은 앙가르스크(Angarsk) 정유 공장, 타이셰트-레나(Taishet-Lena) 철도 공장 등과 같은 새로운 거대 산업체 공장들을 지어냈다. 종전 후, 약 70만 명의 '특별 재배치자들'이 추가로 소련의 서부 지역으로부터 시베리아로 유형당했다. 그들은 라트비아, 리투아니아, 에스토니아, 우크라이나, 독일 등의 출신이었다. 시베리아에는 또한 전쟁 포로들이 있었다. 즉 60만 명이 넘는 일본군 포로들, 약 25만 명의 독일군 포로들, 그리고 기타 적대국 포로들이 있었는데, 이들 모두는 시베리아 건설 현장에서 일했다.

제2차 세계대전(1941-1945년) 동안 시베리아는 소련에서 군장비 생산의 주요 중심지들 중 하나가 되었다. 일부 322개의 방산업체들과 약 100만 명이 서부로부터 이곳으로 이주해 왔다. 그들 대부분은 서부 시베리아에 재배치되었으며, 또한 단 3개월만에 생산에 돌입했다. 전쟁 기간에 새로운 산업체들이 건설되었다. 예를 들면, 1942년 쿠즈네츠크 알루미늄 공장이 완성되었다. 그것은 이전에 공급 부족 상태였던 항공 산업용 금속을 생산해냈다. 1942년 중엽 전쟁 수요에 맞추기 위한 시베리아 산업의 재건이 완료되었다. 거의 모든 종류의 군사 기계류, 무기, 탄약 및 장비 등이 여기에서 대규모로 생산되었다. 또한 1942년 알타이 트랙터 공장이 루브초프스크(Rubtsovsk)에 건설되었다. 이 공장은 아주 단기간 내에 건설되었고, 전쟁 기간에 전방과 후방에서 필요로 하는 트랙터들을 생산하는 유일한 공장이었다.

이 기간에 어마어마한 노동량을 희생적으로 투입한 대가로, 시베리아 사람들은 전쟁에 필요한 전력 생산, 석탄 채굴, 철 및 비철 금속과 귀금속 정런, 그리고 기타 많은 것들의 생산에 있어서 상당한 증가율을 그럭저럭 달성해 왔다. 많은 남성들이 전선에 투입되었으므로, 여성과 어린이들도 중노동을 감당해야 했다.

1942년 중엽 산업을 전시 체제로 전환하는 작업이 완료되었다. 모든 공장들이 승리를 위해 맡은 역할을 해냈다. 예를 들면, 쿠즈네츠크 야금 기업 합동은 아주 많은 양의 철 및 탱크 무장을 생산해 냈는데, 여기서 제련된 금속으로 약 5만 대의 탱크들이 생산되었다. 전쟁 기간에 노보시비르스크 한 곳의 공장들은 1만 5,000대의 전투기들(소련 전체 생산의 13%)과 약 1억 2,500만 개에 달하는 다양한 직경의 탄피들을 제조해 냈다.

공장 및 기계류 이외에, 귀중한 문화재들도 시베리아로 소개(疏開)되었다. 에르미타주(Hermitage), 트레챠코프 갤러리(Tretiakov Gallery), 그리고 그 밖의 박물관들 수집품들, 모스크바와 레닌그라드 극장을 비롯한 모든 유명한 극장들과 국립 도서관들의 내용물들이 시베리아 도시들에 저장되었다.

시베리아 사람들은 군복, 군 기계류, 장비와 탄약 등의 생산에 상당히 많은 자발적 공헌을 했다. 병원 체제도 시베리아 전역에 걸쳐 구성되었고, 그곳에서 부상병들은 회복될 수 있었다.

마지막으로, 시베리아 사람들은 군사 작전에 가장 적극적으로 직접적인 역할을 담당했다. 즉 수백만 명의 사람들이 소집에 응했다. 전선에서 그들은 용감하고, 인내하면서 목표를 달성했는데, 독일군 장군들이 이런 시베리아 사람들의 특징에 대해 여러 번 언급한 바 있었다. 즉 그들은 가장 불편한 적이었다. 모스크바 전투에서 독일 나찌 군대를 패퇴시키는 데 결정적인 공헌을 한 것은 시베리아 사단들이었다. 시베리아에서 새롭게 편성된 70개 이상의 사단들은 이 전투에서 자신들의 명예를 영예롭게 지켰다.

1,000명 이상의 시베리아 사람들이 소련의 영웅(Hero of the Soviet Union)이란 영예로운 칭호를 받았고, 1등 전투기 조종사 포크리쉬킨(A. I. Pokryshkin)은 그런 칭호를 세 번이나 받은 첫 번째 인물이 되었다.

시베리아가 제2차 세계대전에서 소련의 승리에 중요한 공헌을 했다는 것에 의심의 여지가 없다.

유럽에서의 승리 이후로, 시베리아 사람들은 다시 동쪽에 있는 일본에 대항해 전쟁 준비를 하는 데 적극적인 역할을 담당했다. 만주 국경선 부근 지역들은 군사 작전의 기지가 되었고, 또한 주민들은 전쟁 물자를 준비하고 공급하는 데 조력했다. 특히 철도원들에게 어려운 임무가 주어졌는데, 그들은 어마어마한 양의 물자와 군대를 서부에서 동부로 안전하게 운송해야만 했다. 이 작업은 극히 어려운 환경 속에서 수행되었는데, 엄청난 노력을 요구하는 일이었다. 전쟁 기간에 철도, 철도 차량, 침목(枕木), 침상(枕床) 등이 과도한 사용으로 노후되어 교체될 필요가 있었다. 특히 바이칼 호수 남쪽 끝자락을 지나가는 구간에 1만 1,000개의 철도 궤도들이 교체될 필요가 있었다. 국방 위원회(State Defence Committee)는 3만 명의 철도원들, 800대의 기관차들, 그리고 다수의 기타 장비들을 다른 지역들로부터 시베리아로 공급하도록 명령했다. 일본과의 전쟁을 준비하는 3-4개월 동안, 40만 명에 달하는 사람, 7,000개 이상의 총과 박격포, 2,000대 이상의 탱크, 1만 7,000대 이상의 트럭, 3만 6,000마리 이상의 말 등을 포함한 다양한 양식의 화물들이 11만 6,000대의 철도 차량에 의해 운송되었다. 이것은 소련군에 중요한 도움을 제공하게 되었고, 일본군에 대한 신속한 승리를 담보하게 되었다.

제29장
1950-1985년의 사회 경제적 및 문화적 발전

20세기 하반기는 시베리아에서 발전이 강화된 시기였다. 이제는 러시아 경제의 중추를 담당하고 있는 새로운 산업체들이 등장하게 되었다. 그것들에는 석유화학, 알루미늄 산업, 수력, 군산 복합체들(특히 핵무기를 생산하는), 다이아몬드 생산 등이 포함되었다.

시베리아의 거의 모든 산업에 거대 산업체들이 등장했다. 이것들에는 세계적으로 유명한 브라츠크(Bratsk), 크라스노야르스크, 우스트-일림스크(Ust-Ilimsk)와 사야노-슈셴스크(Saiano-Shushensk)의 수력발전소들, 브라츠크, 크라스노야르스크, 이르쿠츠크와 사야노고르스크(Saianogorsk)의 알루미늄 공장들, 노보쿠즈네츠크(Novokuznetsk)에 있는 서부 시베리아 금속 생산 기업합동, 브라츠크와 우스트-일림스크의 목재 공장들, 옴스크와 토볼스크의 석유화학 플랜트 공장들, 노보시비르스크와 크라스노야르스크에 있는 기계류 제조 거대 산업체들, 서부 시베리아의 석유 및 가스 산업체들, 미르니(Mirnyi)와 우다치니(Udachnyi)에 있는 다이아몬드 생산 공장들 등이 포함되었다.

시베리아에 앙가르스크(Angarsk), 브라츠크, 레소시비르스크(Lesosibirsk), 미르니, 나자로보(Nazarovo), 네륜그리(Neriungryi), 니즈니바르토프스크(Nizhnevartovsk), 스트레제보이(Strezhevoi), 틴다(Tynda), 우스트-일림스크 등과 같은 새로운 도시들 및 마을들이 생겨났다.

그림 29.1   브라츠크 수력발전소의 건설

결과적으로 시베리아는 더 이상 지방 경제가 아니었다. 즉 그것은 도시화되고, 또 산업화된 지역이 되었다. 도시 거주자 비율이 1959년 초와 같은 50%에 달했다. 소비에트 시절의 지난 몇 년 동안 이 비율은 점점 가속화되었다. 여러 주요 복합 도시들이 생겨났다. 즉 노보시비르스크와 옴스크 각각은 인구가 100만 명을 넘어섰다. 대체적으로 인구가 점점 증가했다. 즉 1959-1989년의 30년 동안 인구조사 수치는 2,350만 명에서 3,250만 명으로 900만 명 증가했다. 이런 증가는 주로 지방 낙후된 지역들로부터 신흥 산업 중심지역들로의 이주 때문이었다.

20세기 하반기 동안 산업 생산량 수치는 가파르게 증가했다. 1950년 전력 생산은 100억kw/h를 조금 넘었고, 석탄 생산은 7,000만 톤, 그리고 알루미늄 생산은 10만 톤이었다. 20세기 말엽 전력 생산은 2,000억kw/h, 석탄 생산은 1억 9,000만 톤, 그리고 알루미늄 생산은 236만 톤으로 증가했다.

1980년대 소련의 총 국가 생산량에서 시베리아가 차지하는 몫은 10%를 넘었다. 시베리아의 자연 자원 수출은 소련 외화 획득의 50%를 넘어섰다. 오늘날 시베리아는 러시아 경제와 재정의 근간 중 하나로 남아 있다. 시베리아는 다음과 같은 것들을 생산하고 있다.

- 러시아 모든 전력의 40% 이상
- 러시아 석탄의 70% 이상
- 금은 거의 100%
- 다이아몬드의 95% 이상
- 석유의 70% 이상
- 가스의 90% 이상
- 알루미늄의 거의 85%
- 셀룰로스의 50% 이상

이 거대한 땅에 산업화를 강화하기 위해서는 더 많은 교통의 발전이 필요했다. 철도는 운송의 주요 수단으로 남아 있었다. 20세기 하반기에 여러 주요 철도 노선들이 만들어졌다. 즉 남부 시베리아, 바이칼 아무르(BAM. Baikal Amur), 튜멘-니즈니바르토프스크(Tiumen-Nizhnevartovsk), 그리고 그 외의 많은 소규모 지선들 등이다. 시베리아 철도는 극적으로 변화해 왔다. 모든 주요 노선들은 전기화되었고, 강력한 전기 기관차와 대용량 화물차들이 기존의 증기 기관차를 대체했다. 해운 산업도 비슷한 발전 과정을

그림 29.2 옴스크 석유 정제 공장

겪었다. 디젤 엔진을 장착한 배들이 시베리아 강들에 새롭게 등장했다. 더 강력한 쇄빙선들이 새롭게 등장하여 북해 해운로(Northern Sea Route) 전체에 걸쳐 지속적인 항해가 가능해졌다.

비교적 새로운 운송 수단들, 즉 항공 및 도로 운송, 그리고 파이프라인 운송이 등장했다. 그래서 세계에서 최초로 제트 여객기 항공 노선이 등장하여 모스크바와 이르쿠츠크 사이를 비행한 것도 시베리아에서였다. 노보시비르스크, 크라스노야르스크, 그리고 하바롭스크 공항들은 러시아에서 제일 커다란 공항들이었다. 포장도로들이 시베리아에 건설되기 시작했다. 가장 커다란 석유 및 가스 파이프라인이 생겨난 것도 역시 시베리아에서였다.

운송 시스템의 발전은 시베리아의 개발을 가속화시켰다. 그러나 동시에 이런 광범위한 경제적 발전은 자연 자원에 대한 무분별하고 약탈적인 접근 방식을 드러내고 있었으며, 또한 수많은 생태적, 경제적, 그리고 도덕적 문제들을 복합적으로 야기시키고 있었다. 이런 문제들은 다음과 같았다.

• 과도하게 집중된 생산은 주변 생태에 해로움을 줌으로써 앙가르스크, 브라츠크, 케메로보, 노보쿠즈네츠크 등과 같은 도시들에서 불쾌한 삶을

그림 29.3 험난했던 바이칼-아무르 철도 공사

야기했다.

- 경제의 다른 부분들에 있어서의 불균형 발전(가장 주목을 받았던 것은 야금, 목재, 석유화학, 군산 복합체, 전력 등과 같은 채취 산업의 발전이었다)은 시베리아가 대규모로 소비재들을 수입에 의존하는 유럽 쪽 러시아의 자원 식민지로 전락하게 만들었다.

- 20세기의 마지막 시기에 소모적인 시베리아 경제, 질 낮은 생산성, 투자의 감소, 그리고 자재 및 노동력의 증가 현상이 나타났다.

- 생활수준이 유럽 쪽 러시아보다 열등했다(예를 들면, 1980년대 말 시베리아에서 식료품 공급이 더 줄어들었는데, 1인당 공급 예산이 절반으로 떨어졌다. 게다가 대기로 배출되는 인체에 해로운 요소들은 1.5배나 더 많이 증가했다).

20세기 하반기에 시베리아의 농업은 다루기 힘든 상황이었다. 1920년대-1930년대에 겪은 충격의 후유증은 너무나 큰 것이었다. 그러나 이 시기 동안 당국은 경제의 활력 있는 부분을 되살리려고 일련의 시도들을 했다.

첫 번째 시도는 1954-1957년에 이루어진 처녀지 개간 운동이었다. 이 시기에 1,000만 헥타르 이상의 초지가 경작지로 편입되었는데, 주로 서부 시베리아에서였다. 처음 이 운동은 일부 영향을 미쳐 시베리아에서의 곡식 생산이 증가했지만, 1960년대 중엽 토양 침식 현상 때문에 다시 원점으로 돌아갔다.

1960년대 중반 당국은 농업을 다시 부흥시키기 위한 새로운 시도를 했다. 1965년의 농업 개혁은 더 엄격한 회계 보고를 요구했으나, 집단 및 국가 농장들을 위한 발전 기금 조성 수준, 그리고 집단 농장 농민들에게 지급되는 급여 수준은 더 낮아졌다(호즈라쇼트 khozrashchot).[143] 처음에 이런 방식들은 긍정적인 영향을 미쳤다. 그러나 지속성이 떨어지고 지체가 됨에 따라 효과는 눈에 띄게 감소했다. 1970년대 동안, 개혁의 성격이 많은 부분에 있어서 서서히 변화해 갔고, 시베리아를 포함한 소련의 농업은 개혁 전의 상태로 되돌아가기 시작했다.

게다가 새로운 농기계들로 넘쳐나던 시베리아는 20세기 하반기 내내 대규모 농업을 수행했으나, 어떠한 두드러진 효과도 나타내지 못했다. 농기계 배치량은 계속해서 늘어났지만, 일부 기계류의 빈약한 품질과 비효율적 사용 때문에 결과물은 0에 가깝게 감소되었다.

그래서 당국이 농업 문제에 주의를 기울이고, 또 그런 상황을 더 낫게 변화시키려는 지속적인 노력을 기울였음에도 불구하고, 농업 비율은 20세기 하반기 동안 지속적으로 하락하고 있었다. 시베리아의 농업 인구는 지속적

---

143) 역자 주: 호즈라쇼트는 특별 회계, 독립 채산제를 말한다.

으로 그 수가 감소하고 있었다. 1926년 인구 조사는 시베리아 전 주민 1,100만 명의 87%가 시골에 살았다는 것을 보여 주고 있었다. 1959년경 시베리아 전 주민 2,350만 명의 약 50%가 시골에 살았고, 1989년경 시베리아 전 주민 3,250만 명의 약 30%만이 여전히 시골에 살았다. 1960-1970년 사이에 시베리아 시골 마을 숫자는 50%까지 감소했다.

경작지량 또한 감소했다. 1980년대 중반경 이전 경작지의 약 25%가 더 이상 경작되지 않았다. 경작이 중단된, 또 새로운 수력발전소를 위한 저수지를 공급하기 위해 물에 잠긴 곳은 역설적이게도 종종 가장 비옥한 지대들이었다.

결과적으로, 시베리아는 더 이상 스스로 식량을 자급자족하는 곳이 아니었고, 또한 많은 지역들에는 식량 공급 문제들이 있었다. 게다가, 모든 농업 생산물들(곡식을 제외한) 중 30-50%는 집단 및 국가 농장 체제의 비효율성을 입증하고 있었던 보조적인 사유 농장들에서 생산되고 있었다.

20세기 하반기에, 교육, 과학, 그리고 예술 분야는 발전을 계속했다. 중고등학교와 직업학교 숫자는 증가했고, 또 새로운 단과대학과 종합대학이 계속해서 문을 열었다. 새로운 문화 기관들이 계속해서 등장했다. 즉 클럽, 문화 궁전 및 문화의 집, 극장 및 영화관, 도서관 및 박물관 등이다.

1957년 소련 과학원(USSR Academy of Sciences)의 시베리아 지부(시비르스코에 앗델레니에 안 에스에스에스에르 Sibirskoe otdelenie AN SSSR)가 설립되어 시베리아의 과학을 발전시키고, 또한 전 지역에 걸친 연구 프로젝트들을 이끌었다. 모든 결정은 공산당 중앙 위원회와 소련 내각 위원회(USSR Council of Ministers)가 연합하여 이루어졌다. 노보시비르스크는 이 지부의 중심이 되었고, 또한 아카뎀고로독(Akademgorodok)이라는 특별한 도시가 노보시비르스크로부터 약 25km 떨어진 곳에 건설되어 기관과

그림 29.4 노보시비르스크 부근의 아카뎀고로독

인민 양자 모두를 수용하게 되었다. 20세기 마지막 무렵 시베리아 지부는 63개의 학술 연구기관들을 보유하게 되었다. 이들의 연구는 세계적으로 유명해졌다. 예를 들면, 과학원 회원인 오클라드니코프(A. N. Okladnikov)의 지도하에 이루어진 고대 시베리아에 대한 고고학적 조사는 아주 널리 알려지게 되었다.

시베리아에서 가장 커다란 문화적, 교육적, 그리고 연구 중심지는 노보시비르스크인데, 여기에는 시베리아에서 가장 큰 연구 도서관, 과학-기술 국가 공공 도서관(GNTPB), 과학원 시베리아 지부의 본부, 그리고 최고 대학 중 하나인 노보시비르스크 국가 대학교가 위치해 있다. 노보시비르스크 이외에도, 톰스크, 이르쿠츠크, 블라디보스톡, 그리고 기타 커다란 시베리아 도시들이 유사한 역할을 담당하고 있다.

20세기 하반기 동안 시베리아 문화가 이루어 낸 중요한 특징은 수많은 재능 있는 작가들, 즉 아스타피에프(V. P. Astafiev), 밤필로프(A. V. Vampilov), 라스푸틴(V. G. Rasputin), 슉쉰(V. M. Shukshin) 등의 문학적 업적들이 세계에 알려지게 되었다는 것이다.

제30장
1985년대-21세기 초의 시베리아

고르바초프(Gorbachev) 시대와 페레스트로이카(perestroika. 개혁)의 시작 시기에, 시베리아는 인구가 3,200만 명이 넘는 경제적 조건에서 비교적 잘 발전되고 있었다. 그러나 당시 소련의 나머지 지역들과 마찬가지로 시베리아는 사회주의 경제에 의해 만들어진 문제들에 직면하고 있었다. 가장 특징적인 문제들은 다음과 같았다. 즉 생산성 증가율의 감소, 생산능력의 비효율성(예를 들면, 1985년 이르쿠츠크 주에서 이것은 1960년의 40%에 불과했다), 농업 분야에서의 노후화, 산업 발전에 있어서 원자재에 대한 과도한 의존성, 많은 산업 플랜트 공장들 주변에 해로운 산업 쓰레기들을 버리는 것을 포함한 환경오염 등이었다.

이런 상황의 직접적인 결과는 경제적 어려움과 이에 대한 불만이 지속적으로 증가하는 것이었다. 1980년대 전반기에조차 시베리아 대부분 지역들은 일부 식료품들의 공급 부족을 겪고 있었다. 특히 특별 배급 쿠폰제를 도입함으로써 육류 생산품 및 버터의 공급을 균등하게 해주는 방책이 마련되었다(1인당 월 평균량은 1kg의 육류 생산품과 300g의 버터였다).

그러므로 일반적으로 고르바초프의 페레스트로이카 및 사회 재생 정책 선언은 현재의 경제적 상황과 삶이 더 개선될 것이라는 희망을 갖도록 함으로써 시베리아 사람들의 환영을 받았다. 처음에 고르바초프의 정책은 소련의 다른 지역들에서와 같이 시베리아에서도 대중적인 지지를 받았다.

그러나 우리 모두가 이제는 알고 있듯이, 이 현명치 못한 개혁 정책은 나라를 서서히 심각한 사회 경제적 위기로 몰아넣었다. 페레스트로이카 시기 동안 시베리아에서의 경제적 상황은 눈에 띄게 악화되었다. 당국은 계속해서 생산품 배급제의 범위를 넓혀가야만 했다. 그래서 설탕(1인당 월 평균 1kg), 보드카(성인 1인당 월 평균 1병), 비누, 세제 등의 배급 쿠폰제가 추가되었다. 많은 생산품들, 특히 옷, 신발, 가구 등은 대기업들 내부에서 배급되었다. 이런 방법들은 대중적 불만을 야기시켜서 페레스트로이카 정책과 고르바초프에 대한 환멸로 이어졌다.

1989년 여름 시베리아 사람들은 처음으로 자신들의 문제에 대해 커다란 불평을 제기했는데, 그 당시는 유명한 광산 파업들이 소련 전역에 걸쳐 확산되던 때였다. 그해 봄부터 불평불만의 기미들이 나타나기 시작했다. 임금 인상, 근로 조건 개선, 정부 규제 감축 등을 요구하는 파업들이 쿠즈바스(Kuzbass)에 있는 탄광들을 비롯한 여러 작업장들에서 끊임없이 일어나기 시작했다. 동시에 공산주의 정책에 반대하면서 급진적 성향을 띤 지식인들의 집단들 및 작은 조직들이 모스크바에서 열린 제1차 소련 인민 대표자 의회(First USSR Congress of People's Deputies)에 참석한 지역 간 대표자 집단(메즈레기오날나야 데퓨타츠카야 그루빠 Mezhregionalnaia deputats-kaia gruppa)의 영향을 받아 노보시비르스크와 톰스크를 비롯한 대도시들에서 발전하기 시작했다. 그들은 공산당, 공산주의 정책, 그리고 공산당의 지도에 대한 중대한 비판들을 널리 퍼뜨리는 데 집중했다.

1989년 7월 시베리아에서 대규모 노동자 운동이 일어났다. 이것은 공산주의 체제를 약화시키고 붕괴시키는 데 중요한 역할을 했다. 7월 10일 메즈두레첸스크(Mezhdurechensk) 도시에 있는 셰뱌코프(Sheviakov) 탄광에서 쿠즈바스 광부들 사이에 통상적인 파업이 시작되었다. 이 파업은 쿠즈바스 지역 전체에 매우 빠르게 확산되었다. 파업 셋째날인 7월 12일 18개 지하 채굴장들 및 노천 채굴장들에 있는 약 2만 명의 노동자들이 파업에 참가했다. 파업이 시작된 지 1주일 후, 탄광 산업 166개 업체들 및 약 18만 명의 노동자들이 파업에 참가했다. 동시에 노동자들은 스스로 조직을 만들기 시작했다. 파업 위원회들이 쿠즈바스에 있는 모든 도시들에 구성되었다. 최초의 파업 위원회가 7월 11일 메즈두레첸스크에 생겨났는데, 셰뱌코프 지하 채굴장의 광부 대표인 코코린(V. Kokorin)이 이끌었다. 7월 16일 '전(全) 쿠즈바스 파업 위원회'가 제1차 파업 위원회 지역 회의에서 구성되었다. 이 파업 위원회들은 다양한 권력 기능들을 관장했다. 즉 노동자 민병대(드루지니 druzhiny)의 도움을 받아 도시의 질서 유지, 파업 기간 중 주류 판매 금지 등이 있었다. 이들은 또한 정부 당국과의 협상을 주도했다. 처음에 파업 노동자들은 봉급 인상, 식량 공급의 개선, 운송 문제의 해결 등을 요구했다. 지방 당국, 그리고 무엇보다도 쿠즈바스에 있는 석탄 산업 지도자들은 파업의 충격을 처음 겪고 이를 진압할 수단이 없다는 사실을 깨달은 후, 서둘러 파업에 동조했다. 그 결과 쿠즈바스의 지방 관리들은 노동자들의 운동에 대해 부분적인 통제를 하면서 중앙 정부와의 협상에서 노동자들을 대변하게 되었다. 예를 들면, 아블랴니(T. Avliani)가 이끄는 쿠즈바스 파업 위원회가 있는데, 그는 '쿠즈바수골(Kuzbassugol)' 기업합동 건설 분야의 소련 인민 대표 및 부책임자였다. 광산 기업 책임자들과 지방 당국들은 파업을 통해 그들 자신의 이익을 실현시키려 했다. 그들은 이전의 파업자들이 요구하지 않았던 기업의 경제적 독립(자신들의 기업을 자율 재정 단위로 변경하면서)을, 그리고 석탄 가격 인상을 요구했다. 결국 정부와의 협상에서 중심 과제가 된 것은 바로 이런 요구들이었다.

　이런 요구들은 소비에트 지도부가 전혀 예상하지 못했던 것이었다. 이미 알려진 바와 같이, 이전에 공산주의자들은 어떠한 대규모 사회적 저항도 단호하게, 그리고 무자비하게 진압해 왔다. 어쩌면 극단적인, 그리고 위험한 권력 집행이 이루어질 수도 있었을 시기인 1987년에 고르바초프의 글라스노스트(glasnost. 개방) 정책의 선언이 파업의 와중에 발표되었다. 국가 중앙 지도부 내에서의 완전한 혼란 상황이 쿠즈바스 전체에, 그리고 7월 16일부터는 소련의 다른 많은 광산지대들(돈바스 Donbass, 카라간다 Karaganda, 보르쿠타 Vorkuta 등)에 파업이 확산되도록 하는 데 커다란 영향을 미쳤다. 7월 17일 정부 대표단이 파업 협상을 위해 쿠즈바스에 도착했다. 대표단에는 소련 공산당 중앙 위원회 비서 슬류코프(N. Sliunkov), 소련 정부 부수상 보로닌(V. Voronin), 그리고 전국 상업노조 의회(VTsSPS) 의장 샬라예프(S. Shalaev)가 포함돼 있었다. 다음날 양자 간의 합의서가 만들어졌고, 거기에는 파업자들의 기본 요구 사항들의 해결과 파업 위원회의 해체가 담겨져 있었다. 이후로 쿠즈바스에서의 파업 운동은 사라졌다.

1989년 쿠즈바스와 기타 다른 지역들에서의 광부들의 파업은 소련의 정치적 삶에 중요한 역할을 했다. 그것은 공산주의 시절에 노동자 운동의 진정한 힘을 보여 준 최초의 사건이었다. 수천 명의 시위자들이 모여든 쿠즈바스 지역 도시들의 주요 광장들은 노동자들이 어떻게 스스로 조직해 나가는가를 가르치는, 정치적 및 사회적 투쟁을 위한 진짜 학교가 되었다. 이 파업 이후로 소련에서는 독립적인 노동자 위원회들이 많은 산업체들에 만들어지기 시작했다. 쿠즈바스 지역에는 노동자 위원회 소속 지역 평의원회(소비에트)가 구성되었다. 이 소비에트는 자체 신문인 〈나샤 가제타(Nasha gazeta. 우리 신문)〉를 발행하기 시작했는데, 이것은 1989-1991년 사이에 시베리아에서 민주주의 개념을 널리 퍼뜨리는 가장 중요하고 영향력 있는 수단이 되었다. 파업의 결과로 쿠즈바스 지역(케메로보 주)은 시베리아에서 진정한 '자유의 섬'으로 변모되었다. 1989-1991년 사이의 권력 투쟁 기간에 그것은 소련에서 민주주의 세력들에 커다란 힘을 제공해 주었다. 정확히 7월 파업의 결과로 전국에 걸친 민주주의 세력들의 결집이 일어났다.

1989년의 광부 파업, 글라스노스트의 환경, 소련 인민 대표 회의의 지역 간 대표자 집단(IDG. Interregional Deputies' Group)의 활동, 그리고 모스크바와 레닌그라드에서 일어난 민주주의 세력들의 본보기 행동들이 시베리아 일련의 지역들(이르쿠츠크, 노보시비르스크, 톰스크 주 등)에서 소위 '인민 전선(people's fronts)'이라는 것이 만들어지도록 이끌어 갔고, 그것은 정치적 신념과 상관없이 민주주의적 변화를 주장하는 모든 사람들을 연합시켰다. 이런 '전선'들은 일반적으로 지역 간 대표자 집단(IDG)의 정책들을 지지했으며, 또한 보리스 옐친(Boris Yeltsin)이 민주주의 세력의 지도자가 돼야 한다고 주장했다. 그러나 이런 조직들은 지역들에 많은 영향을 미치지 못했고, 또한 그 수가 너무 적었다. 그럼에도 불구하고, 그들의 활동은 1991년 6월 러시아 공화국 대통령 선거에서 옐친이 승리하는 데 부분적으로 기여할 수 있었다. 대다수 시베리아 유권자들은 옐친을 지지한 반면, 케메로보 주에서는 주 소비에트 의장인 툴레예프(A. G. Tuleev)가 6명의 후보자들 중 4번째 후보로 나왔다.

페레스트로이카(개혁) 정책은 그 모든 장단점에도 불구하고, 논의의 여지없이 소련의 다양한 지역들에서 민족 운동을 소생시켰다. 시베리아도 예외가 아니었다. 페레스트로이카는 특히 글라스노스트(개방)의 시작과 함께 하면서, 많은 금지된 주제들을 드러내놓고 명료하게 논의할 수 있도록 만들어 주었다. 그것들 중 하나는 '사회주의 시절'에서의 민족과 민족 정책 사이의 관련 문제였다. 민족주의 감정이 시베리아의 자치주 및 자치 공화국에 있는 소수민족 지식인들 사이에서 자라나기 시작했다. 일부 지역들에서 민족주의 개념의 선전이 민족들 사이의 관계를 악화시키도록 이끌었다. 특히 1986년 봄부터 1990년대 초까지 야쿠트족과 러시아 민족 학생들 사이에 대규모 싸움들이 산발적으로 일어났다.

가장 심각하고 공격적인 민족주의 운동이 투바 자치공화국(Tuvan ASSR)에서 일어났는데, 그곳은 우리가 이미 알고 있듯이, 1944년 말엽 소련에 합병된 곳이었다. 투바족 사람들은 자신들의 전통적 문화와 생활방식을 유지하고 있었고, 또한 다른 시베리아 민족들보다 러시아식 문화의 영향을 덜받고 있었다. 1989년 인구조사 자료에 따르면, 투바족 사람들의 단지 60%만이 러시아어를 이해하고 있었다. 이 지표는 80-90%를 나타내고 있는 시베리아의 다른 자치 지역들보다 훨씬 낮은 수준이었다. 이외에도 투바는 시베리아에서 원주민 비율이 높은 유일한 자치 지역이었다. 1989년 주민의 64%가 투바족이었다. 그러나 투바 자치공화국의 산업 분야에서 일하는 러시아 민족의 생활수준에 비해서 많이 떨어지는 투바족 사람들의 생활수준은 민족주의 감정에 불을 질렀고, 또한 민족 간 긴장을 끌어올렸으며, 결국 러시아 민족에 대항하여 공격에 나서게 만들었다. 1990년 6월 28-29일 러시아 민족에 반대하는 학살 운동이 투바 전체에 확산되었고, 그 결과 88명이 죽었다. 7월 1일 투바 자치공화국에서의 질서를 회복하기 위해 오몬(OMON)[144] 분견대가 시베리아의 다른 지역들로부터 파견되었다. 이로써 일시적으로 상황은 안정되었다. 그러나 오몬이 투바에 진입한 이후에도, 러시아 민족에 반대하는 학살 운동이 다시 일어났다. 1991-1992년 투바 자치공화국의 다른 지역들에서 유사한 사건들이 산발적으로 계속 일어났다.

144) 저자 주: 오몬은 도시 내 무질서, 조직적인 범죄 및 테러에 대항해 싸우기 위해 훈련된 특별 경찰 분견대이다.

공격적인 민족주의 운동의 발발은 러시아 민족이 투바 자치공화국으로 부터 다른 곳으로 대규모 이주를 하게 만들었다. 1990년대 초 수만 명의 러시아 민족이 투바를 떠났고, 이로 말미암아 투바 산업이 거의 마비될 정도였다. 많은 산업체들이 버려진 채로 남겨졌고, 그들 중에는 전략적으로 중요한 '투바코발트(Tuvacobalt)' 복합 산업체가 있었다. 잘 정비된 노동자들의 거주지들이 유령 도시들로 전락했다. 투바 경제는 2004년 현재 아직도 그 사건들의 영향으로부터 회복되지 못했다. 투바 자치공화국은 시베리아에서 가장 가난하고 가장 많은 문제를 안고 있는 지역이다.

그러나 1980년대 말부터 1990년대 초까지 민족감정은 투바를 제외한 시베리아 자치 지역들에서 더 이상 악화되지 않았다. 러시아 민족에 대한 원주민들의 태도는 정상적으로 유지되고 있었다. 이것은 대체로 3세기에 걸친 기간에 함께 평화롭게 살고 일했던 경험, 유명무실한 소수민족 대다수가 채택한 러시아 민족 문화와 언어, 도시화된 생활 등의 요소들에 의해 설명될 수 있다. 투바를 제외한 시베리아에서 1989년 인구조사 자료는 유명무실한 소수민족들이 어느 자치공화국에서나 전체 인구의 1/3을 넘지 않았다는 사실을 보여 주고 있었다.

그 당시 국가발전에 있어서 중요한 사건은 1991년 일어난 '8월 쿠데타 사태(고르바초프를 반대하는 노선을 시도하는)'[145]이었다. 다음 몇 년 동안

---

145) 역자 주: 1991년 8월 19-21일 동안 국가보안위원회 국장 블라디미르 크류츠코프, 국방장관 드미트리 야조프, 내무장관 보리스 푸고, 부통령 겐나디 야나예프 등의 소련 공산당 보수파들이 중심이 된 국가 비상사태 위원회가 당시 개혁 개방을 구체화하려던 미하일 고르바초프 소련 대통령에 반대해 고르바초프가 크림반도 흑해 별장에 휴가를 떠난 사이 일으킨 쿠데타이다. 이는 이틀 만에 실패했는데, 당시 러시아 공화국 대통령이었던 보리스 옐친을 구금하지 않아 옐친이 쿠데타에 대응하는 계엄령을 발령하게 만든 것이 실패의 한 원인이 되었다. 당시 옐친은 러시아의 백악관이라 불리는 벨르이 돔(당시 국회 의사당) 앞에서 시민들에 점령당한 쿠데타군 탱크 위에 올라 쿠데타 세력에 저항할 것을 주먹을 쥐고 연설함으로써 민주주의 투사로 떠올랐다. 고르바초프 소련 대통

에 그것은 소련의 빠른 해체와 러시아 공화국의 발전으로 이어졌다. 다른 지역들과 마찬가지로 시베리아에서도 이 사건이 아무런 이의 없이 받아들여진 것은 아니었다. 대다수 사람들은 페레스트로이카의 어려움에 지쳐서 표면적으로는 이 사건을 무관심하게 받아들였다. 그래서 시베리아에서는 그런 반(反)고르바초프 노선을 지지하는 어떠한 대규모 활동도 없었다. 다른 한편으로, 그런 노선에 반대하는 활동들 또한 비교적 약하게 표출되고 있었다. 일반적인 무관심과는 별도로, 이것은 다양한 수준으로 당국에 의해 조직된 '정보 공백 상태'에 기인한 것으로 설명되고 있었다.

'8월 쿠데타 사태'에 대한 가장 눈에 띄는 반응이 쿠즈바스 지역에서 일어났다. 소련 특별 상황하의 반(反)고르바초프 국가 위원회(GKChP. 국가 비상사태 위원회)가 발족했다는 소식이 8월 19일 케메로보에 알려지자마자, 노동자 위원회 소속 케메로보 주 평의원회의 특별 회의가 소집되었다. 이 회의는 반(反)고르바초프 노선 주의자들에 대항하는 모든 필요한 조치들을 요구하는 결정을 채택했다. 이와 더불어 노동자들로 구성된 지대(支隊)가 만들어지기 시작했다. 모스크바에 있는 옐친 정부 집무실과도 소통 창구가 만들어졌다. 같은 날 케메로보 신문 〈나샤 가제타〉는 특별판 호외를 발행하여 러시아 공화국 대통령인 옐친이 소련 특별 상황하의 반(反)고르바초프 국가 위원회를 반대하도록 촉구했다. 같은 날 저녁 케메로보 텔레비전은 옐친의 대국민 메시지를 방송했다. 그것은 소련 특별 상황하의 반(反)고르바초프 국가 위원회에 반대한다는 옐친의 포고령(우카즈 Ukaz)

령은 모스크바로 돌아와 쿠데타 세력을 체포했고, 8월 22일 러시아 최고 소비에트는 기존 소련 국기를 내리고 옛 러시아 제국의 삼색기를 새로운 러시아의 공식 국기로 공표하였다. 이후 12월 25일 고르바초프는 소련 대통령직에서 사퇴했고, 다음날인 12월 26일 소비에트 연방은 공식적으로 해체되었다. 이렇게 쿠데타는 실패로 돌아가면서 결과적으로 소비에트 연방의 붕괴로 이어지게 되었다.

이었고, 또한 노동자 위원회 소속 쿠즈바스 평의원회 의장인 골리코프(V. Golikov)가 특별 회의에서 채택한 결정에 동조하는 것이었다. 그러나 동시에 툴레예프(A. G. Tuleev)의 반대 때문에, 민주주의를 지지하는 어떠한 커다란 활동도 조직되지 않았다. 이 대중적인 지역 지도자는 대통령 선거에서 옐친의 경쟁자였으며, 또한 당시 케메로보 주의 입법부와 행정부 양쪽을 이끌고 있었으므로, 그런 반(反)고르바초프 노선을 효과적으로 지지하고 있었다. 신문, 라디오, 그리고 텔레비전에서 질서 유지를 요구하는 옐친의 포고령 때문에, 노동자들의 움직임에 어느 정도 혼란이 일어났다.

다른 시베리아 지역들은 모스크바에서 일어나는 사건들에 더 조용하게 반응했다. 8월 20일 몇몇 도시들에서 민주주의를 지지하는 약간의 집회들이 있었다. 예를 들면, 이르쿠츠크에서 민주주의를 주장하는 집회가 있었는데, 여기에는 수천 명의 사람들이 참가했다. 이 집회에서 사람들은 소련 특별 상황하의 반(反)고르바초프 국가 위원회를 비난하고 옐친을 지지하는 결정을 채택했다.

지방 당국들은 다양한 방식으로 사건들에 반응했다. 그들 중 일부는, 특히 알타이 변강주와 마가단 주에서, 공개적으로 소련 특별 상황하의 반(反)고르바초프 국가 위원회를 지지했는데, 결과적으로 그들은 조만간 그 직위에서 물러날 운명이 되었다. 특히 툴레예프는 8월 27일 보리스 옐친의 포고령에 의해 잠시 자신의 직위로부터 물러났다. 이와 대조적으로 일부 다른 지역 당국들은 공개적으로 러시아 공화국 지도자들을 지지했다. 예를 들면, 노보시비르스크 소비에트는 8월 20일 옐친을 지지했으며, 이르쿠츠크 시장 고보린(B. A. Govorin)은 민주주의를 주장하는 집회에서 연설하기도 했다. 대다수 지역 당국들은 '관료주의적 지혜'를 발휘하여 납작 엎드려서 갈등 중에 있는 양편 어느 곳을 지지한다는 언급을 하지 않았다. 이런 자세 때문에 많은 지역 지도자들은 자신의 지위를 유지할 수 있었다. 심지어 옐친의 열렬한 적이었던 노보시비르스크 주지사이자 공산당 지역 위원회(오브콤 Obkom) 제1비서, 또한 인민 대표자 주 평의회 의장인 무하(V. P. Mukha)조차 형세를 관망하고 있었다. 결과가 명확하게 갈라지는 마지막에 가서야, 여러 시베리아 지역 소비에트들은 옐친을 지지했다.

소련의 공산주의 체제가 붕괴된 후, '가이다르-추바이스 개혁(Gaidar-Chubais Reforms)'이나 '충격 요법'으로 알려진 극단적이고도 복합적인 경제 재건 과정이 러시아 연방(Russian Federation) 내에서 시작되었다. 시베리아는 이 새로운 정부 정책에 따른 모든 어려움을 온전히 겪어 냈다.

알려진 바와 같이, 이 정책은 가격 결정 구조를 자유화하고 국가 소유 자산을 사유화하는 데 기초하고 있었다. 시베리아에서 개인이나 기업의 사유화 몫은 이미 50%로 증가했으며, 국유화 몫은 45%로 감소해 있었다. 그러나 이 정도는 경제를 빠르게 일으켜 세우는 데에 모자랐다. 소유를 효과적으로 재건하는 과정은 질질 끌려가는 생산 체제를 발전시키는 데 모든 관심을 집중시키는 과정이었다. 처음부터 가장 이익을 많이 내는 기업들이 사유화되었다. 1990년대 초 시베리아에서 이것은 주로 수출주도형 석유, 가스, 알루미늄 등의 부문들을 의미했다. 그러나 처음에 심지어 이런 부문들에서조차 새로운 소유주들이 그 부문의 생산 개발 및 현대화, 그리고 노동자들에 대한 사회적 보호 장치 등에 많은 관심을 기울이지 않았다. 가격 자유화는 초(超) 인플레이션을 초래했다. 정치적 기회주의에 강한 영향을 받은 정부 경제 정책에 있어서의 명확한 목표 부재, 그리고 국가 조절 기능의 효율성 부재는 시베리아를 포함한 러시아 경제를 깊은 위기 속으로 몰아넣었다. 위기 동안 수백 개의 기업들이 시베리아에서 문을 닫았고, 산업 생산량은 급속히 떨어졌다. 기계 생산 부문은 특히 더 어려움을 겪었다. 산업 생산량 감소는 1998년까지 계속되었다. 1998년 생산 수준은 1990년 수준의 50%에 머물렀을 뿐이다.

그러나 석유 및 가스 산업, 비철 금속 및 몇몇 다른 부문들은 덜 감소했다. 이런 위기는 시베리아의 생태적 상황을 개선시키는 의도치 않은 효과를 가져오기도 했다.

1990년대의 위기는 계속 이어지는 러시아 정부 정책에 의해서 뿐만 아니라, 사슬처럼 연결돼 있는 일련의 주관적 및 객관적 요소들로부터 기인한 것이었다. 다른 어떤 것들보다도 더, 그것은 '사회주의 시절' 동안 일어난 산업 발전의 불균형, 시장 요구를 만족시키지 못하는 산업체들의 무능력, 많은 산업체 상품들의 낮은 기술적 수준, 소련 붕괴 이후 이전의 경제 체제와의 단절, 그리고 계획 및 분배 체제의 타성에 젖어 새로운 시장 상황에 적응할 수 없었던 대다수 산업체 관료들로부터 기인한 것이었다.

마침내 국가 자산을 분리하고 재분배하는 동안 일어난 대규모의 필사적인 투쟁이 이 위기 속에 있는 현상을 더 악화시켰다. 이 과정에서 뇌물 수수, 협박, 위협, 부패, 그리고 심지어 살인 계약 및 기타 비슷한 일들이 일상이 되었다. 종종 기업체 간부들은 일부러 상품의 질을 떨어뜨린 다음, 노동자들로부터 주식이나 거래 증빙서인 바우처들을 싼 값으로 가로챈 후, 결국 그 기업의 소유주가 되었다. 사유화에 관심을 갖는 또 다른 사람들은 이런 점에 있어서는 기업체 간부들에 뒤처지지 않았다. 부패한 관리들의 도움을 받아, 기업체들은 인위적으로 원자재의 공급을 '끊어 버려', 기업체들이 희망 없는 상태에 놓이게 만든 다음, 노동자들로부터 주식을 쉽게 사 모을 수 있었다. 예를 들면, 금융회사인 트랜스 월드 그룹(TWG. Trans World Group. 루벤과 체르니 형제들 Ruben and Chernyi brothers 소유의)을 들 수 있는데, 이 그룹은 영국에 본사를 두고 있다. 들러리들을 내세워서 위와 같은 방법들을 이용하여 시베리아에 있는 대부분의 알루미늄 공장들의 지배권을 장악했다(사얀, 크라스노야르스크, 브라츠크, 그리고 노보쿠즈네츠크 공장들).

경제 위기, 실업, 초 인플레이션, 만성적인 임금 적체, 계속적인 물가 상승, 공장 간부들의 배불리기 등은 시베리아 사회 내에서 긴장, 개혁에 대한 불만, 그리고 혼란을 초래했다. 이미 낮았던 생활수준이 더 떨어지자, 노동자들의 반응은 파업 운동으로 나타났다. 실제로 1990년대 전체에 걸쳐, 시베리아는 파업의 불길이 타올랐다가 다시 서서히 꺼져갈 뿐인 갈등을 겪었다. 전과 같이, 파업 운동의 지도자들은 쿠즈바스 광부들이었는데, 그들은 때때로 온 나라 전체의 관심을 끌어모았고(특히 1994년과 1997년 시베리아 횡단철도 운행을 중단시켰을 때), 또한 어느 정도 정부가 석탄 산업과 광부들의 문제에 역점을 두고 임하도록 만들었다.

다양한 정당 대표들, 특히 러시아 연방의 공산당은 1990년대 초에 일어난 시베리아 광부들 및 기타 노동자들의 파업을(특히 1993년 모스크바에서 일어난 10월 사태 이전에, 그리고 1996년 러시아 대통령 선거 시기에) 자신들의 목적을 위해 이용하려고 했다. 그들은 모든 가능한 방법을 동원해 어떤 파업도 지지했으며, 또한 대통령의 사임부터 헌법 개정까지, 그리고 소비에트 체제로 되돌아가는 것을 파업자들의 요구 사항 속에 포함시키려고 시도했다.

그러나 정당들은 파업 운동을 이용함으로써 자신들의 이익을 많이 뽑아내지 못했다. 비록 파업을 벌이는 시베리아 사람들이 때때로 정부의 양보를 요구했지만, 그들은 정치적으로 대통령과 정부에 우호적인 상태로 남아 있었다. 이것은 소위 1993년 '모스크바의 10월 사태'[147]에서 매우 분명하게 나타났는데, 그 당시 옐친의 반대자들은 모든 노력에도 불구하고 시베리아 사람들을 자신들의 반대 입장으로 끌어내도록 설득하지 못했다. 1993년 9월과 10월 시베리아에서는 정치적 무관심이 크게 유행하고 있었다.

1995-1996년 석탄 산업에서의 파업 운동이 더 치열해져 가고 있을 무렵, 쿠즈바스 지역 공산주의자들은 한정된 시간 동안 광부들에 대한 통제권을 얻어낼 수 있었다. 1995년 국가 두마 선거에서 러시아 공산당은 쿠즈바스 지역 투표의 51%를 받아 냈으며, 이듬해 여름 쿠즈바스 지역과 몇몇 다른 지역들은 대통령 선거에서 옐친을 반대하는 투표를 했다. 이 공산주의자들의 승리는 그리 오래가지 않았다. 무엇보다도 그것은 콘크리트처럼 단단한 사회 경제적 상황 때문에 발생한 것이었다.

1990년대에 소련과 공산주의 체제의 붕괴 이후에, 러시아의 어느 곳에서처럼 시베리아에도 새로운 지배 엘리트 계층이 형성되기 시작했다. 러시아 연방에 속한 모든 시베리아 지역들에서 지방 당국과 새로운 산업 소유자들 및 금융적, 산업적, 그리고 상업적 자본을 대표하는 자들 사이에 긴밀한 관계가 점점 형성되고 있었다. 이런 과정은 전혀 단순한 것이 아니었다. 게다가 지역 엘리트 계층은 권력 구조에 안정성을 부여해 주면서, 중앙 당국과 지역 주민과의 관계에서 지방 관료들을 위한 지지자 역할을 하고 있었다.

---

146) 역자 주: 이 10월 사태는 또한 '1993년 러시아 헌정 위기', '최고 회의 해산 사태', '백악관 포격 사태' 등으로 불리는데, 경제 개혁을 추진하는 러시아 대통령 옐친의 행정부와 이에 반대하는 기존 소비에트 세력이 이끄는 입법부가 모스크바에 있는 러시아의 백악관 벨르이 돔(국회 의사당)에서 포격전을 벌이며 대결한 정치적 충돌이었다. 10월 4일 옐친은 모스크바로 군병력을 소집하여 반란 세력이 있는 벨르이 돔 건물에 탱크 포격을 가한 다음 군부대를 들여보내 의회를 점령했다. 반란 세력 지도자들은 체포되고 의회는 강제 해산되었다. 10월 5일 옐친은 공산당 및 모든 극좌 운동을 금지시켰으며, 이로 인해 구(舊)공산당 세력은 거의 붕괴되었다. 그러나 국가적인 위기 상황에서 반대 세력을 유혈 진압하는 비민주적 과정에 대해 러시아 국민들이 실망하면서, 옐친 역시 정치적으로 큰 타격을 입고 지지율도 하락했다. 이후 옐친은 블라디미르 푸틴을 후계자로 내세워 정국을 안정시켰다.

시베리아에서 지역 엘리트 계층의 중요한 역할은 1993년 10월에 분명하게 드러났으며, 그 이후 일어난 사건들은 지방 권력 체제에 심각한 도전을 안겨 주고 있었다. 대체로 시베리아의 지방 당국들은 옐친 대통령을 지지하거나, 중립적인 입장을 유지하고 있었다. 그러나 케메로보 주와 노보시비르스크 주 같은 일부 지역들에서, 지방 당국들은 공개적으로 옐친의 반대자들을 지지했다. 이에 대한 반응으로 벨르이 돔인 국회 의사당에 즉각 공격을 가한 후, 옐친은 반역적인 케메로보 소비에트를 정회시켰고, 그 의장인 툴레예프와 노보시비르스크 주지사인 무하를 그 직위에서 다시 한번 끌어내렸다. 그러나 1993년 12월 연방 소비에트 선거에서, 툴레예프는 80% 이상의 득표를 하여 1994년 4월 다시 한번 케메로보 주 의회 의장이 되었고, 1997년 케메로보 주지사 선거에서 승리했다. 1995년 무하는 노보시비르스크 주지사 선거에서 승리했다.

지역 엘리트 계층과 지방 당국 사이의 협력 관계를 원활하게 하기 위해, 2개의 지역 간 협력 단체들이 구성되었다. 즉 시베리아 협의체(시비르스코예 사글라셰니에 Sibirskoe soglashenie)와 극동 협의체(달네보스토치노예 사글라셰니에 Dalnevostochnoe soglashenie)가 그것이다. 시베리아의 모든 정치적 집단들은 여기에 가입돼 있었다.

시베리아 주지사들 중 자신의 주뿐만 아니라, 시베리아 전체, 그리고 시베리아를 넘어서까지 커다란 권위를 누리는 지도자들이 서서히 등장했다. 특히 유명한 주지사들은 케메로보 주지사인 툴레예프(1997년-2006년 현재까지), 톰스크 주지사 크레스(V. M. Kress)(1991년-2006년 현재까지), 하바롭스크 주지사 이샤에프(V. I. Ishaev)(1991년-2006년 현재까지), 그리고 크라스노야르스크 주지사 레베데프(A. I. Lebedev)(1998년-2006년 현재까지)이었다. 이들은 자기 주의 이익을 수호하여 시베리아 사람들의 높은 존경을 받았고, 또한 독립된 지위를 누렸다. 대통령을 포함한 중앙 당국은 그들의 의견을 주의 깊게 경청했다.

러시아 전체와 마찬가지로 1990년대 시베리아에서는 '주권 행진(parade of sovereignties)'이란 이름의 특이한 현상이 일어났다. 지방 당국들은 연방 법보다 우선하는 자기 지방 헌법을 만들려고 했으며, 또한 자기 지방을 위한 예외적인 특권을 얻어내려 시도했다. 1922년 초부터 시베리아 공화국, 주, 변강주, 그리고 자치 관구 당국들은 옐친의 유명한 말, 즉 '삼킬 수 있을 만큼 많이 주권을 챙겨라'라는 말을 포괄적으로 이용했다. 그러나 지방 법은 종종 러시아 헌법 및 연방 법에 어긋났으며, 심지어 때때로 러시아 시민법을 침해하기도 했다. 예를 들면, 사하-야쿠트 공화국 헌법(Sakha-Yakut republican constitution)은 야쿠트 어를 아는 일부 사람들만이 그 공화국 대통령이 될 수 있다고 적시해 놓았다. 그 주민의 50% 이상이 러시아 민족이었으므로 이것은 러시아 헌법뿐만이 아니라 대다수 시민들의 권리를 침해한 것이었다.

때때로 자신들의 주권을 강화하려는 지방 당국들의 시도는 엉뚱한 정도까지 이르렀는데, 예를 들면, 경제적으로 낮은 수준인 부랴트족(Buriat) 공화국의 지도자들은 공화국 경계선에 관세 사무소들을 만들어서 부랴티야(Buriatia) 공화국으로 들어오는 수입품들에 관세를 매기기로 결정했다. 사실상 이런 결정은 일주일을 가지 못하고 끝났으며, 다시는 이런 일이 되풀이되지 않았다. 이런 아이디어를 주장한 사람들에게조차도 이것이 아주 어리석은 사실이라는 것은 명백했다.

실제로 '주권 행진'은 옐친 대통령과 러시아 공화국 정부에게 아주 심각한 문제를 제기해 주었다. 이런 현상을 최소화하려는 정부의 모든 노력에도 불구하고, 정부는 어떠한 근본적인 해결책을 만들어 내는 데 성공하지 못했다. 비로소 그 문제를 해결할 수 있으리라는 희망이 보인 것은 러시아의 새로운 대통령 블라디미르 푸틴(V. V. Putin)의 새천년이 다가온 이후였다. 2000년에 러시아에는 러시아 연방 대통령의 전권 대표들이 이끄는 연방 관구들(federal okrugs)이 만들어졌다. 그것들은 연방 정부에 속한 모든 기구들에 대한 통제를 하기 시작했다. 그것들은 결국 '주권 행진'을 멈추게 만들 수 있었다. 시베리아 영역은 3개의 연방 관구들로 나뉘었다. 즉 극동, 시베리아, 우랄이었는데, 이것들은 각기 풀리코프스키(K. B. Pulikovskii), 드라체프스키(L. V. Drachevskii), 라티셰프(P. M. Latyshev)에 의해서 이끌어졌다.

　1990년대의 '충격 요법' 개혁과 경제 위기는 시베리아 사람들에게 극히 해로운 영향을 미쳤다. 대부분 지역에 있어서 시베리아는 살기에 불편한 지역이 되었다. 지난 400여 년 동안 유럽 쪽 러시아로부터의 이주를 통해서 지속적으로 인구가 증가해 온 시베리아였는데, 이제는 다른 지역으로 주민들이 이주해 가기 시작했다. 21세기 초 시베리아의 인구는 1989년과 비교해 대략 150만 명이 줄어 러시아 전체 인구의 21%를 형성하고 있었다. 2002년 인구조사에 따르면 시베리아 인구는 3,100만 명을 조금 넘기고 있었던 반면, 1989년에는 3,250만 명이었다. 그 당시 러시아 전체 인구는 1억 4,700만 명에서 1억 4,500만 명으로 거의 200만 명 줄어들고 있었는데, 그중 75%가 시베리아 인구 감소였다. 인구 감소는 특히 극동 연방 관구 소속 동부 지역들에서 심했다. 여기에서 100만 명 이상의 주민 감소가 있었다. 예를 들면, 가장 멀고 가장 동쪽에 있는 지역인 추코트카 자치관구(Chukotka Autonomous Okrug)의 주민수는 15만 7,000명에서 5만 4,000명으로 엄청나게 줄어들었다. 마가단 주(Magadan Oblast)에서는 거의 절반가량의 주민들이 감소했다. 러시아 연방 시베리아의 30개 지방 조직들 중 21개에서 주민수가 감소했고, 오직 9개만이 증가했는데, 여기에서조차 증가는 미미했다. 석유 및 가스 산업 대다수가 위치해있는 한티-만시 자치관구(Khanty-Mansi Autonomous Okrug)에서만 주민수가 약 30%로 상당히 증가했다.

이런 일반적인 지방에서의 인구 감소와는 별도로, 도시 주민수는 계속 증가했다. 21세기 초 인구의 72.5%가 도시에서 살았다. 10만 명 이상의 주민수를 가진 도시들이 39개가 넘었다. 이들 중 7개 도시들, 즉 크라스노야르스크, 바르나울, 이르쿠츠크, 블라디보스톡, 하바롭스크, 노보쿠즈네츠크(Novokuznetsk), 그리고 튜멘은 주민수가 50만 명 이상이었다. 옴스크와 노보시비르스크는 각각 100만 명 이상의 주민수를 갖고 있었고, 노보시비르스크는 러시아 전체에서 3번째로 큰 도시였다. 러시아에서 도시화가 가장 많이 진행된 지역들은 마가단 주, 한티-만시 자치관구, 그리고 야말-네네트 자치관구로, 이곳들 주민 90%가 도시화되었다. 하바롭스크 변강주, 캄차카 주, 그리고 사할린 주의 주민 80% 이상이 도시에 살고 있다.

이런 대체적인 인구 감소와는 반대로, 1990년대에 원주민들의 인구수는 증가했다. 원주민 인구는 20만 명 이상 증가하여 150만 명으로 정점을 찍었는데, 이것은 1989년과 비교하면 13% 증가한 것이었다. 거의 모든 시베리아 원주민들의 인구가 증가했다. 가장 많이 증가한 민족은 부랴트족(44만 5,000명)과 야쿠트족(44만 4,000명)이었다.

1990년대 시베리아의 심각한 문제 중 하나는 합법적 및 불법적인 중국인 이주가 시작되었다는 것이었다. 일부 자료에 따르면, 이제 수십만 명의 중국인 이주자들(대부분 불법적인)이 시베리아에 살고 있다는 것이었다. 그들은 무역, 공예 산업, 농업, 그리고 밀렵에 관련돼 있었다. 많은 뉴스 매체들이 이런 현상을 그 지역을 위협하는 요소로 주시하면서, 특히 극동 지역의 경우 점차 중국의 식민지로 전락할 것을 두려워하고 있었다.

1998년 8월의 루블화 평가절하는 어느 정도 시베리아 경제 발전에 있어서 중요한 사건이었다. 미국 달러에 대한 루블화 가치 하락은 동시에 러시아 산업 발전을 위한 상황을 만들어 냈다. 이전에는 가능한 최대 이익을 내는 것에 목표를 둔 모든 종류의 미심쩍은 소유주들로부터 고통받고 있었는데, 평가절하 이후 일련의 산업적 요소들이 장기 발전을 목표로 하는 중대한 자본 투입으로부터 이득을 얻기 시작했다. 중대한 자본 투자는 1990년대 이익을 내고 있는 석유 및 가스 분야에만 투입된 것이 아니라, 야금 산업, 알루미늄 산업, 삼림 분야, 전기 에너지 분야, 석탄 채굴 산업, 그리고 금 및 다이아몬드 분야에도 투입되었다. 시베리아 생산 능력의 집중은 대규모 소유주들의 손에서 시작되었다. 특히 미심쩍은 트랜스 월드 그룹 (TWG) 회사는 21세기 초 강력한 러시아 회사인 '러시아 알루미늄(Russian Aluminium)' 회사로 대체되었는데, 이 회사는 세계 최대 알루미늄 생산 회사 중 하나가 되었다. 이 회사는 이제 시베리아에서 가장 큰 알루미늄 공장들(브라츠크, 크라스노야르스크, 사야노고르스크 Saianogorsk, 그리고 노보쿠즈네츠크), 그리고 시베리아, 러시아 및 해외에 있는 많은 제휴 산업체들에서 매우 의미 있는 정도의 주식을 보유하고 있다. 오늘날 그런 공장들에서 8만 명 이상의 사람들이 일하고 있으며, 그들의 연간 거래 총액은 35억 달러에 이르고 있다. 이 회사는 기술 현대화와 새로운 상품 개발에 상당한 노력을 경주하고 있다. 이와 유사한 과정이 시베리아 산업의 다른 분야들에서도 일어나고 있다.

이런 개혁들이 시베리아 경제를 다소 자극하고 되살리는 기능을 하고 있었다. 예를 들면, 금 생산은 1998-2002년 사이에 9만 9,700톤에서 14만 8,400톤으로 약 50% 증가했다. 시베리아에서의 석유 생산은 연간 평균

10% 증가율을 보이고 있었다. 오늘날 시베리아는 러시아에 다음과 같은 것들을 공급하고 있다.

- 전체 금 생산의 93.5%
- 전체 알루미늄 생산의 83%
- 전체 석탄 생산의 72%
- 전체 셀룰로스 생산의 50% 이상
- 전체 가스 생산의 90% 이상
- 전체 석유 생산의 70% 이상
- 전체 다이아몬드 생산의 95% 이상
- 전체 전기 에너지 생산의 40% 이상

극동 지역에 있는 산맥 이름이 말해주듯이, 시베리아는 러시아의 경제 및 예산의 척추(스타노보이 흐레벳 Stanovoi khrebet)로 남아 있다.

동시에 많은 사회 경제적 문제들도 남아 있다. 경제의 많은 부문들이 여전히 위기로부터 빠져나오지 못하고 있다. 여전히 자원 의존적 경제에서 벗어나지 못하고 있으며, 또한 1차 산업 생산품 수출에 의존하고 있는 것이 뚜렷하다. 예를 들면, 비록 러시아 전체 셀룰로스 생산의 50% 이상을 책임지고 있지만, 시베리아는 거의 모든 질 좋은 종이들은 외국이나 러시아의 다른 지역들로부터 사들여야만 한다. 대다수 시베리아 사람들의 생활 수준은 상당히 낮아서, 시베리아 사람들의 다른 지역으로의 이주가 계속되고 있는 형편이다.

그럼에도 불구하고, 대다수 러시아의 원자재들이 여전히 시베리아에서 획득되고 있기 때문에, 러시아 정부는 불가피하게 조만간 시베리아 발전에 더 많은 관심을 쏟아부어야만 한다. 시베리아와 그 자원이 없다면, 러시아의 경제는 역동적으로 현대화해 가는 현대 세계에서 영원히 후진국으로 물러날 운명에 처할 수도 있기 때문이다.

역자 후기

　먼저 역자가 이 책을 번역하게 된 동기를 밝히는 것이 순서라고 생각된다. 십여 년 전 대부분 한국 사람들과 마찬가지로 러시아 시베리아에 전혀 관심이 없었던 역자는 한국 선도의 맥을 이으신 봉우 권태훈 선생님의 가르침을 접하면서 비로소 시베리아에 눈을 뜨고 관심을 갖게 되었다. 봉우 권태훈 선생님은 일찍이 만주 바이칼 지역을 직접 답파하셨으며, 우리 역사를 바로 알기 위해서는 만주 러시아 시베리아에 가서 땅을 파보면 우리의 유물들이 나올 것이라고 말씀하셨다.

　봉우 선생님 말씀의 일부를 옮기면 다음과 같다.

　　지금 단군사가 제일 많이 남아 있기는 소련에 있단 말이야. 소련에 제일 많이 있어요. 지금 소련 땅이 《통감(通鑑)》에, 우리들 배울 적에 흉노묵특의 땅이라고 그럽니다. 북호(北胡). 북쪽 오랑캐 흉노묵특이라고. 말 못 할 흉노묵특이라고 하던 게, 고대 우리민족 가운데 지금 소련 지역으로 들어간 족속이여…

　　　　　　　　　　　　　　　　　　　　　《선도공부》144페이지)

　　세계를 제패하던 영국이 언제 저렇게, 영국이 지금 강국이라고는 해도 그거 뭐 일본 폭밖에 더 돼요? …… 차차 그렇게 되는 건데 미국하고 소련은 아주 망하지는 않지만, 서백리아(시베리아)는 틀림없이 뺏깁니다. 서백리아 뺏기고 거기서 분열됩니다. 소련이 다섯 나라나 여섯 나라로 갈라질 겁니다. 그거는 공식이 있어요.

《선도공부》870페이지)

이다음이 국방력인데 이것은 통한(統韓. 한국 통일)이 오래지 않아서 완성되리라고 믿는 관계로, 또 중공이 제3세력의 변화를 볼 것이라는 것을 믿는 관계로 방대한 국방력은 필요 없으리라고 자신을 가지고 있다. 다만 내가 항상 말하는 만주 진출이라는 것은 단시일에 그칠 것이라 서백리아(西伯利亞. 시베리아) 일부까지는 용이하게 수습될 것이라고 본다. …

1964년 수필 중(《봉우일기 2》160페이지)

시베리아, 몽고, 만주의 고토(故土) 회복은 천명(天命. 하늘이 부여한 사명)으로서, 우리 백두산족 정신계 도방(道坊)의 첫 과제이다. 그간 은나라 이후 3,000년을 고생했으니, 앞으로 3,000년 장춘세계의 대운을 누리게 된다.

《봉우일기 2》475페이지)

백산운화론(白山運化論)

지금부터 3,000년 전 고대 상나라와 주나라가 교체되던 때로부터 지속되어 온, 성주(聖主)가 아닌 영웅호걸들의 각축장인 일치일란(一治一亂)의 소강(小康)시대의 운세가 끝나고 지난 1984년 갑자년부터 세계평화운이 돌아왔으며, 이는 어느 일부 지역에 국한된 흥망성쇠가 아니라 이 우주, 이 세계의 공통된 천지대운이요, 대동홍익운(大同弘益運)으로서 이 같은 인류 평화건설의 주역을 우리 민족이 맡게 된다는 것이다. 또한 1984년부터 2044년까지 60년 동안에 남북통일 완수, 만주와 바이칼 호수 동쪽 지역과

몽골로의 평화적 진출 등이 이루어진다고 보았다. 이로써 우리 백두산족의
오천년 미래대운이 시작된다고 예측하였다.

《봉우일기 3》 708페이지)

이런 말씀을 직접 확인하기 위하여 역자를 포함한 제자들은 봉우사상연
구소를 중심으로 2001년 이후 만주 시베리아로 매년 답사를 이어 왔고, 또
관심사를 공유한 학자들과 함께 바이칼포럼이란 모임을 만들어 다학제적
으로 세미나를 여는 등 북방 연구를 이어 왔으며, 그 결과물로 다수의 저작
물들을 펴낸바 있다(《바이칼, 한민족의 시원을 찾아서》, 《한국인의 기원》, 《바
이칼에서 찾는 우리 민족의 기원》, 《바이칼의 게세르 신화》, 《샤먼 이야기》, 《알
타이 이야기》, 《일만년 겨레얼을 찾아서》 등). 이에 발맞추어 역자 또한 시베
리아에 관한 책들을 번역하기 시작했으며, 바이칼포럼 회원이신 배재대 러
시아학과 이길주 교수님의 추천으로 이 책을 접하고 번역에 이르게 되었
다.

이 책은 영국 리즈대 러시아학과장인 데이비드 콜린즈 교수가 서구 학자
와 독자층을 위해 정선한 시베리아 역사책이다. 콜린즈 교수가 골라 뽑은
이유 중 가장 커다란 것은 이고르 나우모프 교수가 시베리아 토박이로 지
금까지 시베리아에 살면서 연구해 온 시베리아 학자라는 것이다. 과거의
시베리아 역사는 대부분 러시아 역사의 일부로서 유럽 쪽 러시아의 시각
에서 다루어져 왔다. 그러나 이 책은 온전히 시베리아인의 시베리아 시각
에서 조망되고 있다. 따라서 책의 순서도 인류가 시베리아에 처음 나타난
시기(100만 년 전 – 10만 년 전 석기 시대)로부터 청동기 시대(아파나셰보
문화 – 글라즈코보 문화), 스키타이 시대(타가르 문화 – 판석묘 문화), 흉노
제국 시대, 투르크족 시대(투르크 카간국 – 예니세이 키르기즈 카간국), 몽골

족 시대(몽골 제국), 러시아의 시베리아 정복 시대, 러시아와 청나라와의 국경 획정 시대, 공산혁명과 적백내전 시기, 그리고 소련 탄생과 해체 및 새로운 러시아연방 탄생의 현대 시기에 이르기까지에 걸쳐 시베리아의 온전한 역사를 담고 있는 것이 특징이다. 국내에서 러시아 역사책은 많이 소개돼 있으나, 이렇게 시베리아 역사만을 온전히 담고 있는 책은 이 책이 유일하다.

이 책은 다른 러시아 역사책에서 가볍게 다루던, 혹은 전혀 다루지 않던 사항들도 자세히 다루고 있다. 일례를 들면, 1907년 러-일 페테르부르크 협정에서 러시아와 일본의 이익 범위를 다루는 비밀 조항들이 공개되고 있는데, 거기에는 조선이 일본의 특수 이익 지역에 속하는 것으로 명시돼 있다. 이것은 1910년 한일합방 이전에 이미 러시아와 일본 사이에 밀약이 이루어진 것을 말해 주고 있는 것이다.

또한 이 책은 시베리아가 지방분권주의의 온상이었다는 사실을 밝히고 있다. 즉 1882년 야드린체프는《식민지로서의 시베리아》에서 시베리아 지방분권주의의 주요 이념을 밝히면서, 그동안 러시아가 시베리아를 식민지로 이용하여 시베리아 발전을 방해했으므로 시베리아는 발전을 위해 정치적인 자치가 필요하다고 주장했다. 또 한 명의 시베리아 지방분권주의 지도자인 포타닌은 시베리아를 러시아로부터 분리시키려 했다는 혐의로 투옥당하기도 했다. 이후 1920년 4월 6일 아주 특별한 정치체제인 극동 공화국이 출현했다. 이 극동 공화국은 영토가 서쪽으로 바이칼 호와 셀렝가 강까지, 동쪽으로 블라디보스톡까지, 그리고 수도는 베르흐네우딘스크(울란우데)였으며, 명목상 소비에트 러시아에서 독립된 공화국이었으나, 배후에는 볼셰비키 세력이 있었다. 당시 적백내전이 끝나지 않은 상태에서 소비에트 러시아는 폴란드와 군사적 충돌에 직면해 있었고, 또한 군사 강국인 일본과의 전쟁을 회피하고자 극동에 완충 국가를 만들고자 하는 의도를 갖고 있었다. 일본 역시 소비에트 러시아와의 사이에 민주적인 완충 국가를 만드는 데 찬성하면서 영토 확장의 야망을 드러냈다. 이런 상황하에서 특별한 완충국가인 극동 공화국이 출현하였다. 그러나 영미 연합국의 간섭으로 일본군이 시베리아에서 철군하는 바람에 극동 공화국은 1922년 11월 16일 자연히 소비에트 러시아에 귀속되었다. 이렇게 비록 볼셰비키 괴뢰 국가이었지만, 명목상 극동 공화국은 거의 모든 시베리아를 대표하는 국가로 짧게 존립했다.

이 책은 또한 공산주의 치하에서 발전해 온 시베리아가 겪어야 했던 고통을 가감 없이 기술함으로써 비판적인 시각을 보여 주고 있다. 1917년 권력을 장악한 볼셰비키 공산주의자들은 모든 것을 국유화하고 농산물 징발령을 내려 모든 식량 거래를 금지시킴으로써 식량 부족, 물가 상승, 생산 붕괴 등의 경제 마비 상태가 일어났고, 이에 시베리아인들은 저항에 나서 적백내전에 적극 가담하고, 또 그 진원지 중 하나가 되었다. 1917년 12월 이르쿠츠크 봉기로 적백내전이 시작되었고, 1918년 코사크족 세묘노프가 일본의 지원을 받아 특별 만주 지대를 구성하여 트랜스바이칼리아에서 반란을 일으켰고, 또 데랴빈을 수반으로 하는 사회주의 혁명당을 중심으로 시베리아 임시정부가 구성되어 반(反)볼셰비키 지하조직 군대로 반란을 일으켰으며, 1922년 10월 적백내전이 끝난 곳도 바로 시베리아였다. 적백 내전에서 승리한 공산주의자들은 신경제정책으로 알려진 타협책을 도입했으나, 이후 곧 사회주의 건설이 가속화되면서 극단적인 산업의 집단화와 문화혁명이 진행되었다. 특히 농업 집단화 정책으로 곡물의 약탈적 강제 징발이 시행되자, 이에 반발하여 1930-1933년 시베리아 농민들은 대규모 봉기들을 일으켰으나, 이 봉기들은 당국에 의해 진압되고 농민들은 투옥당하거나 총살당했다. 이런 집단화는 농업의 파괴를 가져왔고, 농업은 20세기 말까지도 완전히 회복되지 못하여 심각한 식량 부족 문제를 일으켰다. 제2차 세계대전이 끝난 1946-1947년 시베리아는 기근 지역 중 하나가 되었다. 이것은 곡물 징발의 증가에 따른 식량 정책 실패에 기인한 것이었다. 1950-1960년대 당국은 농업을 다시 부흥시키기 위한 새로운 시도를 했으나, 시베리아에서의 산업화에 따른 도시화로 인해 농민 인구와 농업 비율이 지속적으로 하락함으로써 시베리아는 더 이상 식량을 자급자족하는 곳이 아니었다.

1980년대 시베리아는 소련 총 생산량의 10%를 넘고 있었지만, 자원 수출은 소련 외화 획득의 50%를 넘고 있을 정도였고, 오늘날 러시아 전체 석유의 70%, 가스의 90%, 전기에너지의 40% 이상의 생산을 담당하는 등 시베리아는 러시아 경제의 근간이 되었다. 그러나 시베리아는 자원 의존적 경제에서 벗어나지 못하여 1차 산업에 의존하고 있고, 유럽 쪽 러시아로부터 소비재를 수입하는 자원 식민지로 전락했으며, 생활수준이 유럽 쪽 러시아보다 열등하고, 공해 오염도도 1.5배 증가했다. 시베리아 대부분은 살기 불편한 지역이 되어 다른 지역으로의 이주가 계속되고 있다. 2002년 시베리아 인구는 3,100만 명으로 줄었으며, 산업화에 따른 도시화로 21세기 초 인구의 72.5%가 도시에서 살았다. 앞으로 러시아 정부가 시베리아 발전에 더 관심을 쏟지 않으면 러시아는 후진국으로 물러날 수도 있을 것이다.

오늘날 푸틴 대통령이 러시아의 축을 유럽에서 극동아시아로 옮기면서 블라디보스톡 개발에 열중하고 있는 것이 후진적인 시베리아를 발전시킬 수 있는 새로운 기회가 될 수 있을지에 귀추가 주목되고 있다.

이외에도 이 책은 소비에트 공산주의 시절의 시베리아 역사 편찬이 끼친 부정적 영향에 대해서도 기술하고 있다. 즉 마르크스주의 계급투쟁 이론이

무차별적으로 적용되어 많은 왜곡을 불러일으켰다는 것이다. 예를 들면, 인구가 희박한 북극에서 씨족생활을 영위하는 소수 원주민들에게조차 그런 이론을 적용시켰으며, 시베리아의 경제, 문화 발전에 많은 건설적 기능을 해왔던 교회의 역할을 무시하고 깎아내렸다. 이렇게 이 책은 소비에트 역사가들이 많은 역사 연구에 있어서 일정 부분 진전을 이룩했지만, 마르크스주의라는 틀 안에 갇힌 한계를 드러냈다는 비판적 인식을 보여 주고 있다.

한국인 대중들에게 시베리아는 그저 동토의 땅이란 막연한 인상이 대부분일 이 시점에 시베리아인의 시베리아만의 온전한 역사라는 것은 너무 아득한 지점일 수 있다. 그러나 이제 격변의 시기에 이른 오늘날, 통일의 시기가 다가오고 있고, 기후 변화에 따라 한반도는 아열대화, 그리고 시베리아는 온대화로 변해 가면서 만주, 시베리아가 인간이 살기 좋은 지역으로 바뀌어 가고 있으며, 또한 북극 빙하가 녹아 북극 항로가 개설될 시점에 있다.

통일 이후, 우리는 바로 시베리아와 국경을 마주보게 될 것이다. 우리는 미리 시베리아에 대한 연구를 축적해 놓아야 할 필요가 있다. 앞으로 러시아의 미래가 어떻게 될지 속단할 수는 없다. 현재 벌어지고 있는 러시아의 우크라이나 침공 사태의 결과에 따라 러시아의 운명도 어떻게 바뀔지 알 수 없다. 어쩌면 과거 극동 공화국의 출현처럼 시베리아가 러시아에서 분리 독립할 가능성이 없다고 단정할 수만도 없다고 보여진다.

시베리아는 우리에게 멀고도 가까운 지역이다. 너무 광대해서 멀게도 느껴지지만, 역사적으로 한국인과는 떼려야 뗄 수 없이 가까운 관계이다. 알타이 파지릭 고분으로 대표되는 스키토 시베리아 문화와 관련되는 신라 고분, 그리고 솟대, 장승 등의 샤머니즘 문화와 부르하니즘(Burkhanism)

문화(불함문화 不咸文化) 등은 대표적인 본보기들이다. 한반도의 남쪽에 섬처럼 고립되어 유라시아 대륙과는 상관없는 농업민족으로 생각해 온 기존의 정주민족 역사관으로부터 탈피하여 기마 유목민족 관점에서 새롭게 우리 고대사를 보아야만 제대로 된 한민족의 정체성을 볼 수 있을 것이다. 이런 면에서도 시베리아는 우리에게 많은 것을 시사해 줄 수 있는 지역이다. 시베리아는 이제 더 이상 동토의 땅이 아니라 우리 한민족의 역사와 문화에 있어서의 많은 수수께끼들과 미스터리들에 대한 열쇠를 간직하고 있는 역사 문화유산의 보고이다. 또한 시베리아는 기후변화에 따라 앞으로 온대 지방으로 변하게 될 가능성과 더불어 사람들이 더 살기 좋은 밝은 미래의 땅이 될 것으로 생각된다.

이제 우리는 시베리아에 대해 새로운 시각을 가지고 접근해야 할 시점에 있다는 생각이 든다. 시베리아는 선사시대부터 역사시대에 이르기까지 농업 정주 문명과 다른 한 축을 이루는 유목 이동 문명을 정립하면서 인류가 살아온 터전이었다. 단지 인구가 희박할 따름이었지 인류 문명사에서 소외된 지역이 아니라 나름 유목 문명의 한 축을 담당하였다는 사실이 점차 유물 유적 발굴에 의해 밝혀지고 있다. 한 예를 들면 최근 알타이에서 대형 아르잔 쿠르간이 발견됨에 따라 스키타이 문화가 흑해 지역보다 더 오래되었다는 사실이 밝혀져 학계에 충격을 주고 있다. 이러한 사실은 스키타이 문화에서 자유롭지 못한 한반도의 스키토 시베리아 문화에도 일정 부분 영향을 미칠 수 있을 것이다. 이어지는 흉노 시대에도 시베리아는 그 주요 무대가 되었다. 신라 문무대왕비에서 보여지듯이 신라 김씨 왕족들은 흉노족 김일제의 후손임이 밝혀져 한반도가 시베리아와 무관치 않다는 사실이 밝혀졌다. 이후 돌궐 제국, 키르기즈 제국, 위구르 제국 등을 거치는 동안에도 시베리아는 유목 민족들의 주무대였다. 물론 한민족의 부여, 고구려, 백제 역시 시베리아를 통해 중앙아시아와 교류했음을 우리는 유적 유물을 통해 알 수 있다. 일례를 들면 고구려는 돌궐 제국과 소그드 왕국(현재 우즈베키스탄 아프라시압 궁정 벽화에 그려진 고구려 사신들)에 사신 교류를 하였다. 이후 몽골 제국에 이어 러시아 제국이 시베리아를 차지하면서 시베리아의 유목민 문화는 사라지고 유럽식 정주문화가 유입되었다. 유럽 쪽 러시아인들의 시각에서 시베리아는 단지 식민지에 지나지 않았으나, 시베리아가 발전함에 따라 자각하게 된 시베리아 러시아인들이 잠시 지방분권적 주장을 하기도 하고, 또 정치적 목적이지만 일시적으로 명목상 극동공화국이란 지위를 누리기도 했다. 현대에 이르러 시베리아는 더욱 러시아 경제의 근간을 차지하면서 그 중요성이 더 커지고 있다.

이제는 러시아 푸틴 대통령이 러시아의 축을 유럽에서 극동아시아로 옮기겠다는 선언을 하고 있는 시점에서, 시베리아도 유럽 시각이 아니라 극동아시아 시각에서 새롭게 조명될 필요가 요청되고 있다. 이에 발맞추어 우리 한국인들은 유럽 쪽 러시아인들의 시각도 아니고, 또 시베리아 러시아인들의 시각도 아닌, 우리 한국인의 시각으로 시베리아를 새롭게 조명해야 할 시점에 왔다고 보여진다. 앞으로 통일 한국과 국경을 맞댈 시베리아는 더 이상 상상 속의 시베리아가 아닌 것이다. 우리 한민족은 시베리아와 직간접적으로 많은 관계를 맺어 왔다. 가까이는 구한말 연해주로 이주하여 농업에 종사하기도 하고 독립운동을 전개했던 시기가 있었고, 또 망국의 시절에 러시아, 소련으로 한민족 디아스포라가 일어나는 고통을 겪었으며, 그 외중에 야쿠치야 지방 광산에 1,000명이 넘는 조선인들이 강제 노역에 시달리기도 했다는 기록이 있다(제임스 포사이스, 《시베리아 원주민의 역사》). 조선시대에 청나라와 함께 러시아 정벌을 위해 흑룡강에 2차에 걸쳐 군대가 파견되기도 했으며(나선 정벌), 고대엔 고구려 사신들이 시베리아를 드나들었다. 이렇듯 한반도는 시베리아와 끊임없이 역사적으로 교류를 이어 왔던 것이다. 통일 시점에 있는 우리는 이제 시베리아를 우리 역사 문화적 시각에서 다시 바라보고 재해석해야 할 필요성에 놓여 있다 할 것이다.

시베리아는 이제 정당한 평가를 받아야 할 시점에 있다고 보여진다. 시베리아에는 선사시대부터 인류가 살아왔으며, 지금까지도 인류가 살아가고 있다. 역사시대에도 유목민들의 주무대로 그 역할을 다해 왔으며, 만일 시베리아가 없었다면 초원길(스텝 로드)을 통한 동서문명의 교류도 없었을 것이다. 러시아가 몽골족의 후예인 시비르 칸국을 정복하여 시베리아를 정복하면서 시베리아는 정주문명의 관점에서 개발돼야 될 황무지이자 식민지로 전락했으며, 러시아에서 공산혁명이 일어나자 적백내전의 참혹한 주무대로 그 피해를 고스란히 받았으며, 백군 지도자 콜착 제독이 이르쿠츠크로 압송되던 시점에 바로 옆에서 이를 모르고 백군 부대가 그대로 지나쳐 가고 콜착 제독이 처형됨으로써 적백내전이 종료되는 역사의 현장이기도 했다. 소련 시절에도 시베리아는 여전히 자원 착취 식민지로서 그 역할을 다했으며, 오늘날에도 러시아 발전의 견인 역할을 다하면서도 여전히 유럽 쪽 러시아에 종속된 삶을 살아가고 있다. 이제 시베리아는 러시아 경제에서 차지하고 있는 그 중심적 역할에 걸맞게 그 위상을 재정립하면서 정당한 평가를 받아야 할 시점에 왔다고 보여진다. 러시아의 중심축이 극동 아시아로 이동하는 것과 맞물려서 시베리아는 더 이상 동토의 땅이 아니고 아메리카와 같은 새로운 신천지가 될 가능성도 있는 시점이라 할 것이다.

마지막으로 덧붙이고자 하는 것은 러시아 내의 탈유럽화 경향이다. 그 대표적인 것이 바로 1920년대 태동한 러시아 유라시아주의로 주도자는 버나드스키(G. Vernadskii), 트루베츠코이(N. Trubetckoi), 구밀료프(L.

Gumilyov) 등 서구로 망명한 러시아 이민자 그룹이다. 그들은 유럽화된 러시아 주류의 이념과 정신의 전통 속에서도 러시아의 아시아적 근원을 재발견하고 영토뿐만 아니라 정신적으로 유라시아적 전망을 추구하고 있다. 그들은 13~15세기 이래 러시아 역사에 몽골 지배가 남긴 영향을 재평가하면서 러시아 이념과 영혼 속에 내재하는 아시아적 요소를 밝히고, 또한 러시아는 현재 유라시아 중심국임을 표방하고 있다. 이런 경향은 오늘날 네오 유라시아주의자이자 푸틴의 정치적 고문 역할을 하는 알렉산드르 두긴(Alexandr Dugin)으로 이어지고 있다. 이들과는 별도로 러시아-한국 공생론을 주장하는 블라디미르 수긴(Vladimir Sugin)도 있다. 러시아 외교부 정책자문역을 맡기도 하고, 러시아 주요사회문제 연구소장인 그는 2005년 11월 러시아 유력 정치평론지《폴리트클라스》에 일명 '코리아 선언'을 게재했는데, 그 내용은 "급격한 인구감소로 국가생존의 위기에 처한 러시아가 영토를 보존하고 미래에 살아남으려면 한국과 공생국가를 만들어 한국민들이 시베리아에 자유롭게 이주할 수 있게 해야 한다"는 것이었다. 이런 발언의 이면에는 "러시아에서는 인구감소로 러시아 영토 중 아시아에 해당하는 부분, 즉 러시아 영토의 절반을 잃을 수도 있다는 위기론"이 깔려 있다. 이어 그는 "한국은 세계 12번째의 경제규모를 갖고 있지만 자원이 없습니다. 러시아 시베리아에는 향후 인류가 2,500여 년간 사용할 수 있는 석탄을 비롯해 석유와 천연가스 등 세계 자원의 20% 이상이 묻혀 있습니다. 두 나라는 이웃나라이고요. 두 나라가 공생관계를 맺는다면 한국은 자원문제를, 러시아는 인구와 생존문제를 해결할 수 있습니다."라고 주장했다. 이와 같은 러시아의 움직임에 한국의 적극적인 대응이 없는 것은 사실이지만 그런 제안이 적지 않은 파장을 일으키고 있는 것 역시 사실이다.(이길주저《한류와 유라시아 말춤》참조)

그림

도표

■ 러시아어 용어 풀이

아카뎀고로독(Akademgorodok) - 러시아 과학원(Russian Academy of Sciences)의 캠퍼스 형식의 지부로 노보시비르스크로부터 약 20마일 떨어진 외곽에 세워졌다.

아마나티(Amanaty) - 러시아인들이 모피 공물을 확실하게 받아내기 위해 원주민 집단으로부터 잡아 온 인질들.

아르텔(Artel) - 종종 공예 장인들, 건설 노동자들 등과 같은 러시아인 노동 집단들에서 서로 협력하기 위해 만들어진 전통적인 형태의 동업 조합, 혹은 협동 조합.

아타만(Ataman/-y) - 코사크족 군대 직위로 사령관.

바냐(Bania) - 전통적인 러시아식 사우나.

보야르 손(Boyar son) - 대귀족 자제 란 뜻으로 국가 공무원들에게 보답으로 주어진 영예로운 직위.

초르노젬(Chernozem) - 서부 우크라이나에서부터 서부 시베리아까지에 걸쳐 있는 풍요로운 흑토 지대.

초르노소트니에(Chornosotnye) - 왕정복고를 주장했던 극우파 단체인 '검은 백인 대 百人隊(Black hundreds)'.

춤(Chum) - 유르타(Yurta) 참조.

시스바이칼리아(Cisbaikalia) - 바이칼 호수의 서쪽 지역.

달뷰로(Dalbiuro) - 공산당 극동 지부.

제샤치나(Desiatina) - 옛날 러시아 면적 단위(2.7에이커, 1.09헥타르).

디악/키(Diak/-i) - 서기, 행정관.

두마(Duma) - 의회(지역, 시, 혹은 원주민).

드보리아네(Dvoriane) - 귀족.

에타피(Etapy) - 유럽 쪽 러시아에서 시베리아로 걸어오는 죄수들을 위한 숙박 시설.

김나지(Gimnazii) - 통상 고전적 교과 과정을 갖춘 중등 학교.

고로드니치(Gorodnichii/-ie) - 도시 경찰서장.

고로드스코이 갈라바(Gorodskoi golova) - 시장.

구베르니야(Guberniia) - 주(州).

구베른스키에 베도모스티(Gubernskie vedomosti) - 주 정부 소유 신문.

굴랴쉬에 류디(Guliashchie liudi) - 부랑자.

이나로드치(Inorodtsy) - 비(非)슬라브계 원주민을 뜻하는 용어, 원주민.

이즈바(Izba) - 러시아인 농민들의 통나무집.

카데츠키 코르푸스(Kadetskii korpus) - 엘리트 남성들을 위한 교육 기관으로 사관
　학교. 혹은 귀족 유년 학교.

카즈나체이스트바(Kaznacheistvo) - 정부 국고 출납국, 혹은 재무성.

키비트카(Kibitka/-ki) - 유목민 텐트로 가족용 원주민 주거지.

콤소몰(Komsomol) - 청년 공산주의자 동맹.

콘니에(Konnye) - 코사크족 기병.

코르믈레니에(Kormlenie) - 봉급 받지 않는 중세 러시아의 세금 징수자들이 주민
　들로부터 직접 수입을 거둬들이는 자급자족 급양 시스템.

크라이(Krai) - 주(州)에 상당하는 행정단위로 변강주, 혹은 변경주.

쿨라크(Kulak/-i) - 원래 '주먹'이란 뜻인데 부농들을 경멸스럽게 부르는 용어.

쿠프치(Kuptsi) - 상인.

쿠르간(Kurgan/-y) - 사망한 지도자를 기념하기 위해 유목민들이 만든 무덤. 제5
　장 주21 참조.

말로드보르카(Malodvorka) - 작은 마을, 부락.

마스테로비에(Masterovye) - 숙련공. 공예 장인. 공장 기술자.

메샤네(Meshchane) - 도시의 소시민. 쁘띠 부르주아.

엠티에스(MTS. Machine Tractor Station) - 집단농장들에 부족한 기계장비들을 공
　유하도록 해주는 기계 트랙터 배급소. 제28장 주139 참조.

나메스트니체스트바(Namestnichestva) - 준섭정(準攝政).

노보시올리(Novosyoly) - 신(新) 이주민.

오블라스트(Oblast) - 행정 단위로 주(州. province). 제16장 주77 참조.

오블라스트니체스트바(Oblastnichestvo) - 시베리아 자치를 위한 지방 분권주의 운동.

오브쉬치니(Obshchiny) - 마을 공동체.

오크루그(Okrug) - 연방 관구.

오스트로그(Ostrog) - 통상 나무로 지어진 러시아의 국경 요새.

페쉬에(Peshie) - 코사크족 보병.

피사리(Pisary) - 서기.

포댜치에(Podiachie) - 서기(diak) 밑에 있는 대리 서기.

폴리트첸트르(Polittsentr) - 극동 공화국의 급진적 기구로 '정치중앙'.

포사드(Posad) - 아직 도시로 지정되지 않은 도시화된 정착촌.

프리아무리에(Priamurie) -아무르 강에 인접한 지역.

프리카즈(Prikaz) - '시베리아 성(省)(시비르스키 프리카즈 Sibirskii prikaz)' 같은 행정 기관.

프리카즈칙(Prikazchik) - 성(省)에서 일하는 관리.

프리모리에(Primorie) - 시베리아 태평양 연해에 인접한 지역.

프리피스니에(Pripisnye) - 어딘가에 예속돼 있는 자들로, 당국에 의해 어떤 장소로 이주하도록 지시받은 농민들이나 노동자들.

프리우랄리에(Priuralie) - 우랄 산맥에 인접한 지역.

프로도트랴드(Prodotriady) - 농민들로부터 곡식을 강제 징발하기 위해 보내진 볼셰비키 곡물 징발대.

프로드라즈베르스트카(Prodrazverstka) - 농민들로부터 강제 징발하는 볼셰비키의 농산물 징발.

프로미슬리(Promysly) - 장인들이 공예품을 생산하는 등의 소(小)기업군.

프로미쉴레니키(Promyshlenniki) - 때때로 자발적으로, 혹은 국가의 부름에 따라 일했던 러시아인 사냥꾼이자 상인, 탐험가들. 제11장 주51 참조.

푸드(Pud/-y) - 옛날 러시아의 무게 단위(16.38kg).

라투샤(Ratushy) - 군의회.

레보엔소베트(Revvoensovet) - 볼셰비키 혁명군 소비에트.

사젠(Sazhen/-i) - 옛날 러시아의 길이 단위(2.13m).

세즈하야 이즈바(Sezhaia izba) - 군청.

시브레브콤(Sibrevkom) - 시베리아의 최고 볼셰비키 혁명 기구로 볼셰비키 시베리아 혁명 위원회.

슬로보다(Sloboda) - 작은 도시 정착촌.

소브나르호즈(Sovnarkhoz) - 경제 발전을 지시하는 지역 위원회로 국가 경제의 전(全) 시베리아 소비에트.

소브나르콤(Sovnarkom) - 최초의 볼셰비키 내각으로 인민 위원회.

스페츠페레셀렌치(Spetspereselentsy) - 1930년대 숙청 시기에 시베리아로 이주하도록 강요받은 자들로 특별 재배치자들.

스탄치(Stantsii) - 코사크족 정착촌 마을.

스타로오브랴드치(Staroobriadtsy) - 러시아 정교 분파의 전통주의자들로 '구(舊)교도들'.

스타로스티(Starosty) - 마을의 지도자인 촌장. 혹은 장로들.

스타로질리(Starozhily) - 시베리아의 초기 러시아인 이주자들의 후손들로 '구(舊)이주민들'.

스톨라(Stola) - 말 그대로 '탁자들'이란 뜻으로, 시베리아 성(省)의 행정을 담당하는 하위 부서들에 주어진 명칭.

스트렐치(Streltsi) - 초기 러시아의 정규 직업군인으로 '머스켓 소총 보병'.

시스키(Syski) - 부패 관리들에 대한 조사 및 청문회.

타이가(Taiga) - 중앙 시베리아에 걸쳐 뻗어 있는 침엽수림.

타모즈니(Tamozhni) - 세관.

탸글로(Tiaglo/-ye) - 문자 그대로 짊어져야만 하는 '짐, 역(役)'이란 뜻으로 국가에 돈이나 다른 종류로 지불해야만 하는 납세 부역(귀족은 제외).

트라크트(Trakt) - 초기 러시아의 도로.

트랜스바이칼리아(Transbaikalia) - 바이칼 호수의 동쪽과 남쪽 지역.

첸트로시비르(Tsentrosibir) - 시베리아 소비에트 중앙 집행 위원회.

우칠리쉬차(Uchilishcha) - 교육 기관. 학교.

우예즈드(Uezd/-y) - 군(郡) 단위 행정 기관.

우카즈(Ukaz) - 정부의 포고령.

베드로(Vedro) - 옛날 러시아의 부피 단위로 15L에 해당.

보예보다(Voevoda/-y) - 러시아의 군정 지방장관.

볼로스트(Volost/-i) - 여러 마을을 포함하는 중간 정도의 행정 단위로 읍(邑).

야르마르키(Yarmarki) - 매년 열리는 무역 시장들.

야삭(Yasak) - 러시아인들이 원주민들로부터 징수하는 모피 공물.

유르타(Yurta) - 북미 인디언 텐트인 티피(tepee)와 같은 원주민 주거지. 제5장 주
    2 참조.

자쿠프스비트(Zakupsbyt) - 중앙화된 할인 구매 협동조합으로 구매와 분배 조직
    을 갖추었다.

제믈리프라호제치(Zemleprokhodetsy) - 사냥꾼이자 탐험가인 러시아인들.

젬스트보(Zemstvo) - 지방 정부 기구로 선출제 지방 자치회. 제21장 주107 참조.

편역자 데이비드 콜린즈가
제안하는 참고 자료

시베리아에 대한 영문 책들은 다양하고 많다. 그런 책들에 대한 생각은 나의 저서 《시베리아와 소비에트 극동(Siberia and the Soviet Far East. vol. 127 of the World Bibliographical Series, Clio Press, 1991)》에서 얻어질 수 있으며, 또한 잡지 〈시비리카(Sibirica. vols 2-3, 2002-3)〉에서도 얻을 수 있다. 내가 아래와 같이 뽑아 놓은 책들은 흥미롭고 비교적 쉽게 읽힐 수 있는 책들이다.

정말로 빛나는 다큐멘터리 자료는 《시베리아와 러시아령 아메리카로(To Siberia and Russian America. vol. 1, ed. Basil Dmytryshyn and E. Crownhart-Vaughan for the Oregon Historical Society, Western Imprints, 1985)》이다. 16-17세기 탐험가들의 보고서들을 번역한 책들은 러시아 정복자들의 마음속으로 들어가 볼 수 있는 통찰력을 제공해 주면서, 때때로 대담한 용기로 잔인하게 공적을 이루면서 발견한 새로운 땅들을 분류해 놓고 있다. 1581-1582년 모스크바 사람들이 최초로 우랄 산맥을 넘어 침략한 사실을 영광스럽게 그려 놓은 연대기인 《예르마크의 시베리아 공략 (Yermak's Campaign in Siberia. vol. 146, second series, ed. Terence Armstrong, Hakluyt Society Publications, 1975)》은 원문뿐만 아니라 원본 그림들까지도 잘 복원해 놓고 있다.

이보다 훨씬 후에 《대(大)시베리아 철도 안내(Guide to the Great Siberian Railway. Alexander Dmitriev-Mamonov, 1900)》가 출판되었는데,

이 책은 매력적인 그림 안내판으로, 장장 8,000km 거리에 걸친 철도뿐만 아니라, 그에 따른 지리 및 사람들까지 그려 넘으로써, 1971년 다시 출판되었다(David & Charles). 새로운 참고용 안내 책자인《시베리아 및 북부 지역에 대한 실용 사전(Practical Dictionary of Siberia and the North. ed. Ye. Akbalyan, European Publications and Severnye Prostory, 2005)》이 CD-ROM으로 제작되었다.

여행자 이야기들은 비록 그것들이 항상 믿을 만한 것은 아닐지라도, 매우 흡인력이 있고 읽을 만한 것일 수 있다. 좋은 본보기는《시베리아 발견(Siberian Discovery. vol. 12, ed. David Collins, Curzon, 1999)》이다. 또 하나는 옥스퍼드 대학교의 선구적인 인류학자 마리야 차플리카(Mariya Czaplicka)의《전집(Collected Works. vol. 4, Mariya Czaplicka, ed. David Collins, Curzon, 1998)》인데, 여기에는 그녀가 1914년 북부 오지인 예니세이 강 지역에서 순록 유목민들과 함께 살면서 연구한 탐험 이야기들인《나의 시베리아 세월(My Siberian Year. vol. 3)》뿐만 아니라, 그녀의 학문적 결과물인《어보리지널 사이베리아(Aboriginal Siberia. vol. 2)》, 그리고 내가 상당한 관심을 갖고 있는 시베리아에 대한 부분인 vol. 1도 포함돼 있다.

공산 혁명 이전 시기의 다른 특별히 주목할 만한 여행자들 이야기들도 포함돼 있다. 즉 리처드 부쉬(Richard Bush)의《순록과 함께한 시베리아 탐험일지(Reindeer, Dogs, and Snowshoes)》[147]는 19세기 중엽 동부 시베리아를 방문한 미국 전신 회사소속 탐험가의 이야기이다(Arno Press, 1970). 극작가 안톤 체호프(Anton Chekhov)의《사할린으로의 여행(A Journey to

---

147) 역자 주: 이 책은 역자가 이미 번역하여 2016년《순록과 함께 한 시베리아 탐험일지 - 흑룡강, 캄차카, 축치 반도 탐사 기록 1865, 1866, 1867년》로 우리역사연구재단에서 펴낸 바 있다.

Sakhalin)》은 그가 이미 결핵으로 죽어 가고 있으면서도, 악명 높은 감옥 섬의 상황을 조사하기 위해 시베리아 횡단 여행을 결행한 이야기이다 (Faulkener, 1993). 혁명가 레오 도이치(Leo Deutsch)의 《시베리아에서의 16년(Sixteen Years in Siberia)》은 유배 생활의 경험에 대한 이야기이다 (Hyperion Press, 1977). 그리고 한스 프라이스(Hans Fries)의 《시베리아 여행(A Siberian Journey)》은 1774-1776년 이루어진 시베리아 여행에 대한 통찰력 있는 이야기이다(Cass, 1974).

비록 스탈린 치하에서의 시베리아에 대한 모든 진실을 포함하고 있지 않다 하더라도, 나는 강제 노동 수용소 체제(굴락 체제. GULAG system)의 희생자들에 의해 쓰여진 여러 비참한 이야기들을 여기에 포함시키고자 한다. 주목할 만한 것들은 다음과 같다. 유제니아 긴즈버그(Eugenia Ginzburg)의 《회오리 바람 속으로(Into the Whirlwind. Collins Harvil, 1967)》, 그리고 그 후속편 《회오리 바람 속에서(Within the Whirlwind. Collins Harvil, 1981)》가 출간되었고, 라첼과 이스라엘 라칠린(Rachel and Israel Rachlin)의 《시베리아에서의 16년(Sixteen Years in Siberia)》이 덴마크어로 번역되었다 (University of Alabama. 1988). 카를로 스타이너(Karlo Stajner)의 《시베리아에서의 7,000일(7000 Days in Siberia. Farrar, Straus & Girous, 1988)》이 출간되었다. 안드레이 아말릭(Andrei Amalrik)의 《비자발적인 시베리아 여행(Involuntary Journey to Siberia. Collins Harvill, 1970)》은 브레즈네프(Brezhnev) 시절에도 훨씬 적은 규모이지만, 여전히 그런 체제가 존재하고 있었다는 것을 보여 주고 있다. 솔제니친(Solzhenitsyn)은 제쳐 두고, 강제 수용소에서의 삶을 가장 감동적으로 보여주는 작품들 중 하나는 바를렌 샬라모프(Varlen Shalamov)의 《콜리마 이야기(Kolyma Tales. Penguin, 1994)》이다.

서구 관찰자들이 쓴 2차적인 저작물들은 다양한 접근 방법들, 강조점들, 그리고 깊이 있는 학문적 통찰력을 보여 주고 있다. 쉽게 읽을 수 있고, 사실상 나우모프(Naumov)의 책에 걸맞은 친구라고 할 수 있는 것이 보브릭 벤슨(Bobrick Benson)의《태양의 동쪽(East of the Sun. Heinemann, 1992)》이다. 다작의 미국인 학자인 브루스 링컨(Bruce Lincoln)에 의해 다소 더 학문적인 탐구가 이루어진 것은《대륙의 정복(Conquest of a Continent. Cape, 1994)》이다. 빅터 모트(Victor Mote)는《세상과 동떨어진 시베리아 (Siberia: World Apart. Westview, 1998)》에서 자신의 잘 연구된 지리학적 통찰력을 제공해 주고 있다. 하와이 대학의 존 스테판(John Stephan)은 쿠릴 열도 및 사할린에 대한 박식한 책들을 썼을 뿐만 아니라, 포괄적인 역사책인《러시아의 극동(The Russian Far East. Stanford, 1994)》도 썼다.

시베리아에 대한 서구 학계의 관심은 계속해서 발전되고 있다. 영국 대학 시베리아 연구 세미나 및 연구자들의 포럼이 많은 저작물들을 생산해 내고 있는데, 그중에는 앨런 우드(Alan Wood)가 편집한 수필류인《시베리아의 역사(History of Siberia. Routledge, 1991)》, 그리고 잡지《시비리카(Sibirica)》를 여러 가지로 구체화시킨 수필류들이 포함돼 있다.

유럽에서의 연구는 일련의 역사 수필집인《시베리아 사가: 러시아의 오지 동쪽의 역사(The Siberian Saga: A History of Russia's Wild East. ed. Eva-Maria Stolberg, Peter Lang, 2005)》로 대변된다. 미국에서의 비슷한 활발한 학문적 노력들은 시베리아 횡단철도와 농민 이주에 대한 연구서인 스티븐 마크스(Steven Marks)의《권력으로의 길(Road to Power. Cornell Univ. Press, 1991)》, 폭넓게 바라보는《천당과 지옥 사이: 러시아 문화에서의 시베리아 신화(Between Heaven and Hell: The Myth of Siberia in Russian Culture. ed. Galya Diment and Yuri Slezkine, St Martin's Press, 1993)》, 그리

고 수준 높은 많은 수필류인《아시아 쪽 러시아의 재발견(Rediscovering Russia in Asia. ed. Stephen Kotkin and David Wolff, Sharpe, 1995)》에 의해 증명되고 있다.

시베리아 원주민에 대한 현대의 연구들 역시 활발하게 이루어지고 있다. 필수적 입문서는 제임스 포사이스(James Forsyth)의《시베리아 원주민의 역사(A History of the Peoples of Siberia. Cambridge Univ. Press, 1992)》[148] 이다. 공산주의 시절 이후의 연구서에는 마조리 발저(Marjorie M. Balzer) 의《완강한 민족성(The Tenacity of Ethnicity. Princeton Univ. Press, 1999)》, 안드레이 골로브네프(Andrei Golovnev)의《시베리아인의 생존(Siberian Survival. Cornell Univ. Press, 1999)》, 그리고 도움이 되는 안내서인《북부 러시아의 소수 민족들(The Small Indigenous Nations of Northern Russia. ed. Dmitry Funk and Lennard Sillanpää, Vaasa, 1999)》이 있다. 자연사 저작 물들은 리처드 스톤(Richard Stone)의《매머드: 빙하시대 거대 동물의 부활 (Mammoth: The Resurrection of an Ice Age Giant. Perseus, 2001)》에서부터 피터 매티슨(Peter Matthiessen)의 훌륭한 사진 기록인《바이칼: 시베리아 의 성스러운 바다(Baikal: Sacred Sea of Siberia. Thames & Hudson, 1992)》 까지에 걸쳐 있다.

나우모프의 역사서, 혹은 상기 저작물들을 읽게 되어 시베리아를 방문하 겠다는 유혹을 떨쳐 버리지 못하는 두려움을 모르는 여행자들에게는 토마 스 번(Thomas Byrn)의《시베리아 횡단 핸드북(Trans-Siberian Handbook. 5th edn, Trailblazer, 2001)》이나 사이먼 리처드스(Simon Richards)의《시베 리아 횡단철도: 고전적인 육상 노선(Trans-Siberian Railway: A Classic

---

148) 역자 주: 이 책은 역자가 이미 2009년 번역하여《시베리아 원주민의 역사》로 솔출판사 에서 펴낸 바 있다.

Overland Route. Lonely Planet, 2002)》이 많은 도움이 될 것이다.

　마지막으로 추천하는 것은 시베리아의 가장 활발한 문학적 애국자들 중 한 명인 발렌틴 라스푸틴(Valentin Rasputin)의 《시베리아, 시베리아 (Siberia, Siberia. Northwestern Univ. Press, 1996)》로, 이 책은 시베리아에 대해 경종을 울리면서도 낭만적인 견해를 제공해 주고 있어서 독자들로 하여금 나우모프의 접근법과 비교해 볼 수 있도록 해줄 것이다.

찾아보기

시베리아의 역사

1판 발행 | 2024년 12월 15일

지은이 | 이고르 나우모프
옮긴이 | 정재겸
주 간 | 정재승
교 정 | 정영석
디자인 | 디노디자인
펴낸이 | 배규호
펴낸곳 | 책미래

출판등록 | 제2010-000289호
주 소 | 서울시 마포구 공덕동 463 현대하이엘 1728호
전 화 | 02-3471-8080
팩 스 | 02-6008-1965
이메일 | liveblue@hanmail.net

ISBN 979-11-85134-76-5 03810